ODALENT

Arte Tenebrarum Publishing
www.artetenebrarum.hu

Copyright

Írta:

Kiadó:

Arte Tenebrarum Könyvkiadó

Szerkesztette:

Farkas Gábor, Farkasné S. Linda és Nagy Ágnes

Fedélterv:

Gabriel Wolf

Könyv verziószáma: 1.31
Utolsó módosítás: 2020.06.21.

Szinopszis

Thomas egy titkos föld alatti bázison él az anyjával, aki kutatóként dolgozik ott. Tom nem tudja, hogy pontosan miből is áll anyja munkája, mert az „titkos". A Scarabeus bázison minden titkos, és a kamaszfiú utálja az egész helyet. Alig várja, hogy végre elhúzhassanak innen. Egy hete vannak itt, de már most unja a rengeteg hülye szabályt és figyelmeztetést. Az ember levegőt sem vehet anélkül, hogy egy katonának emiatt meg ne remegne az ujja a ravaszon.

Tom egyetlen barátja a bázison Katherine, aki szintén nem igazán találja a helyét. Ő édesapjával van itt, aki a főnöke a létesítménynek. Tom és Kat sokat lógnak együtt, szüleik szerint túl sokat is. A fiatalok nem egyszer bajba kerülnek, amikor „véletlenül" tiltott területre tévednek.

Sem a dolgozók, sem velük élő családtagjaik nem hagyhatják el a föld alatti bázist, amíg a munka tart. A bezártság miatt sok ember klausztrofóbiás tüneteket mutatott, ezért a kormány minden helyiségbe ablakot szereltetett. „Odakintre", azaz az ablak mögötti falra a külvilágról készült videofelvételeket vetítenek, ezáltal az emberek nem érzékelik annyira, hogy a föld alatt élnek. A felsőbb szintek „ablakaiból" New York látható, mintha egy felhőkarcolóból néznénk. Az alsóbb szinteken ugyanazt vetítik, csak utcaszinten. Az ebédlőben tartózkodóknak pedig egy hawaii tengerpart hangulatos felvételét játsszák végtelenítve.

Tom sokat ül és unatkozik ebben a helyiségben, ha Katnek más dolga van. Olyankor sokat nézi a „falat", azaz a tengerpartot. Egyik nap észrevesz valami furát a felvételen, ami nem odavaló. Tom rájön, hogy valami *nagyon* nem stimmel ezzel a bázissal. Sőt, rengeteg dolog nem stimmel vele.

3

Tartalom

GABRIEL WOLF

A bunker

(Odalent #1)

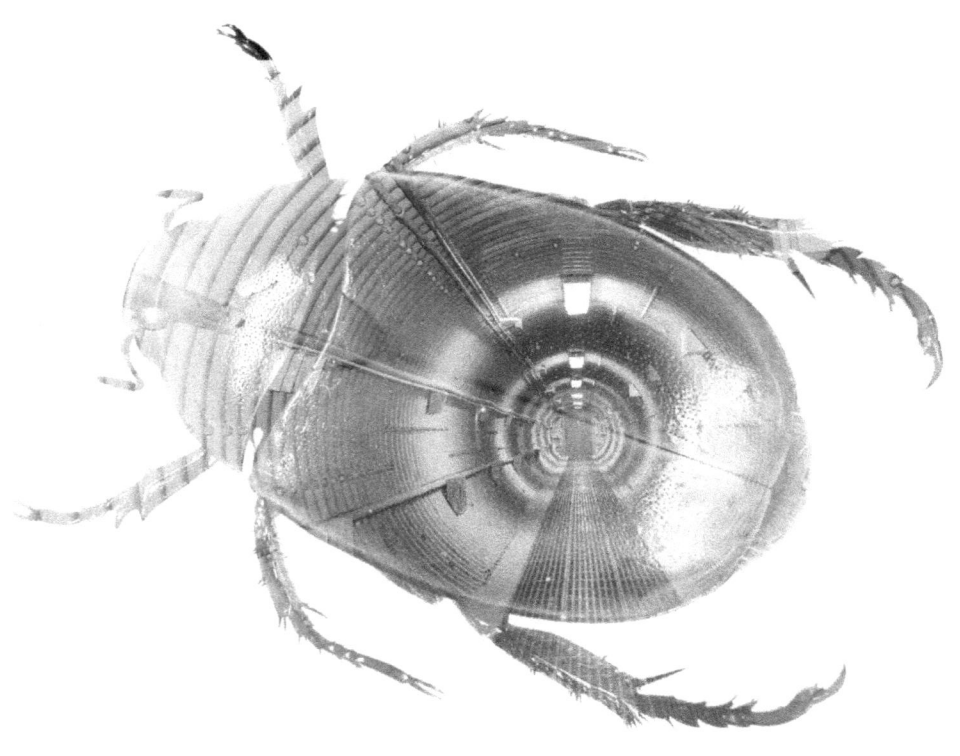

Arte Tenebrarum Publishing
www.artetenebrarum.hu

Előszó

Érezted már úgy, hogy ami veled történik, az egyszerűen nem lehet igaz? Miért pont veled történik? Miért nem inkább valaki mással?

Mi van, ha ilyenkor nem csak azért érezzük így, mert igazságtalanságnak tűnik? Mi lenne, ha kiderülne, hogy mégiscsak van alapja az ilyen sejtéseknek? Lehet, hogy az ember azért nem érez igaznak bizonyos eseményeket, mert *valóban* nem az az igazság?

Ha viszont az események, melyeket átélsz és annak gondolsz, tényleg nem a valóság, akkor viszont mi?

Mi lehet az igazság?

Első fejezet: Hétfő

– Thomas! – kiabált be anyám a csukott ajtón keresztül. – Mit tollászkodsz már annyit? 7:55 van! Húsz perce szóltam, hogy indulnod kell a suliba!

– ...Jól van már, megyek! Csak visszaaludtam egy pillanatra. De már öltözöm! És az egyébként sem iskola! Tök mindegy, hogy mikor megyek! – De anyám nem hallhatta a mondandóm végét, mert addigra visszament a konyhába készülődni. Neki is indulnia kéne már. Ezt most tényleg elszúrtam! Most még majd ő is elkésik miattam, nem csak én egyedül!

Sietve magamra kapkodtam a tegnapi ruháimat. Na jó, pólóból azért tisztát vettem, mert nem vagyok igénytelen, vagy ilyesmi. Sietségemben viszont kifordítva vettem fel. Ezt csak akkor vettem észre, amikor megnyomtam a nyitógombot az bejárat mellett, az ajtó pedig halk szisszenéssel kinyílt. Most már nem fogom újra levenni, hogy visszafordítsam. Tényleg sietnem kéne, meg amúgy sem fogok pucérkodni. Elég szégyellős vagyok ugyanis, nem szívesen mutatkozom mások előtt ruha nélkül. Még anyám előtt sem. Mégiscsak tizenhat vagyok már. Nem fogok egy szál fütykösben rohangálni, mint egy hároméves, itt, ebben a hülye bunkerben.

Anyám nem vette észre, hogy fordítva van rajtam a póló. Megint olyan szétszórt, mint minden reggel. Szerintem azt sem venné észre, ha egy földönkívüli menne helyettem iskolába, akinek három szeme van.

– Nincs reggeli? – kérdeztem a konyhában az üres asztalt bámulva.

– De, csak beraktam a dobozodba, mert már nincs időd rá, hogy itthon edd meg. Majd megeszed a suliban szünetben. Ott van a zacskóban – mutatott anya az ajtó melletti székre.

– Itt miért nem lehet normális iskolatáskám? Vagy legalább egy sporttáskám?

– Minek, fiam? Húsz méterre van innen a tanulószoba! Erre a kis sétára akarsz divatozni?

– Jó, de akkor is hülyén néz ki, hogy szatyorban hordom a cuccaimat, mint egy csöves! Még jó, hogy nem bevásárlókocsiban tolom, újságpapírral a hátsómon!

– Fiam, ha megint elkésel, én foglak odatolni bevásárlókocsiban! Nem mintha lenne itt a bázison olyasmi, de esküszöm kerítek valamit, ami hasonlít rá, ha még egyszer elkésel vagy több rossz jegyet gyűjtesz be! Ráadásul pucéran raklak bele, és úgy tollak majd oda, mint egy kisbabát! Közben éneklek is majd hozzá. Na, az úgy milyen lesz?

– Jó, jó! Megyek már. Viszem a *szatyromat*! – mondtam legyőzötten.

Anyámmal nem jó ujjat húzni. Ő tényleg megtenné! Sokszor viccel, és jó a humora, de ha igazán bepipul, tényleg képes a legdurvább fenyegetéseket is beváltani. Na jó, azért tizenhat évesen csak nem pakolna be pucéran valami talicskába, hogy abban tologasson – Remélem legalábbis, hogy nem! –, de tény, hogy egyszer a hajamba kente a krumplipürét, amikor hatodszorra sem voltam hajlandó megenni.

Fintorogva felvettem hát a szatyrot a kajával meg a könyveimmel, és kiléptem az ajtón. Még visszaintettem anyunak búcsúzóul.

– Jó legyél, kicsim! – köszönt utánam, és ő is intett. – Aztán suli után egyből gyere ám haza! Tanulnod kell! Ne kódorogjatok Kattel a bázison! Meg ne halljam, hogy tiltott területre merészkedtek!

– Jó, jó! Utána rögtön jövök haza! – mondtam, azaz *kamuztam* neki. Egy francot fogok utána rögtön hazajönni! Nehogy már itt üljek egész nap ebben a retek kabinban kettőtől este nyolc-tízig, amíg ő haza nem jön a munkából! Az is épp elég rossz, hogy nem lehetnek haverjaim itt a bunkerben. Még jöjjek is haza kettőkor?!

Kiléptem az ajtón, és szép lassan elindultam a tanulószoba felé. Tudom, hogy egy kicsit késésben vagyok, de utálom a „sulit", ahogy anyám hívja. Majd odaérek, amikor odaérek.

– Jó reggelt, ezredes! – köszöntem a lakókabinunkhoz közel álló fegyveres katonának. Az erre felém sem nézett, és nem is válaszolt. Sosem köszönnek ezek a bunkók. Én *csak azért is* szoktam nekik, hogy okuljanak belőle. Hátha egyszer derengeni kezd, hogy nekik is illene.

Persze nem ezredes ám, csak valami közkatona vagy mi. Sosem értettem ezeket a rangjelzéses marhaságokat. Ezért is mindegyiket ezredesnek szólítom, csak hogy idegesítsem őket. Jobb napokon néha elmegyek egészen a tábornokig. De ahhoz már tényleg fel kell, hogy húzzon valaki!

Nem csak azért rühellem őket egyébként, mert nem köszönnek. Azért is, mert köztük is van egy csomó „vak". Idegesítenek az ilyenek itt a bunkerben. Több is van belőlük.

Azokat hívom vakoknak, akik nem néznek rád, amikor beszélnek hozzád, azaz nem néznek pontosan a szemedbe. Olyan, mintha pár centivel melléd néznének. Mintha nem látnák, hogy pontosan hol vagy! Kathy szerint a részegek csinálják ezt. Az ő anyja régen iszákos volt. Azt mondja, az nézett így, amikor be volt „nyomva". Ő inkább piásoknak hívja őket emiatt. Az én anyám hál' Istennek nem iszik, úgyhogy én csak vakoknak hívom az ilyeneket.

Anyám szerint csak képzelődünk, és nem jól látjuk. Szerinte a katonák nem is nézhetnek ránk, még ha akarnának se, mert nem az a dolguk. Nem is beszélhetnek hozzánk. Ők csak a biztonságunkra ügyelnek.

Pedig az egyik egyszer rám nézett még az elején, amikor még nem tudtam, hogy mit szabad, és mit nem. A fegyveréről próbáltam kérdezgetni. Egy pillanatra rám nézett, de akkor sem normálisan, bele a szemembe, hanem csak úgy, mint ahogy már mondtam is. Anyám szerint rosszul láttam, mert egyáltalán nem nézhetnek ránk.

Azt is mondta, hogy a tanárunk, Mr. Joel Brown pedig legfeljebb azért nem néz a szemünkbe, mert gátlásos. Ő egy szerény ember. Azok néha ilyenek.

Sajnos akármilyen lassan is kullogtam, végül csak beértem a „suliba", ahogy anyám nevezi. Köze nincs egyébként a valódi iskolához. Csak egy sima kabin, majdnem ugyanolyan, mint amiben mi lakunk, csak még kisebb. És csak egy tanárunk van. Az tanít minden tantárgyat. Mindet dögunalmasan! Joel – én csak így hívom magamban, sőt néha még szemtől szemben is – még csak egy hete tanít, de már ennyi idő alatt is sikerült olyan szinten lefárasztania, hogy már akkor álmos vagyok, amikor reggel felébredek, és eszembe jut a tanulás.

– Jó reggelt – köszöntem kelletlenül, ahogy beléptem a tanulószobába.

– Á! Örülök, hogy idetalált, Mr. Meier – mondta nekem a tanár a szokásos marha vicces stílusában. – Ismét késtél, fiam, öt percet. Pedig mindössze húsz lépésre van innen a kabinotok! Mondd, hogy csinálod?

– Sokat kell gyakorolni, Joel – feleltem elmésen. De Joel sajnos most sem nagyon díjazta a humoromat:

– Ne szemtelenkedj, fiam! Egyébként is neked, Mr. Brown vagyok! Nem engedtem meg, hogy a keresztnevemen szólíts!

– Elnézést, Mr. Brown.

– Nos, rendben van. De akkor is, halljuk: miért késel el minden egyes nap? Őszintén! És ne beszélj mellé, fiam!

– Igen, Mr. Brown, őszinte leszek. Tudja, azért késtek, mert utálok idejárni. Az óráit pedig rendkívül unalmasnak találom.

Kat felhorkant a mellettem lévő padban. Zene volt füleimnek, hogy kis híján hangosan elröhögte magát, de végül egy halk horkantáson kívül nem adta más jelét, hogy tetszett neki a frappáns válasz.

– Rendben, fiam. Díjazom az őszinteségedet. Habár rendkívül szemtelen vagy, azt azért tegyük hozzá. Ilyen hozzáállással nem tudom, mi lesz belőled. Egyébként már csak egy hétig kell bejárnod az unalmas óráimra. A felén szerencsére túl vagyunk. Nemcsak te, de én is. Ugyanis hidd el, ez a tudat, hogy már csak egy hét van hátra, engem is meglehetősen nagy megelégedettséggel tölt el. A szimpátia tehát kölcsönös, erről biztosíthatlak.

Már megint humorizálni próbál. De persze most is fapofával. Fura egy alak ez a Joel Brown! Nemcsak, hogy nem néz soha az ember szemébe, de még mosolyogni sem szokott soha. Mintha nem is lenne képes rá. Pedig néha azért vannak egész jó beszólásai. Néha már-már olyan, mintha valóban venné a lapot, és értené a viccet. De csak majdnem! Igazából inkább csak szófordulatokat használ. Viccesnek azért nem mondanám.

– Ma matekkal kezdünk – mondta Mr. Brown.

– Jaj, ne már! – szólalt meg most Kat is, ma először.

– Van ezzel a tantárggyal valami problémája, Miss Donovan? Vagy talán csak nem felejtett el készülni rá? – Joel állandóan ezt csinálta. Ha csesztetett minket, egyből magázásra váltott.

– Nem, Mr. Brown – hajtotta le Kat a fejét, még a szemét is lesütve egy pillanatra. Máskor azért ő sem volt ennyire udvarias. Ezek szerint matekra tényleg nem készült, mert most nagyon lapítani kezdett.

Joel visszafordult az érintőtáblához, és mutogatni kezdte rajta a mai anyagot. Engem már most marhára nem érdekelt.

– *Akkor ma, tanítás után kék?* – kérdeztem Kattől súgva.

– *Tanítás után kék* – súgta vissza úgy, hogy rám sem nézett. De azért közben bólintott picit.

„Akkor tényleg benne van" – gondoltam magamban. Alig bírtam megállni, hogy ne vigyorogjak örömömben.

– *Oké* – súgtam oda neki.

Mielőtt még bárki azt gondolná, hogy ez a „tanítás után kék" valami titkos virágnyelv, amit az FBI meg a kémek használnak, elárulom, hogy nem. Na jó, anyám szerint a kémek a CIA-nél vannak, de szerintem minden ilyen három betűs rövidítés ilyeneket takar. Ha nem kémek lennének, akkor miért titkolnák annyira a hivataluk nevét, hogy csak kezdőbetűket mernek használni? Szerintem az összes ilyen hivatal kémekből áll!

Szóval ez a „kék" dolog nem ilyesmi, amivel kapcsolatban Kattel az előbb megegyeztünk. Egyszerűen csak annyi, hogy már ittlétünk második napján elhatároztuk, hogy iskola után nem megyünk egyből haza, hanem ellógunk, és mindennap ellófrálunk valamerre a bázison.

Rengeteg itt a folyosó, és a padlóra különböző színű vonalak vannak festve, amin haladniuk kell a dolgozóknak. Nemcsak színes vonalak vannak, de minták is. Vannak szaggatott vonalak különböző mintázatokban – azaz más és más módon megszakítva –, van pontozott vonal és van cikk-cakkos is. Na, azt jó sokáig tarthatott felfesteni!

Eddig öt nap alatt ötféle ilyen utat sikerült bejárnunk – mivel itt-tartózkodásunk első két napján még nem csináltuk –, de sajnos egyik esetben sem jutottunk túl sokra. Eddig mindegyik jelszóra nyíló ajtókhoz vezetett vagy olyan helyekre, ahol sok a katona, és odáig már azért nem akartunk elmerészkedni. Egyszer túl közel mentünk egy olyan ajtóhoz, ahol ujjlenyomat-leolvasóval nyílt a zár. Meg akartuk nézni, de ránk szóltak. Jó kellemetlen volt! Anyám le is szidott, Katet is az apja. Megígértették velünk, hogy többé nem kószálunk el, és nem mászkálunk semerre tanítás után. Persze ettől függetlenül ugyanúgy csináltuk tovább. Csak most már megpróbáltunk ügyesebbek lenni.

Tegnap a zöld vonalat követtük, ma a *kék* következik. Erre kérdeztem rá az előbb.

Egyetlen jó dolog van abban egyébként, hogy csak mi vagyunk ketten iskolás korúak az egész hülye bunkerben, az, hogy Kat így kénytelen „sajnos" velem barátkozni és velem lógni! Ő ugyanis nem igazán az én „súlycsoportom", hogy úgy mondjam.

Ő túl jó csaj ahhoz, hogy odakint bármikor is szóba álljon velem. Itt, a bunkerben viszont jobb híján nem nagyon van más választása. Velem kell beérnie.

Kat állati jól néz ki. Túl jól, úgyhogy eleinte megszólítani se nagyon mertem. De aztán beláttam, hogy muszáj lesz, ha nem akarok kéthetes itt-tartózkodásom alatt végig olyan katonákkal társalogni, akik semmire sem reagálnak.

A második napon kezdődött. Mármint az, hogy beszédbe elegyedtünk szünetben. Ő szólított meg. Én, azt hiszem, nem mertem volna kezdeményezni. Azóta valamennyire már hozzászoktam a dologhoz, de néha még most is zavarba jövök, ha rám néz azokkal a nagy kék szemeivel.

Kat olyan, mint egy... modell, csak kicsiben. Mármint nem törpe, vagy ilyesmi, csak úgy értem fiatalabb kiadásban! Ő tizenhét, egy évvel idősebb nálam. Na, ezért sem állna soha szóba velem a kinti világban. Az igazán jó csajok nemhogy a fiatalabb srácokkal nem állnak le diskurálni, de még a velük *egykorúakkal* sem! Pláne egy ilyen lány, akinek derékig érő szőke haja van, kék szeme és tökéletes alakja, mint egy Barbie babának. Szóval nagyon szép, meg minden!

Jó, én még csak tizenhat vagyok, nem tudok olyan részletes személyleírást adni valakiről, mint egy rendőr, de Kat tényleg kicsit olyan, mint egy Barbie baba. Szóval nem ronda, na!

Én viszont igen. Tehát nem a korkülönbség a kizárólagos oka a köztünk lévő, soha be nem teljesülő szerelemnek. Ő ugyanis olyan, mint egy Barbie, én meg... olyan, mint egy Ken...

14

akit kalapáccsal fejbe vernek, majd kidobnak az útra, ahol aztán átmegy rajta egy kamion!

Ezt konkrétan – hogy hogy néz ki ilyenkor egy Ken bábu – onnan tudom, hogy Tim barátommal egyszer eljátszottuk ezt még odakint, néhány héttel ezelőtt. Szépen nézett ki Ken feje, amikor átment rajta az ötezer tonnás kamion! (Vagy amennyi a súlya egy olyan dög nagy járműnek.)

Szóval én is kb. annyira vagyok jóképű, mint Ken azután az ominózus eset után. Bár lehet, hogy még annyira se:

Jó nagy orrom van, mint egy hülye madárnak. – Na jó, tudom, hogy azoknak csőre van, de akkor is elég hülyén néznek ki. Én pedig úgyszintén. – A füleim is úgy lógnak, mint a szatyor, amiben reggel a kaját szoktam hozni. A szemeim is túl kicsik. Kb. annyira, mint két mákszem egy búzamező közepén. Mondjuk, azért amióta gyengébb szemüveget hordok, azóta annyira már nem ijesztő ez a jelenség. Kisebb koromban még az erős szemüveg is rátett egy lapáttal. Manapaság szerencsére tehát lényegesen jobb a helyzett. Ezzel a gyengébb szemüveggel nem olyan kicsik többé a szemeim, mint két mákszem egy mező közepén, ebben most már olyanok, mint két dió! Ég és föld tehát a különbség!

Amúgy a testalkatommal legalább nincs baj:

Sovány vagyok, azaz vékony vagy hogy mondják. Mondjuk, egy gramm izom nincs rajtam, de legalább dagadt nem vagyok. Ilyen fejhez az már tényleg kicsit sok lenne a jóból.

Anyám szerint persze „nagyon helyes" gyerek vagyok, és nincs semmi baj a külsőmmel. Rendes tőle, hogy biztatni próbál, meg minden, de mondjuk, nem tudom, ki fog jobban meglepődni kettőnk közül, ha már harminc leszek, és a tizedik nő kezét kérem meg, azok meg mind nemet mondanak majd egymás után. Gondolom, anyám arra is azt fogja mondani, hogy nem a külsőmmel van a baj, hanem biztos csak nem hallották, hogy

Második fejezet: Az üzenet

Kihajtogattam, és ez állt rajta:

„Szerinted mit jelent az a H betű?"

Hát ez jó kérdés. Én is ezen gondolkozom tegnap óta.

Előző nap ugyanis, amikor végiglopakodtunk a zöld vonalon, egy olyan helyre jutottunk el, ahol nem voltak katonák. Eddig mindenhol őrködtek legalább néhányan. Itt viszont egy se. Egy óriási zsilipszerű, jelöletlen fémfal állta utunkat a folyosón, rajta egy emberméretű ajtóval. Sem ablakot, se nyílást nem láttunk rajta. Na jó, nem volt azért teljesen jelöletlen az ajtó: egy H betű állt rajta, de más nem.

Tegnap végül már nem tudtunk részletesen belemenni a dologba, hogy mit jelenthet a betű, mert jó távolra elmerészkedtünk. Muszáj volt egyből visszaindulnunk. De azért akadtak ötleteim, hogy mi mindent jelenthet a „H":

„Nem tudom, kórház?" – írtam válaszképp a papírra. „Odakint is így jelölik, nem? Vagy ha az nem, akkor talán Hangár? Valami leszállópálya! Biztos az ufók részére."

Kat eléggé elsápadt, amikor kihajtogatva a papírt elolvasta a válaszomat. Kicsit meg is bántam, hogy ezt a hülyeséget írtam neki. Nem akartam halálra ijeszteni, vagy ilyesmi.

– Jól vagy, Katherine? – Úgy tűnik, Joel is észrevette Kat sápadtságát. – Sápadtnak tűnsz. – Igen, észrevette. Az öreg Joel mindent észrevesz. Csak a poént nem a viccek végén.

– Igen, tanár úr, jól vagyok – felelte a lány. – Egy kicsit kezdek éhes lenni. Biztos csak ez az oka.

– Akkor egyél pár falatot, lányom. Most kivételesen megengedem. Nehogy a végén még elájulj itt nekem.

– Köszönöm, Mr. Brown – mondta Kat mosolyogva. Tudtam, hogy nem azért vigyorog, mert jólesik neki a fickó aggodalmaskodása, hanem azért, mert megint sikerült rászednünk Joelt. Tulajdonképpen Kat még örülhet is, hogy megijesztettem, mert most emiatt engedték meg, hogy óra közben kajáljon.

Elővette az egyik szendvicsét a szatyrából, és majszolni is kezdte. Igen, ő is szatyorban hordja a cuccait. Nálunk, itt a bunkerben mindenki így jár suliba. Az összes diák. Mind a kettő. Itt ez a divat.

Egyébként persze nem, de annyira kevés személyes holmit hozhattunk be magunkkal, hogy az borzasztó! Gyakorlatilag üres kézzel jöttünk ide! Gondolom, egy iskolatáska vagy egy normálisabb edzőtáska becsempészése már államellenes cselekedetnek számított volna.

Miközben Kat egyik kezével evett, a másikkal azért csak válaszolt az üzenetre, és most, amikor Joel épp nem nézett oda, visszaadta nekem:

„Kórház biztos nem lehet, mert az orvosi a másik irányban van." Egy felfelé mutató nyilat rajzolt a szöveg mellé illusztrációnak. Fogalmam sincs, hogy ez mit jelent. Egy felsőbb szintre mutat a nyíl, vagy előre, északi irányba? Na, nem mintha tudnám, merre van észak! Csak annyit tudok, hogy Nevadában vagyunk, valahol a föld alatt.

Szóval gőzöm nincs, merre mutat a nyíl, de majd tanítás után, gondolom, elmagyarázza.

Kat üzenete így folytatódott:

„Szerinted tényleg léteznek olyan ufók? Akár itt a bunkerben? De hogy lehetne itt bármiféle repülő jármű részére leszállópálya? Végül is a föld alatt vagyunk!"

Nos, ebben volt logika, amit mondott, be kell látnom, de azért engem sem ejtettek ám teljesen a fejemre. Az ilyen kérdéseire általában azonnal reagáltam valamit, hogy ne gondolja, hogy sík hülye vagyok. Nem mintha mindig tudtam volna, hogy mikor mit beszélek, de azért akkor sem akartam szégyenben maradni. Ez egyébként nem egy rossz taktika! Ha az ember állandóan pofázik, és mindenről van véleménye, akkor néha rá is fog hibázni egyszer-egyszer a jó megoldásra. Olyankor legalább igaza lesz! Aztán hízhat a mája ezerrel, hogy ő aztán előre megmondta, hogy ez lesz! Ezért is kell összevissza ígérgetni és jósolgatni! Már a középkoriak is tudták ezt!

Tehát elég hasznosak az ilyen régi, jól bevált módszerek. Csajokkal is igyekszem mindig eszerint „eljárni". Na, nem mintha valaha is jártam volna eggyel is!

Szóval mindenről igyekeztem – látszólag – értelmesen véleményt nyilvánítani, még arról is, amiről fingom nem volt. Ez válaszoltam neki:

„Végül is előfordulhat, hogy léteznek ufók. Különben miért emlegetnék őket olyan gyakran? Leszállópálya pedig szerintem a föld alatt is lehet. Ha valami nagy cső vagy olyan kürtőszerűség vezet a föld alá, amibe beleereszkednek, tudod, mint valami hosszú gyárkémény, akkor szerintem még itt is le tudnának szállni. Idelent legalább rejtve lenne az űrhajójuk."

„Na, ezzel nem fogsz tudni vitába szállni!" – röhögtem magamban kajánul. Nem mintha hülyíteni akartam volna őt, vagy ilyesmi. Valójában tök aranyos lány, csak nem szeretem, hogyha úgy kérdez vissza, hogy nem tudok rá érdemben felelni. Olyankor úgy érzem, hogy fiatalabb vagyok meg alacsonyabb is... meg ronda is. Ami mellesleg mind igaz. Ezért is szeretem, ha bonyodalmas technikai kérdésekben enyém az utolsó szó, és Kat csüng minden szavamon. Akkor legalább két percig nem érzem magam akkora vesztesnek, mint bármikor máskor tizenhat év alatt.

Egyébként a föld alatti leszállópálya szerintem tényleg nem rossz ötlet, ha olyan repülőgépet kell eltüntetni, amit nem biztos jó, ha a szomszéd államból is látni lehet sima távcsővel. Vagy műholddal. A sci-fi filmekben mindig láthatatlanná tévő energiamezőkkel meg ilyen hülyeségekkel rejtik el a titkos járműveket. Nekik sosem jutott még eszükbe, hogy az űrhajó egyszerűen berepül egy széles csövön át a föld alá, és ott száll le? Jellemző! Egyedül jobbat írnék, mint az a seregnyi világhírű sci-fi író együtt.

Kat is rábólintott, amikor elolvasta az üzenetet. Ezt örömmel konstatáltam. „Egyszer úgyis belém szeret" – gondoltam. „Akkora ufószakértő professzor vagyok, hogy ezt nem hagyhatja figyelmen kívül."

Jó, mondjuk, olyan sok ideje már nincs rá, hogy menthetetlenül belém zúgjon. Hat és fél nap múlva ugyanis indulunk anyámmal haza.

Rendesen bele kell hát húznom az udvarlásba!

Közben a lány ismét visszaadta nekem a papírt. Most ezt írta az eddigiek alá:

„Te megtudtál már valamit, hogy anyukádék min dolgoznak itt, a bunkerben?"

Na, erre sajnos nem fogok tudni mit felelni neki! Ugyanis továbbra is gőzöm sincs, hogy valójában mit keresünk mi itt. Már rögtön az elején megpróbáltam kifaggatni róla anyámat, de nem volt hajlandó semmit elárulni. Azt mondta: „titkos".

Úgyhogy jobb híján Katnek is ezt válaszoltam:

„Sajnos most sem tudok többet. Pedig próbáltam tegnap is kérdezgetni. Mindig azt mondja, hogy *titkos*. Anyám egyébként vegyész. Nem tudom, min dolgozhatnak. Talán egy új vegyi fegyveren?"

Ennek láttán Kat megint eléggé elsápadt.

Hogy én milyen hülye vagyok! „Vegyi fegyver?!" Nem tudom, miért ijesztgetem állandóan! A végén még annyira belém szeret a zseniális elméleteim miatt, hogy szívrohamot kap!

Gyorsan legyintettem is egyet, és erősen ingattam a fejem összevont szemöldökkel, hogy azért ne vegye ám annyira komolyan. Csak hülyéskedtem! Erre válaszként rám mosolygott.

A fenébe! Nem igazán bírom, amikor ilyeneket csinál. Örülök neki, meg minden, csak nem tudok mit kezdeni vele. Megpróbáltam udvariasságból visszamosolyogni. Bár szerintem annyira sikerült, mint amikor egy krokodil kinyitja a száját haldoklás közben, és böfög még egy utolsót. Ennyire lehetett kb. vonzó a mosolyom! Nem tudom amúgy, hogy a krokodilok böfögnek-e, de döglődni, gondolom, azért azok is szoktak.

Kat hál' Istennek nem riadt meg nagyon ettől a „halálian" édes mosolytól. Úgy tűnik, már megszokta, hogy *így* nézek ki. Most visszafordult, és továbbjegyzetelte a marhaságokat, amikről Mr. Brown beszélt.

Egyébként nem kerülte el a figyelmemet, hogy Kat is már kétszer bunkernek nevezte ezt a lepratelepet a levelünkben. Ezt örömmel konstatáltam, mivel tulajdonképpen ezt a szót korábban még csak én használtam rá egyedül. Örültem, hogy eltanulja tőlem a rosszat. Ezek szerint fejlődőképes a leányzó.

Anyám utálta, hogy bunkernek nevezem a létesítményt. Azt mondta:

„Fiam, ne nevezd így. Azt nem ilyesmire használják."

De hogy akkor pontosan *milyesmire*, azt azóta sem tudom! Éppen ezért is használom. Majd ha egyszer elmondja valaki, hogy miért nem helyes, akkor el fogok gondolkozni rajta, hogy változtassak. Addig viszont hadd használjam már! Szóval anyám azt mondta, hogy:

„Ez egy föld alatti kutatóbázis. Neve is van: Scarabeus."

Erre én visszakérdeztem, hogy:

„Az nem valami bogár, ami unalmában szart tologat maga előtt, mint egy gyépés?"

Anyám erre csak elmosolyodott – bírja azért ő a dumámat, nem kell megijedni –, de végül elmondta, hogy a Scarabeus azonos a ma ganajtúrónak vagy galacsinhajtónak nevezett bogárral. Ezen rovarféle egyes fajait, főként a Scarabeus sacert szentként tisztelték az ókori Egyiptomban. Egyiptomi elnevezése, a „heper" megegyezik a hajnali Nap nevével, és egyben újjászületést, megtestesülést is jelent. A galacsinhajtó a földbe rakja a petéit, így az ókorban azt hitték, a földből keletkezik, így vált az önmagából való keletkezés jelképévé, és így a felkelő Napévá is, melynek egyik legfontosabb tulajdonsága volt, hogy minden reggel újjászületik.

Anyám ennél azért komplikáltabban mesélte. Már az is csoda, hogy ennyit meg tudtam jegyezni az egészből. Mindegy, a lényeg, hogy ezért nevezték el erről a bogárról a bázist, mert az egyiptomiak azt hitték, hogy a földből kel ki, azaz a föld alatt „terem". Ez a lepratelep pedig egy föld alatti bázis.

Mondjuk, azt nem tudom, hogy az egyiptomiak hogy lehettek ennyire gyépések! – Pedig állítólag komoly kultúrájuk meg tudományuk volt. – A bogarak köztudottan lepetéznek valahová. Ha nem szemmel látható helyre, akkor nyilván a föld alá, nem? Hová máshová lehetne még? Az űrbe?

Nem tudom, hogy a föld alá petézés nekik annak idején miért nem jutott eszükbe. Pedig mi odakint, a valódi suliban már kisiskolás korunkban nézegettünk petéket nagyító és mikroszkóp alatt. Nem tudom, Egyiptomban miért nem vizsgálták meg soha normálisan azokat a petéket, ahelyett, hogy csak hülye elméleteket gyártottak róluk. Ezek szerint Szfinxet meg piramist tudtak építeni, ami majdnem bonyolultabb, mint egy felhőkarcoló, mikroszkópot viszont nem tudtak készíteni, ami összvissz két nagyítóból meg egy tükörből áll! Marha bonyolult! Na jó, annál lehet, hogy kicsit összetettebb, de egy mikroszkóphoz azért akkor sem kell annyi szikla vagy mi a szar, amiből a piramisokat összerakták! Ennyit Egyiptomról.

Én lehet, hogy mondjuk, két nap alatt megoldottan volna minden problémájukat, de mindegy. Vannak ötleteim. Nem akarok beképzeltnek tűnni, de azért vannak.

Lehet, hogy azt is megmondtam volna nekik, hogy felesleges múmiákat gyártaniuk, mert ha valaki olyan rohadtul összeaszalódik, mint egy mazsola, akkor már lehet, hogy nem kel fel többé! Sem itt, sem a túlvilágon!

Kár, hogy nekik senki sem szólt erről. Ha valaki megtette volna, lehet, hogy akkor megspórolhattak volna pár kilométer sebészeti kötözőszert, amit elpazaroltak a múmiákra. Biztos gondolták, hogy „ha jó alaposan bekötözik őket, akkor majd meggyógyulnak". Na persze!

Mindegy. Szóval ezért is gondolom, hogy a föld alatti leszállópálya sem lenne olyan rossz ötlet. Mert nem vagyok azért annyira hülye ám! Még akkor sem, ha Joel azt gondolja.

Tehát vannak ötleteim. Nem akarok beképzeltnek tűnni, de azért vannak.

Katet is elég gazdagon beetethetném, de nem akarom. Ő tényleg kedves lány. Ahhoz képest, ahogy kinéz, meg pláne! Az ilyen lányok normális esetben olyan flegmák és önteltek, hogy egy hozzám hasonló gyíknak köszönni sem lennének hajlandók, akármekkora Egyiptom-szakértő is az illető!

Szóval értékelem, hogy egy hozzá hasonló csaj leereszkedik egy hozzám hasonló sráchoz. Egyébként náluk, Katék családjában pont fordítva van, mint nálunk:

Nálunk anyu nagyon szép, én meg kinézek ugye, ahogy kinézek: mint egy rozzant végtermék.

Náluk meg az apa nem túl jóképű, de a lánya viszont nagyon szép. Kat faterja, Mitch Donovan ezredes a főnöke ennek a bázisnak. Utálom a fickót. Kattel, mondjuk, bűbájos. Érdekes módon anyámmal is. Velem nem igazán. De talán jobb is. Így is hányingerem van a pasastól. Mi lenne, ha még mosolyogna is rám?

Mitch egyébként – én csak így hívom magamban, szemtől szemben azért nem – tényleg ezredes. Őt nem szivatásból hívom annak. Csomószor egyenruhában mászkál. Gondolom, ezzel hülyíti a nőket, mert mással nem nagyon tudja. Ez amúgy egy tipikus jelenség ezeknél a középkorú pasasoknál. – Mitch ötven, ha jól emlékszem. – Amíg még fiatalok, és kinéznek valahogy, addig sportolnak, meg ilyenek. Amikor viszont már mindenük lóg, mint a szatyor, és a gravitáció halálos ellenségükké válik, felvesznek magukra valami egyenruhát, hogy tartsa össze az egészet. Jó szorosra összegombolják, hogy ne buggyanjon ki semmi. Hogy ne lógjon le a csöcsük.

Szóval ez a Mitch is egy ilyen ötvenéves pasas. Kissé kopaszodik, meg tokája is van már. Szerintem pocakja is van, csak az egyenruha úgy összeszorítja, hogy nem látszik. Csoda, hogy egyáltalán levegőt kap benne. A fickó nem éppen egy észkombájn. Én legalábbis még semmi olyat nem hallottam mondani, amit ne ordítva vagy dühösen közölt volna. Bár lehet, hogy ez csak olyan katonai dolog.

A nőkkel, mondjuk, elég kedves. Anyámra is mindig vigyorog. Idegesít is ezzel eléggé.

Nem csodálnám amúgy, ha tetszene neki, mert anyám tényleg szép. Mármint nem „úgy"! Én nem tudok rá nőként nézni, mert mégiscsak az anyukám. Szóval ha belegondolok, hogy a fickó mit lát benne, és mit gondolhat róla, a „fúj"-on kívül semmi más nem jut eszembe. Tudom, hogy anyám csinos... biztos az, de akkor is fúj!

Anyámat Trish-nek hívják, és negyvenkét éves. Rövid vörös haja van, zöld szeme, pisze orra és kicsi álla.

Neki nincsenek olyan madarat, elefántot és hüllőket idéző jellemvonásai, mint nekem. Szerintem én ezeket talán apámtól örökölhettem.

Próbáltam is már anyámat kérdezni erről, de nem igazán szeret róla beszélni. Azt szokta mondani, hogy ha apám tizenhat év alatt soha nem érzett késztetést arra, hogy meglátogassa a fiát, akkor engem se érdekeljen, hogy ő hol tartózkodik jelenleg, és ki fia-borja egyáltalán. Úgyis csak bánkódnék az egészen. Pedig feleslegesen tenném, hiszen tényleg nem az én hibám, hogy így alakult.

Persze. Lehet, hogy ebben anyunak igaza van.

Szóval apám ezért nincs most a képben. Kat anyja pedig azért, mert piált, és állítólag kinyírta magát. Bár ő úgy mondta: „öngyilkos lett". Szerinte úgy biztos szebb. Szerintem nem.

Ezért vagyunk egyébként mi az egyedüli két kiskorú gyerek a bázison, mert nekünk nincs más hozzátartozónk, aki vigyázhatna ránk odahaza.

Az itt dolgozók közül egy csomó embernek szintén van gyereke, csak az ő esetükben a másik házastárs vigyáz rájuk odakint, vagy a nagyszülők.

Nekem már egyik nagyszülőm sem él. Érdekes módon Katnek sem él egy sem. Pedig neki négy is volt. Ez, mondjuk, egy elég fura véletlen. Nem tudom, mi az oka, ugyanis a szüleink azért még annyira nem öregek, hogy ne lehetnének életben a szüleik.

Harmadik fejezet: Napfény

Néhány gyötrelmes óra elteltével végre kiengedtek minket a „cellából". Ugyanis az ablak nélküli, tizenöt négyzetméteres tanulószoba nekem inkább tűnik annak, mintsem iskolának, ahogy a szüleink nevezik.

Kattel megegyeztünk, hogy hamarosan ugyanitt találkozunk. Előbb viszont még el kell intéznie valamit, amire az apja megkérte.

Amíg ő visszaér, én beültem kicsit az ebédlőbe szokásomhoz híven a falat bámulni. Amúgy hiába humorizál ezzel Joel – nem mintha lenne humora –, de valójában ez egy nagyon jó elfoglaltság ám!

Mivel személyes tárgyakat nem hozhattunk be, így sem zenét hallgatni, sem filmeket nézni nem tudok. Elvileg csak tanulnom lenne szabad a kabinban, de az meg az agyamra menne délután kettőtől egészen kb. este tízig, amíg anyám hazaér. Nem vagyok stréber alkat, nem töltök túl sok időt tanulással, de azért *nyolc óra* magolás és leckeírás még akkor is sok lenne, ha az lennék! Itt amúgy sem töltene senki annyi időt a kabinjában. Kat sem teszi, pedig neki sokkal jobbak a jegyei.

A „fal" bámulása az ebédlőben azért is szórakoztató, mert itt más filmet vetítenek az ablakon túlra kilátásként. Sok helyiségben – mint a tanterem, a lakókabinok és az összes folyosó – nincsenek ilyen úgynevezett „ablakok". Állítólag azért, mert az első két helyiség túl kicsi hozzá, hogy ilyen technológiát installáljanak be, a folyosókon pedig úgyis csak áthaladnak a dolgozók. Gondolom, oda szerintük nem volt fontos kilátást szimulálni.

A nagyobb termekben viszont, mint az ebédlő, az irodák, laborok – és még egy rakás további terem, ahová úgysem engednek be – mindenhová telepítettek ilyen hangulatkeltő berendezéseket.

Állítólag úgy csinálták – Kat apja magyarázta el egyszer, amikor épp nem a beosztottjaival ordítozott –, hogy a nagyobb termek belsejébe ablakokkal ellátott álfalakat húztak fel, vagy legalábbis az eredetieknél jóval vékonyabb díszfalakat. Ezeket az eredetiekhez képest egy méterrel beljebb építették. Úgy kell elképzelni, mintha egy nagyobb dobozba egy kisebb dobozt tennénk. A kisebbik pont annyival kisebb, hogy a falai mindenhol egy méteres távolságra vannak a nagyobb doboz falaitól. Tehát a belső „doboz" miatt – amit az új díszfalak alkotnak – most kevesebb lett ezekben a „kilátással rendelkező" termekben a használható terület. Bár a nagy helyiségek között sok többszáz négyszerméteres területű is van, így az a mínusz egy méter, ami minden irányban elveszett a díszfalak miatt, igazából fel sem tűnik.

A termek belsejében emelt új falaknak semmilyen különösebb funkciója nincs, csak esztétikai hatásuk van. Ha ugyanis csak a sima falra vetítenék ki a mozgóképet, akkor az sokkal inkább vetítésnek tűnne, és nem valóságnak. Úgy nem lenne térérzete az embernek. Ha viszont a nyitott ablakokon túl, egy méterrel hátrébb látja az ember ugyanazt a látványt, valóban az az érzése támad, hogy „kinéz" a külvilágra.

Eredetileg azt hittem, hogy vetítik ezeket a képeket, de Mitch elmondta, hogy az nem lenne ilyen jó minőségű és élethű. Ezek az ablakokon túl valójában nem vetítővásznak, hanem ugyanolyan TrueHD felbontású kijelzők, mint amit a legmodernebb TV-készülékeknél is használnak. Tehát lényegében olyanok, mint az az érintőtábla, ami a tanulószobában van, csak ezek falméretűek. El nem tudom képzelni, hogy mennyibe kerülhet egy olyan TrueHD kijelző, ami egy harminc méter hosszú falat beborít! Ezt még Mitch sem tudta megmondani. Gondolom, a kormány rendesen rákölthetett erre a kócerájra.

Amúgy megérte, mert tényleg állati jól néz ki ez a „kamukilátás". A felsőbb szinteken nagy magasságból felvett New York-i látképet mutatnak a kijelzők. Ha kinézel ott az „ablakon", akkor pont olyan, mintha egy felhőkarcoló sokadik emeletén dolgoznál.

Az alsó szinteken pedig ugyanaz a New York-i látkép látható, csak utcaszinten rögzítve. Így, ha valaki nap közben gyakran közlekedik lifttel, és több szinten kell dolgoznia felváltva, akkor sokkal inkább úgy érezheti, hogy valóban egy magas felhőkarcolóban dolgozik odakint, azaz a föld felett, és nem egy ilyen föld alatti bunkerben, mint ez.

A New York-i látkép is király egyébként, már többször is láttam, de nekem akkor is az ebédlő a kedvencem. Ilyen tájat csak ebben a helyiségben lehet látni: egy hawaii tengerpartot pálmafákkal, napsütéssel, délután még naplementével is. A tengerpartról készült vetítés két külön felvételből áll. Mindkettő körülbelül egy óra hosszú, és végtelenítve játsszák őket. Az egyik a napsütéses, a másik az alkonyati. Délután valahogy átkeverik egyiket a másikba több óra alatt, úgy, hogy észre sem veszed, hogy mikor ér véget az egyik, és mikor kezdődik a másik. Tényleg folyamatosnak tűnik. Éjszakai felvétel, mondjuk, nincs, de olyankor úgyis mindenki a kabinjában van. Magán a felvételen amúgy semmi extra nincs. Néha egy-egy madár repül át az égen, más nem nagyon. A fákat pedig olykor megmozgatja a szél. Mondom: semmi extra, de nekem bejön. Szerintem nagyon hangulatos.

Azért is, mert tényleg sosem voltam még ilyen helyen – erről kivételesen nem kamuztam Joelnek –, és ez a felvétel itt olyan élethű, hogy feledteti velem a szomorú tényt, hogy anyuval nem utazunk túl gyakran.

Néha egyébként, ha sokáig ülök itt, egy idő után tényleg el tudom felejteni, hogy hol vagyunk, és olyankor úgy érzem, valóban egy tengerparton nyaralok.

Tehát tényleg működik a kormány agyzsibbasztó trükkje, hogy a kamuablakok segítségével ne hülyüljünk meg a bezártságtól.

Az ebédlő egyébként nemcsak a látvány miatt sokkal érdekesebb, de van még mellé valami más is:

Ebben a teremben az álfalakon kívülre helyezték el a klímát. A belső és külső falak közötti egy méteres sávba reggel és estefelé hűvösebb levegőt nyom a légkondi. Ezért – mivel vacsorázni is itt szoktak a dolgozók – este felé be szokták csukni az ablakokat, hogy ne hűljön le nagyon a terem.

Mivel reggelre pedig kicsit túlzottan bemelegszik, reggeli előtt kinyitják az ablakokat, és olyankor hűvösebb jön be „odakintről". Tehát ezáltal olyan, mintha valóban változna kint a hőmérséklet.

Van ennek önmagában is egyfajta hangulata, és legalább lefoglalja az embereket, hogy nyitogatniuk kell a hülye ablakokat. Gondolom, addig sem a bezártsággal foglalkoznak. Egyszer én is kinyitottam egy ablakot két nappal ezelőtt, de persze egyből rám szóltak, hogy ne piszkáljam, mert csak elrontom. Csak a felnőttek kezelhetik.

Jellemző. Ezen a helyen néha nem is kamasznak érzem magam egyébként, hanem inkább kutyának. Na mindegy... Mellesleg nemcsak én, de Kat is így érez. Állandóan csak a szabályok. Tilalom tilalom hátán. Még jó, hogy pórázt nem raknak ránk!

Az szép lenne! Szóval ez az ablaknyitogatás amúgy tökre tetszik. És van még egy dolog, ami miatt néha becsukják: Időnként erősebben kezd fújni odakintről a klíma. Ennek az időzítését véletlenszerűen generálja a berendezés. Sosem tudjuk pontosan, mikor lesz szél. Ha nagyon felszabályoz a „szélgép", olyankor már előfordult, hogy be kellett csukni az összes ablakot, hogy ne fújjon le mindent az asztalokról.

A szél egyébként meglepő módon nem büdös géplevegőt vagy olyan enyhén dohos, steril levegőt fúj, mint a klímák általában, hanem aromásított, tengerparti levegőt juttat az ebédlőbe. Szerintem a szagokat is véletlenszerűen szabályozza, azaz választja a rendszer, mert éreztem már a levegőben kókusz- és banánillatot is. Sokszor meg olyan tipikus „halszag" szokott lenni, amit az ember a tengerparton érez. Legalábbis állítólag, mivel én még sosem jártam ott. Na jó, a New York-i tengerparton, ahol lakunk, ott persze már igen, de az a büdös benzinnel és olajjal dúsított kikötőszag nem igazán olyan, mint egy hawaii tengerpart illata. Hal sem úszkálhat szerintem túl sok New York körül a tengerben. Más élőlény se nagyon. Amelyiknek legalábbis van egy csöpp esze, és nem akar mérgezésben megdögleni.

Szóval többnyire itt, a „parton" múlatom az időt, ha már nagyon nincs kedvem tanulni, vagy esetleg elkészültem vele. Kat is leült már ide velem kétszer. Na, az tényleg jó volt! Viszont sajnos őrá nincs olyan nagy hatással ez a dolog. Talán ő nem tud annyira elrugaszkodni a valóságtól, mint én. Vagy csak nem akar.

Ő, ha épp nem tanul, és unatkozik, olyankor általában alszik. Azt szokta mondani, hogy szüksége van arra a kis extra alvásra, hogy szép maradjon. Ezzel én nem nagyon szeretnék vitába szállni. Akinek ilyen külseje van, az hadd tudja már, hogy hány órát kell aludnia hozzá.

Az én külsőmhöz, mondjuk, elég lenne napi tíz perc alvás is. Nyitott szemmel.

Én amúgy – ezzel összhangban – keveset alszom itt, ezen a lepratelepen. Ezért is várom már, hogy anyám végezzen a munkájával, és végre elhúzhassunk innen. Utálok a lakókabinban lenni. Ezért sem tudok rendesen aludni, mert nagyon idegesít, hogy nincsenek ablakok. Úgy érzem, mintha egy betonkoporsóban feküdnék, és mintha még levegő sem lenne. Itt az ebédlőben legalább van mit nézni. Szívem szerint itt is aludnék, de persze azt úgysem engednék.

Lehet, hogy azért is, mert nincs éjszakai felvétel, és elég fura lenne látni, hogy olyankor egyszerűen lekapcsolják a kijelzőket, és kész. Valóban kiábrándító látvány lehet. Azt meg biztos nem tennék meg a kedvemért, hogy egész éjszaka nyomassák a naplementét meg a szélgépet, csak hogy Thomas Meier, a karvalyorrú nagyúr jobban aludjon.

Ja, azt majdnem elfelejtettem, hogy nemcsak szél van ám itt mesterségesen, de tulajdonképpen még napfény is. Ezek a speciális kijelzők ugyanis még azoknál a méregdrága új típusú TV-knél is többet tudnak:

Áteresztik a fényt. Legalábbis így gondolom, mert ezt Mitch sajnos nem mondta el. Bár lehet, hogy a kijelző nem tudná honnan átereszteni a fényt, mivel közvetlenül rajta vannak a falakon. Ahhoz, hogy mögöttük még világítótestek is legyenek, azokat már csak a falakba lehetett volna beépíteni. Lehet tehát, hogy maguk a kijelzők képesek annyira világítani, hogy az már napfénynek tűnik idebent. Ki tudja? Délutánonként egy az egyben ugyanolyan sárgán, sávokban világít be a lemenő nap, mint naplementekor a kinti világban. Nem tudom, ezt hogyan csinálták meg, de a fény egyértelműen ugyanúgy a felvétel, azaz a kivetített kép irányából jön. Ezért gondolom, hogy a világítás vagy a kijelzők mögül jön valamilyen fényszórókból, vagy maga a kijelző képes ekkora fényt kibocsátani.

Egy baj van csak ezzel a műnapfénnyel: nem lehet tőle lesülni. Ez még a kisebbik probléma. A nagyobbik az, hogy D-vitamin sincs benne.

Ezért az itt dolgozók D-vitamin tablettát szednek. Korábban állítólag a bezártság okozta bekattanás mellé még a csontritkulásos tünetek is gyakoriak voltak. Elképzeltem egy rakás dühöngő őrültet, ahogy zörgő csontokkal, nyikorgó ízületekkel haladtak jobbra-balra járókeretekkel. Valóban nagyon ijesztő lehetett. Vagy inkább röhejes. Na mindegy...

Szóval ezért tömik belénk a D-vitamint. Bár azt nem értem, hogy két hét alatt, amíg itt vagyunk, hogyan tudnánk csontritkulást kapni. Nem vagyok egy nagy biológiazseni, de amennyire tudom, a vitaminhiány miatt kialakuló betegségek azért nem egy-két hét alatt szoktak jelentkezni. Bár kit érdekel? Végül is ingyen adják, úgyhogy nem járatom a pofámat. Anyám minden este tízszer szólni szokott, hogy vegyem be. Eddig még nem nőtt tőle harmadik kezem, úgyhogy ártani, gondolom, nem árt.

Most végre éled a szél a felvételen, és mindjárt jön a mesterséges fuvallat „odakintről". Ez a kedvenc részem! Vajon milyen aromát hoz be most a tengerparti szellő? Gyanítom, hogy már a teljes kelléktárat „végigszagoltam", de azért még lehet, hogy érhetnek meglepetések.

Ekkor lépett be Kat az ebédlőbe. Így már ketten voltunk. Eddig egyedül ücsörögtem itt.

– Nem ülsz le te is egy kicsit? – kérdeztem. – Mindjárt éled a szél! Kíváncsi vagyok, most milyen illatot hoz be.

– Jaj, ne csináld már – grimaszolt unott arckifejezéssel. – Te is tudod, hogy csak aroma. Kamu az egész. Mint ahogy ez az egész hely is az.

– Ja, tudom – mondtam kissé kiábrándultan. Persze én is tisztában voltam vele, hogy az, de akkor sem szerettem, ha emlékeztetnek rá. – Menjünk? – kérdeztem. – Készen állsz?

– Mehetünk. Már végeztem.

– Rendben – álltam fel. – Hol voltál egyébként? Vagy nem akarod elmondani? Magánügy, vagy ilyesmi?

– Ja? Nem titok. Az orvosiban voltam apámnak gyógyszerért. Mint ahogy tegnap is. Innen tudom, hogy merre van az orvosi részleg.

– Csak nem beteg? – vontam össze a szemöldököm aggódó kifejezéssel, rendkívül megrendülten. Nem mintha annyira odalettem volna a fickóért, de Katet, mondjuk, tényleg sajnáltam volna, ha már az apját is elvesztené.

– Nem, nem vészes – mosolygott Kat. Ilyenkor különösen szép volt. – Csak magas a vérnyomása. Tegnap derült ki. Az első gyógyszer nem igazán vitte lejjebb neki. Most adtak helyette egy másikat. Apa megkért, hogy hozzam el, mert neki nincs ideje.

– Talán nem kéne annyit ordítoznia. Szerintem az nyomja tele vérrel az agyát.

– Először is – mosolygott Kat –, a magas vérnyomás szerintem nem igazán így működik. Másodszor: nem is ordítozik, csak parancsokat osztogat. Inkább csak határozott.

– Ja, határozottan ordít – mondtam vigyorogva. Kat szerencsére vette a lapot. Ő is mosolygott. Ő legalább nem egy olyan vak robot, mint Joel Brown, akinek se humora nincs, se normálisan a szemedbe nézni nem mer, vagy nem tud. Mintha nem is látná, hogy hol vagy valójában. Lehet, hogy Katnek is pont ez jutott eszébe, mert így folytatta:

– Képzeld, láttam még egyet.

– Vakot?

– Én piásnak hívom őket, de amúgy igen, azt.

– Hol láttad? Ki az? Valamelyik nővér?

Negyedik fejezet: Kék

– Csak egy nővér van – mondta Kat. – Legalábbis én csak egyet láttam. Az rendben volt. Viszont az orvos nem.

– Komolyan mondod? Akkor ezek szerint mégsem csak mi találtuk ki ezt a hülyeséget?

– Szerintem nem. Ő sem nézett a szemembe. Valahogy tényleg olyan, mintha kicsit mellém nézne, mint ahogy te is mondtad. Ugyanúgy, mint Brown esetében.

– Ez hihetetlen! Tudom, hogy nekem el kéne hinnem, mert én vettem észre először, és én vagyok az, aki állandóan hajtogatja, de akkor is! Ez nagyon durva!

– Látod? Tudom én is, hogy nem vagy hülye gyerek. És tudod, hogy mennyire nem?

– *Mennyire* nem? Világosíts már fel, kérlek.

– Feltettem a dokinak a trükkös kérdést, amit te találtál ki.

– *Komolyan*? És ő mit reagált rá?

– Ugyanúgy semmit, mint ahogy Brown sem.

– Ne már! Most csak hülyítesz – mondtam Katnek. Ekkor még tényleg azt is hittem egyébként.

– Pedig így volt! Megkérdeztem tőle, hogy mondjak-e egy nagyon jó viccet, mert épp ma hallottam. A te elméleted szerint erre vagy mosolyogva reagálnak az emberek, mert előre sejtik, hogy úgy is az lesz a vége... szinte már készülve lélekben a jó poénra. Vagy ha nem is mosolyognak, de azért mindig rábólintanak, nem? Végül is ki ne akarna hallani egy jó poént?

– Pontosan! Látom, nagyon gyorsan tanulsz – dicsértem Katet. Meg is érdemelte amúgy, nem túloztam, vagy ilyesmi.

– És nem reagált az orvos semmit? Na jó, lehet, hogy csak nem ért rá, nem? Azért egy doki biztos elfoglaltabb, mint egy tanár.

– Először én is erre gondoltam, de tudod, mi volt a fura?

– Mi?

– Az, hogy a nővér azonnal elmosolyodott, és láttam, hogy bólintani akar, hogy mondjam csak el a viccet. De aztán mégsem tette, mert az orvos addigra már leintett. Azt mondta, hogy köszöni, de most nincs ideje.

– Tehát a nővér is bizonyította, hogy igazam van?

– Szerintem igen. Végül is ki ne akarna hallani egy jó poént, nem? Mibe kerül? Tíz másodpercbe?

– Úgy van. Ezért is találtam ki „A módszert".

– És hányszor is tesztelted le eddig Brownon?

– Ha a mai napot is beleszámoljuk? Akkor azt hiszem, hétszer. Mindig van valami kifogása. Először azt hittem, hogy csak nincs jó humorérzéke, és zavarba hozza a téma. Azért is szívatom vele azóta. De akkor ezek szerint nincs egyedül ezekkel a fura reakcióival? Akkor tényleg van valami gond a bunkerben az ilyen emberekkel, nem?

– Szerintem biztos, hogy van.

– Nem mondod el apádnak? Mégiscsak ő a bázis főnöke.

– Szerinted mit mondana azon kívül, hogy totál hülyék vagyunk? Á! Felejtsd el. Már úgyis túl feszült a viszonyunk anyám halála óta. Nem akarok még effektíve vitatkozni is vele.

– Jó, akkor vedd úgy, hogy nem szóltam.

Beszélgetés közben már kimentünk az ebédlőből a folyosóra.

– Elinduljunk? – kérdeztem.

– Menjünk. Lehet, hogy ez is messzire vezet. Jó lenne még estig visszaérni.

– Akkor a kék?

– Igen, legyen most az.

Elindultunk hát a folyosón a kék vonalon. Szépen egymás mögött, ahogy a szabály előírja.

Ez is egy volt a rengeteg hülye előírás közül. Volt belőlük vagy ötezer. A szabály úgy szólt, hogy:

„A bázison dolgozók mindig a kijelölt vonalon közlekedjenek munkakörüknek és feladatuknak megfelelően. Nem a vonal mellett, hanem a vonalon kell haladni, egymás mögött, egyesével. Kikerülni, megelőzni szigorúan tilos a másikat! Másik útvonalra áttérni kizárólag a lakóövezeteknél vagy az ebédlő környékén lehet. Ott is csak akkor, ha eligazítás történik, és a dolgozó új beosztásba kerül."

Hál' Istennek mi Kattel semmilyen hülye beosztásban nem voltunk, mivel nem a bázison dolgoztunk – sőt, sehol –, így miránk nem vonatkozott ez a marhaság. Rendszeresen átléptünk egy másik vonalra csak úgy viccből. Sokat hülyéskedtünk ezzel. Direkt idegesítettük is vele a felnőtteket. Azok kínos pontossággal betartották ezt a szabályt. Olyan szinten, mintha az életük függne tőle. Nem is értettük, mitől tartanak annyira. Kirúgják őket egy vonal miatt, vagy mi? Vagy egy katona lelövi őket, mert rossz színen állnak éppen? Nehogy már! Igazából, mondjuk, nem tudom, mi történne, mert sosem láttam, hogy valaki is megszegné ezt az előírást. Vagy hogy megszegné akármelyiket is.

Viszont volt ennek a szabálynak egy kiegészítése is, amit, ha én nem is, de Kat látta egyszer, hogy valaki megszegett.

A kiegészítés úgy szólt, hogy:

„A lakóövezet és az ebédlő környékének kivételével, más helyeken szigorúan tilos lelépni a felfestett vonalról. Egy méternél távolabb kerülni tőle veszélyes lehet. Két méternél távolabb viszont életveszélyes!"

Ez volt az a dolog, ami engem kezdetektől fogva aggasztott.

Miért van szükség ilyen szabályra egy kutatóbázison? Miféle hely az, ahol egy adott – kb. tízcentis – vonalon haladni biztonságos, de két méterrel távolabb kerülni tőle életveszélyes?

Mégis mi történik, ha az ember úgy dönt, hogy csak úgy elsétál valamerre?

Lehet, hogy egyszerűen tüzet nyitnának rá a katonák? Ezért állnak olyan sokan mindenfelé kb. húsz méterenként? Rengeteg van belőlük! Még a dolgozóknál is többen vannak. A katonák a folyosók szélén állnak, végig a falak mentén.

És hogy mi ebben számomra az annyira „vicces"? Hát az, hogy a falak kb. három méterre vannak a folyosók közepére felfestett vonalaktól!

A katonáknak akkor miért nem lesz baja három méterre onnan? Csak a dolgozókra nézve életveszélyes az, ha két méteres távolságba kerülnek a vonaltól? Valójában mi benne a veszélyes? Az, hogy úgy már csak egy méterre lesznek a katonáktól, vagy mi? Úgy túl közel lennének hozzájuk? Onnan már könnyen le tudják puffantani őket? Lehet, hogy nem is a vonaltól veszélyes távol kerülni, hanem inkább a katonákhoz nem szabad közelebb menni? De hát nekik nem védeniük kellene a dolgozókat? Lehet, hogy tartanunk kellene tőlük? De akkor minek vannak itt? Kit védenek, ha nem minket?

Nem tudom, mi lehet az igazság ezzel kapcsolatban, de az biztos, hogy nem tölt el túlzott nyugalommal.

Szóval Kat még az első nap, amikor még nem is ismertük egymást látta, hogy valaki megszegte a felfestettt vonal elhagyásáról szóló szabályt.

Egy fehér köpenyes férfi volt. Talán orvos vagy csak egy egyszerű kutató. Épp Kat előtt ment a folyosón. A lány úgy látta, hogy a fickó talán rosszul lett. Megtántorodott, és oldalra zuhant. Valahogy rosszul eshetett, mert közben kitekeredett, és maga alá gyűrte a lábát. Utána emiatt egyből fordult is egyet a földön, mert talán annyira azért még magánál volt, hogy érezze, ki fog ficamodni a térde, ha nem gurul arrébb. Így hát esés közben még távolabb is gördült. Így viszont már vagy másfél méterre került a vonaltól, amin haladnia kellett volna.

Ahogy arrébb gurult, ott is maradt. Talán egyből meg is halt! Ki tudja?

Kat azt mondta, ekkor valami vészfény kezdett villogni a folyosón. Vijjogás nem volt hozzá, csak vörös fény pulzált mindenfelé, hogy majd' meg vakult tőle mindenki! Aztán a következő pillanatban vegyvédelmi – vagy sugárzás elleni? – ruhás emberek jelentek meg az egyik kanyarban. Őt és a mögötte jövő néhány embert azonnal visszazavarták abba az irányba, ahonnan jöttek.

A többiek szót is fogadtak, és elhúzták a csíkot. – Szó szerint! – Kat viszont nem fogadott szót, és átlépett egy másik vonalra a sarkon. Hagyta, hogy a többiek elmenjenek mellette, és ő végignézte az ezután történteket is.

Azt mondta, olyan távolságból nem látta pontosan, de úgy tűnt, hogy még a sárga ruhás, maszkos emberek sem mertek lelépni a vonalról! Kampós végű botokat hoztak, és a saját vonalukon állva azzal nyúltak ki az ájult – vagy halott – emberért.

A kampókkal visszahúzták a férfi testét a vonalra, aztán a kezeinél és lábainál fogva elvitték. Hordágyat sem hoztak, mint ahogy a mentősök tették volna. Csak elvitték, mint egy zsák krumplit.

Kat szerint a férfi meghalt.

Szerintem nem. Egy halottnak azért csak megadták volna a végtisztességet. Zsákba rakták volna, letakarták volna, vagy ilyesmi.

Véleményem szerint csak rosszul lett, de *nem* azért, mert lelépett a vonalról! Azaz nem a vonal elhagyása után, hanem előtte lett rosszul. Hiszen már akkor elesett, amikor még a vonalon ment.

Bár igaz, hogy ha nem lett baja attól, hogy lelépett róla, és igazából nem is veszélyes, akkor a többiek miért botokkal nyúltak utána? Miért nem sétáltak egyszerűen oda hozzá? És miért viseltek védőruhát?

Létezik, hogy ez a bázis olyan veszélyes hely, hogy ha letérsz a kijelölt vonalról, akkor valóban két méter után szörnyet is halsz?

Mégis mi az, ami *ennyire* halálos? Radioaktív sugárzás? Vagy valami halálos mikrohullám, ami kiégeti az agyadat?

És a vonalak felett haladva, miért nem ér senkit baj? Ott miért nem veszélyes? Mik azok a vonalak egyáltalán? Valóban csak felfestett csíkok? Vagy lehet, hogy annál azért többről van szó? Továbbá a katonákra, akik legalább három méterre állnak tőlük a falak mentél, miért nem hat a veszélyes „sugárzás"?

Már arra is gondoltam egyébként, hogy a katonák nem is igaziak, és *ezért* nem hat rájuk! Arra gondoltam, mi van, ha csak bábok, és elrettentésül állnak ott, hogy jelenlétükkel fegyelemre kényszerítsék a dolgozókat? Mint a madárijesztők a kukorica mezőn. Csak ezek embereket riogatnak.

De aztán egyik nap láttam egy őrségváltást. Simán elsétáltak a helyükről, és helyet cseréltek. Ha tehát bábok, akkor ezek a legtutibb kirakatbábok, akiket életemben láttam!

Ráadásul ott volt az az eset is, amikor első nap meg akartam nézni egy katona fegyverét, és felé nyúltam, hogy megmutatná-e. Az is megmozdult. Nem teljesen nézett rám, csak felemelte a fegyverét, hogy ne érjem el. Úgyhogy tuti, hogy valódiak, és élnek! Egy hipermodern, sétáló kirakatbábut vagy robotot szerintem baromira nem érdekelte volna, hogy elveszem-e a puskáját, és lábon lövöm-e magam vele.

Ebből gondolom, hogy élnek – még akkor is, ha a nap legnagyobb részében nem mozognak –, mert szerintem csak egy élő felnőttet zavarna az, ha egy gyerek megsérül. A robotok magasról tennének rá.

Szóval ilyen folyosókon szoktunk mászkálni Kattel suli után, ahol végig katonák állnak a falak mentén. Jó kis hely.

Elkószáltunk már az utóbbi napokban erre-arra. Túl sokat nem tudtunk meg a bunkerről, de azért láttunk érdekes dolgokat.

Egyébként úgy tűnik, hogy senkit nem izgat igazán, hogy mi mit csinálunk. Ezért is merünk sétálgatni.

Mivel rajtunk kívül nincs más gyerek a bunkerben, így szerintem egyszerűen nincsenek hozzászokva a jelenséghez. Minket is felnőttként kezelnek. Mindenki olyannyira tudja a dolgát, és annyira fegyelmezetten haladnak a vonalakon, mint a robotok. Ha csendben sétálgatunk köztük, és néha átlépünk egy másik vonalra, észre sem veszi senki, és gyakorlatilag akárhová elmehetünk. Azért sem figyelik, hogy merre megyünk, mert mindenki olyan céltudatosan megy, hogy fel sem tételeznék, hogy közülük bárki is csak úgy unalmában lődörög.

Az sem nagyon érdekel senkit, hogy mi ketten miről beszélgetünk. Olyan szinten nem figyelnek ránk, hogy egyszer még hangosan röhögtünk is séta közben. Az sem zavarta őket. Itt tényleg sok ember olyan, mint a robotok. Majdnem mindenki olyan. Sajnos.

Lehet tehát, hogy a tanáron és az orvoson, na meg a katonákon kívül más vakok is vannak a bunkerben. Biztos több is van belőlük, de mindenkinek azért csak nem mesélhetek vicceket, hogy röhögnek-e rajta.

A dolgozók passzivitása alapján viszont erős a gyanúm, hogy köztük is sok ilyen van. Valami nem igazán stimmel az itteni emberekkel. De hogy mi, arról halvány fogalmam sincs.

Most a kék vonalon haladtunk Kattel tegnap délutáni megállapodásunk szerint. Eddig még semmi érdemleges nem történt, pedig már vagy fél órája gyalogolunk.

Iszonyú hosszúak ezek az alagutak. Ráadásul gyorsan haladni sem lehet, mert mindenki gyalog közlekedik, és még jó lassan is. A futás valószínűleg tilos is, nehogy elessen valaki, és emiatt eltávolodjon a kijelölt vonaltól. Így hát mindenki biztonságos sebességgel totyog, mint a pingvin, amelyiknek egyszerre tojást raknia és kakálnia is kell.

Már nem egyszer kikerültünk embereket Kattel, eddig még nem lett belőle baj, de azért nem akarjuk túlzásba vinni, mert így is szabálytalan. Azért azt csak nem akarjuk, hogy tüzet nyisson ránk valamelyik katona, vagy értünk is vegyvédelmi ruhás emberek jöjjenek. Ki tudja, mire képesek még azokkal a kampós végű rudakkal, ha jól beakasztják az embernek!

Kattel séta közben beszélgetni szoktunk. Mivel mindenhol van valamilyen zaj, így általában nem igazán hallják, hogy mit karattyolunk összevissza. Szerintem, ha hallanák, se figyelnének rá.

Egyébként a folyosókról annyit kell tudni, hogy mindegyik kerek, mint egy alagút. Tehát nem kocka alakúak, mint mondjuk, egy iskolai folyosó. Jó, tudom, hogy valójában nem kerek, hanem „körkeresztmetszetű", meg ilyen hülyeségek, de akkor is utálom az ilyen túlfogalmazott kifejezéseket.

Matekórán is az agyamra megy, ha a kockás füzetre azt mondja a tanár, hogy négyzetrácsos. Miért ne lehetne kockás? Arról talán nem tudja a másik, hogy mire gondolok? Nyilván nem úgy értem adott esetben, hogy fakockák vannak a füzetben! Szóval nekem az iskolai folyosó is kocka alakú, mert négy oldala van, azaz két egymással párhuzamos fala, egy padlója és egy plafonja. Ezáltal pedig négy sarka is. Nem pont ugyanúgy, mint a kockának? Hát dehogynem! Vannak jó meglátásaim. Nem akarok beképzeltnek tűnni, de azért vannak.

Tehát ezek a folyosók a bunkerben nem szögletesek, hanem körkeresztmetszetűek. Ja, mint a locsolóslag! Csak ezek kb. hat méter szélesek. Elég sok vizet át lehetne nyomni rajtuk.

Amúgy a vizes hasonlat némileg találó, ugyanis rengeteg a fém ezen a helyen. Kicsit olyan, mintha fémből készült vízcsövek belsejében sétálna az ember. Kissé ijesztő.

A padlón van egy kb. hat méter széles fémrács végigfektetve. Ezeken lehet gyalogolni. „Kellemes" hangja van. A felfestett vonalak ezek alatt a rácsok alatt haladnak. Mivel a rács elég ritka, ezért a vonalakat teljesen jól lehet látni úgyis, hogy azok pár centivel a fémrács alatt vannak a padlóra, azaz csőszerű alagút falára festve. Mivel az alagutak csőszerűek, így igazából nincs padlójuk vagy falaik sem.

A helyiségek és termek egyébként normális – kocka, ha-ha! – alakúak, csak a folyosók ilyenek, mint az óriási csövek.

Mi most épp a kék vonalon – azaz felette pár centivel – haladunk Kattel. Ő általában mögöttem jön, mert egymás mellett ugye tilos menni. Ha mellettem jönne, akkor már másik vonalon haladna. Az pedig ugye borzalmasan elítélendő dolog. Még a végén lelőnének érte minket. Bár ki tudja? Lehet, hogy tényleg így történne, ha megpróbálnánk? Jobb tehát nem játszani ilyenekkel. Inkább haladj a haverod mögött, mint hogy arra eszmélj, hogy ementálira lőtték a hulládat! Jó, tudom, hogy a hullák nem eszmélnek rá semmire, de Katnek így szoktam mondani, és neki tetszik.

Szóval, ő szokott mögöttem jönni, hogy először az én hullámat lőjék lyukacsosra, ha gond van.

Tudom, kedves tőle. De végül is lány. Nem kell, hogy ennél bátrabb legyen. Pláne ilyen külsővel. Örülök, hogy egyáltalán hajlandó sétálgatni velem. Amúgy mögöttem is lelőhetnék akármikor, ha a katonáknak ahhoz lenne kedvük – erről persze neki nem szóltam még, he-he –, tehát senki sem mondta, hogy ott teljes biztonságban van. Persze nem mintha szerintem bárki is rá merne lőni a bázis főnökének a lányára. Akkor biztos kirúgnák. Vagy lehet, hogy őt is lelőnék? Nem tudom. Ezeknél a katonáknál amúgy mindenre ez a megoldás.

A seregben, ha reggel nem ízlik a száraz kenyér, ebédre nemhogy nem kapsz jobbat, de pörkölt helyett inkább golyót kapsz! És nem szilvás gombócra gondolok! Jó, persze ez csak egy hülye elméletem, biztos nem így van, de nekik akkor is mindenre ez a megoldás.

Tehát, ha Katet megkarcolná egy eltévedt golyó, szerintem tutira ledurrantanák érte a katonát. Lehet, hogy még az alárendelt tisztjeit is, vagy hogy mondják. Mármint akiket csesztetni lehet, hogy az ő hibájuk volt.

Kat tehát most is mögöttem halad, mint más napokon is.

Most kicsit közelebb jött hozzám, és megkérdezte:

– Szerinted most is olyan hosszan fogunk gyalogolni, mint tegnap? Mégis mekkora ez a hely?

– Nem tudom. Szerintem akkora is lehet akár, mint egy kisebbfajta város.

– De hát mi a fenét csinálnak ezek egy ekkora területen?

– Hát... Ufókat tenyésztenek?

Ötödik fejezet: Ufó tenyésztés

– Nem valószínű, hogy azokat a Földön tenyésztenék. Akkor nem neveznék őket ufóknak, azaz űrlényeknek. Szerintem azok is ugyanúgy szaporodnak, mint az emberek, csak egy másik bolygón. Már ha léteznek egyáltalán.

– Ja. De egyébként nem biztos ám, hogy csak egy dologgal foglalkoznak itt – dobtam fel a labdát.

– Ufótenyésztésen kívül még mit csinálnak szerinted?

– Vegyi fegyvereket például. Mi másra kellenek nekik vegyészek, mint anyám?

– Nem tudom. Esetleg gyógyszerek előállításához?

– Gyógyszerekhez?! Na ne hülyéskedj! Azokat nem föld alatti bázisokon gyártják, hanem gyógyszergyárakban.

– De talán ilyen helyeken fejlesztik ki őket, amíg még kutatási fázisban vannak. Tudod, azért, hogy védve legyenek ipari kémkedés ellen.

– Ezt valami Tom Clancy-regényben olvastad, Kat?

– Milyen regényben? Nem. Nem olvasok olyat. Még nem is hallottam ezt a nevet.

– Mindegy, nem érdekes. Amúgy lehet, hogy igazad van. Remélem, hogy igazad van. Én örülnék neki, ha anyám csak a legújabb fejfájáscsillapítón dolgozna, és mondjuk, nem lehetne a kémcső tartalmával, amit most épp a kezében tarthat, egy kisebb muszlim országot nyomtalanul eltörölni a Föld színéről.

– Kisebb muszlim országot? Miért mekkorák vannak? Vannak nagyobbak is? Hány van egyáltalán? – kérdezte Kat kissé ijedten.

– Engem kérdezel? Fogalmam sincs! Csak egyszer olvastam valami ilyet egy Tom Clancy-regényben. Gondolom, akkor biztos több is lehet belőlük. A faszi eléggé vágja ezt a témát.

Mármint az író. De persze lehet ám, hogy csak kitaláció az egész. Ezek az írók összevissza írnak hülyeségeket. Még a történelmet is átírják. Egyszer olvastam egy könyvet, amiben két Hitler szerepelt.

– Hogy érted? Volt egy fia?

– Nem. Ketten voltak, mint a klónok. És egymás ellen fordultak. Az nagyon bejött! Csak sajnos már nem emlékszem a címére.

– Kár. Azt még lehet, hogy én is elolvastam volna. Bár nem nagyon szeretem a háborús könyveket.

– Ja, ebben nem zajlott konkrétan háború. Ez valami jövőben játszódó horror volt, amiben a két Hitler rovarlényeket zabált fel. Eleinte együtt, társakként csinálták, majd egymás ellen fordultak, és egymást kezdték tépni az űrhajó szellőzőjárataiban.

– Ó, értem. Akkor, azt hiszem, maradok a romantikus regényeknél.

– Te tudod. Pedig ne tudd meg, mit hagysz ki! Ez amúgy még nívós is volt.

– Képzelem, mennyire.

– Semennyire. De röhögni, mondjuk, tudtam rajta.

– Ja, te ezért olvasol? – kérdezte Kat.

– Miért, te nem? – értetlenkedtem.

– Én azért, hogy elgondolkodjak rajtuk.

– Uramatyám! Mint az iskolában? Nem elég, ha ott elalszom az unalomtól? Mondd, te sosem aludtál még el könyvön?

– Hát, éppen előfordult már...

– Na látod! – mondtam tudálékosan. Közben észrevettük, hogy senki sem maradt a közelünkben. Tegnap is olyan sokáig haladtunk a zöld vonalon, hogy a végén, ahol az a fémzsilip volt, már egy teremtett lélek nem tartózkodott rajtunk kívül, még katonák sem.

Gondoltam, ha egyszer úgysem hallja senki, most megkérdezhetek Kattől valamit, ami fontos számomra:

– Figyelj, amúgy nem baj, ha így együtt látnak minket? Téged nem zavar?

– Miért zavarna?

– Hát ahogy kinézek, meg minden.

– Mire gondolsz? Szerinted hogy nézel ki? – kérdezte meglepetten.

– Ne már! Hisz te is tudod: gólyacsőrszerű orr, elefántfülek, a szemeim meg olyan kicsik, hogy gyakorlatilag nincsenek. Hahó! Ismerős személyleírás? Itt halad az elkövető épp előtted!

– Te miről beszélsz? Szerinted *így* nézel ki?

– Te jó ég! *Ennél is* rondább vagyok? Most beképzeltnek tartasz, hogy csak ennyit mondtam?

– Dehogyis, te hülye! Nem is vagy ronda egyáltalán. Teljesen normális srác vagy.

– Mi? Most csak viccelsz? Egész biztos, hogy jól látsz? Látsz engem, ahogy itt megyek előtted? Hidd el, nem valami szép látvány az! Ne akard, hogy megforduljak, és szembe kelljen nézned az iszonyattal.

– Szerintem nincs semmi baj a külsőddel. Inkább a fejeddel lehet a probléma. Mármint idebent – mutatott mosolyogva a homlokára kissé gúnyosan. Onnan tudom, hogy közben azért mégis hátrafordultam, és láttam. De azt is, hogy csak viccel.

– Hát, köszi. Rendes tőled, hogy vigasztalni próbálsz, meg ilyenek. – Tényleg kedves volt tőle. Ezt ki sem néztem volna belőle korábban. – De akkor is fiatalabb vagyok. Nem gáz, hogy egy hülye kisfiúval mászkálsz?

– Miért? Fiatalabb vagy? Nem tudtam.

– Csak tizenhat vagyok! Mintha a kisöcséd lennék! Vagy akár majdhogynem a fiad. Azért az durva, nem?

– Tom Meier, te tényleg teljesen hülye vagy! Én amúgy nem is tudtam, hogy fiatalabb vagy. Eddig azt hittem, idősebb vagy nálam.

„Ó, hogy én mekkora barom vagyok, hogy elmondtam!" – ordítottam magamban. „Létezik, hogy tényleg nem vette volna észre? Én azt hittem, hogy úgy néz rám, mint a gyogyós kisöccsére. Tényleg nem látja, hogy mennyire ótvarul nézek ki? Remélem, ő nem vak, vagy ilyesmi, és tényleg lát rendesen. Komolyan nem értem, mit lát rajtam, ami szerinte *normális*."

– Nem számít amúgy a kor – folytatta Kat. – De egyébként miért érdekel, hogy zavar-e, ha együtt látnak minket? Talán csak nem azért, mert...

– Odanézz! – vágtam közbe. – Ott a vége!

A kék vonal egy idő után egyszer csak nem folytatódott tovább, mintha elvágták volna. Elérkeztünk ennek az útnak is a végére. A folyosó egy ahhoz hasonló fémzsilipbe torkollt, mint a H betűs ajtónál, csak ezen nem volt semmilyen jelzés.

– Hogyhogy nem megy tovább a vonal? – kérdezte Kat. – Akkor a dolgozók hogy mennek be oda? Hiszen csak a vonalon lehet haladni, nem?

– Lehet, hogy oda senki sem megy be? Még a dolgozók sem? Mert nem mernek?

– De akkor minek csináltak a teremnek ajtót, ha nem szoktak bemenni?

– Lehet, hogy lezártak vele valamit, amit jobb nem bolygatni. Tudod, a sitten is vannak olyan foglyok, akik nem feltétlenül azért vannak ott, hogy megjavuljanak, és később kiengedjék őket. Azokat azért zárják be, hogy ne okozzanak több kárt. Mások biztonsága érdekében.

– Szerinted valami veszélyes dolgot tartanak itt?

– Szerintem ez az egész rohadt bunker egy nagy veszélyes dolog.

– Igazad lehet. Csak tudod, mit nem értek? – kérdezte Kat.
– Hogyha életveszélyes eltávolodni ettől a kék vonaltól, de az vagy négy méterrel az ajtó előtt véget ér, akkor hogyan készítették magát az ajtót? Hogy mentek oda? Csak úgy odavarázsolta valaki? Szerintem kamu ez az egész! Tudod, hogy az őrök is milyen távol állnak a vonalaktól. Őket sem zavarja! Szerintem ez csak ijesztgetés, hogy a dolgozók ne merjenek kíváncsiskodni. Mi van például akkor, ha az, amit láttam... tudod, amikor a sárga ruhás emberek eljöttek azért a fickóért... szóval mi van, ha az csak színjáték volt? Szerinted a kormány talán nem csinál ilyeneket? Ha képes valódi tájat szimulálni a helyiségekbe, sőt még szelet is imitálni, amit annyira szeretsz, akkor ne lennének képesek eljátszani, hogy valaki rosszul lesz, csak azért, hogy mások jobban betartsák a szabályokat?

– Jó, nem mondom, hogy ki van zárva, de mire akarsz kilyukadni?

– Arra, hogy szerintem egyszerűen csak oda kéne mennünk, és megnézni azt az ajtót!

– Mi?! Eszedbe ne jusson! – nyúltam oda, és fogtam meg önkéntelenül a kezét. Eldöntöttem, hogyha tényleg el akar lépni a vonalról, akkor ha kell, erőszakkal tartom vissza.

– Na jó, én sem gondolom azért teljesen komolyan – húzta vissza zavartan a kezét. Csak most fogtam fel, hogy egy másodpercig kéz a kézben álltunk, és ráadásul én kezdeményeztem. Én *tényleg* nem vagyok normális! Igaza volt, hogy zavarba jött miatta! Még jó, hogy nem vágott képen. – De valahogy akkor is meg kellene bizonyosodnunk arról – folytatta Kat –, hogy nem kamu-e ez az egész vonal cirkusz. Nekem annak tűnik! Én sem vagyok fizikaprofesszor, vagy ilyesmi, de azért tanultam ezt-azt, és olvastam elég sok könyvet. Nem tudok róla, hogy létezne olyan veszély, ami egy kanyargó vonalon haladva kilométereken keresztül nem hat ránk, de ha lelépünk róla valamerre, akkor egy rejtélyes erő agyonüt minket vagy kiégeti az agyunkat. Azért a fizikának is vannak törvényei, nem? A radioaktív sugárzás például nem nézi, hogy milyen vonalon állsz éppen. A mikrohullám sem. Meg a mérges gáz sem. Egyik sem fogja fel, hogy ki mit csinál. Nem tud ránk támadni, csak azért mert nem engedelmeskedünk.

– És egy élőlény? Az látja, hogy mikor lépünk le, nem?

– Miféle élőlény? Nem viccelj már! Szerinted egy szörny lakik ezen a bázison? És akkor mit csinálnak itt az emberek?

– Nem tudom, esetleg *neki* dolgoznak? Gondolj csak bele! Mi van, ha nem is szándékosan, de mondjuk, akaratukon kívül teszik? Mi van, ha él ezen a helyen valami magasabb intelligenciával bíró létforma, ami mindent lát, és megbüntet, ha az ember vét a szabályai ellen?

– Ilyen nem létezik, Tom, csak sci-fi könyvekben! Ha ez a hely valami idegen befolyása alatt lenne, akkor nem hoznának ide embereket dolgozni. Nem csinálnának ablakokat, hogy megóvják a dolgozókat a klausztrofóbiától. Ha élne itt valami, ami ilyesmire képes, akkor szerintem inkább lebombáznák az egész helyet.

– És ha már megpróbálták? Lehet, hogy nem fog rajta semmi! Talán ez, hogy neki dolgoznak csak kényszermegoldás! Mert egyelőre nincs jobb. Közben meg azt forralják az emberek, hogy hogyan lehetne kiiktatni szépen csendben úgy, hogy ne vegye észre?

– Tom, te túl sok Hitler-klónos könyvet olvasol – nevetett Kat. Bár a nevetése nem volt teljesen felhőtlen. – Még ha van is valami veszélyes itt, és nem kamu az egész, akkor sem hiszem, hogy ilyesmiről lenne szó, amire gondolsz. Ez a „magasabb létforma"-elmélet már nagyon sci-fis, nem? Azért ez mégiscsak a valódi világ, nem egy mesefilm. A valóság igazából annyi, hogy két unatkozó kamasz áll egy titkos föld alatti bázis egyik hosszú alagútjának végén, vagy legalábbis ennek a szakasznak a végén, és a felfestett vonal valamiért megszakad. Igazából bármi lehet az oka. Például az, hogy elfogyott a festék. Erre nem gondoltál, lángész?

– Ez most komoly? *Elfogyott* a festék? Szerinted hányszor fogyott el, amíg idáig meghúzták ezt a vonalat kilométereken keresztül? Szerintem volt náluk *elég* festék. Talán csak nem mertek elmenni az ajtóig. Vagy... mi van akkor, ha el sem *tudtak* menni odáig?

– Hogy érted?

– Mi van, ha az az ajtó nincs is ott?

– Csak mi látnánk? Hallucinálunk szerinted?

– Nem így értem. Mi van, ha ez is csak kivetítés? Végül is a hawaii tengerpart is élethű, nem? Szerinted egy ajtóval nem tudnák megcsinálni? – kérdeztem.

– De miért tennék? Várj! Tudod, mit?

– Mit? Oda ne menj! – nyúltam ismét a keze után. De Kat nem mozdult, így hát nem akartam tapogatni a kezét, meg ilyenek. A végén még tényleg rossz néven venné.

– Mi lenne, ha megdobnánk valamivel? – kérdezte Kat. – A koppanásból hallatszana, hogy fémből van-e, nem? Nincs nálad valami, amivel megdobhatnánk? Mondjuk, egy kő?

– *Kő*? Ezt most komolyan kérded? Még az mp3 lejátszómat sem engedték meg, hogy behozzam erre a lepratelepre! Szerinted köveket megengedték, hogy hozzak, hogy azokkal törjem ki a milliárdokat érő kijelzőket a falakon? Még jó, hogy azt nem kérded, hoztam-e magammal lángszórót. Egyébként követ nemhogy behozni nem lehetne ide, de nem is fogsz sehol találni ilyesmit. Szemetet sem. Ez a hely egy steril hullaház. Itt még egy pókot vagy pókhálót sem találsz sehol. Vagy ha igen, akkor a pók is csak a felfestett vonalra merne hálót szőni, hogy nehogy megkampózzák.

– És mi lenne, ha a cipődet vágnád hozzá? – kérdezte Kat meglepő lelkesedéssel.

– A limitált példányszámú, zselés talpú kosaras cipőmet? Komolyan a sírba viszel egyszer, te lány! – Persze vicceltem, de azért nem teljesen.

– Jó, akkor hozzávágom én az enyémet. Az enyém nem ilyen flancos, csak egy sima tornacipő. – Már hajolt is le, hogy elkezdje kioldani a fűzőt.

– Várj, te bolond! Nehogy már hozzávágd a cipődet!

– Miért? Nem hagyom el a vonalat. Majd apámnak azt mondom, hogy elvesztettem valahol.

– Elhagytad? Hol? Ez nem egy erdőszéli tisztás, hogy az ember elhagyja a dolgait a magas fűben. Ez egy olyan steril hely, hogy még egy fülbevaló sem eshet le észrevétlenül. Szerinted egy tornacipő csak úgy heverhetne itt évekig úgy, hogy senkit sem érdekelne kié, és hogy került ide? Tuti, hogy rájönnének, hogy direkt dobtad oda. Két óra múlva már mindenki tudna róla, és balhé lenne.

– És akkor mit csinálnának velem? Lelőnének? Csak mert eldobtam a cipőmet?

– Fogalmam sincs! De tudod, mit? Inkább ne is kockáztassuk, hogy hátha valóban megtennék. Te magad mondtad, hogy azt a fickót úgy hurcolták el hordágy nélkül, mint a szemetet. Lehet, hogy itt nem ér túl sokat az emberélet. Attól még, hogy nem láttuk, ahogy megbüntetnének valakit, még nem jelenti, hogy nem szokás. Egyébként meg egy cipő túl nehéz. Ha az ott valóban egy méregdrága kijelző, ami csak egy kamuképet mutat, akkor összetörheted, ha hozzávágsz egy tornacsukát.

– Jó, lehet, hogy igazad van. De akkor – nyúlt farmerja zsebébe – mit szólnál ehhez?

– Mi az? Egy ceruza?

– Majdnem. Szemceruza. Anyámé volt. Emlék. Nem vették észre, hogy becsempésztem. A fémdetektor sem érzékeli. Használni nem merném, mert apám agyvérzést kapna, ha sminkelni kezdeném magam. Úgyhogy tényleg csak egy emlék. De most feláldoznám erre a szent célra.

– És ha megtalálják ott az ajtó mellett, és baj lesz belőle, hogy szemetelünk?

– Tudod, mit? Elővettem, hogy megmutassam neked... aztán elejtettem. Van ilyen. És most is így történt. Te talán nem emlékszel rá? Na?

– Rendben – egyeztem bele. Ez a lány nagyon meggyőző tud lenni, ha akar. Kicsit ijesztő is, hogy mennyire. Vagy lehet, hogy csak rám van ilyen hatással? – Akkor ejtsd el véletlenül! De jól irányozd be! Tudsz célozni? Nehogy kárba menjen!

– Ne aggódj, egy hatméteres fémajtót azért csak eltalálok. Jaj, azt hiszem elejtettem a ceruzámat! – mímelt kétségbeesést, majd egy jól irányzott mozdulattal eldobta az ajtó irányába.

Repült a ceruza... repült... majd...

– Láttad, hogy hová esett? – kérdeztem.

– Hová?

– Én is ezt kérdezem. Te láttad? Mert én nem.

– Én sem. Koppanást sem hallottam.

Egy idáig pásztáztuk a szemünkkel az ajtó körülötti padlót, de közelebb menni nem mertünk hozzá.

– Nincs ott – mondtam ki én előbb. – Nem lehet ott. Azért akkor csak látnánk. Jól látom, hogy üres ott a fémrács. Alatta sincs semmi. A ceruza egyszerűen eltűnt!

– De hogy a fenében tűnt el?

– Biztos, hogy jó irányba dobtad?

– Viccelsz? Te is láttad, ahogy elrepül, nem?

– Na jó, igen. Akkor viszont lehet, hogy megsemmisült.

– Mitől?

– Lehet, hogy azért nem lehet elhagyni a vonalat, mert egy-két méteres körzetben minden irányban egy láthatatlan cső alakú energiamező vesz körül minket, azaz halad a vonalak mentén. Ami hozzáér, azt megsemmisíti. Talán elégeti vagy atomjaira bontja. Lehet, hogy ennek a minket körülvevő csőnek itt van vége, ahol a kék vonal véget ér.

– Jól hangzik, csak egy baj van ezzel a zseniális elmélettel, kedves Watsonom.

– Túl sci-fis ez is, mi? De akkor hová tűnt?

– Nem az a baj, hogy túl sci-fis, hanem az, hogy akkor az az ember, aki elesett, és a vonaltól kb. másfél méterre ért földet, miért nem égett el? Vagy miért nem esett szét atomjaira?

– Talán mert nem lépte át a két méteres határvonalat! Az energiamező határát.

– A katonák meg akkor simán átlépnek rajta, és megállnak a folyosó szélein három méterre a vonaltól? Na ne viccelj!

– Jó, akkor szerinted hová lett? – kérdeztem türelmetlenül.

– Mi van, ha az ajtó nem is valódi?

– Igen, ezt már az előbb átvettük. Kivetítő. Oké, de akkor miért nem pattant vissza róla? És miért nem hallottuk a koccanást a képernyőn?

– Talán mert ez nem egy kézzelfogható kijelző. Mi van, ha egy hologram, ami csak oda van vetítve?

– A levegőbe? Ne viccelj már, ilyenek tényleg csak sci-fi filmekben léteznek!

– Miért, van jobb ötleted? Szerintem az az ajtó ott csak illúzió. A ceruza azért tűnt el, mert anélkül repült át rajta, hogy bárminemű ellenállásba ütközött volna. Valahol mögötte eshetett le, és ezért nem látjuk.

– De akkor is hallottunk volna koppanást legalább mögüle, nem?

– Talán odaát puhára esett.

– Mégis mi van szerinted a hologramajtó mögött? Egy rakás puha kiscica egymás hátán állva? Azért olyan pihe-puha ott minden?

– Nem – fintorgott Kat. – Ne hülyülj már állandóan. Arra gondoltam, mi van, ha az ajtón túl nem szilárd a talaj, hanem mondjuk, folyékony? Talán ezért nem hallottunk koppanást, mert vízbe esett. Mi van, ha azért vezet erre kék vonal, mert ez egy víztároló?

– Egy hologramajtóval elzárva?

– Miért, nem te mondtad, hogy úgy érzed magad néha ezeken a folyosókon, mintha egy csótány lennél, aki vízcsövekben mászkál?

– Én nem csak néha érzem úgy. Ugyanis elég gyakran nézek tükörbe.... Na jó, viccet félretéve: szerinted ez egy óriási vízcső lenne, amiben vagyunk? De akkor miért nem dől ki onnan a víz a láthatatlan hologramfalon keresztül?

– Talán abból az irányból megtartja, csak a mi oldalunkról átjárható.

– És még te mondod, hogy csak romantikus könyveket olvasol? Ez sci-fibe illőbb elmélet, mint bármi, amit én mondtam eddig!

– Hát jó. Azaz, kösz. Vagy olyasmi... De neked van jobb ötleted?

– Őszintén szólva, nincs. De szerintem az is lehet ám, hogy ennél valami sokkal egyszerűbb megoldás van itt. Talán csak túlmisztifikáztuk ezt az egészet.

– Túlmisztifikáltuk?

– Akkor azt! De szerintem lassan induljunk vissza, mert jó messzire eljöttünk. Már öt óra van – mondtam a karórámra pillantva.

– Meddig szokott még ilyenkor üres lenni az ebédlő? – kérdezte Kat.

– Hat körül már szállingóznak emberek. Van, aki korán vacsorázik. Hatig talán még üres.

– Szerinted visszaérhetünk még hat előtt?

– Nem tudom, ha sietünk, akkor biztos. Miért? Megéheztél, és egyedül akarsz enni, amíg még nincsenek ott mások, vagy mi? Ugye nem lettél zugevő? Az valami betegség állítólag.

– Dehogyis! Tudod, mire gondoltam? Ha ez az ajtó itt egy kivetítés, de nem olyan hagyományos kijelzőre, mint mondjuk, a tanulószobában az érintőtábla, hanem ez egy levegőbe vetített hologram, akkor...

– Lehet, hogy a tengerpart is a levegőbe van vetítve? – vágtam közbe izgatottan.

– Pontosan! Ott végül is nincs felfestett vonal a padlón! Elvileg nem életveszélyes. Mi lenne, ha kimásznánk egy álablakon, és megtapogatnánk azt a vetített képet? Ha át tudunk nyúlni rajta, akkor itt, ez a kép az ajtóról is ugyanúgy lehet megjelenítve, mint az ott!

– Menjünk! – mentem bele azonnal, és már majdnem futásnak is eredtem.

– Állj meg, te buta! – Kat elkapta hátulról a kifordított pólómat.

– Mi van? Te nem akarsz jönni?

– Nem futhatunk! Tudod, hogy itt senki sem szokott. Lehet, hogy az is ugyanolyan veszélyes, mintha lelépnénk a vonalról. Valami oka csak van, hogy tilos.

– Ja, tényleg! Majdnem elfelejtettem. De akkor is gyere! – húztam magam után. – Legalább akkor sietősen sétáljunk. Így lehet, hogy tényleg nem érünk vissza hat előtt!

Hatodik fejezet: Naplemente

Végül azért sikeresen visszaértünk hat előtt. 17:45-öt mutatott az órám, amikor katonák mellett elhaladva beléptünk az ebédlőbe. Még mindig nem volt odabent senki. Sietős léptekkel elindultunk az egyik nyitott ablak felé.

A kijelzőn – vagy hologramon – már a naplemente „ment". Hogy őszinte legyek, szívesen le is ültem volna nézni egy kicsit. Igazán hangulatos. Leülhettünk volna akár ketten is. Végül is Kat azt mondta, hogy szerinte nem is vagyok csúnya. Lehet, hogy még akár lenne is nála esélyem?

De nem akartam húzni ilyenekkel az időt. Odaléptem hát az ablakhoz, és megfogtam a keretét, hogy felhúzzam magam, és kimásszak.

– Várj! – szólt rám Kat.

– Mire? Bármikor jöhet valaki! Sietnünk kell!

– Jobb lenne, ha én másznék!

– Miért?

– Arra gondoltam, hogy nem kéne teljesen kimászni, és lelépni odaát a padlóra. Még az is lehet, hogy megszólalna egy riasztó! Sőt! Szinte biztos. Nem mászhatsz ki csak úgy.

– Akkor mi legyen? – kérdeztem.

– Az egyikünknek inkább fel kéne ülnie vagy felállnia az ablakba, és csak onnan kinyúlni. Az talán nem old ki semmilyen védelmi mechanizmust, ha csak hozzáér valaki. Felülök én az ablakba, és kinyúlok. Te meg fogj meg, hogy ki ne essek. Te vagy az erősebb. Meg tudsz tartani. Nekem a karom is hosszabb szerintem. Nekem kell tehát csinálni.

– Hát... – egy kicsit bántam, hogy nem én lehetek az, aki megérintheti az imádott „tengerpartomat". Nem mintha elhittem volna, hogy valóban ott van, de akkor is. Kíváncsi lettem volna, hogy milyen a tapintása egy olyan kijelzőnek, ami még napfényt is tud sugározni. Bár így viszont, hogy őt kell tartanom, megfoghatom például a derekát anélkül, hogy képen vágna érte. Végül is nem rossz üzlet. De melyik a fontosabb akkor nekem? A technológia iránti szerelmem vagy az iránta... Na jó! Nem folytatom ezt a gondolatsort. Azért *szerelmes* nem vagyok belé. – Jó! – döntöttem el ettől függetlenül. – Te nyúlsz ki, én tartalak.

– De aztán nehogy kilökj! – villantotta rám Kat a szemét káprázatos mosollyal.

– Ne aggódj. Nem vagyok őrült, csak kissé visszamaradott. Az ilyenek alapvetően ártalmatlanok – grimaszoltam bután. Még nyámmogtam is hozzá kicsit, mint egy bolond, akinek olyan önkéntelen izomrángásai vannak vagy mi.

– Segíts, te dilinyós – mosolygott Kat. – Magas ez a párkány.

Egy másodperc habozás után megfogtam a derekát, és segítettem neki felülni az ablakba. „Már ezért megérte" – gondoltam magamban galád módon. „És most jön a ráadás! Komolyan, ez a legjobb nap eddig ezen a lepratelepen!"

– Add a kezed! – mondtam neki. – Megtartalak. – Kat odanyújtotta a kezét, és megfogta az enyémet. Korábban, amikor csak úgy utána kaptam, észre sem vettem, hogy milyen puha a tapintása. „Ó, a fenébe!" – gondoltam magamban. „Miért ilyeneken jár most az eszem?! Mindjárt bejön valaki, mi meg itt ép szabályt szegünk!" – Összeszedtem hát magam, és igyekeztem a feladatra koncentrálni.

Elkezdett kihajolni az ablakon, és a tengerpart képe felé nyújtózott. Egyre kijjebb hajolt, de úgy tűnt, nem fogja elérni.

– Nem éred el? – kérdeztem kissé kétségbeesve. Már kezdett nehezemre esni, hogy megtartsam. Egyre messzebbre hajolt, és kezdtem tartani attól, hogy ahogy egyre jobban átnehezedik a testsúlya az ablakon túlra, egy idő után már egyszerűen nem fogom tudni megtartani!

– Így nem érem el! – nyögte. – Még így is túl távol van. Így nem lesz jó!

– Jó, ne erőltesd tovább. Ne hajolj ki ennél jobban! Lehet, hogy akkor már nem tudlak megtartani! Nehogy a végén még kiess!

– Várj csak! – Kat felhúzta az egyik lábát, és felrakta az ablakpárkányra.

– Hé! Nehogy nekem átmássz! Tényleg lehet, hogy megszólal egy riasztó! Mindenki ide fog jönni!

– Nem lépek át a túloldalra, csak felguggolok a párkányra. Így talán jobban elérem. Most azért sem tudok messzebbre nyúlni, mert fogod a karom, ezzel pedig visszafelé húzol.

– Engedjelek el, vagy mi? – kérdeztem. Bár kicsit zavarba is jöttem tőle. Egy pillanatra nem is tudtam, hogy érti. Azt sem, hogy én hogy értem.

– Inkább a keretbe kapaszkodom. Így messzebbre elérek. De azért fogj közben, mert ha lecsúszik róla a kezem, akkor tuti, hogy kiesek.

– Jó – fogtam meg most a csuklóját. Igyekeztem határozottan tartani, de azért annyira nem, hogy megkéküljön. Na, az lenne még jó vicc! Ha Donovan ezredes meglátná, hogy a karvaly orrú gyerek kékre szorongatta a lánya karját! „Te kis perverz rohadék!" – Szinte láttam magam előtt lelki szemeimmel Mitch tokás fejét, ahogy ordít: „Meg akartad erőszakolni, mi? Húzz vissza a vízcsőbe, ahová való vagy, te kis csótány!" – húzta elő az ezredes a fegyverét, hogy likvidáljon. Na jó, ez azért lehet, hogy túlzás. Talán tényleg túl sok ponyvahorrort olvasok.

Ebben a pillanatban Kat elérte a kijelzőt!

– Hallod ezt? – kérdezte.

Kocc-kocc-kocc.

Kat mutatóujja körmével megütögette a „tájat". Tényleg ott volt! Ez valóban egy igazi, kézzelfogható kijelző. Mitch tehát nem hazudott!

– A fenébe! – mondtam. – Akkor ez igazi lenne? És milyen a tapintása?

– Nem tudom. Csak a körmöm hegye ér el addig. Ennél messzebb nem tudok nyúlni. De innen langyosnak érzem – nyögte az erőlködéstől. – Szerintem ez egy teljesen normális kijelző.

Ekkor lépéseket hallottam odakintről.

– *Gyere vissza azonnal*! – szóltam rá fojtottan kiabálva. – *Valaki jön! Meg fognak látni!*

– Mi? – kapta vissza a fejét ijedten.

Visszahúzta magát, és közben én is húztam, hogy biztos ki ne essen. Talán nem számított rá, hogy én is rásegítek, ezért elvesztette az egyensúlyát, és az ablakban guggolva megingott!

Én ekkor magam felé rántottam, hogy nehogy kifelé essen! Inkább essen az innenső oldalra, abból nem lehet baj!

Így is történt. A hirtelen rántás hatására egyensúlyát vesztve kizuhant az ablakból, egyenesen a nyakamba! Majdnem elvesztettem az egyensúlyom, és kis híján hanyatt estem, de aztán az utolsó pillanatban egyik lábammal hátraléptem, és megtámasztottam magam, azaz a kettőnk súlyát.

Így nem estünk el, csak Kat a nyakamba borult, ahogy esés közben megkapaszkodott bennem.

Ekkor léptek be ketten az ebédlőbe: egy nő és egy férfi. Mindketten kék munkaruhát viseltek. Valami karbantartók lehettek, azt hiszem, azok hordanak ilyet. Ők valószínűleg csak annyit láttak az egészből, hogy két tinédzser áll összeölelkezve az ablaknál. Biztos a tengerpartot nézik, és romantikáznak.

– Semmi baj! – ütögettem meg színpadiasan Kat vállát. – Holnap biztos megérted ezt a matekpéldát. Talán csak pihenned kell. Kár ezen így kiborulni! – fejtettem le magamról a lányt. Bár, hogy őszinte legyek nem szívesen. Közben a kék ruhás férfi elmosolyodott. Szerintem nem vette be, amivel próbálkoztam.

– Jó, kösz! – reagálta le Kat. – Megyek is, és kialszom magam – mondta elpirulva. Nem tudom, hogy csak azért, mert megláttak, vagy azért, mert véletlenül összeölelkeztünk? De tény, hogy rendesen elvörösödött. – Majd a kabinomban befejezem az írásbeli házit – tette hozzá. – Akkor holnap vörös?

– Ööö... – nem tudtam, mit feleljek. Nem akartam, hogy azok ketten meghallják, hogy mi miről is diskurálunk. – Igen – nyögtem ki nagy nehezen. – Holnap Mr. Brown a kommunistákról fog beszélni történelem órán. Holnap a vörösökről tanulunk. Na, szia! – bólintottam mosolyogva, hogy azért vettem ám a célzást. Nyilvánvaló, hogy úgy értette: holnap akkor elmegyünk-e a vörös vonal mentén valamerre. Én erre bólintottam.

Kat ekkor kacsintott egyet, hogy érti, és elhagyta az ebédlőt.

Még sosem kacsintott rám korábban. Ami azt illeti, még soha semmilyen lány nem kacsintott rám! Ő vajon miért tette? Ezek szerint igazat mondott volna? Tényleg nem vagyok olyan csúnya? Még az is lehet, hogy tetszem neki? Á! Biztos, hogy nem! Mi nem jut eszembe?! Csak azt jelezte így, hogy tudja, miről van szó. Ez csak az egyetértés egyezményes jelzése. Ja! Meg a szerelemé, te idióta! Mi?! Miért vannak ilyen gondolataim? Én teljesen meghülyültem! Egy ilyen lány szóba sem állna velem. Bár végül is a napokban elég sokat beszélgettünk... Akkor ezek szerint mégis?

Most vettem csak észre, hogy már egy ideje egy helyben ácsorgok, mint egy idióta. Mi legyen? Én is hazamenjek a kabinunkba? Nincs az az isten! Meg is pusztulnék, ha most tanulnom kéne. Oda sem tudnék figyelni rá. Túl sok mindent kell ahhoz most átgondolnom.

Vettem inkább egy csokiszeletet az egyik automatából, és leültem egy székre szemben a tengerparttal. Közben a karbantartópár is összeválogatott magának egy vacsorára valót az automatákból – meleg ételt is adnak, ráadásul ingyen –, és leültek egy távolabbi asztalhoz a tálcájukkal. Közben biztos azon mulattak, hogy jól rányitottak a fiatalokra, amikor azok éppen csókolóztak.

Ja, persze! Bárcsak úgy lett volna! Álmodik a nyomor... Szerintem azért Kat sem vak. Még ha kissé érdekes is az ízlése, ha engem nem talál csúnyának. Azt azért valamennyire csak látja, hogy valójában milyen vagyok. Csak meg tud különbözteti például egy embert egy gólyától. Bár a jelek szerint lehet, hogy mégse?

Visszatérve a kék vonalra és az ajtóra:

Ha ez itt, az ebédlőben egy valódi kijelző – hiszen hallottam, ahogy Kat megkocogtatta –, akkor mi lehet az az ajtó ott a kék vonal végén? Ezek szerint az is valódi? Vagy mégis hologram? Hová lett a ceruza?

És mi van akkor, ha Kat csak rászedett? Mi van, ha el sem dobta? Mondjuk, egy ügyes mozdulattal elrejtette a dzsekije ujjába, és csak úgy *tett*, mint aki eldob valamit?

Á! Ennyire azért nem aljas. Eddig tényleg mindenben kedves volt. Egy pillanatra még tényleg mintha láttam is volna repülni a ceruzát. És minek szórakozna Kat ilyesmivel? De akkor hová tűnt a ceruza? Megsemmisült repülés közben, vagy tényleg akadálytalanul áthatolt volna az ajtón?

Ekkor valami nagyon furát vettem észre.

„Mi a fene az ott?" – torpantam meg a gondolatmenetben.

Hetedik fejezet: A fa

Valami nagyon fura dologra figyeltem fel a hawaii tengerparton. Vajon eddig is ott volt, csak eddig nem vettem volna észre?

„Az ott tényleg egy *fenyőfa* lenne?" – meresztettem a szemem meglepődötten. „Hogy kerül Hawaiira fenyőfa?"

Nem voltam biztos benne, hogy nem csak a szemem csal-e meg. Úgy láttam, hogy a képen a jobb oldalon, ahol négy fa látható egymás mellett, mintha egy ötödik fa csúcsa emelkedne ki mögülük. Egyértelműen fenyőfának tűnt. Pont olyan volt, mint egy karácsonyfa csúcsa, csak csúcsdísz nélkül.

„Az nem lehet!" – Felálltam a székről, a közben már elfogyasztott csoki papírját pedig letettem az asztalra. „Biztos csak rosszul látom!"

Odamentem az ablakhoz egészen közel. Annyira nem mertem közel menni, hogy akár meg is érinthessem, mert korábban már rám szóltak, hogy ne piszkáljam. Így hát megálltam egy méterre az ablaktól, és onnan néztem tovább a felvételt.

„Az tényleg egy fenyőfa csúcsa!" – Egyszerűen nem hittem a szememnek. „De hogy kerülne Hawaiira fenyőfa? Hol vették fel egyáltalán ezt a mozgóképet? A fenyőfák nem trópusi helyeken nőnek, hanem hidegben, a hegyekben! Nem vagyok egy nagy biológia- és földrajzzseni, de ennyit azért én is tudok."

Ráadásul az a fenyőfa korábban nem volt ott! Biztos vagyok benne, hogy nem szerepelt a felvételen. Eleget bámultam már nyolc nap alatt ahhoz, hogy kívülről tudjam, mi hol van. A jobb oldalon eddig egyértelműen négy pálmafa volt. Korábban poénból még a képen átrepülő madarakat is számolni kezdtem.

Harmincötig el is jutottam, csak aztán mennem kellett haza, hogy anyám nehogy ne találjon otthon.

Ha a harmincöt madárra emlékszem, akkor nehogy már a négy fára ne emlékezzek pontosan! Itt valami nagyon nem stimmel.

Ha ez a kijelzőn látható kép egy valódi felvétel, akkor hogyan képes változni? Egyszer ilyen, egyszer meg olyan? Hogyan jelenhet meg olyasmi a képen, ami nem való oda? Ez kb. olyan, mintha egy északi-sarki felvételen kenguruk ugrálnának. Ez hülyeség! Ilyen nincs! Hawaiin nincsenek fenyőfák!

Vagy lehet, hogy mégis vannak? Az a rohadt földrajz! Miért nem figyelek soha az órán?!

Nem, szerintem akkor sincsenek! Pláne nem a tengerparton, és pláne nem az enyémen! Nyolc napja bámulom. Csak észrevettem volna már, ha végig ott lett volna!

Megnéztem az órámat: 17:58 volt. Mindjárt jönnek még többen is vacsorázni. Most még egyelőre csak ketten vannak. A két karbantartó rólam tudomást sem véve társalgott a távoli asztalnál, és vacsoráztak.

„Akkor csak nem fogja zavarni őket, ha kicsit közelebb megyek...” – Óvatosan odaléptem az ablakhoz egészen közel, és mereszteni kezdtem a szemem, amennyire csak tudtam. „Tényleg jól látom, amit látok?”

Tényleg jól láttam. Az bizony ott egy fenyőfa csúcsa... de mintha...

Mintha az csak valami hiba lenne a képen. Ennél közelebb már nem tudtam menni hozzá, ha csak át nem mászom az ablakon. Hunyorogva próbáltam jobban kivenni, mit is látok pontosan. Még a szemüvegemet is megemeltem, és távolabb vittem pár centivel, hogy az is nagyítson.

„Te jó ég! Ez ott tényleg valami hiba!” – Most láttam csak meg, hogy a fenyőfánál kissé pixeles a kép. Ott szemmel láthatóan rosszabb volt a kép felbontása, mint a többi részen. Mintha még vibrálna is.

„Hé!" – A fenyőfa egyszer csak eltűnt!

Majd ismét előkerült!

Folyamatosan vibrált azon a részen a kép. Az oda nem illő fa csúcsa újra és újra eltűnt, majd ismét a helyén volt. Majdnem úgy villogott, mint egy kurzor. Ekkor megint eltűnt...

Eltelt néhány másodperc, és most nem jött vissza.

A fenyőfa nincs sehol!

Ennyi? Végleg nyoma veszett? Pedig már azon gondolkoztam, hogy utánafutok Katnek, és visszahívom. Bár ennyi idő alatt biztosan hazaért. Valószínűleg az apja is otthon van már. Nem hiszem, hogy túlzottan örülne neki, ha csak úgy beállítanék. Ja! „A karvalyorrú gyerek a lányomat zaklatja, és most még az otthonunkba is követte ez a kis perverz szemétláda!" – Biztos jól ellátná a bajom. Isten ments, hogy most menjek oda, amikor már otthon van.

A fenyőfa viszont még mindig nem volt sehol. Valószínűleg csupán tényleg ennyi lehetett az egész: egy hiba a kijelzőn, semmi több.

De vajon mitől keletkezett? Attól, hogy Kat megkocogtatta? Lehet, hogy egyáltalán nem lett volna szabad hozzányúlnia? Mi lesz, ha teljesen elromlik, és rájönnek, hogy mi tettük tönkre?

Aztán rájöttem, hogy ez hülyeség! Nem a kijelzőnek van baja. Akkor az egész kép megremegett volna, vagy becsíkosodik. Talán le is kapcsolt volna teljesen percekre. Vagy örökre.

Nem. A kép végig kristálytiszta volt, csak megjelent rajta valami pár percre, aminek nem kellett volna ott lennie.

„A hiba tehát nem az ön készülékében van" – mondta volna egy TV-bemondó – „hanem a tengerpartjában." Ja, persze! „Cserélje le meghibásodott tengerpartját még ma féláron! Ha most megrendeli, ingyen házhoz megyünk, és kézzel csavarjuk ki egyenként az oda nem illő növényeket. Utána pedig minden pixelt kisímítunk a parton."

„Pixel?!" – ekkor jutott eszembe, hogy mi a baj ezzel a szóval.

Egy videofelvétel nem igazán lehet pixeles. Maximum akkor, ha alacsony felbontásban, rossz minőségben rögzítették. Viszont abban az esetben az egész kép mindenhol olyan lenne. Ez a kép viszont, amit nézek, kristálytiszta! Már nyolc napja bámulom. Tudom, hogy milyen a minősége. Pont olyan tiszta, mintha a valóságot látnám. Teljesen hibátlan. Sehol sem pixeles a kép, kizárólag ott volt olyan, ahol a fenyőfa csúcsa előbukkant, és akkor is csak pár percig lehetett látni!

Akkor viszont ez nem videofelvétel, hanem számítógépes grafika!

Donovan ezredes tehát hazudott!

*****

Miután hazamentem, hagytam anyámnak egy üzenetet a konyhaasztalon, hogy korán lefeküdtem, mert elfárasztott a tanulás. Korán visszavonultam a „szobámba" – én, mondjuk, inkább fülkének nevezném –, és reggelig ki se dugtam az orrom. Gondolom, anyám megtalálta a papírt, mert nem szólongatott. Hagyott pihenni.

Nem mintha annyira álmos lettem volna, csak nem volt kedvem beszélgetni. Egyedül akartam lenni, és végiggondolni a dolgokat.

Sajnos emiatt nem is aludtam sokat az éjjel. Végig csak azon töprengtem, mi folyik itt ezen a bázison.

Másnap az iskolában szerettem volna rögtön az elején lelevelezni Kattel a történteket, hogy mit láttam, miután ő hazament, de Joel teljesen hülye volt aznap. Mindenért rám szólt, állandóan figyelt. Kat még az első órán mintha még írt volna valamit, de végül nem tudta odaadni nap közben.

A tanár állandóan figyelt óra alatt, szünetekben meg nem hagyhatjuk el a tanulószobát. Maximum csak WC-zés céljából, viszont oda csak külön-külön mehetünk ki. Na jó, nem mintha magamtól Kat után akartam volna menni, amikor ilyen célból hagyta el a szobát. Az azért érdekesen nézett volna ki: „Donovan ezredes! Tisztában van vele, hogy a karvalyorrú kis perverz a lánya után koslat, és a WC-n is leskelődik rá? Ó, valóban, Mr. Brown? Köszönöm, hogy szólt, tanár úr! Most végre ledurranthatom a kis mocskot ezzel a gépágyúval!"

Szóval a WC-re azért nem kísértem volna ki, még akkor sem, ha Joel megengedi. Szünetben viszont a tanár szintén végig ott rohadt a szobában tőlünk két méterre, és nem tudtunk előtte nyíltan beszélni. Bár Joel néha ki szokott ilyenkor járkálni, de ma egyszer sem ment ki. Még kakálni sem. Ez a fickó tényleg robot lehet, esküszöm! Bár akkor legalább időnként olajcserére kimehetne!

Aztán nagy nehezen véget ért a tanítás aznapra.

– Hú, de hosszú volt ez a rohadt nap! – mondtam Katnek odakint, a tanulószoba előtt a térdemre támaszkodva, mint aki kilométereket futott.

– Nekem mondod? Már annyira untam, hogy azon gondolkodtam bedobom, hogy rosszul érzem magam, és egyszerűen hazamegyek!

– Jó, hogy nem tetted.

– Egyébként miért figyelt ma minket Joel ennyire? Megharagítottad valamivel? Már megint?

– *Én*? Ma semmit sem csináltam! – szabadkoztam. – Most kivételesen még csak el sem késtem. Nem tudom, mi baja van. Meghülyült.

– Mondom én, hogy piál. Anyám is így nézett, amikor nagyon sokat ivott. Ő sem nézett rám olyankor normálisan.

– Na jó, de egy tanár nem járhatna be síkrészegen. Észrevennék. Vagy ha nem, akkor is összevissza beszélne. Nem tudna értelmesen, összefüggően gondolkodni és tanítani. Nem vagyok alkesz, vagy ilyesmi, de ennyit azért én is tudok.

– Ja, igazad van – helyeselt Kat. – Anyám tényleg nem nagyon tudott volna olyankor hosszasan történelmi kiselőadást tartani, még akkor sem, ha értett volna hozzá. De hogy értetted az előbb, hogy jó, hogy nem mentem haza? Hiányoztam volna, vagy mi? – mosolygott a lány.

– Hát, ööö... – most kis híján kimondtam, hogy „igen, marhára!" – Nem úgy értettem. Azért jó, hogy nem mentél haza, mert el akarom mesélni, hogy... tegnap láttam valami nagyon durvát. Ez most tényleg nagy!

– Csak nem egy pattanás?

– Ne már! Nincsenek is pattanásaim! Tavaly óta legalább azok nincsenek.

– Tudom, én se láttam még rajtad, csak hülyülök. Na jó, mi történt?

– Elindulunk akkor ma a vörös vonalon? Elmondom útközben. Nem kell most gyógyszerért menned?

– Ma nem. Mehetünk.

Elmeséltem neki, hogy mit láttam tegnap az ebédlő kijelzőjén. De úgy láttam, nem igazán érti vagy fogja fel a dolog súlyát.

– Jó, értem, amit mondasz – mondta Kat töprengve. – Elhiszem, hogy ezt láttad, még akkor is, ha most már nincs ott a képen. De miért olyan nagy dolog ez? Mi van akkor, ha ezek a mozgó képek a kamukilátásról nem videofelvételek, hanem csak számítógépes grafika?

– Komolyan nem érted? – kérdeztem elhűlve. – Szerinted miért rajzolnának meg kínkeservesen olyasmit, amit egy kattintással fel is lehetne venni videóra?

– Miért? Annyira bonyolult megrajzolni?

„Na igen! Lányok!" – jöttem rá magamban. Csak most esett le. Ők nem vágják annyira az ilyen technikai meg számítógépes dolgokat. Megpróbáltam hát elmagyarázni neki:

– Persze, hogy bonyolult! Egy HD felbontású felvételt manapság már akármivel készíthetsz. Megnyomsz egy gombot, a kamerát a megfelelő irányba tartod, és kész. Viszont ahhoz, hogy ilyen méretű és felbontású kijelzőkön számítógépes grafikákat jelenítsenek meg ebben a minőségben, az valami elképesztő, hogy milyen szintű gépek kellenének!

– Miért?

– Azért, mert az emberi szem nem lát semmilyen pixelt ezeken a képeken. Az enyém legalábbis nem. Ez már kb. TrueHD szintű felbontás, ráadásul ekkora méretben? Mekkora is lehet a fal az ebédlőben? Olyan tízszer négy méter?

– Talán.

– Na! Negyven négyzetméter! Negyven négyzetmétert szerinted mennyi ideig renderel TrueHD-ben egy számítógép-processzor?

– Fogalmam sincs – ismerte el Kat. – Igazából azt sem értem teljesen, hogy most mit kérdeztél.

– Jó, bocs! Akkor csak hidd el nekem, kérlek, hogy baromi sokáig tartana. Nem tudom, mennyi munkaóra lenne az embereknek beprogramozni és megrajzolni, de a gépeknek biztos, hogy nagyon sok idő lenne kivitelezni, és sok pénzbe is kerülne. Szerintem nem létezik, hogy ennyit szarakodnának ok nélkül, ha egyszer egyetlen gombnyomással le is kaphatnák a tájat egy kézikamerával vagy mobillal.

– Ja, már értem. Tehát egyszerűen nem logikus.

– *Pontosan*! Egyáltalán nem az. Ez kb. annyira logikus, mint végbélnyíláson keresztül fogat húzni. Már bocs a hasonlatért.

– Ezt nem is ismertem – mosolyodott el a lány. Egy pillanatra szórakozottan elkalandozott. Úgy tűnt, elképzeli a szituációt.

– De érted, miről beszélek? – szakítottam félbe a feltehetően lehengerlő vizuális élményt.

– Persze, értem. De akkor szerinted mi az oka, hogy rajzolva vannak a kinti világ szimulációi? És miért aggaszt ez téged ennyire?

– Megmondjam? Ez nem fog tetszeni. Az aggaszt... azaz attól tartok, hogy talán már *nem is létezik* az odakinti világ! Talán nincs is többé olyan, hogy „odafent".

– Mi?! Ne bolondozz! Arra azért csak emlékeznénk, ha véget ért volna a civilizáció, nem?

– De. Gondolom. Amúgy egész éjjel ezen gondolkodtam. Mondd csak, te nem láttál valami furát, mielőtt ide jöttetek? – Közben már elindultunk a vörös vonal mentén, és néha kicsit lejjebb kellett vennünk a hangerőt, hogy mások ne hallják, miről diskurálunk.

– Furát? Mire gondolsz?

– Nem hallottál robbanást? Nem láttál villanást valahol a távolban? Vagy magas füstoszlopot valamerre?

– Nem. Arra azért csak emlékeznék. Miért, te láttál?

– Nem.

– Szerinted azért hoztak ide minket a szüleink, mert érkezésünk előtt valami bomba robbanhatott Amerikában? Megsemmisült volna a kontinens legjava, azóta pedig már olyan mértékű lehet odafent a sugárzás, hogy lakhatatlanná vált miatta ez a földrész? Vagy akár az egész bolygó?

– Nem tudom. Nem tudom már, hogy mit gondoljak.

– Nekünk pedig – folytatta Kat kissé kiborulva –, azért nem szóltak a szüleink, mert nem akartak megijeszteni minket? Inkább előadták, hogy két hét múlva hazamehetünk? Valójában pedig mindenki meghalt odafent, és azok lennének az utolsó túlélők, akik most itt vannak velünk? Ez tehát mégiscsak egyfajta apokalipszis idejére létrehozott bunker lenne, és nem is egy kutatóbázis? Ennyire ráhibáztál volna? Mi pedig, mivel itt nincsenek rajtunk kívül más kiskorúak, ezért a Föld utolsó két tinédzsere lennénk? Egyfajta modern Ádám és Éva?

– Ööö... Na, az elég fura lenne – mekegtem zavaromban. Bár, most, hogy belegondolok, lehet, hogy inkább *érdekes* lenne.

– Nem hiszem – próbáltam megnyugtatni. – Ne aggódj. Biztos nincs azért ekkora gáz. Remélem.

– Tudod, az az igazság, hogy ez azért mégis megmagyarázna ezt-azt – hajtotta le a fejét Kat.

– Mit? Te most miről beszélsz?! Mit tudsz, amit én nem?

– Konkrétan semmit. Úgy értem, csak annyi az egész, hogy apám nagyon furán viselkedik. A beosztottjainak egész nap fennhangon parancsolgat, de otthon aztán alig szólal meg. Rosszkedvű. Úgy tűnik, aggódik valami miatt. És most derült ki ugye az is tegnapelőtt, hogy a vérnyomása is magas. Szerinted mi miatt aggódik ennyire? Tényleg ekkora lenne a baj odakint?

– Nem hiszem! Végül is nemrég halt meg az anyukád. Már bocs, hogy megemlítem, de érthető, hogy apád nincs túl jó passzban, nem? – Nem mintha védeni akartam volna a vén, tokás gazembert, de azért azt se akartam, hogy Kat aggódjon miatta. – Szerintem csak gyászol. Ez teljesen normális dolog.

– És az nem fura, hogy mindkettőnknek csak egy szülője van, és már egyikünk nagyszülei sem élnek? Te mennyire emlékszel a nagyszüleidre?

– Hát, nem valami nagyon. Bár nekem csak kettő volt, mint tudod. Apám elhúzott még régen. De azért emlékszem anyám szüleire. Miért?

– És mennyire emlékszel az odakinti barátaidra? – kérdezte Kat válasz helyett.

– Hogy érted ezt? Emlékszem rájuk. Na jó, nincs nagyon sok, de arra pár srácra azért emlékszem. Tim barátommal például kb. egy héttel azelőtt, hogy ide lejöttünk, kidobtunk egy Ken Barbie-t az útra, és átment rajta egy kamion. Erre tisztán emlékszem. Miért?

– Nem tudom. Valahogy fura nekem ez az egész. Nekem is rémlik, hogy mi volt azelőtt, hogy idejöttünk. Emlékszem anyára. De valahogy akkor is zavarosak kicsit az emlékeim. Nem tudnám megmondani, hogy pontosan hogyan és mennyire. Egyszerűen csak furák.

– Mindegy, szerintem ne gyötörd vele magad. Majd talán rájövünk. Azért örülök, hogy hiszel nekem a fenyőfával kapcsolatban.

– Miért ne hinnék? Ha nem bíznék benned, nem mászkálnék veled ilyen zűrzavaros helyeken – mosolygott a lány. Ma különösen szépnek láttam. Kicsit szomorú volt és gondterhelt. Talán emiatt is tűnt még gyönyörűbbnek.

– Odanézz! – mutattam meglepetten. Nem sokkal előttünk ugyanis véget ért az út. Ez a vörös vonal egy sokkal közelebbi ajtóhoz vezetett, mint előző nap a kék. Szinte még alig indultunk el. Bár azért valamennyit csak jöttünk. Katonák például innen már nem is látszottak. Előttünk megint egy olyan óriási zsilipszerű fémfal tornyosult, mint a kék vonal végén. Az alsó részébe pedig ismét egy olyan emberméretű ajtó volt vágva, mint a többi helyen. Felirat ezen sem díszelgett.

– Megszakad? – kérdezte Kat.

– Mi?

– A vonal – mondta, majd mögém érve megfogta a vállam, és átnézett felette, hogy ő is láthassa. Idáig végig egymás mögött haladtunk, mert máshogy tilos volt. (Valószínűleg életveszélyes is.) Így ő nem látta azonnal, hogy meddig tart a vörös vonal a padlón. Ahogy Kat belém kapaszkodva a vállam felett kukucskált, összeért egy pillanatra arcunk, és éreztem a leheletét a nyakamon. Kirázott tőle a hideg. De nem rossz értelemben.

– Nem – mondtam. – Itt nem szakad meg. – De ezt már ő maga is látta.

A vörös vonal egészen az ajtóig ért. Akár oda is sétálhattunk volna. Viszont itt kb. négy méterrel az ajtótól, nagyjából olyan távolságra, ahol a másik helyen a kék vonal megszakadt, egy fekete vonal keresztezte a vöröset. A fekete vonal faltól falig ért, és merőleges volt a vörösre. Mintha azt jelképezte volna, hogy „eddig szabad jönni", vagy „ennél a vonalnál tessék várakozni".

– Szerinted mit jelent a fekete vonal? – kérdeztem. – Azt, hogy azon túl már halálos?

– Nem hiszem. Szerintem az akkor van, ha véget ér a vonal. A ceruza is úgy tűnt el. És a fickó is akkor lett rosszul, amikor elhagyta a vonalat. Szerintem, ha itt továbbmegyünk, akár egészen az ajtóig, akkor sem lesz semmi baj.

– Biztos vagy benne?

– Nem. De tudsz jobbat? Ha mi magunk nem derítünk ki valamit, akkor hogy máshogy tudhatnánk meg? Majd a szüleink elmondják? Vagy a katonák?

– Nem hiszem – feleltem. – Lehet, hogy igazad van. Talán itt most tényleg tovább lehet menni. Megpróbálom. Te maradj itt! Ne lépd át a fekete vonalat! Ha velem történik valami, szólj a katonáknak. Legfeljebb értem is eljönnek a kampókkal, azt' majdcsak engem is kihalásznak valahogy, nem? – vigyorogtam Katre.

– Biztos, hogy ez jó ötlet? – Most ő bizonytalanodott el.

– Figyelj, ha valami gáz van, csak fogok érezni valamit, nem? Maximum visszafordulok. Az a fickó, akit korábban láttál, már az előtt elájult és elesett, mielőtt letért volna a vonalról, nem? Ezért sem tudott felkelni onnan, mert elájult. Én jól vagyok. Ha valami furát érzek, visszahátrálok.

– Jó, de tényleg gyere vissza! – Jólesett, hogy ezek szerint aggódik értem. „A karvalyorrú kis perverz talán mégiscsak megrendítően jó pasi" – vigyorogtam magamban. De azért kívül nem mutattam. Csak belül örült a fejem. Ezek szerint ugyanis csak megkedvelt valamennyire, ha aggódik értem! Bár el nem tudom képzelni, hogy mit talál bennem szimpatikusnak. Végtére is úgy nézek ki, mint egy idióta. Talán jópofának tart? Ki tudja!

– Jó, ne aggódj, ha valami rendelleneset tapasztalok, visszajövök – mondtam megnyugtatóan. Kicsit úgy éreztem magam, mint egy sci-fi filmben a jóképű főhős. Mint aki szkafanderben épp leereszkedni készül egy kürtőbe a hamarosan kikelő rovar-űrlények közé, amik „úgysem veszélyesek". Biztos csak virágport szoktak felszívni azokkal a kétméteres, tűhegyes dárdákkal a pofájukon.

Kat elengedte a vállam, és óvatosan előre léptem. Először csak a lábfejemet emeltem át a fekete vonal felett. Szerencsére nem robbant le a helyéről egészen bokáig, és nem is gyulladt ki magnéziumszintű izzással, akár egy fáklya, úgyhogy akkor talán tényleg nem olyan veszélyes.

Letettem a lábam a vonalon túlra, és egyre inkább áthelyeztem oda a súlypontomat. Semmi furát nem éreztem közben, úgyhogy átlépve a túloldalra, mögé zártam a másik lábammal is. Na jó, azért nem volt ám ez az emberiség számára olyan gigászi lépés, mintha egy újonnan meghódított planétára léptem volna rá első emberként. Mindössze kb. harminc centivel kerültem messzebb Kattól, de akkor is. Más nem biztos, hogy bevállalta volna.

– Nem érzel semmi furát odaát? – kérdezte.

– Nem. És te látsz még engem? Nem tűntem el, mint a ceruza?

– Nem.

– Oké, akkor tovább haladok. – Tettem még egy lépést. Itt sem éreztem semmi szokatlant. – Komolyan a víz kezd verni az idegességtől! – szóltam hátra Katnek.

– Elhiszem. Van is rá okod. De azért, ha ez segít: én itt vagyok – mondta. Segített is. Megnyugtatott a hangja. Úgy éreztem, az ő támogatásával akármeddig el mernék menni. Talán még egy eleven vulkánba is begyalogolnék. De persze lehet, hogy csak én értékelem túl az egész barátságunkat... ha egyáltalán lehet ezt annak nevezni. Lehet, hogy csak azért lógunk együtt, mert összekényszerített minket a sors. Végül is itt nincsenek rajtunk kívül más fiatalok.

Tettem egy újabb lépést az ajtó felé. Még mindig semmi.

– Még mindig semmi fura! – tájékoztattam őt is. – Neked amúgy nincs meleged?

– Nincs. Szerintem csak ideges vagy.

– Ja. Gondolom. – Tettem előre egy negyedik lépést is. Úgy éreztem, meggyulladok, annyira ideges vagyok! A pofám majd' leég! De miért? Miért vagyok *ennyire* ideges? Jó, végül is veszélyes, de akkor is! Nem érzek semmi furát, vagy igen?

– Miért álltál meg? – kérdezte Kat. – Rosszul vagy? Ha igen, azonnal gyere vissza!

– Nem vagyok rosszul – feleltem. – Csak baromi ideges vagyok, és szörnyű melegem van.

Tettem egy újabb lépést előre.

– Ó, te jó ég! – fakadt ki belőlem.

– Mi a baj?! – kérdezte Kat aggódó hangon. – Mit érzel?

– Csak melegem van! De szinte elviselhetetlenül! Esküszöm, van itt vagy ötven fok! Te nem érzed?

– Szerintem rosszul érzed. Biztos, hogy nincs annyi – mondta. – Én majdhogynem fázom! Max húsz fok lehet ebben az alagútban.

– Az nem létezik! – mondtam frusztráltan. – Nem lehet, hogy csak én érzem! Itt tényleg baromi meleg van!

Remegő kézzel megtapogattam az homlokom, hogy nincs-e lázam. Nem volt, de most, hogy odanyúltam, vettem észre, hogy csurom víz az egész pofám! Ahogy megnéztem utána a kezem, nemcsak éreztem, de már láttam is: olyan vizes lett az arcomtól, mintha kezet mostam volna.

– Mi a fene...? – néztem elképedve. Nem mertem újabb lépést tenni, úgyhogy csak a karomat nyújtottam ki előre. – Aú! – kaptam is egyből vissza, és azonnal hátrálni kezdtem visszafelé.

– Mi az?! Mi történt? Mit éreztél?

– Éget! – szisszentem fel.

– Micsoda? Mi égetett meg?

– Nem tudom! A levegő. – Ekkor értem vissza Kathez, átléptem a vonalat, és ismét az ő oldalán álltam.

– Mutasd csak! – fogta meg a kezem, ahogy felé fordultam. –Tényleg megégett?

– Nem – feleltem. – Azt hiszem, nem, csak egy pillanatra olyan volt, mintha valami izzó dologba nyúlnék, vagy ahhoz közelítenék.

– De hiszen neked csurom víz a ruhád! – meredt rám Kat.

És igaza volt! Végignézve magamon, már én is láttam, hogy tényleg úgy levert a víz, mint aki kilométereket futott.

– Mi a fene lehet az ajtón túl? – kérdezte ő.

– Nem tudom, de úgy tűnik, hogy ahogy az ajtóhoz közelítesz, minden egyes lépéssel melegebb lesz. A hatodik lépésnél, ahová már csak a karomat mertem kidugni, lehetett vagy nyolcvan fok! Szerintem ennél jobban nem lehet megközelíteni azt az ajtót! Fizikai képtelenség.

– Nem baj. Ennél többet nem tehetünk. Talán át sem kellett volna lépned azt a hülye vonalat. Amúgy jól vagy? Nem érzed rosszul magad? Ugye nem kaptál hőgutát, vagy valami? Ne menjünk el az orvoshoz?

– Isten ments! Csak bajba kerülnénk! Tudod, hogy a múlt héten is mi volt. Nem kell még egy cirkusz. Már így sem örülnek a szüleink, hogy együtt vagyunk. Egyébként jól vagyok. Csak melegem lett, ennyi az egész. De már az is elmúlt.

– Akkor jó. Induljunk is vissza. Ennél közelebb úgysem jutunk ma az igazsághoz. Egyetlen centivel se. – És ebben nagyon igaza volt. Szó szerint.

– Szerinted mi lett a ceruzával? – kérdeztem. – Ezek szerint akkor az is elégett?

– Nem tudom. Akkor csak láttunk volna egy kis lángcsóvát nem? Vagy egy kis kormot... Vagy legalább égett szagot éreztünk volna. Szerintem talán... tudod, mi lehet a megoldás?

– Hát, én mára már kifogytam az elméletekből. Szerintem túlizzadta magát az agyam vagy mi, mert hulla fáradt vagyok. Biztos csak az ijedtségtől. Szóval hallgatlak!

– Rendben. Normális esetben a kék szín hideget jelent, a vörös pedig meleget, nem?

– Úgy érted, szerinted a tegnapi ajtó mögött valami fagyasztóterem van, ez pedig itt egy olvasztókemence?

– Akár. De nem erre gondoltam. A kék szín térképeken vizet jelent. Mi van, ha a másik, hologramajtó mögött valóban víz van, és azért nem koppant a ceruza odaát, mert vízbe esett? Itt pedig...

– Tűz lenne az ajtón túl?

– Vagy esetleg láva? Nem tudom.

– Ez már kissé túlmegy a sci-fi határain is – nevettem kínomban. – Ez olyan, mint Verne „Utazás a Föld középpontja felé" című regénye.

– Azt hittem, csak agyament horrorkönyveket olvasol – nézett Kat meglepetten.

– Na jó, egyszer egy ilyen is becsúszott – ismertem be.

Közben már visszafelé gyalogoltunk.

Hamar visszaértünk, és megálltunk az ebédlő előtt.

– Most mi legyen? – kérdezte Kat. – Elmenjünk még egy másik irányba is? Végül is maradt még elég sok időnk.

– Valahogy nincs túl sok kedvem hozzá.

– Biztos, hogy jól vagy?

– Persze. Semmi gond, csak azért meglehetősen beparáztam. Lehet, hogy tényleg hülye ötlet volt átlépni azt a vonalat. Azt hiszem, hazamegyek. Tudod, miért is? Mert anyám ma elvileg korábban jön haza. Úgyhogy ma ezért sem maradhatnék ki sokáig. És azért is, mert meg akarom kérdezni tőle ezt az egészet.

– Biztos vagy benne?

– Nem nagyon van jobb ötletem. Tudom, hogy közted és apád között most feszült a viszony, és nem nagyon akarod nyaggatni. De köztünk anyámmal elvileg most nincs semmi gond. Azonkívül, hogy reggelente elkésem. Még ha nem is válaszolhat minden kérdésemre, mert „titkos", azért azt valamennyire csak elmondhatom neki, hogy miket láttunk, nem?

– Hát... gondolom. Baj talán csak nem lesz belőle. Annál nagyobb legalábbis nem, hogy odafent talán vége van a világnak, és ezek itt az utolsó emberek a Földön, mi meg a két utolsó tizenéves.

– Én talán nem is bánnám, ha így lenne – mosolyogtam. – Tudod, filmekben szoktak ilyen hülyeségeket mondani, hogy „járnál-e velem, ha én lennék az utolsó férfi a világon?"

Erre Kat odalépett hozzám, és átölelt!

Először azt hittem, hogy azért, mert kimondtam azt, amire ő is gondolt, hogy ő is járni akar velem, vagy ilyesmi. De sajnos nem! Azt mondta a nyakamba suttogva:

– Félek. Nem tudom, mi ez az egész. Nem tudom, mit keresünk itt.

– Én sem tudom – mondtam, aztán én is megmozdultam, és átöleltem. Reméltem, nem zavarja nagyon, hogy úgy le vagyok izzadva, mint a barom. Ezek szerint nem. Végül is ő öltelt meg.
– Figyelj – próbáltam kicsit bizakodóbb hangnemet megütni –, otthon megpróbálom anyámat kifaggatni, rendben?

– Rendben – felelte, és kibontakozott a karjaimból. – És bocs. – Csak ennyit mondott, de tudtam, hogy az ölelésre érti.

– Nem gáz – vágtam rá, és miután végignéztem a csuromvizes ruhámon: – Inkább én kérek elnézést – tettem hozzá mosolyogva. – Akkor holnap majd dumálunk, oké? Majd mesélek, hogy sikerült-e végül megtudnom valamit.

– Rendben, akkor holnap! – búcsúzott Kat ezekkel a szavakkal.

De mégsem láttam holnap.

Nyolcadik fejezet: D-vitamin

Másnap Kat nem jött iskolába.

Megkérdeztem a tanárt, hogy tudja-e, mi van vele. Azt mondta, az apja kora reggel szólt, hogy a lánya nem tud jönni, mert nem érzi jól magát.

„A francba!" – mondtam magamban. „Pont most?"

Nem mintha tegnap végül olyan sok minden történt volna. Valahogy annyira fáradt voltam, hogy amikor hazamentem, már fürödni sem maradt erőm. Csak átöltöztem száraz ruhába, és annyi. Egyből le is feküdtem. Egyszerűen képtelen voltam ébren maradni.

Átaludtam az egész délután. Csak este ébredtem fel arra, hogy anyám hazajött. Kimentem vacsorázni, de már képtelen voltam belemenni vele az egész témába. Nem sokat beszéltem, csak tőmondatokban. Még mindig annyira fáradt voltam, hogy képtelen lettem volna vitatkozni vele, vagy megpróbálni kifaggatni.

Kizárólag aludni akartam és pihenni. Így hát nem kérdeztem végül semmit. Vacsora után visszafeküdtem, és kész. Ennyi történt, ennyit sikerült „intézni". Némileg gáz, tudom. Nem is kicsit.

Tulajdonképpen ilyen szempontból még szerencse is, hogy Kat ma nem jött. Így legalább nem égek be előtte, hogy milyen béna vagyok.

De akkor is szívesen láttam volna. Máris hiányzik. Kicsit mintha tényleg kialakult volna köztünk valami. Egyfajta kötődés? Vagy barátság? Nem tudom. De hiányzik. Emiatt most kivételesen kimondottam vártam is reggel, hogy iskolába jöhessek. Erre meg pont most nincs itt.

Mindegy, remélem, holnap már jön.

Csütörtök.

Kat ma sem jött. Lehet, hogy én voltam csak túl naiv tegnap. Végül is, ha annyira beteg, hogy nem tud iskolába jönni, akkor nem tudom, miért vártam, hogy majd egyetlen nap alatt meggyógyul. Most még jobban hiányzik. Nemcsak ő, de a már megszokott délutáni kis sétáink is. Így nélküle csak a kabinban tudok rohadni, vagy az ebédlőben nézhetem az egyórás ismétlődő filmet. Ami ráadásul nem is film, hanem rajz. Nélküle már csak ez maradt.

*****

Péntek.

A helyzet sajnos változatlan.

Azaz rosszabb.

Kezdek bekattanni ettől az egésztől.

Ugyanis egyetlen rosszabb dolog létezik csak annál, mint hogy Kattel Mr. Brown óráin unatkozunk egész nap: az, hogyha Kat nélkül teszem ugyanezt.

Joel egész nap a pofámba bámul, és mondja az unalmas hülyeségeket, mint egy gép. Közben meg nem rám néz, hanem mellém.

Mi ez a hely egyáltalán?! Kik ezek a vakok vagy piások, vagy mi a fenék? Miért nem néznek az ember szemébe?

Hol van Kat?

Mit csináltak vele?

Ez a gondolat így, ebben a formában csak ma jutott eszembe.

Eddig egyre jobban aggasztott, hogy mennyire lehet komoly Kat betegsége, ha még azóta sincs jobban.

Most már viszont az foglalkoztat, hogy *mit csináltak vele?*

Valamit csináltak! Ha nem így lenne, akkor most itt lenne!

Eltették volna az útból? Csak mert hozzáért a kijelzőhöz? Csak mert túl sokat voltunk együtt? Csak mert *megkedvelt engem?!*

Mi az Isten folyik itt?

Nem tudom, kit kérdezzek meg. Azt sem tudom, bízhatok-e egyáltalán itt bárkiben is. Kat volt az egyetlen, akiről tudtam, hogy egy oldalon állunk, és most nincs sehol!

Eleinte azért nem mertem elmenni a kabinjuk felé, mert nem akartam zavarni, ha beteg. Most már viszont azért nem merek, mert attól félek, mi van, ha nincs is ott?

Mi van, ha azt mondják, *sosem* volt itt a bázison?

Hogyan fogom tudni egyáltalán bebizonyítani, hogy ismerem, és eddig itt volt, és egy csomószor együtt lógtunk?

Mi van, ha letagadják, és azt mondják majd: végig egyedül voltam itt a bázison, mert én vagyok itt az *egyetlen* gyerek?!

Valahogy ettől tartok, és ezért nem mertem kérdéseket sem feltenni. Úgy érzem, kezdek megőrülni!

*****

Vasárnap.

Ha az őrületnek vannak fokozatai, és pénteken voltam, mondjuk, a negyediken, akkor most vasárnap, két nappal később a hatodikon vagyok. Vagy legyen inkább a negyvenharmadik! Én legalábbis így érzem magam.

Már nemcsak aggódom, de paranoiás is vagyok. Ott tartok, hogy nemcsak az idegesít, hogy Joel miért bámul annyira, hanem már *én is bámulom őt*! Minden mozdulatát... Nem tudom, miért.

Igen, tudom, hogy vasárnap van, de itt sajnos hétvégén is van iskola. Ezért ülök itt ma is. Nem hiába mondom én, hogy ez maga a Pokol!

Egész nap árgus szemekkel figyelem a tanárt, hogy mikor mit mond. Még azt is, hogy hogyan mondja, és milyen hangsúllyal.

Egyszer mindössze annyit mondott, hogy „A matematika már csak ilyen, Thomas." Én pedig órákon át azon agyaltam utána, hogy hogy értette ezt?! Hogyhogy „ilyen"? *Milyen*?! Ez most célozgatás akart lenni? Vagy gúnyolódás?

Vagy csak én akarok mindenáron belemagyarázni valamit a semmibe? Teljesen meghülyültem volna? De mitől? Végül is ez csak egy sima matekóra volt. Még akkor is, ha unalmas. De Kat akkor sincs sehol! Valami nem stimmel.

Mikor vége lett a tanításnak, elhatároztam magam, hogy beszélek anyámmal. Akármit is mond majd, és még ha nem is válaszol mindenre, akkor is tudni akarom, hogy mi folyik itt!

Ezen a napon is korábban végez, úgyhogy lesz időnk „dumálgatni". Most nem ússza meg! És ma hülyére izzadni sem fogom magam, hogy átaludjam miatta az egész délutánt! Most magamnál vagyok, még ha nagyon ki is vagyok idegileg. Ma anyám megkapja a magáét! Mindent kiszedek belőle.

Amikor hazaért, épphogy csak belépett az ajtón, belevágtam a téma kellős közepébe:

– Anyu, szeretnék beszélni veled.

– Máris, kicsim, csak lerakom, ami a kezemben van.

– Jó. Akkor majd később beszélünk. – Rájöttem, hogy nem bírok tovább várni! Egyetlen perccel sem! Eleget vártam. Ha nem válaszol azonnal, akkor majd megtudom nélküle, amit (leginkább) tudni akarok. Felálltam hát, és az ajtó felé indultam.

– Hová mész? – kérdezte anyám. – Tudod, hogy munkaidő után már nem mehetünk ki. Előírás.

– Tudom, de most az egyszer teszek rá. Lőjenek le, az sem érdekel!

– Ne bolondozz már, Tom! Dehogy lőnek le. Csak visszaküldenek. De hová akarsz menni?

– Meglátogatom Katet. Napok óta nem jön iskolába. Kedden volt utoljára, és most *vasárnap* van. Állítólag beteg. De *ennyire*? Meghalt, vagy mi? Mit csináltak vele? Te tudsz róla valamit, anya? Mi lesz, ha most átmegyek hozzá? Ott találom majd egyáltalán?

– Nem – mondta ki anyám nyíltan és egyértelműen. – Hát, te tényleg nem is tudod?

– Mit? – kérdeztem halálra váltan.

– Nem búcsúzott el tőled?

– Anya, miről beszélsz?! Most akkor tényleg meghalt?! Mit csináltak vele?! – kérdeztem már kiabálva a kétségbeeséstől.

– Dehogy halt meg, te buta! Mi van veled, Thomas? Lázas vagy? Szerintem inkább te tűnsz betegnek, fiam.

– Elég a mellébeszélésből! *Hol van a lány*?! – követeltem magamból kikelve, remegve az idegességtől.

– Már hazament, fiam. Azt hittem, elbúcsúzott tőled. Ezek szerint nem?

– Mi? *Hazament*? Vasárnap, mi? Mellesleg úgy, hogy nem is létezik már „odafent", és nem is lett volna hová hazamennie? Nem hiszek neked!

– Hogy mondod? Igen, Tom, vasárnap van. Nem mondta, hogy ők ma mennek haza? Mi holnap megyünk! Elfelejtetted? Nem is örülsz, hogy végre „elhúzhatunk" innen? Azt hittem, semmit sem vársz ennyire!

– Mi? – Az előbbiek hallatán teljesen elbizonytalanodtam.

– Fiam, hogy értetted azt az előbb, hogy „nem létezik odafent"? Tom, jól érzed magad? Mutasd csak a fejed! – Anyám odalépett hozzám, és megfogta a homlokom. – Egy kicsit mintha tényleg lázas lennél. Hogy érzed magad?

Nem tudtam, mit mondjak. És azt sem, hogy hogy érzem magam. De hogy szarul, az biztos! Csak azt nem tudtam, most melyik fokozatán vagyok éppen. Épp meg akartam szólalni, amikor anyám megelőzött:

– Katherine miatt pedig ne aggódj. Már biztos, hogy jobban van. Láttam, amikor elmentek. Azt hittem, hogy elköszönt tőled.

Sajnálom, ha ezek szerint mégsem. Nem értem, miért. Pedig úgy tűnt, tényleg nagyon jól összebarátkoztatok.

– Semmi gond – vontam meg a vállam. – A lányok már csak ilyenek. Gondolom...

– Majd odakint írsz neki egy e-mailt, rendben? Biztos fent van ő is a Facebookon. Ott is írhatsz neki.

– Ja – feleltem bizonytalanul. – Biztos. Majd ott írok neki.

„Vagy nem!" – tettem hozzá magamban.

Ugyanis nincs fent a Facebookon! Nincs „odakint írsz neki"! Azért sem, mert nemcsak „odakint" nem létezik többé, de „odafent" sem! Többé már nem. Ugyanis véget ért a kinti világ, amit egykor ismertünk. Majdnem teljesen biztos vagyok benne! Nem hiszem el tehát, hogy a lány bárhol is vígan Facebookozgatna. Hacsak nem a mennyben, ha tényleg eltették az útból. Valami történt Kattel, és én meg fogom tudni, hogy micsoda!

Ha sosem megyünk el innen, akkor abból derül majd ki, hogy mekkora mellébeszélés folyik itt. Ha pedig holnap mégis hazamegyünk – amit erősen kétlek –, akkor viszont megkeresem odakint. De erre szerintem kb. *nulla* százalék az esély.

Nagyjából annyi értelme lenne Katet odakint keresni, mint amennyire az egyiptomiaknak megérte múmiákat gyártani! Ha az ember olyan rohadtul összeaszalódik, mint egy mazsola, akkor már lehet, hogy nem kel fel többé, vagy igen? Sem itt, sem a túlvilágon!

Erről ennyit! Hülye azért nem vagyok! Még akkor sem, ha meghülyültem. Ne nézzenek már ennyire gyökérnek! Lehet, hogy kissé paranoiás vagyok, de azért az alapvető logikám, a genetikailag örökölt, ösztönszerű „hüllőagyam" – ahogy mondani szokták – még működik!

„Majd odakint e-mailezel meg Facebookozol vele, kicsikém!"

Francokat fogok én vele ilyeneket csinálni odakint! Nem Egyiptomból jöttem, már elnézést! Nem én hiszem azt, hogy a bogarak a földből teremnek! Lehet, hogy nem vagyok professzor egyik tantárgyból sem, de azért ennyire madárnak se nézzenek már! Még akkor se, ha az orrom miatt erős a hasonlóság!

Úgyhogy holnap számolunk, anyuci! Akár létezik még az „odafent", akár nem! Holnap ki fog derülni, hogy valaha is elmegyünk-e innen! És akkor bizony lesznek kérdéseim!

– Megyek is lefeküdni, anyu – mondtam neki. Ma már úgysem nagyon kérdezősködöm. Nincs értelme. Holnapig nincs. Reggel úgyis kiderül, hogy hazamegyünk-e. Majd akkor! – Tényleg lehet egy kis hőemelkedésem. Inkább lefekszem.

– Rendben, kicsim. És ne felejtsd el bevenni a D-vitamint! Még van egy utolsó kinyitatlan ajtó a tizennégy-rekeszes vitamintartódon. Ne felejtsd el kinyitni, és bevenni a tartály taralmát!

– Az utolsót? – torpantam meg. – Mármint a D-vitamint? Miért olyan fontos bevennem az utolsót, anyu? Egy nap alatt csontritkulást kapok, vagy mi? Hiszen holnap úgyis megyünk haza, nem? Egyetlen éjszakára már minek vegyem be? – Hoppá! Azért figyelek ám!

– Thomas, mi van ma veled? Tiszta ideg vagy! Azt hittem, magadon kívül leszel az örömtől, hogy végre hazamehetünk! Ennyire kiborított téged az a lány?

– Dehogy! – mondtam határozottan. Habár valóban Kat borított ki, de akkor sem. Nem úgy, ahogy anyám gondolja. – Csak tudni szeretném, mennyit használhat már nekem egy napi D-vitamin adag? Ha úgyis csak egyetlen éjszakát leszünk még itt. Ezt azért csak megkérdezhetem, nem? Vagy ez is államtitok?

– Dehogyis! Nem bolondozz már! Na jó... látom, nagyon feszült vagy, úgyhogy elmondom. De erről nem lenne szabad beszélnem...

– Miről? Halljuk!

– Itt, a bázison van egy kis sugárzás, ami veszélyes lehet hosszútávon. Eddig azért nem mondtam, mert nem akartam, hogy aggódj. Kis dózisban teljesen ártalmatlan. Van, aki évtizedek óta dolgozik itt, és semmi baja nincs. A tablettákban a D-vitaminon kívül van még valami más is, ami erre a dologra való, azaz ellene. Ha szedjük, akkor garantáltan semmi bajunk nem lesz. Ezért fontos szedni. Ugye *szedted* végig? – kérdezte anyám aggódó arccal, de ugyanakkor kissé számon kérően is.

– Igen, mindvégig szedtem.

– Rendben. Jó fiú vagy. – Most megint úgy éreztem magam, mint egy kutya. Ezen a bázison már nem először. – Akkor vedd be szépen az utolsót is. Ne lepődj meg. Ez az utolsó egy picit nagyobb, mint a többi. De csak amiatt a hatóanyag miatt, amit mondtam. Azért kell többet bevennünk távozáskor, mert a szakemberek biztosra akarnak menni, hogy nem okoz problémát a sugárzás. Én is nagyobbat kaptam utolsó napra. Megmutatnám, de már bevettem a sajátomat. Nagyon fontos, hogy te is bevedd! Ugye megértetted, fiam? *Nagyon* fontos!

– Igen, értem. Megyek, és be is veszem most azonnal. Aztán lefekszem.

– Rendben. Jó fiú vagy. Tényleg elég sápadt az arcod. Rád fér az alvás. És a szemeid is elég fényesek.

Intettem anyámnak búcsúzóul, és becsuktam a hálószobám ajtaját magam után. Leültem az ágyra, és felvettem a vitamintárolót az asztalról.

Megráztam.

Valóban már csak egy tabletta zörgött az utolsó rekeszben.

Kinyitottam a tizennegyedik rekesz apró ajtaját, és kiborítottam belőle a tablettát a tenyerembe.

„Ezt a szart kéne bevennem?" – néztem hüledezve. „Ez valami vicc? Ez akkora, mint egy galacsin, amit a Scarabeus tologat maga előtt! 'Picit nagyobb?' Ez még a torkomon is megakadhat! Sőt, ha lenyelném, egyből jól is laknék vele! Ennek már súlya van!" – méregettem a tenyeremben a fényes, piros színű gyógyszergolyót, azaz drazsét. „Mi a franc lehet ebben?" – találgattam.

Bevegyem? Mert ha nem, akkor majd jól sugárfertőzést kapok? Azt amúgy mióta gyógyítják tablettával? *Bármilyennel*?! Baromság!

De mi van, ha nem veszem be? Lehet, hogy akkor tényleg megbetegszem? Hihetek vajon anyámnak? Végül is azt mondta, hogy holnap hazamegyünk! Bár mondott itt ő már sok mindent!

De vajon tényleg hazudott akár egyszer is? Holnap tényleg elmegyünk innen? Bárhová is? Létezne még olyan, hogy „odafent"? Van tehát odakinti világ?

Ekkor jöttem rá a megoldásra!

Vannak ugyanis ötleteim! Nem akarok beképzeltnek tűnni, de azért vannak.

Rájöttem, hogy ma tuti, hogy nem veszem be! Nem ettem meszet! Majd holnap veszem be! Szépen majd akkor, ha már kocsikázunk hazafelé nagy vidáman!

Majd *akkor* hiszek neki! Ha látom a házunkat, amint egyben van, és nincs kettérobbanva a világvége kellős közepén! Majd akkor beveszem! Még ha meg is akad a torkomon! De előbb *nem*!

Sőt! Inkább majd akkor veszem be, ha már otthon vagyok, írtam Katnek a Facebookon, és *már válaszolt* is! Ha a lány valóban életben van, és jól van!

Tehát majd holnap beveszem. Nehogy egy napon múljon az a sugárfertőzés vagy mi! Nem egy napon fog az múlni.

A jókora kerek bogyót berejtettem oldalt az alsógatyám gumija mögé. Nem merem elöl hagyni, mert félek tőle, hogy akár erőszakkal is, de le fogják nyeletni velem. Nem tudom, meddig mennének el. Nem tudom, *Kattel* meddig mentek el.

Holnap majd szívesen lenyelem önként is.

Már ha tényleg hazamegyünk.

Ha tényleg létezik még a kinti világ.

És ha lesz egyáltalán *holnap*!

Továbbá, ha nem fekszem rá erre a vacakra, és nem olvad el reggelre...

Ekkor azonban... elaludtam a kimerültségtől.

Kilencedik fejezet: Hétfő

– Thomas! – kiabált be anyám a csukott ajtón keresztül. – Fent vagy?

– Igen! – szóltam vissza. – Most már igen... – Megnéztem az ébresztőórát, 7:30-at mutatott. Ezek szerint létezik „holnap", azaz most már ma. Na, ez is valami. És akkor tényleg haza is megyünk?! Hú de jó! Megjött a télapó! Hát, persze! Egy szart! Erre aztán kíváncsi leszek, hogy valóban hazamegyünk-e.

– Nem baj, hogy csak szatyrot tudok adni? – kiabálta anyám a konyhából.

– Mihez? – kérdeztem, miközben léptem ki a hálófülkémből. El sem tudtam képzelni, mire gondol.

– Iskolatáska helyett. Tudod, hogy ide nem hozhattunk be személyes tárgyakat. De alig vannak itt könyveid. Ez a kevés tényleg elfér egy szatyorban is.

– Mi van?! *Iskola*? *Szatyor*? – kérdeztem félhangosan. De annyira azért nem hangosan, hogy anyám is meghallja. Aztán gondoltam, kiugrasztom a nyulat a bokorból, és ezt már olyan hangosan kérdeztem, hogy ő is hallja: – Meddig is leszünk még itt a bázison, anya, mit is mondtál?

Gondoltam, erre mindenképp felelnie kell valamit! Akár azt, hogy már csak tíz percig, ha hazamegyünk... akár valami mást, valami nagyon meglepőt.

– Két hétig! De ezt már tegnap is mondtam, még otthon, New Yorkban! Megint nem figyeltél, Tom? Ennyire csak azt a buta horrorfilmet nézted? Nem is emlékszel *semmire* abból, amiket tegnap elmondtam?

– De! – Bár ezt csak úgy odavágtam neki, hogy békén hagyjon, és ne kérdezgessen tovább. Igazából fogalmam sem volt, hogy miről beszél. Most akkor mi van?! „Tegnap" *New*

Yorkban? Ott nem két hete voltunk? Most tényleg be akarja adni nekem, hogy csak tegnap érkeztünk ide?

És az elmúlt két hét meg sem történt? Akkor miért emlékszem mégis mindenre?!

A kék vonal végén a kijelzőre, amiről azt gondoltuk, hogy hologram?

Mr. Brownra, aki sosem néz a szemünkbe? Ha csak ma ébredtem itt először, akkor vele eddig még nem is találkozhattam! Hiszen az iskolában láttam a fickót először, hétfő reggel!

És honnan tudom akkor azt, hogy az ebédlőben hawaii tengerpart látható? Ugyanis azt hétfő délután mutatta meg Donovan ezredes. Az első iskolai nap *után*. Honnan tudok róla már most, ha ez csak ma délután fog bekövetkezni?

És ha csak ma vagyok itt először, akkor honnan tudom, hogy a tizennegyedik D-vitamin tabletta az utolsó rekeszben nagyobb lesz, mint az előzőek?

– Anyu! – kiabáltam ki a hálószobából, miközben visszarohantam a hálóba. – Mit is mondtál, mik vannak ennek a tablettatartó doboznak a rekeszeiben?

Közben hasra vetettem magam az ágyon, és átnyúltam az éjjeliszekrényen lévő tartóért.

– D-vitamin! – felelte anyám odakintről. – Minden esete vegyél be egyet! *Nagyon* fontos! Tudod, a napfényhiány miatt! Ugye, nem felejted el?

– Nem fogom! – kiabáltam vissza.

Ja, persze! A francokat nem fogom! Nehéz lesz bevenni, ha egyszer tök üres az egész! Tegnap kifogyott!

Mi?!

Miközben felemeltem a tartót, hallottam, hogy hangosan csörögnek benne a tabletták! Egy csomó! Legalább tíz vagy tizennégy!

Ez nem lehet igaz!

Egymás után nyitogattam ki a kis rekeszek ajtajait.

Mindegyikben lapult egy tabletta!

Nem volt üres!

Egyik rekesz sem!

Valahogy megtöltötték a tartót, amíg aludtam.

Nem is nyitottam hát ki az összes ajtót. Az utolsó előtti négyhez hozzá sem nyúltam. Inkább egyből az utolsót nyitottam ki!

És ott volt benne! A rohadt nagy fényes bogyó, akkora, mint egy galacsin. Még mindig ott volt!

Vagy inkább megint?

Ekkor kaptam oda az oldalamhoz.

– Aú! – szisszentem fel. Valami nagyon fájt ott.

Felugrottam, és lehajtottam a gatyám gumiját. A D-vitamin golyó eltűnt!

Viszont ott maradt a helye!

Egy pontosan akkora kék, kerek folt volt ott a bőrömön, ahová tegnap elalvás előtt rejtettem. Még tartottam is tőle, hogy ráfekszem, és elolvad reggelre. Tényleg elolvadt volna?

Megnéztem az alsónadrág gumiját belülről, de semmilyen folt nem volt rajta. Ha elolvadt a testmelegemtől, akkor egy olyan nagy méretű gyógyszergolyó biztosan foltot hagyott volna!

Hová lett?

Elvették! Éjszaka, amíg feltöltötték a tablettatartót, azt is elvették tőlem! Vagy miután elvették, visszarakták az utolsó rekeszbe!

De honnan tudták, hogy nálam van, és nem vettem be?

Szerintem nem tudhatták.

Akkot talán mégis itt lesz valahol!

Végigtapogattam magam, de sehol sem találtam a ruhám alatt. Beletúrtam hát az ágyneműbe is, de ott sem volt!

– Jössz már, Thomas? – sürgetett anya a konyhából. – 7:58 van! El fogsz késni! Mindjárt az első napon! Gondolom, Mitch lánya bezzeg már rég ott van! Fiam, légy szíves, ne hozz rám szégyent! Egyébként biztos összebarátkoztok majd. Igazán helyes lány. Katnek hívják.

– Kat?! – álltam le azonnal a bogyó keresésével, épp négykézláb állva a széttúrt ágyam közepén.

Otthagytam az összegyűrt ágyneműt, és nem kerestem tovább. Majd később megtalálom, hacsak valóban el nem vették tőlem éjszaka.

Felkaptam valami pólót a szék támlájáról, és sietve magamra kaptam. Az sem érdekelt, hogy nem kifordítva vettem-e fel esetleg.

Kirohantam a szobámból, és ugyanazzal a lendülettel ki is léptem a lakókabinunkból.

– Fiam! Most meg hová rohansz? Az uzsonnádat nem is viszed?

– Fogyókúrázom! – kiabáltam vissza. – Majd este találkozunk!

„Látnom kell, látnom kell!" – hajtogattam magamban. „Látnom kell, hogy Kat ott van-e. Látnom kell, hogy tényleg jól van-e!"

Ha futni nem is szabad, de sietősen gyalogoltam. Már majdnem a tanulószobánál voltam, amikor az utolsó pillanatban megtorpantam.

Először is azért, mert nemcsak az uzsonnámat hagytam otthon, hanem a könyveimet is!

Másodszor: milyen látvány fogad majd odabent a tanulószobában?

Kat valóban ott lesz? Tényleg *ő* lesz az?

Mi van, ha az a lány, akit én ismertem, mégis meghalt? Mi van, ha kivonták a forgalomból, mert túl sokat tudott vagy túl közel került hozzám?

A név, amit anyám mondott, stimmelt. De vajon most *kihez* tartozik?

„Most vajon ki játssza?" – ahogy egy filmsorozatnál mondanánk egy adott karakterről, ha nem vagyunk biztosak benne, hogy él-e még az eredeti színész.

Lehet, hogy ez a Kat már nem ugyanaz lesz? Lehet, hogy ez barna hajú, és egész máshogy néz ki?

Talán ő már nem lesz olyan csinos, és tetszeni sem fog?

Vagy *neki* nem fogok *én* kicsit sem tetszeni?

Lehet, hogy *pont ezért* cserélték le a lányt? Hogy ezúttal ne alakuljon ki köztünk semmi?

Vagy inkább pontosan olyan lesz, mint amilyenre emlékszem, és *Ő* lesz az? Akibe beleszerettem? Ugyanis sajnos ez a helyzet. Most már tudom...

Ha viszont ő az, akkor vajon meg is ismer majd?

Ez tényleg egy új két hét első napja lenne? Az előző pedig sosem történt meg? Mi az igazság?

„Az nem lehet, hogy csak képzeltem! Igenis megtörtént!" – Odanyúltam az oldalamhoz, és éreztem, hogy még mindig fáj, ahol tegnap éjjel megnyomta a bogyó.

Ez az én bizonyítékom! A kék folt és a fájdalom! Ennél több nem is kell!

Tudom, hogy megtörtént!

Szerintem az a gyógyszergolyó nem más, mint egyfajta memóriatörlő! Ezért nagyobb! Valami speciális szer van benne.

Nem tudom, hogy az előtte lévő tizenhárom kisebb tablettában mi volt, de az utolsó szerintem azért nagyobb, mert valami részleges memóriatörlő drog van benne! Ha bevettem volna, most semmire sem emlékeznék! Azaz az elmúlt két hétre nem.

Ezért viselkedett úgy anyám, mintha csak tegnap érkeztünk volna erre a rohadt helyre!

Mert azt hitte, bevettem a bogyót, és szépen elfelejtettem az egész elmúlt két hetet.

Tehát nem tud róla, hogy nem vettem be!

Ezért kell megtalálnom a golyót, amit a gatyámba rejtettem elalvás előtt! Vissza kell mennem a kabinunkba minél előbb, amikor anyám már elment dolgozni, és meg kell keresnem! Nem hagyhatom, hogy más találja meg előbb! Mert akkor lebukok, hogy nem vettem be, és tudni fogják, hogy mindenre emlékszem!

Amíg nem tudnak róla, addig komoly előnyöm van velük szemben. De vajon *kikkel* szemben? Még ezt sem tudom...

Tehát biztos, hogy nem csak képzelődöm, és az elmúlt két hét valóban megtörtént.

Azért fáj az oldalam, mert eldugtam tegnap a gyógyszert! Azért dugtam el, mert nem mertem bevenni! Miért nem mertem? Mert Kat eltűnt! Ezért! Tehát *megtörtént*! És minden igaz, amire emlékszem.

Alapvető logika: hüllőagy! Azért az még a helyén van!

Tehát nem én vagyok a hülye!

„Mi lesz akkor odabent?" – törtem a fejem. „Kat tényleg ott ül majd, mintha mi sem történt volna? Azok után, hogy múlt héten öt napig beteg volt, utána meg tegnap állítólag gyógyultan haza is ment, és elvileg már ugye *itt sincs*?"

Lehet, hogy előbb visszamegyek a könyveimért....

Nem! Eldöntöttem, hogy benyitok, és beköszönök. Majd utána visszamegyek a könyveimért. Nehogy ezen az öt percen múljon!

De ha Kat valóban bent van már, és tényleg életben van, akkor vajon ő mire emlékszik? Ő is emlékezni fog az elmúlt napokra úgy, mint én? Megismer majd engem? Vagy ő azt fogja hinni, hogy csak most lát először?

Óvele is bevetettek ilyen extra méretű D-vitamin drazsét? Csak vele öt nappal korábban? Ezért tűnt volna el? Azóta pedig lefoglalták esetleg valamivel, hogy ne legyen útban?

Ha nem ismer meg, mert ő sajnos bevette, és el is felejtette emiatt az elmúlt két hetet, akkor mi a fenét mondjak neki?

Tálaljak ki neki *mindent*? Hisz én is alig tudok valamit!

Még azt sem tudom, miért nem néznek a „vakok" a szemünkbe. Azt sem tudom, miért nem értik a viccet! Mégis robotok lennének? Csak nagyon korszerűek?

Azt sem tudom, hogy a katonák miért állhatnak három méterre a vonalaktól? Nekik miért nem lesz bajuk emiatt?

És mi lehet a H betűs ajtó mögött? Valóban egy hangár lenne? Leszállópálya? Kórház biztos, hogy nem! Kat már kétszer is volt az orvosiban, és az teljesen máshol van. (Két szinttel feljebb, mint később kiderült. Ezt jelentette a Kat által odarögtönzött nyíl.)

Továbbá mi lehet az ajtó mögött, ami a hirtelen megszakadó kék vonal végén van? Fagyasztókamra? Vagy óriási mennyiségű víz egy hologramajtó, azaz valójában erőtér mögött? Ami csak odabentről tartja vissza a vizet? Kívülről viszont bármit beledobhatunk? Akár egy ceruzát is?

És mi van amögött, ami a vörös vonal végén van? Tűz? Vagy láva?

Miért van számítógépgrafikával rajzolva a tengerpart? Miért tűnt fel rajta pár pillanatra egy oda nem illő fenyőfa csúcsa, akár egy villogó képhiba?

És vajon eredetileg milyen célból hozták létre ezt az egész föld alatti bázist? Valóban egy kutatóbázison vagyunk? Ha igen, mi után kutatnak itt? Min dolgozik anyám? Vagy ha ez mégis inkább egy apokalipszis esetére épített egyfajta világvége-bunker, akkor viszont ennyire ráhibáztam volna? Ez tényleg egy bunker? Vagy eredetileg kutatóbázis volt, és az apokalipszis miatt világvége-bunkerré minősítették át? Szükségállapot miatt? Én meg egyből ráhibáztam, és bunkernek hívtam már az elején?

Az elején?

De vajon mikor kezdődött ez az egész?

Hisz most is másodszor kezdem már el látszólag ugyanazt a kéthetes periódust! Én legalábbis úgy tudom, ez a tizenötödik napom itt!

De vajon *tényleg* az?

Mi van, ha régebb óta vagyok itt? Akár évek óta?

Mi van, ha eddig minden tizennegyedik napon bevettem azt a memóriatörlőt, és csak most *először* fordult elő, hogy nem vettem be?

Valami megváltozott volna, és ezért reagáltam máshogy? Ezért nem vettem be? De mi miatt? Kat miatt? Mert eltűnt?

Mihez kezdjünk Kattel ezekkel az információkkal és további kérdésekkel, ha ő is emlékszik a történtekre?

Ha viszont nem emlékszik, akkor mi lesz, ha mindent újra el fogok mondani neki? Hogyan reagál majd? Hisz majd nekem?

Ugyanis *ezt* fogom tenni! Mindent elmondok neki újra, ha ő nem emlékszik! Ez az egyetlen járható út, aminek értelme van!

Mi lesz azután, ha már mindent elmondtam neki, és esetleg még el is hiszi?

Elhúzzunk innen?

De hová?

Vissza, odafentre, a kinti világba?

Na de vajon létezik még olyan, hogy „odafent"?

– VÉGE AZ ELSŐ RÉSZNEK –

GABRIEL WOLF
A titok

(Odalent #2)

Arte Tenebrarum Publishing
www.artetenebrarum.hu

Szinopszis

A titok („Odalent" második rész)

Ez a második rész a titkok és a kérdések epizódja:
Kik azok a vakok? Vajon tényleg azok? Vagy valamiért
szándékosan nem néznek mások szemébe? Továbbá miért nem
értik a viccet?
A dolgozók miért nem mernek lelépni a felfestett vonalakról? És a
katonáknak miért nem árt az, ha három méterre állnak a vonaltól,
ahol elvileg már életveszélyes? Kit védenek valójában a katonák?
Kik a vegyvédelmi ruhás, botos emberek?
Miért szakad meg a kék vonal az egyik folyosó végén? Mi lehet az
ottani ajtó mögött? Miért van forróság a másik folyosó végén,
ahol a vörös vonalat fekete keresztezi? Ezeken a helyeken valóban
csak kivetített, nemlétező ajtók lennének? Mi lehet a
túloldalukon? Hová tűnt az eldobott, soha földet nem ért ceruza?
Ki vagy mi ellenőrzi, hogy lelép-e valaki a vonalról? Valóban él
egy embereknél magasabb értelemmel bíró lény a bunker alatt, aki
ölni is képes, ha valaki szabályt szeg?
Miért van Thomasnak és Katnek gyanúsan kevés emléke a kinti
világról? Mióta vannak egyáltalán a bázison? Mi történt a
nagyszüleikkel?
Hová lett az utolsó szem gyógyszer a tartórekeszből, amit Tom
elrejtett, ahelyett, hogy bevette volna?
Miért viselkedik úgy Tom anyja, mintha mi sem történt volna?
Kat életben van még? A tanteremben ülő lány vajon ugyanaz a
személy, mint akit Tom Katként ismert és szeretett?
Valóban véget ért odafent a civilizáció? Milyen célból hozták létre
a bunkert? Valóban csak egy kutatóbázis? Ha igen, akkor mi után
kutatnak igazából?

Mi lehet a válasz erre a rengeteg kérdésre és titokra?
Vagy lehet, hogy valójában csak egyetlen titok létezik, ami egymagában választ ad az összes fenti kérdésre?

Első fejezet: Több a semminél

– Kat?! – kérdeztem döbbenten, ahogy beléptem a tanulószobába.

A lány ugyanis ott ült a helyén, ahogy minden más ezt megelőző napon is... Legalábbis, amikor még bejárt tanulni, és nem volt „beteg". De vajon tényleg ő az?

– Á, Mr. Meier, ha nem tévedek – köszöntött Joel a maga hülye módján. Mr. Brown sosem mondott olyanokat, hogy például „Jó reggelt!". Mindig csak úgy tett, mintha kimondaná... odavetett valami ahhoz hasonlót, de valójában nem köszönt. Most viszont nem foglalkoztam vele és az irritáló szokásaival, így válaszra sem méltattam.

– Kat? – ismételtem. – Megismersz? – A lány értetlenül nézett rám, de nem tudtam eldönteni, hogy azért, mert az jár a fejében, hogy „Miért ne ismernélek meg, Tom?" vagy azért, mert azt készül mondani: „Mit akarsz tőlem, te karvalyorrú kretén? Most látlak életemben először!... És remélem, utoljára!".

– Mr. Meier, megtenné, hogy helyet foglal végre? Ez itt nem az udvarolgatás helye és ideje. Miss Donovan majd beszélget magával tanítás után, ha úgy tartja kedve.

Most legszívesebben fejbe vertem volna Joelt valamivel, olyan rohadtul idegesített. Nem igaz, hogy nem kérdezhetek rá nyíltan, hogy Kat emlékszik-e az elmúlt két hétre, vagy sem! Lázasan pörgött az agyam, mint egy túlmelegedett, kiszáradt motor a sivatagban. Azon töprengtem, vajon létezik-e olyan kérdés, ami alapján Joel nem gyanítja majd, hogy többet tudok a kelleténél, ám Kat mégis levonhatja belőle azt, amit kell.

Erősen koncentráltam, hogy kitaláljak valami frappáns kérdést, de a hülye filmekkel ellentétben, nekem emiatt nem kezdtek mindenféle világító virtuális számok, egyenletek és egyiptomi hieroglifák röpködni a fejem körül, hogy aztán egyetlen zseniális képletté álljanak össze, amivel a szupergyerek megoldja a világ legnagyobb rejtélyét.

Így hát odasomfordáltam a székemhez, és leültem. Úgy éreztem, valami nem stimmel. Hiányérzetem volt.

– Tanár úr! – szólaltam meg. – Otthon hagytam a könyveimet! – Hát persze, hogy otthon maradtak! Le sem kellett volna így ülnöm... Már kezdtem is tápászkodni. – Visszamegyek értük a kabinunkba, jó?

– Az ráér, Thomas – mosolygott Mr. Brown a szokásos kimért, szeretetlen módján úgy, hogy közben a szemembe sem nézett. – Majd szünetben elmész értük, fiam. Most úgyis csak azt fogom elmondani, hogy milyen tantárgyakat tanulunk, és milyen anyagokat veszünk majd át itt-tartózkodásotok két hete alatt.

„Jézus!" – kiáltottam magamban. „Ez most tényleg elölről akarja kezdeni az egészet?! Itt tényleg mindenki megőrült! Nemcsak anya, de valamiért a tanár is úgy veszi, hogy újraindult ugyanaz a két hét. Megint itt vagyunk az elején? De hisz már elsőre is utáltam ezeket a tanítási napokat! Az anyagot meg halálra untam! Most csináljam végig még egyszer? Ebbe tényleg bele fogok hülyülni!"

Joel el is kezdett egyből magyarázni. Az érintőtáblát taperolva végigmutogatta, hogy miket fogunk átvenni az elkövetkezendő hetekben. – Amiket már átvettünk egyszer! – Kat látszólag kissé unottan, de azért odafigyelt. Úgy tűnt, őt nem zavarja, hogy már másodszor kell ugyanazt a szart elviselnünk, mintha csak megbuktunk volna, és éppen évet ismételnénk.

Ekkor azonban mégis eszembe jutott egy zseniális ötlet. Na jó, ha világító képletek nem is kezdtek repkedni a fejem körül, mint a tenyérbemászó zsenigyerekeknek a filmekben, de azért vannak ötleteim. Nem akarok beképzeltnek tűnni, de azért vannak.

Ha könyveket nem is hoztam magammal, papír és írószer szerencsére azért volt a pad tetején. Letéptem egy cetlit az odarögzített jegyzettömbről, és sietve a következőket kezdtem firkálni rá:

„Kat, tényleg nem ismersz meg? Komolyan kérdem! Kérlek, őszintén felelj! Emlékszel rám?"

Amikor Joel egy pillanatra nem figyelt, átadtam a lánynak az összehajtott papírt.

Kat kicsit meglepettnek tűnt, de azért elvette, kihajtogatta, aztán olvasni kezdte. Figyelmesen fürkésztem közben az arcvonásait, de egyszerűen képtelenség volt leolvasni róla, hogy mit gondol!

„Kat! Esküszöm kinyírlak!" – dühöngtem magamban. „Miért nem adod valami jelét, hogy tudod-e, mi a fenéről beszélek?! Legalább a legapróbbat! Még egy biccentés is elég lenne! Most szórakozol velem?! Vagy tényleg nem emlékszel?" – Valóban dühös voltam rá. Ettől függetlenül meredten figyeltem, hogy válaszol-e, és hogy milyen hosszan fog írni a papírra.

Valamit körmölni kezdett! Nehéz volt megítélni, hogy mennyit. Nem tudom, talán két sort, esetleg hármat? Az soknak számít?

Ilyenkor baromi lassan tud telni az idő, ha az ember nagyon vár valamit, és őrjítően hülyének tudod érezni magad, ha ennyire próbálod apró, semmitmondó jelekből kitalálni a választ, amit valószínűleg amúgy sem lehet.

Ekkor Kat végre abbahagyta az írást, és visszanyújtotta az összehajtott papírt. Gyorsan kihajtogattam. Az sem érdekelt, hogy Joel látja-e vagy figyel-e. Magasról szartam rá! Ez állt a levélben, azaz így kezdődött:

„Igen, emlékszem rád..."

„Ez az!" – ordítottam magamban örömömben. „Akkor hát nem hülyültem meeeg!! Ez nem ugyanaz a két hét! Ő is tudja, hogy itt valami nagyon nincs rendben! Csak megjátssza magát! Minden oké! Kat emlékszik!" – Boldogan továbbolvastam hát a levelet:

„Igen, emlékszem rád. Láttalak már egyszer, amikor megérkeztetek anyukáddal a bázisra. Te Thomas Meier vagy, az egyetlen kiskorú rajtam kívül a bázison. De miért kérded, hogy emlékszem-e?"

Más nem állt a papíron, csak ennyi.

Csak ennyi.

Ledermedtem a sokktól, és kiejtettem a kezemből a cetlit. Lehullott a földre. Nem nyúltam érte, csak néztem, ahogy ott hever a méregdrága, zselés talpú kosaras cipőm mellett a padlón.

Aztán egy pillanattal később magamhoz térve, épp mielőtt Joel megfordult volna, és észrevehette volna, hogy levelezünk, mégis lehajoltam, és gyorsan felvettem.

Ismét körmölni kezdtem rá:

„Kat..." – Eddig jutottam el. Egyszerűen nem tudtam, mit mondhatnék neki. Mégis mit?! Ezek szerint tényleg nem emlékszik semmire? Lenullázták az agyát, vissza a két héttel ezelőtti szintre? Lehet, hogy anyámét is? Ezért nem emlékezett ő sem, amikor reggel ideindultam az iskolába? Tényleg a D-vitamin okozza ezt náluk? Engem pedig a bogyó bevételének hiánya mentett meg a visszahülyüléstől?

Aztán mégis folytattam az írást, de csak ennyit írtam a papírra:

„Ti mennyi idővel ezelőtt érkeztetek ide a bázisra?" – Gondoltam, ez egy általános kérdés. Ha nem emlékszik rám, azt fogja gondolni, hogy csak haverkodni, ismerkedni akarok. Ha viszont emlékszik... á.... úgyse fog! Hisz már mondta is! Odaadtam hát neki a papírt.

Hamarosan jött is a válasz, és sajnos pontosan az volt, amire számítottam:

„Tegnap jöttünk, amikor ti is." – Ám úgy tűnt, valamennyire legalább felkeltettem az érdeklődését, mert ezeket írta utána: „Miért kérdezted, hogy megismerlek-e? Találkoztunk már odakint? Te ismersz engem?"

„Na! Ez itt az egymillió dolláros kérdés!" – röhögtem magamban az őrület határán. „Ismerem-e Katet? Ismerném? Igazából már magam sem tudom! Emlékeim vannak róla, az biztos! De hogy azok mennyire valóságosak, és mennyire vagyok esetleg csak egy bekattant, depressziós tinédzser, akinek talán skizofréniára van hajlama, azt jelen pillanatban, basszus, nem igazán tudnám megmondani! Lehet, hogy csak hallucinálok? Téveszméim lennének? Tényleg, nem a dilisek szoktak ilyeneket képzelődni, hogy velük minden megtörtént már egyszer? Nem erre mondják, hogy 'déjá vu', vagy mi a franc? Vagy az normális emberekkel is előfordul? Nem tudom... Egyszerűen nem ugrik be! Miért nem figyelek soha a rohadt órákon?!"

Nem tudtam eldönteni, hogy mit feleljek neki. Ha egyből rázúdítom az egészet, és ő semmire sem emlékszik, akkor komplett őrültnek fog gondolni. Ha viszont elütöm annyival a kérdést, hogy „nagyon csinos vagy, biztos csak emlékeztetsz valami színésznőre", akkor nemcsak hogy egy nyomulós, karvalyorrú kis véglénynek fog gondolni – ami egyébként vagyok is –, de az biztos, hogy nem fogom jobban felkelteni az érdeklődését. Pedig muszáj, hogy szóba elegyedjünk! El kell húznunk erről a helyről! Így hát csak annyit válaszoltam neki tömören, hogy:

„Igen, ismerlek. Beszélnünk kell tanítás után. Fontos!"

Gondoltam, ezzel már csak nem árulok el túl sokat, és ennyiből még hülyének sem fog gondolni. Vagy lehet, hogy mégis? Elég fura arcot vágott, amikor elolvasta e sorokat, majd ismét írni kezdett. Úgy tűnt, válaszolni fog. „Lehet, hogy nemet mond?!" – rémültem meg. „A francba! Máris elcsesztem volna, és elijesztettem?"

Óvatosan visszaadta a papírt. Nem tudtam megállapítani, hogy azért, mert máris fél tőlem, és zakkantnak gondol, vagy csak attól tart, hogy a tanár észreveszi, amint már huszadszor adogatjuk oda-vissza egymásnak az összehajtott levelet.

„Én tényleg csak tegnap láttalak először" – írta Kat. „Honnan ismersz? Ugye nem hülyíteni akarsz, vagy ilyesmi?"

„Ajjaj! Pont ettől tartottam! Gyanakodni kezdett. Rosszat sejt! Azt hiszi, szórakozok vele. Szerinte biztos valami idióta 'fiús csínybe' akarom bevonni. Biztos megvárom tanítás után, és beledobok a hajába egy marék félig főtt tésztát, amit a konyháról loptam, vagy tudom is én mi a francot művelnek a normális kamaszfiúk, ha udvarolni akarnak!"

Ekkor úgy döntöttem, drasztikusabb módszerekhez kell folyamodnom. Valahogy muszáj tudatnom vele, hogy többet tudok róla, mint hinné. Ki kell tárulkoznom előtte legalább egy kicsit. Hiszen végül is megbízhatunk egymásban. Előbb-utóbb úgyis elmondanám neki, hogy mi a helyzet! Akkor miért ne vághatnék bele most rögtön? El is kezdtem írni szorgosan...

„Na de várjunk csak!" – torpantam meg körmölés közben. „Mi van, ha mégsem ő az? Mi van, ha ez egy másik lány, és valójában *ő hülyít engem*? Hoppá! Lehet, hogy pontosan tudja, miről beszélek, és csak a bolondját járatja velem a kis agyafúrt ribanc! Lehet, hogy ez egy hasonmás. Az is elképzelhető, hogy egy agymosott Kat. Ugyanaz a test, ugyanaz a lány, de más emlékekkel! Az is lehet, hogy az eredeti Kat klónja teljesen más emlékekkel, és most szándékosan faggat, kutatja, hogy vajon mennyit tudok, emlékszem-e az elmúlt napokra? Basszus!" – Nem tudtam, mit feleljek neki. „Mennyit merjek elárulni? Lehet, hogy nem is én győzködöm őt, hanem ő engem? Talán ki akarja szedni belőlem, hogy bevettem-e a 'D-vitamint', és sikeres volt-e a memóriatörlés!" – Úgy döntöttem hát, hogy kérdéssel felelek a kérdésére. Abból talán nem lehet (túl nagy) baj. Így hát ennyit írtam csak neki:

„Bízz bennem. Ismerlek. Ha nem így lenne, honnan tudnám, hogy elhunyt édesanyád szemceruzáját hordod magadnál? Titokban csempészted be a bázisra, mert nem is lett volna szabad személyes tárgyat behoznunk odakintről. Honnan tudhatnék erről? És miért nem árultalak be miatta senkinek, ha nem bízhatnál meg bennem?"

Ahogy ezeket a sorokat olvasta, rendesen elkerekedett a szeme! Ekkor már biztos voltam benne, hogy nem manipulálni akar. Ahhoz túl őszintének tűnt a csodálkozása. Azt hiszem, most megfogtam! Sikerült felkeltenem az érdeklődését! De vajon biztos, hogy jó értelemben?

Most az jutott eszembe, hogy talán hibát követtem el. Talán baromi nagy hibát!

Ugyanis honnan a rákból veszem, hogy nála van az a ceruza?! Az oké, hogy nála *volt*, de végül is eldobta, és elveszett, vagy nem? Nem lehet hát nála, a franc egye meg! Az a ceruza eltűnt a kék vonal végén lévő – valószínűleg kivetített – ajtó mögött. Ekkor azonban Kat valami nagyon meglepő dolgot csinált: Benyúlt a farmerdzsekijébe, és lassan kihúzott valamit a belsőzsebéből. Leeresztette a kezét a kabátja takarásában, és lent húzta csak elő derékmagasságban, hogy a tanár ne lássa a padtól, hogy mi van nála.

Próbáltam kivenni, hogy mi az, de nem láttam pontosan. A kezében tartott valamit. Ujjai között forgatta és nézegette.

„Ez nem lehet igaz! Mi a fene az ott?" – türelmetlenkedtem.

Egyszer csak felém fordulva széttárta az ujjait, és a pad takarásában végre megmutatta nekem is a kis tárgyat. A ceruza volt az! Ugyanaz a ceruza!

Kat kérdőn nézett rám – gondolom, amiatt, hogy honnan tudok a becsempészett cucc létezéséről – én pedig legalább ugyanolyan kérdőn meredtem vissza őrá – azért, mert azt hittem, az a ceruza rég elveszett!

Ezek szerint valóban a bolondját járatta volna velem? Igazából el sem dobta? Csak úgy tett? Túl értékes volt számára ez az anyjától megmaradt emlék, és nem hajította volna csak úgy el? Biztos nevetett magában rajtam, hogy nem értem, miért nem koppan a ceruza az ajtón, aztán ő meg szőtt köré egy misztikus történetet arról, hogy ez biztos csak valami kivetített hologramajtó, és a túloldalán puhára esett az eldobott tárgy, ezért nem hallottuk leesni.

A ceruza tehát végig nála volt! Nincs semmilyen rejtély annál a hülye ajtónál! Ez csak egy kamaszfiú ábrándozása volt, aki túl sok ponyvairodalmat olvas, és egy kamaszlány játszadozása, hogy megtréfáljon egy buta, nagyorrú kis kretént.

Nem tudom, miért, de egy ösztönös mozdulattal felé nyúltam. Nem a levélért, hanem a ceruzáért, hogy mutassa meg.

Nem ellenkezett. Talán azt gondolta, hogy ha már úgyis tudok róla, és eddig sem árultam be miatta, akkor most sem fogom. Odaadta hát, a kezembe nyomta.

Elkezdtem én is nézegetni a pad alatt...

– Mi tehát a válasz? – kérdezte Mr. Brown.

– Mire? – rezzentem össze a kérdésre. Majdnem elejtettem a ceruzát, de az utolsó pillanatban összezártam körülötte az ujjaimat, és a markomba rejtettem.

– A kérdésemre, fiam! Már megint nem figyelsz?

– Ja, de! Ööö... Háromszáz! – vágtam rá simán. – Háromszáz a négyzeten!

– Nahát! – lepődött meg a tanár. – Azt hittem, nem figyeltél. Ráadásul ezt nem túl könnyű számológép nélkül, fejben kiszámolni. Még nekem sem biztos, hogy menne. – A tanár teljesen elképedt.

Jól átvágtam! Hehe! Gőzöm sem volt a megoldásról, egyszerűen csak emlékeztem rá! Legutóbb, mármint múlt héten vagy mikor... amikor így rám szólt, azt mondtam, háromszáz a válasz. Akkor csak blöfföltem. Ő pedig kijavított, hogy háromszáz a négyzeten, és még hozzá is tette, hogy „Ezt most megúsztad, fiam".

„Elkaptalak, Joel!" – röhögtem magamban. „Erre nem számítottál, mi? Az öreg Meier azért nem teljesen hülye. Na jó, ha matekból elég ótvar is vagyok, de mégiscsak múltba látó szuperképességem van vagy mi a szar. Erre varrj gombot, öcsisajt!"

Bár... a múltba látás, az miféle szuperképesség? Hisz mindenki lát a múltba, vagy nem? Legalábbis, aki nem szenved Alzheimerben, meg ilyenekben. Lehet, hogy akkor egy nagy lófingot ér a szuperképességem? Múltba látni ugyanis bárki tud? Na de én egy olyan múltba látok, amiről ők nem is tudnak! Talán még Joel sem! Hoppá! És a dolog ráadásul működik, mert én bizony a helyes választ mondtam!

– Rendben, Thomas. Nagyon szép megoldás. Örülök, hogy ezek szerint figyelsz. Még ha úgy is tűnik, hogy nem. – Ezzel visszafordult a táblához.

Kat elismerően nézett rám. Egy pillanatra elmosolyodtam ezen. Szívesen megmondtam vagy leírtam volna neki, hogy igazából nem tudtam ám a választ, csak emlékeztem rá... de valószínűleg nem értette volna, és még csak nem is hitt volna nekem.

De talán mégis meg kéne próbálnom leírni neki. Legalább nagy vonalakban... hátha valamit kapiskálni kezdene! Lehet, hogy nincsenek azért teljesen kitörölve az emlékei, csak lenyomták őket jó mélyre. Talán még fel lehetne hozni őket odalentről.

Épp írni kezdtem volna neki egy újabb üzenetet, de akkor vettem észre, hogy nem az én ceruzám van a kezemben. Azt az előbb az asztalra tettem.

Még mindig Kat szemceruzáját szorongattam a markomban, és kis híján azzal kezdtem el írni.

Most, hogy észbe kaptam, jobban megnéztem magamnak a rövid kis izét, és elképedtem azon, amivel szembesülnöm kellett:

„Ez nem ugyanaz a ceruza! Nem ezt dobta el!" – Azt hittem, nem jól látok. Szabad bal kezemmel megdörzsöltem a szemeimet, hogy kitisztuljanak, ha esetleg könnyekkel vagy csipával lennének tele. De nem! „Teljesen jól láttam már elsőre is! Ez egy kékes-lila szemceruza! Az, amit eldobott, fekete volt! Meg mernék esküdni rá! Ez tehát egy másik!"

De vajon ez mit bizonyít?

Most valóban szinte látni véltem, ahogy forgószélként pörögnek fejem körül a látványos UV-kék színnel odarajzolt számok és ábrák, ahogy a mozifilmekben szokott lenni, amikor ötletel valaki. A következő lehetőségek merültek fel bennem:

A: Kat a bolondját járatja velem. Több ceruzája is volt. Az egyiket valóban eldobta. Ez a másik, és most előadja, hogy fogalma sincs, miről beszélek.

B: Teljesen hülye vagyok, és rosszul emlékszem a színére. Ez ugyanaz a ceruza. Sosem dobta el, csak majmot csinált belőlem. Utólag biztos jót kuncogott rajta, hogy mekkora debil vagyok.

C: Két ceruzája van. Még mindig nála van a fekete... Nem! Ezt a lehetőséget inkább elvetném. Azt mondta, hogy a ceruza emlék, amit feláldozna erre a célra. Ha több is lett volna neki, akkor nem fogalmazott volna úgy, hogy „feláldozza". Szerintem csak ez az egy emléke maradt az anyjától. Egyesszámban mondta. Tehát csak egy ceruza van. Szerinte legalábbis... Ebből következik hát az utolsó:

D: Vele is a bolondját járatják! Az én gyógyszertárolómat is újratöltötték, amíg aludtam. Lehet, hogy neki meg új ceruzákat dugdosnak a kabátja belsőzsebébe. De vajon miért? Lehet, hogy nem most vesztette el először? Lehet, hogy állandóan elhagyja?

Vajon hányadszor dobta már el ott az ajtónál? Mióta vagyunk mi itt? Hányszor ismerkedtünk már meg?

Visszanyújtottam neki a ceruzát egy rövid biccentés kíséretében, jelezvén, hogy „köszi, hogy megmutattad". Kat visszabiccentett.

Joel épp fennhangon magyarázott valami marhaságot a hatványozásról és valamit a gyökerekről vagy gyökökről. Nagyon belemelegedett, és nem figyelt ránk, úgyhogy megkockáztattam, hogy nyíltan odasúgjak valamit Katnek:

– *Akkor beszélünk suli után?*

Nem válaszolt, csak rám nézett. Egy rövid ideig csupán bámult, és nem tett semmi egyebet. Zavarba is jöttem egy pillanatra, hogy miért néz annyira. Talán kilóg valami az orromból, vagy mi? Én meg épp ilyen állapotban próbálok látszólag „udvarolni" neki?! De mielőtt odakaptam volna az arcomhoz, hogy zavartan lesöpörjem azt az izét, ami miatt néz, Kat elmosolyodott, és csak ennyit súgott válaszképp:

– *Aha.*

„Aha. Hát már ez is több a semminél" – gondoltam. „Végül is meggyőztem, nem? Meggyőztem arról, hogy bízhat bennem. Nem árultam be érte, hogy behozott egy tiltott, személyes tárgyat. Láthatja, hogy rendes gyerek vagyok. Akkor talán tényleg lesz alkalmam mesélni neki ezt-azt. De vajon hol kezdjem? Hol a jóistenbe kezdjek bele ebbe az őrült sztoriba?! A hologramajtóba, a felfestett vonalakba, a fickóba, akit kampókkal húztak vissza, amikor elesett, és túl távol került a vonaltól, továbbá a villogó fenyőfába a kijelzőn... meg az összes többi baromságba?"

Második fejezet: Kék

Tanítás után Kat valóban odajött hozzám, és úgy tűnt, kíváncsi rá, hogy honnan ismerem őt, és honnan tudok a becsempészett szemceruzáról.

Joel szerencsére eddigre elhúzott már a vérbe, és mi a tanulószoba előtt álltunk kettesben. Kat zsebre tett kézzel, látszólag lazán ácsorgott, de láttam rajta, hogy feszült és kissé ideges. Tudtam, hogy az, hisz ismerem.

– Na? – szólalt meg ő elsőnek. – Halljuk! Miről akartál beszélni? Honnan tudsz rólam dolgokat? Kicsoda valójában a nagy Mr. Meier? Egyfajta látnok? Gondolatolvasó? Telepata? – Habár mosolyogva kérdezte, szerintem valamennyire komolyan beszélt. – Ne mondd, hogy nem vagy az – folytatta – ugyanis tudom, hogy nem ismerjük egymást. Odakint sosem találkoztunk. Arra azért csak emlékeznék.

– Ja... – mondtam rezignáltan. – Egy ilyen orrot nehéz is lenne elfelejteni, mi? A szemeim meg akkorák, mint két pattanás egy elefánt hátán.

– De hülye vagy! – nevetett fel Kat. – Te tényleg ennyire csúnyának hiszed magad? Vagy csak hülyéskedsz?

„Ez valóban ő lenne? Kat? Az *én Katem*? Ő sem látott csúnyának. Talán valahol mélyen még tetszettem is neki."

– Nem vagyok túl jó véleménnyel a külsőmről – magyaráztam neki. Már másodszor. Vagy ki tudja, hányadszor, ha igazából nem is most van a második alkalom, hogy összeismerkedünk. Nem lehet tudni, hogy korábban hányszor voltam akkora pancser, hogy hallgattam anyámra, és benyeltem az utolsó rekeszből az óriásbogyót. Lehet, hogy már ezredszer mutatkozunk be egymásnak, mint két idióta. Remélem, azért, hogy nem!

– Nincs veled semmi baj – nyugtatott meg a lány. Igen, valóban ő lehet az! Bárki más rondának tartana szerintem. – Egyszerűen csak karakteres az arcod, ennyi. Úgyhogy emlékeznék rád, ha már találkoztunk volna. Tehát mi a nagy titok? Miről akartál beszélni? Honnan tudsz rólam dolgokat?

– Tudod, mit? – feleltem kérdéssel a kérdésre. – Nem elmondom, hanem inkább megmutatom. Akkor talán hinni fogsz nekem! Velem tartanál? Mutatok valamit!

– Mit? – Egy pillanatra, úgy tűnt, elbizonytalanítottam. Egy fiú épp valami randevúféleségre invitálja. Nem is ismeri a srácot. Ki tudja, mit akar egyáltalán tőle, és mire készül? De aztán Kat kíváncsisága talán erősebbnek bizonyult, mint a józan esze által sugallt aggodalom: – Na jó. Menjünk! Merre?

– Kövessük azt a kék vonalat, ott! Ha velem jössz a végéig, ott mutatni fogok valamit, amitől elájulsz!

„Jézus! Ezt de hülyén mondtam! Még a végén azt hiszi, hogy egy eldugott helyen előveszem neki a micsodámat, vagy ilyesmi!"

– Mármint nem úgy értem! – tettem hozzá gyorsan. – Csak mutatok valami nagyon furát, ami meglepő... amolyan paranormális módon.

– Ez kicsit ijesztően hangzik – mondta bizonytalanul.

– Ne aggódj, nem fog történni semmi. Csak látni fogsz valamit, és azáltal talán megértesz bizonyos dolgokat. Például azt, hogy honnan ismerlek. Azt legalábbis biztos, hogy honnan tudok a ceruzáról.

– Rendben – ment bele Kat. Nem csalódtam benne. Mindig is bátor és kalandvágyó volt. Gondoltam, hogy rá tudom dumálni, tudtam, hogy ilyen. Vagy legalábbis nagyon jól sikerült a klónja, és ez a másik is pont olyan belevaló, mint az, akit megkedveltem.

„Őrjítő ez a tudat!" – cikázott a fejemben a gondolat. „Honnan tudhatnám, hogy ő-e az egyáltalán, ha egyszer semmire sem emlékszik a közös élményeinkből?"

Közben elindultunk a kék vonalon ugyanúgy, mint egy héttel ezelőtt. Egy pillanatra megfordult a fejemben, hogy mi van, ha ez a Pokol? Mi van, ha azért történik meg minden ismét, mert már nem élek, és az a büntetésem, hogy újra és újra végig kell élnem az életemnek egy bűnös szakaszát, hogy tanuljak belőle, és az örökkévalóságig vezekeljek miatta? De hogy miért pont ezt a hetet? Vajon mit követtem el?

De ez mégsem ugyanaz a hét volt. Feltűntek azért apró eltérések. Például a ceruza színe, ha már itt tartunk!

Továbbá Kat is kicsit másképp nézett most rám, mint akkor.

Korábban egy kedvelt, de nem túl sokra tartott kisöccsként... na jó, talán egy srácként, aki aranyos, talán még helyes is – mondom: fura egy ízlése van a lánynak –, de semmiképp nem úgy vizslatott a tekintetével, mint most:

Ezúttal inkább úgy nézett rám, mint egy különcre, egy megfejtendő rejtélyre, aki csupa talány és kérdés. Egy főhősre egy misztikus ifjúsági regényből, akinek nagy az orra, vagy sem, de akkor is egyfajta látnok, vagy mi a fene! Így nézett rám. Kijelenthetjük, hogy akár „csodálattal"? Hát, azért az lehet, hogy túlzás, de valóban volt valami ilyesmi a tekintetében.

Mindenesetre élveztem a helyzetet. Jobban tetszett ez a nézése, mint a múlt heti, amiben inkább csak barátság és kedvesség volt. Ebben most megfejteni akarást és őszinte kíváncsiságot is véltem felfedezni. Talán még tetszést is?

„Na! Szépen vagyunk" – szidtam magam. „Neked, Thomas Meier, kizárólag ezen jár az eszed! Egy igazi kis perverz vagy! Nem lesz az teljesen indokolatlan, ha Donovan ezredes arcon lő a gépfegyverével, amiért a lánya utána koslatsz, és tiltott helyekre cibálod magad után, hogy a nemi szervedet mutogasd neki!... Bár végül is önként jön velem, vagy nem? Elhitte, hogy nem akarok semmi rosszat. Lehet, hogy csak túl szigorú vagyok magamhoz?"

Közben már jó ideje gyalogoltunk, és csak most vettem észre, hogy idáig szótlanul haladtunk.

– Mennyire van messze az, amit mutatni akarsz? – törte meg Kat a csendet.

– Ja? Ne haragudj, nincs már nagyon messze. Mindjárt odaérünk. – Teljesen kiment a fejemből ugyanis, hogy ő semmire sem emlékszik. Valamiért azt vártam, hogy ő is tudja, hol találtuk meg a kék vonal végét, ami egyszerűen csak megszakad három méterrel a hatalmas fémzsilip előtt. Elég bunkó vagyok, hogy ennyire nem figyelek rá. Már biztos aggódik, hogy hová a fenébe hurcolom. – Sok mindent el szeretnék neked mondani – folytattam. – De nagyon nehéz helyzetben vagyok. Én ugyanis valóban tudok rólad ezt-azt, de te valamiért semmire sem emlékszel ezekből. Azért akarom megmutatni ezt a dolgot, mert azt remélem, hogy hátha neked is bevillan, eszedbe jut valami a közös emlékeinkből. Ugyanis igen: vannak közös emlékeink. Nem most találkoztunk először.

– Ne csináld már! – legyintett Kat. – Ez így már tiszta Twilight! Oké, az tényleg fura, hogy tudtál a ceruzáról, de ezt azért akkor sem veszem be! Közös emlékek?! Ugyan már! Mit akarsz ezzel mondani, hogy ismertük egymást előző életünkben, vagy mi? – A jelek szerint kezdett kissé dühös lenni. Próbáltam hát csillapítani a feltörekvő indulatait. A végén még sarkon fordul itt nekem, és visszamegy a kabinjukba. Azt nem hagyhatom!

– Nem úgy értettem! – szabadkoztam gyorsan. – Nem előző életünkben ismertük egymást, hanem... – Nem tudtam, hogyan is fogalmazzam meg.

– Hanem? Halljuk! Ki vele, mert sarkon fordulok, és visszamegyek!

114

Jól gondoltam az előbb. Tényleg kezd bepipulni. Kimondtam hát az igazat. Más úgysincs a birtokomban, csak az igazság. Amit legalábbis én annak vélek:

– Nem előző életünkben ismertük egymást, hanem a múlt héten.

– Mi van?! És mégis hol történt ez? Odakint, mielőtt lejöttünk a szüleinkkel ide a bázisra? Te most hülyéskedsz velem? Hogy ismernénk már egymást? És én miért nem emlékszem? Szerinted amnéziám van, vagy mi?

– Nem tudom. De valami történt... – Nem akartam úgy fogalmazni, hogy „valamit csináltak *veled*", mert az sokkal ijesztőbb lett volna. – Történt valami, ami miatt szerintem többen elfelejtettek dolgokat. Nemcsak te, de például anyám is. Talán még Mr. Brown is. Bár lehet, hogy ő csak játssza a hülyét, nem tudom.

– Honnan veszed, hogy mit felejtett el a tanár, és mit nem? Ma láttad életedben először!

– Nos, pont erről beszélek. Ugyanis nem: nem ma láttam először. Ma valójában tizenötödször láttam a hülye fejét. Sajnos. Nem ma vagyunk itt először, hanem már régebb óta élünk itt. Legalább két hete. De lehet, hogy még régebb óta.

– Thomas Meier, te a legfurább alak vagy, akivel életemben találkoztam – mondta Kat teljesen komoly arccal. – Normális esetben most sarkon fordulnék, és elhúznék innen jó messzire, de megmondom őszintén, hogy nagyon hitelesen tolod ezt az egész dumát. Vagy nagyon jó vagy ebben a játékban... akármi is legyen ez... vagy te tényleg elhiszed azt, amit mondasz. Bárhogy is, de valóban kíváncsivá tettél. Annyira mindenesetre igen, hogy még egy darabig sétálok veled itt, ezen a kék vonalon. De nem tudom, meddig. Napokig azért tuti, hogy nem fogok!

– Arra nem is lesz szükség. Odanézz!

Ismét elérkeztünk arra a helyre. A felfestett vonal három méterre a fémajtótól hirtelen, ok nélkül véget ért.

– Jó nagy zsilip vagy mi – mondta Kat.

– Ne azt nézd, hanem a vonalat!

– Mi van vele? Kék. Még mindig. És?

– Nem látod, hogy megszakad? Veled nem olvastatta el apád ezerszer a szabályzatot, mielőtt idejöttetek? Nem hagyhatod el a vonalat, nem léphetsz le róla, nem is léphetsz át másikra nyomós ok nélkül, blabla... Most tényleg nem érted, miért gáz, hogy nem ér el a vonal az ajtóig?

– Ja, bocs! – pirult el Kat. – Már értem. Ne haragudj, csak olyan nagy az a faltól-falig érő fémzsilip. Azon gondolkodtam, hogy mi lehet mögötte. De most, hogy mondod, tényleg fura, hogy véget ér a vonal az ajtó előtt. Így hogyan mennek oda, hogy kinyissák?

– Na látod! Helyben vagyunk! Örülök, ahogy erre a részére azért emlékszel. Mármint a szabályzat alapján.

– Oké, belátom, elég fura. De mi köze van ennek hozzánk? És mi köze van anyám szemceruzájához meg az előző életünkhöz, amiben te vámpírfiú voltál, én meg farkashercegnő?

– Én nem is mondtam olyat! – fortyantam fel. – Azt már csak te képzelted hozzá! Semmi ilyen nem történt. Nem a múlt században ismertél, hanem a múlt héten. De hisz már mondtam is.

– Ja tényleg, ne haragudj. Szóval akkor mi a lényeg? Mit bizonyít ez a kék vonal? Azaz a tény, hogy vége szakad, mielőtt az ajtóig érne?

– Máris megtudod. De előtte elkérhetem egy pillanatra a ceruzát? – Előhalásztam a zsebemből egy darab papírt, amit a tanteremből csórtam. Kat odaadta a cerkát, és sebesen firkálni kezdtem vele.

– Mit csinálsz? – kérdezte. – Lerajzolod az ajtót? Ez tehát a varázstudományod? Képes vagy szemceruzával rajzolni? Ez aztán valóban emberfeletti képesség. Csak a vámpírok tudják.

– Nem rajzolok vele, hanem írok. De egyébként tényleg nem könnyű. Nem is hittem volna, hogy ezeknek ilyen puha a hegyük. Tök zsírosan fog! Alig lehet vele írni!

– Ez nem grafitceruza, te mamlasz! Nem írásra való! Csak tönkreteszed! Ki fogod törni a hegyét! Már így is nagyon rövid.

– Tudom... ne aggódj. Vigyázok rá. Mindjárt kész. Csak muszáj leírnom valamit, hogy el ne felejtsem.

– Jó, de tényleg ne törd el! Ez emlék anyutól.

– Tudom, tudom. Tessék. – Visszaadtam neki a ceruzát, majd összehajtottam a papírt, és elraktam a zsebembe.

– Meg sem mutatod? – kérdezte csalódottan. – Azt hittem, ez is a mutatvány része.

– Először is, nincs itt semmiféle mutatvány, és vámpír sem vagyok. Idehallgass, ez most komoly: szerintem bajban vagyunk! Nem is kicsiben. Épp ezt próbálom elmagyarázni, azaz bebizonyítani neked valahogy. Meg fogom mutatni, hogy mit írtam le az iment, de csak akkor, ha eljött az ideje.

– Rendben. Miért vagyunk hát itt? Véget ér a vonal, oké. Ezenkívül? – kérdezte kissé már fáradtan és türelmetlenül.

– Szerinted hogyan szoktak bejárni azon az ajtón, ha csak a vonalon lehet közlekedni, de az nem ér el az ajtóig? Vagy még jobbat kérdezek: szerinted hogyan készítették az ajtót, ha nem ér el odáig a vonal?

Kat szeme erre elkerekedett. Látszott, hogy mondani akar valamit.

– Ki ne mondd! – vágtam gyorsan a szavába. – Nem fogyott el a festék! – Gondoltam, hogy ezzel akar megint előrukkolni.

– Honnan tudtad, hogy ezen jár az eszem? – mosolygott. – Na mindegy... az tényleg elég olcsó megoldás lett volna erre a rejtélyre vagy mire. De te nyilván többet tudsz, mint én. Akkor miért engem kérdezel? Mondd meg te, hogy mi a megoldás!

– Sajnos én sem tudom – feleltem –, de én arra gyanakszom, hogy az az ajtó igazából nincs is ott. Azért nem mentek oda lelépve a vonalról, mert úgy gondolom, hogy csak mi látjuk úgy, hogy a vonalnak vége szakad. Szerintem tovább megy az, csak belevész a semmibe.

– Úgy érted, láthatatlan festékkel folytatták a kék vonalat?

– Dehogy! Ne bolondozz már! Mi értelme lenne annak?

– Miért, mi értelme van ennek az egész helynek? Azt sem tudom, miért jöttünk ide apával. És azt sem, hogy min dolgoznak itt. Te tudod?

– Nem. De talán majd arra is rájövünk. Szóval – folytattam – nem úgy értettem, hogy láthatatlan festékkel folytatták a vonalat, hanem úgy, hogy ugyanilyen kék színben folytatódik, de mi egy idő után már nem tudjuk követni a szemünkkel, mert valami blokkolja a látásunkat, akár egy láthatatlan erőtér. Talán az a zsilipszerű fémfal, amit látunk a vonal után három méterrel, nincs is ott. Lehet, hogy van a vonal végén valami energiamező, amin az emberi szem nem lát át.

– Tehát a vonal valójában nem ér véget, csak mi nem látjuk, hogy hová tart? Valahogy tükrökkel vagy hologramizékkel odavetítenek egy képet, mintha egy fémfal lenne ott, de valójában a vonal vége után valami egészen más lehet itt az alagútban?

– Pontosan. Én így gondolom. – Direkt nem fogalmaztam úgy, hogy „így gondoltuk", mert nem akartam szegényt még jobban összezavarni azzal, hogy erre már korábban is rájöttünk.

– Akkor menjünk oda a vonal végéhez, és lépjünk át azon az izén! Nézzük meg, mi van odaát! – javasolta Kat lelkesen.

– Viccelsz?! Eszedbe ne jusson! Ez csak egy hülye elmélet! Tudod, sok ponyvahorrort meg sci-fit olvasok. Egyáltalán nem biztos, hogy tényleg jól gondolom. Lehet, hogy a vonal valóban véget ér, mi meg hülye fejjel lelépünk róla, megpróbálunk odamenni az ajtóhoz, közben meg kinyír minket valami halálsugár vagy tudom is én, mi!

– Akkor vágjunk hozzá valamit! – javasolta Kat. Erre elmosolyodtam. Nem tudtam megállni. Ez *tényleg* ő! Ugyanaz a személy! Ő kell, hogy legyen, hiszen ugyanabban a szituációban pontosan ugyanarra a következtetésre jutott!

– És mégis mit vágjunk hozzá? – játszottam a hülyét szándékosan.

– Nem tudom. Nincs nálad valami, amivel megdobhatnánk? Mondjuk, egy kő?

– *Kő*? Ezt most komolyan kérded? – feleltem megint ugyanazt, mint a múltkor. – Még az mp3 lejátszómat sem engedték meg, hogy behozzam erre a lepratelepre! De hisz te is tudod. Te sem hozhattad volna be azt a ceruzát magaddal – próbáltam finoman célozgatni. De egyelőre nem vette a lapot.

– És mi lenne, ha a cipődet vágnád hozzá? – kérdezte Kat meglepő lelkesedéssel. Nem lehet igaz! Ez már megint a cipőmet akarja!

– A limitált példányszámú zselés talpú kosaras cipőmet? Tudod, milyen drága volt? Komolyan a sírba viszel egyszer, te lány! – Persze vicceltem, de azért nem teljesen. Most már tényleg kezdtem neheztelni emiatt. Másodszor áldozta volna fel az imádott lábbelimet!

– Jó, akkor hozzávágom én az enyémet. Az nem ilyen flancos, csak egy sima tornacsuka. – Már hajolt is le ugyanúgy, mint a múltkor, hogy elkezdje kioldani a fűzőt.

– Várj, te bolond! Nehogy hozzávágd a cipődet!

– Miért? Nem hagyom el a vonalat. Majd apámnak azt mondom, hogy elvesztettem valahol.

– Elvesztetted? Hol? Ez nem egy erdőszéli tisztás, hogy az ember elhagyja a dolgait a magas fűben... – És ismét elmagyaráztam neki ugyanazt, mint korábban. – Tuti, hogy rájönnének, hogy direkt dobtad oda. Két óra múlva már mindenki tudna róla, és balhé lenne.

– És akkor mit csinálnának velem? Lelőnének? Csak mert eldobtam a cipőmet?

– Fogalmam sincs. De tudod, mit? Inkább ne is kockáztassuk, hogy valóban megteszik-e.

– Jó, lehet, hogy igazad van. De akkor viszont – nyúlt farmerja zsebébe, és ekkor jött el a nagy pillanat! – mit szólnál ehhez?

– Mi az? Ja? A ceruza? – értetlenkedtem látszólag.

– Igen, a szemceruza. Bár emlék. Nem szívesen válnék meg tőle. De úgysem fogom tudni használni. Apám agyvérzést kapna, ha sminkelni kezdeném magam. Úgyhogy tényleg csak egy lom, semmi több. Ezért most feláldoznám erre a szent célra.

– Rendben – mentem bele azonnal. Ugyanis sejtettem, hogy mi lesz a vége. – Előtte viszont kérhetek még valamit?

– Halljuk. Szeretnél még további verseket írogatni vele, vámpírfiú?

– Nem dehogy. Megtennéd viszont, hogy leveszed a dzsekid?

– Mi?! – meredt rám a lány. Úgy nézett rám, mintha valóban valami perverz kis gennyláda lennék, aminek viccből szoktam magam nevezni, ha mindenféle abszurd végkimenetelekről fantáziálok, amikben Kat apja dühében hátba lő egy vadászpuskával, mert megkukkoltam a lányát zuhanyzás közben.

– Ne haragudj – szabadkoztam –, nem úgy értem, hogy vetkőzz meztelenre, vagy ilyesmi!

„Basszus, ez kezd egyre jobb lenni!" – rémültem meg. „Képtelen vagyok értelmesen fogalmazni, ha izgulok!"

– Mármint úgy értem, hogy nem muszáj levenni, csak megtennéd, hogy feltűröd a kabátod ujját? Tudod, ahogy a bűvészek szokták, hogy mutassák: nem rejtik az ingujjukba a kártyát, azaz nem csalnak. Ez fontos! Látni szeretném, hogy valóban eldobod! Ne haragudj, hogy bizalmatlan vagyok, de esküszöm, ha megteszed, bebizonyítom, hogy komoly okom volt ezt kérni tőled! Na? Megtennéd?

– Persze – vont vállat Kat. Feltűrte könyékig a farmerdzsekijét, és célra tartotta a ceruzát. – Mehet?

– Lassan, pontosan dobd. Látni akarom, ahogy repül! Ez fontos.

– Oké, Mr. Precizitás. De ha utána nem mondod el, hogy miben mesterkedsz, esküszöm, ellátom a bajod! Nem viccelek!

Azzal egy határozott mozdulattal elhajította a ceruzát. Nem dobta nagy erővel, csak pontosan. Így egy pillanatra valóban jól látszott, ahogy repül a levegőben. De csak egy fél másodpercig láttuk, utána ugyanis megint az történt, ami korábban: eltűnt! Repülés közben egyszerűen nyoma veszett.

– Ezt meg hogyan csináltad? – kérdezte Kat tágra nyílt szemekkel mosolyogva. – Te tényleg valami bűvész vagy? Hogyan tüntetted el? Pedig nem is te dobtad el, hanem én!

– Dehogy vagyok én bűvész! Pont ez a lényeg. Nem én vagyok itt a rendellenes vagy természetfeletti, hanem a hely az. Én semmit sem csináltam a ceruzával.

– És honnan tudtad, hogy valami fura fog történni? Miért kérted, hogy tűrjem fel a kabátom ujját?

– Tudtam, hogy el fog tűnni, és biztos akartam lenni benne, hogy nem te csalsz. Látni akartam, hogy repül, és nem te rejted valamiért viccből a kabátujjadba, hogy megtréfálj. Előzőleg ugyanis még az is felmerült bennem, hogy ez történt.

– Kivel? Mással is jártál már itt?

– Mással nem. Csak veled. Veled jártam itt, Kat.

Harmadik fejezet: Bizonyítás

– Velem?! Mikor? Thomas, ne szórakozz velem! Oké, jó vicc ez az „előző életünkben már találkoztunk a múlt században" dolog, amikor te még farkasember mágus voltál, én meg vámpírgrófnő... de rázódjunk már vissza egy pillanatra a valóságba! Figyelj ide rám, mert csak egyszer fogom elmondani: *Mi, azaz te és én még sosem találkoztunk ezelőtt! Világos?* Érthetően beszélek?

– Rendben – mosolyogtam sokat sejtetően, majd előhúztam a zsebemből a papírt, amire a szemceruzával írtam az előbb. Felé nyújtottam: – Tessék. Olvasd!

Kat nem értette, mit akarok ezzel, és kicsit dühös is volt már rám, de azért megtette, amit kértem. Kihajtotta a papírt, és fennhangon olvasni kezdte:

– „Először azt fogod mondani, hogy dobjuk meg valamivel az ajtót. A cipőmet akarod majd hozzávágni, de én reklamálni kezdek, hogy túl drága volt ahhoz a zselés talpú cipőm. Erre felajánlod a saját tornacipődet, mert az úgysem került sokba..." – Kat egy pillanatra megállt az olvasásban. Összevonta a szemöldökét. Aztán folytatta: – „Én azt mondom majd, hogy ne tedd. Megtalálnák, és bajba kerülnénk miatta. Még lehet, hogy le is lőnének. Te kételkedsz ebben, de én azt mondom, inkább ne kockáztassunk. Utána állsz elő a szemceruza ötlettel. Azt mondod: habár emlék, mégis hajlandó vagy feláldozni e szent cél érdekében. Elhajítod az ajtó irányába, de mielőtt elérné, és koppanva visszapattanna róla, az utolsó pillanatban eltűnik, és örökre nyoma vész. Azért írom le neked ezeket, és azért tudom, hogy így fog történni, mert már jártunk itt. Ismerlek. Ez az egész nem most történik meg velünk először."

Kat leengedte a papírt, és csak nézett maga elé. Nem mondott semmit.

– Ne haragudj – léptem közelebb hozzá. – Tudom, hogy ez így azért sok. De valahogy muszáj volt rávezetnem téged arra, hogy ez már megtörtént. Így, hogy előre leírtam, és majdnem szóról szóra bekövetkezett, már elhiszed, hogy nem hazudok, és őrült sem vagyok?

– Nem tudom, mit higgyek. De az biztos, hogy te a legfurább srác vagy, akivel életemben találkoztam. Viszont tudod, mit nem értek?

– Ki vele!

– Ha azt mondod, nem jós vagy, hanem onnan tudtad előre a várható eseményeket, hogy már egyszer megtörténtek, akkor honnan tudtad, hogy ismét ugyanúgy alakul majd minden?

– Nos, egyik az, hogy nem voltam benne teljesen biztos, csak sejtettem. A másik, hogy nem történt azért minden pontosan ugyanúgy!

– De hát egy az egyben ezeket írtad le, ne viccelj már! Mindent pontosan előre megjósoltál!

– A ceruza színét nem!

– Hogy érted?

– Előzőleg a ceruza fekete színű volt, ez pedig most kékeslila. Tehát szerintem kicserélték, és adtak egy másikat az elveszett példány helyett. Tehát nem időhurokban vagyunk, vagy ilyesmiben. Annyi az egész, hogy te nem emlékszel rá, hogy mi történt itt, én pedig igen. Szándékosan rávezettelek, hogy lásd: vannak olyan közös emlékeink, amire valamiért csak én emlékszem kettőnk közül. De ez akkor sem ugyanaz a nap, és nem pontosan ugyanaz történt. A ceruza sem volt ugyanaz. Egyébként korábban a dzsekid ujját sem tűrted fel.

– Az miért is volt fontos?

– Azért, mert előzőleg arra gyanakodtam, hogy esetleg nem is tűnt el a ceruza, hanem csak megvicceltél, és elrejtetted a kabátujjadban. Azért kértem, hogy vedd le, azaz tűrd fel az ujját, hogy ne legyen hová elrejtened. Bár nem is lett volna rá szükség, mert most másodszor már valóban láttam elrepülni.

– Ja, értem. És most mihez kezdünk? Mi folyik itt, mondd? Mit tudsz még erről a helyről? Vagy akár rólam? Hogyhogy én nem emlékszem? Áruld már el, mennyire ismerjük mi egymást egyáltalán? – Ekkor teljesen elpirult.

– Nem olyan nagyon – vallottam be szomorúan. Pedig milyen szívesen hazudtam volna azt neki, hogy együtt jártunk! Hogy már vagy hússzor csókolóztunk, és imádta, ahogy csókolok! Szerinte nálam jobban senki sem csinálja az egész világon. Szívesen hazudtam volna ilyeneket... de nem akartam. Neki nem. – Csak barátok vagyunk. Két hete ismerlek. Abból is az első néhány napon még csak nem is beszélgettünk. Aztán elkezdtünk dumálni és mászkálni itt a bázison. Akkor találtuk ezt az ajtót... mármint a vonal végét.

– És elmondtuk ezt még valaki másnak? Elmondtam apának?

– Nem.

– Miért? Én most elmondom neki! Ne hülyéskedj, itt valami nagyon nagy baj van! Miért nem emlékszem semmire?! Lehet, hogy fejsérülésem van! Hogyhogy nem szóltál erről az apámnak? Ez felelőtlenség volt részedről! Tudod, hányféle betegségre utalhat az, hogy ilyen komoly amnéziám van?! – Kat dühödt volt és kétségbeesett. Már fordult is meg, hogy visszainduljon.

– Várj! – ragadtam meg a karját. Először úgy tűnt, hogy kitépi magát a szorításomból, de aztán elernyedt. Hagyta, hogy finoman visszafordítsam magam felé. – Senkinek sem mondtuk el legutóbb, és most sem fogjuk!

– Miért?

– Mert nem csak te nem emlékszel!

– Nem? Rajtam kívül ki még?

– Hát, őszintén szólva nem tudom. De anyám például nem. Ő is azt hiszi, hogy tegnap érkeztünk. Ma reggel elég egyértelműen úgy tűnt. Továbbá Joel is úgy viselkedett, mintha ma tanítana minket először, vagy nem?

– De, tényleg. Igazad van. Abból már én is gyaníthattam volna. Tehát akkor egy csomó embernek amnéziája van a bázison?

– Fogódzkodj meg: én odáig merészkednék, hogy akár még az is lehet, hogy *mindenkinek*. Lehet, hogy én vagyok az egyetlen, aki emlékszik. Nem tudom biztosan, ez csak egyfajta megérzés, de eléggé úgy tűnik, hogy ez a nagy büdös helyzet! Szerintem az embereknek gőzük nincs arról, hogy mi folyik itt.

– Tehát te lennél az egyetlen, aki észrevette? És pont nekem mondtad el? Miért?

Nos, ez egy jó kérdés volt. Töprengtem is rajta néhány másodpercet, mielőtt válaszoltam volna. Igen... végül is miért nem anyámnak mondtam inkább el? Nem tudom. Talán azért, mert ő is itt dolgozik, és állandóan titkolózik az itteni feladataival, munkájával kapcsolatban. Valószínűleg feltételeztem, hogy úgysem mondaná el, hogy mi folyik itt. Minimum letagadná, de még az is lehet, hogy hazudna.

„*Hazudna...*" – motoszkált bennem a gondolat. De vajon miről is? És ekkor jutott végre eszembe:

A D-vitaminról! Biztos, hogy hazudott róla! Nem létezik, hogy ne tudná legalább minimális szinten, hogy mi van abban a bogyóban! Mégis lenyelette volna velem, ha vagyok akkora pancser! Be is vetette velem minden egyes nap. Ő dumált rá, hogy szedjem! És én azóta emlékszem, és azóta vagyok „magamnál", amióta először nem hallgattam rá! Ezért nem hihetek neki többé. Sajnos már nem bízhatok meg benne. Kiszúrt velem. Akár szándékosan megbízásból, akár véletlenül, ha esetleg őt is manipulálja valaki, de mindenképp túl kockázatos lenne bármivel is őhozzá fordulnom.

– Azért neked mondtam el – nyögtem hát ki Katnek az igazat
–, mert senki másban nem bízom. Még anyámban sem. Sajnos
attól tartok, hogy ő is benne van. Attól függetlenül, hogy
látszólag ő sem emlékszik semmire... lehet, hogy csak szimulál.
Nem tudhatom, hogy ki játszik szerepet, és ki nem. Benned azért
bízom meg, mert eredetileg is veled együtt kutakodtunk itt a
bázison. Ráadásul te sem itt dolgozol, csak apád miatt vagy itt.
Mi vagyunk az egyetlen tizenévesek a bunkerben. Lehet, hogy
az összes felnőtt benne van. De hogy pontosan miben, azt én sem
tudom. Ezt próbáltuk épp kideríteni, amikor...

– „Bunkerben"? – vágott közbe Kat.

– Ja? Igen, te még nem tudod, azaz nem emlékszel. Így
hívtuk korábban a bázist.

– Jól hangzik. *Bunker...* – ízlelgette a szót. – Olyan, mint
valami apokaliptikus young adult sci-fi filmben egy helyszín,
nem?

– De. Sajnos. Ugyanis nem csak úgy hangzik. Itt valóban
fura dolgok történnek.

– Van még más is ezen a láthatatlan falon kívül? Mit akartál
mondani az előbb? Bocs, hogy a szavadba vágtam. Azt mondtad,
„ezt próbáltuk kideríteni, amikor...", de végül nem fejezted be.

– Nos, igen. Ezen az ügyön „dolgoztunk", amikor eltűntél –
mondtam ki szomorúan.

– Hogy érted azt, hogy eltűntem? – kérdezte rémülten. –
Hová tűntem? Úgy, ahogy az a ceruza? Belökött valaki egy
olyan helyre? Valami másik dimenzióba?

– Dehogy! Egyszerűen csak nem jöttél másnap suliba. Aztán
a következő napon se. Nagyon aggódtam miattad.

– És akkor miért nem látogattál meg?

– Nem tudom. Béna vagyok. Zavarban voltam, meg ilyenek.
Gondoltam, apád biztos nem örülne, hogy utánad koslatok.

– „Koslatsz"?! Te tényleg hülye vagy, Thomas! – nevetett fel Kat. – Mióta koslatás az, ha meglátogatod az osztálytársadat, amikor beteg? Az egyetlen osztálytársadat.

– Nem tudom. Tartok apádtól. Mégiscsak ezredes, meg minden. Tudod, mennyit ordítozik... Nem akartam, hogy azt gondolja, nyomulok rád, vagy ilyesmi. – Kat erre elpirult. Talán most ő is megértette, hogy mitől tartottam. Bár nem tudom, hogy milyen értelemben pirult el. Kellemesen bizsergető gondolatok hatására vagy inkább kínos zavarában?

– És utána mennyi idő telt el? – kérdezte Kat. – Mennyi ideig voltam állítólag beteg?

– Öt napig. Szerdán már nem jöttél iskolába. Következő hétfőn, azaz ma, pedig ismét ott ültél a padban. Ezért kérdezgettelek, hogy megismersz- e. Most már érted? Még az is megfordult a fejemben, hogy már nem is te vagy az, hanem valaki más, aki csak hasonlít rád.

– De miért gondoltál ilyen hülyeségeket? Miért ne én lennék az?

– Azért... – torpantam meg itt egy pillanatra. Nem szívesen ijesztettem meg még jobban, de úgy éreztem, joga van tudni a teljes igazságot. –, mert anyám tegnap azt mondta, hogy már meggyógyultál, és hazamentetek apáddal! Állítólag látta, hogy elhagytátok a bázist! Ma mégis ott ültél a padban, és nem emlékeztél semmire. Először azt hittem, csak valami hasonmása vagy annak a lánynak, akit ismertem.

– Jézus! – Kat teljesen elsápadt. Egy pillanatra azt hittem, el fog ájulni. Odaugrottam, és megfogtam a kabátját, hogy el ne essen. Azt hiszem, félreérthette a szándékomat, mert ő is közelebb lépett, és ekkor meglepő dolgot tett:

Átölelt!

Ugyanúgy, mint korábban az étkező előtt. Aztán kirázott a hideg attól, ami ezután következett, mert már ez is megtörtént egyszer!

Szóra nyitotta a száját, és hozzám bújva ezt suttogta a nyakamba:

– Félek. Nem tudom, mi ez az egész. Mit keresünk itt?

– Én sem tudom – válaszoltam neki, aztán én is megmozdultam. Felemeltem az addig sután magam mellett lógatott karjaimat, és én is átöleltem. Szorosan. Sokkal szorosabban, mint akkor ott az ebédlő előtt. Úgy, mint amikor egy rég elvesztett szerettét találja meg az ember, és nem akarja újra elveszíteni. Mintha élete szerelmét találná meg ismét. Ekkor már tudtam, hogy ő ugyanaz a lány. Biztos voltam benne. Az öleléséből éreztem. Szorosan tartottam, és nem nagyon akartam elengedni. Annyira örültem, hogy előkerült! Hát mégsem veszett el! De sajnos előbb-utóbb el kellett eresztenem. Végül is szegény mégiscsak úgy tudja, (úgy emlékszik), hogy ma ismerkedtünk meg. Így is meglepő, hogy egyáltalán engem ölelt meg ijedtében, és hozzám bújt. Csoda, hogy egyáltalán elhitte nekem ezt a rengeteg baromságot. Még akkor is, ha mind igaz.

Lassan kibontakozott az ölelésemből, de nem siette el. Úgy tűnt, neki is jólesett, csak már tovább akar lépni. Kérdezni akar inkább valamit. Így is tett:

– Hogy lehet, hogy te emlékszel? Valami ötleted csak van, hogy mi az oka, nem?

– De. Kilencvenkilenc százalék biztos vagyok benne, hogy tudom az okát. A D-vitamin az! Az ugyanis nem vitamin. Vagy legalábbis nem csak az van benne. Valami rohadt memóriatörlőt szedetnek velünk! Azt nem tudom, hogy a többiben, a kisebb tablettákban mi van, de a legnagyobb bogyó az utolsó rekeszben, az valami egészen más. Ha azt bevettem volna, szerintem most én sem emlékeznék semmire az elmúlt két hétből. Kat, ígérd meg, hogy nem veszed be többé azt a szart! Nemcsak a nagyot, de még a kicsiket se!

– De apám azt mondta, hogy az itteni napfényhiány miatt csontritkulást kaphatunk. Azt mondta, veszélyes!

– Ugyan már! Apád hazudik! Ahogy az összes többi is! Sajnos a saját anyám is. Kat, figyelj ide, nem vagyok egy nagy biológiazseni, de azért hülye se. Két hét napfénymegvonástól, ameddig állítólag mi itt tartózkodunk, senki sem kap csontritkulást. Semmi bajunk nem lesz, ha két hétig nem szedünk D-vitamint. Ha viszont bevesszük azt az izét, mindent el fogunk felejteni újra! Te talán azt akarod? Hogy még a mai napra se emlékezz?

– Nem. Inkább meghalnék. Nem tudom még elmondani sem neked, hogy ez milyen érzés! Valahol tudom, hogy igazat mondasz. Mindvégig éreztem. Ezért is jöttem veled. Ezért öleltelek meg az előbb. Tudom, hogy nem vagyunk idegenek. De akkor sincsenek emlékeim. Még egyszer nem adnám oda őket semmiért! Még azt a keveset sem, amit ma szereztem. Rendben. Nem veszem be többet. Meg is mondom apának, hogy...

– Eszedbe ne jusson! Nem szólhatunk erről senkinek, hogy rájöttünk! Nem tudjuk, mi lenne akkor! Én attól tartok, hogy erőszakkal nyeletnék le velünk, vagy injekcióban adnák be. Tehát nem tudhatják meg, hogy rájöttünk a trükkre. Úgy kell tudniuk, hogy szépen, engedelmesen szedjük a hülye vitaminjukat! Érted?

– Értem. Igazad van. Akkor majd eldugom a tablettákat. Talán lehúzom a WC-n. Szanaszét biztos nem hagyhatom, mert megtalálnák, és lebuknék, hogy nem szedem.

– Ó, te jó ég! – csaptam a homlokomra, és futásnak eredtem.

– Várj! Nem szabad futni! Tilos! – kiabált rám. Erre lelassítottam valamennyire, de azért sietősen elindultam visszafelé, és őt is húztam magam után. – Hová sietsz ennyire, Tom? Mi jutott eszedbe?

– Amikor azt mondtad, hogy nem hagyhatod a tablettákat szanaszét, eszembe jutott, hogy én bizony elhagytam egyet! Azt a bizonyosat, amit nem vettem be! A nagyot az utolsó rekeszből! Reggel nem találtam meg. El kell mennünk érte a hálókabinomba! Segítened kell megkeresni! Egyedül nem jutottam semmire.

– Rendben! – egyezett bele azonnal ellenkezés nélkül, és sietve visszaindultunk a kék vonal mentén a lakórészlegek irányába.

Negyedik fejezet: A keresés

Visszasiettünk Kattel a kabinunkhoz, és egyből beléptünk. Tudtam, hogy anyám még órákon át nem lesz itthon.

– Gyere – hívtam magam után a lányt. – Valahol a szobámban kell lennie.

Belépett utánam a lakókabinba, de aztán megállt a szobám ajtajában.

– Ja... ne haragudj a rendetlenség miatt – szabadkoztam. – Nem vagyok azért ennyire igénytelen, csak már reggel is feltúrtam érte az egész szobát, és úgy indultam el a suliba. Nem volt időm utána rendet rakni, mivel végül meg sem találtam.

– Így már világos – mosolygott a lány. – Láttam már kamaszfiú szobáját, azaz el tudtam képzelni, de ez, azt hiszem, mindenen túltesz. Ha viszont tényleg csak ez az oka, akkor nem gáz.

– Láttad már egyébként az utolsó tablettát? – kérdeztem. – Mármint, hogy mi az, amit keresünk?

– Még nem. Csak azt az elsőt láttam, amit tegnap este vettem be.

– Akkor nézd meg jól. – Kezébe adtam a gyógyszertárolómat, és az utolsó rekeszre mutattam, hogy nyissa csak ki.

Úgy is tett, majd kigördítette belőle a jókora piros színű kerek drazsét, és ő is ugyanúgy méregetni kezdte a tenyerében, mint én tegnap este.

– Van súlya, mi? – kérdeztem.

– Ja. Mi a fene lehet benne?

– Állítólag D-vitamin.

– Fenét! – rázta meg a fejét Kat. – Éppenséggel pont tudom, hogy nekünk, serdülőknek a napi D-vitamin szükségletünk körülbelül nyolcszáz és ezer nemzetközi egység körül van. Annak tudod, mekkora térfogata?

Kérdőn megvontam a vállam.

– Folyékony állapotban körülbelül egy csepp – magyarázta.

– Minek egy cseppnyi D-vitamin köré egy közel golyórágó méretű izét építeni? Ez itt a kezemben sok minden lehet, de hogy a kilencvenkilenc százaléka nem D-vitamin, az biztos!

– Tedd vissza, légyszi. Gyanút fognak, ha nem találják az utolsó rekeszben. Szerintem rendszeresen ellenőrzik, amikor nem tudunk róla.

– És miből gondolod, hogy most, ebben a pillanatban nem figyelnek minket?

Sajnos a lánynak igaza volt! Nekem hülye fejjel ez eszembe sem jutott.

– Nem tudom. Igazából csak remélem. Lehet, hogy naiv vagyok. Meg hülye is.

– Jó, mindegy – legyintett. – Egyikünk sem profi titkosügynök, vagy ilyesmi. Csoda, hogy egyáltalán arra rájöttél, hogy nem szabad bevenni. Rajtad kívül senki sem jött rá! Én biztos nem – vigasztalt Kat. – Reménykedjünk benne, hogy most nem figyelnek. – Visszatette a golyót az utolsó rekeszbe, és lerakta a tartót az asztalra. – Mit csináltál a tegnapival, amit végül nem vettél be? Hová dugtad? Mármint honnan tűnt el?

– Nem mertem sehová lerakni, nehogy megtalálják. Lehet, hogy a WC-ben kellett volna lehúznom, ahogy te is mondtad, de akkor még nem voltam benne biztos, hogy jó ötlet nem bevenni. Bíztam anyámban. Azt hittem, szükségünk van a nagy mennyiségű D-vitaminra. Eredetileg csak azt terveztem, hogy elhalasztom a drazsé bevételét, és majd másnap nyelem le, amikor már megyünk hazafelé... azaz, amikor már otthon vagyunk.

– Tehát anyukád tegnap azt mondta, hogy ma hazamentek?

– Pontosan. Ma reggel pedig úgy tettette, mintha két héttel ezelőtt lennénk. Mintha csak ma kezdődött volna ez az egész.

– Akkor ő is benne van.

– Lehet. De mi van, ha őt is manipulálják? Végül is nem tudhatjuk.

– Ez igaz – bólintott Kat. – És így, hogy nem akartál végleg megszabadulni a golyótól, végül mit csináltál vele?

– A gatyám gumija mögé rejtettem. Gondoltam, nálam biztonságban lesz, amíg alszom. Csak nem motoznak már meg álmomban, basszus!

– Arra valószínűleg felébredtél volna.

– Igen. Ezért gondolom, hogy nem vették el. Talán csak elgurult valamerre.

– Biztos, hogy már nincs nálad? Hová raktad pontosan? – nyúlt Kat a nadrágom felé. Ekkor zavaromban ugrottam vagy rándultam egyet, azt hiszem. Valami nagyon hülye mozdulat lehetett, mert a lány elmosolyodott:

– Nyugi, csak a derekadnál akartam megtapintani, hogy nincs-e ott valami kemény dudor.

– Reggel már megnéztem – mondtam továbbra is elvörösödve. – Itt volt oldalt – mutattam meg nadrágon keresztül a konkrét helyét. – Aú!

– Mi a baj? Fáj valamid?

– Ja? Nem vészes, csak megnyomta alvás közben az oldalamat az a vacak.

– Mutasd!

– Jaj, ne izélj! Most vegyem le a gatyámat, vagy mi? Tök ciki lenne, ne csináld már!

– Nem kell levenned, te majom! Csak a peremét hajtsd le annyira, hogy lássam. Biztos, hogy az okozta a zúzódást? Nem lehet, hogy inkább szétolvadt, ahogy rajta feküdtél éjszaka? Nem az fáj, hogy felszívódott a hatóanyaga, és kimarta a bőrödet? Akkor hiába keressük!

– Én is erre gondoltam eleinte, de szerintem nem. – Közben kissé kelletlenül, tűz vörös pofával kigomboltam a farmerom, lehúztam a sliccem, és letoltam a nadrágot combközépig, hogy rendesen hozzáférjek az alsógatyámhoz. Ez egy elég szűk, merev farmer, nem lehet csak úgy lehajtogatni erre-arra a szélét a vastag bőrövvel együtt. Az alsómat viszont természetesen nem toltam le, csak lehajtottam kicsit a peremét, hogy megmutassam neki a foltot.

– Muti – hajolt oda. – Ez tényleg szépen megkékült. Úgy látom, a gatyádon sincs belül folt, tehát mégsem olvadt szét a drazsé. Az biztos nyomot hagyott volna, nem?

– Ja – ismertem be még vörösebb fejjel. Már valószínűleg inkább cékla árnyalatú volt a pofám. Ugyanis azzal, hogy kijelentettem: nem hagyott tegnap nyomot az a vacak, és ezért nincs folt a gatyámon, beismertem, hogy ez ugyanaz az alsó! Azaz nem váltottam fehérneműt tegnap óta! Kissé kínos. De most mit csináljak?! Nagyon siettem reggel, na! Még a pólót is kifordítva kaptam magamra. Kat viszont, úgy látszik, nem nagyon törődött ilyen apró részletekkel (szerencsére!), vagy legalábbis nem kommentálta. Csak előrehajolva nézte a foltot az oldalamon, és töprengett.

– Nagyon fáj a helye? – kérdezte.

– Hát, nem tudom. Nem sokat nyomkodtam idáig.

– Ez fáj? – tapintotta meg finoman a mutatóujjával.

– Szzzz... Igen, egy kicsit.

– És itt?

– Óóóóó! – nyögtem fel hangosan. – Ott nagyon durvaaa!

– Ti meg mi a *jóistent műveltek itt*?! – kérdezte anyám elképedt arccal az ajtóban állva. – *Megőrültetek*?! Hisz még kiskorúak vagytok! És csak ma találkoztatok először! Fiam, eszeden vagy?!

– Anya! Ez nem az, aminek látszik! – kiabáltam halálra rémülten.

134

– Akkor mi?! – kérdezte anyám. – Sakkoztok? Letolt gatyával, úgy, hogy a lány az ágyékodhoz hajolva matat, és közben te meg óbégatsz a gyönyörtől?!

– Nem örömömben nyögtem, hanem a fájdalomtól! – próbáltam nyomorult módon menteni, ami még menthető.

– Az engem nem érdekel, hogy mennyire vagytok még tapasztalatlanok és ügyetlenek benne! Hallani sem akarom a részleteket! Nem kell a duma! Én ugyanis felnőtt vagyok, nem úgy, mint ti! Pontosan tudom, hogy mit csináltatok, azaz próbáltatok csinálni, úgyhogy felesleges süketelni!

– De én csak ott nyomogattam, ahol a golyó... – szólalt meg Kat, de végül elharapta a mondat végét.

– Ahol a *mi*?! Szégyelld magad, hogy kiskorú létedre egyáltalán ismersz ilyen kifejezéseket!

Láttam, hogy Kat folytatni akarja, és kimondani, hogy a gyógyszergolyóra gondol, de megfogtam a vállát. Ezzel akartam tudtára adni, hogy ne mondjon többet. Így anyám csak azt hiszi, hogy szexelni próbáltunk, vagy tudom is én, mit... de ha elárulja, hogy a golyót keressük, akkor sokkal többet is kaphatunk egy kis szülői lecseszésnél. Lehet, hogy belém injekciózzák az elgurult drazsé tartalmát, és akkor én is elfelejtek majd mindent! Így hát megfogtam Kat vállát, és picit megszorítottam, hogy ne mondjon többet.

– Már eleget fogdostad szerintem azt a vadidegen lányt – mondta anyám dühösen. – Vedd le róla a kezed! Mit masszírozgatod még mindig a vállát a jelenlétemben?! Ennyire nem bírsz magaddal? Te jó ég! Mitch agyvérzést fog kapni, ha megtudja ezt!

– Ne tessék elmondani apának! – fakadt ki Kat. – Nem akartam én semmi rosszat. Csak nagyon megkedveltem Thomast. Sajnálom. Tényleg nem kellett volna olyasmit csinálnom neki. – Úgy tűnt, Kat sokkal hamarabb ráállt a sztori eme verziójára, mint kinéztem volna belőle. Nagyon bátor dolog volt tőle. A jelek szerint felmérte, hogy sokkal rosszabb lenne, ha kiderülne, mit is kerestünk éppen az előbb. – Sajnálom, Mrs. Meier. De Thomas olyan aranyos fiú. Megtetszett, és tudja... én csak örömet akartam szerezni neki a magam együgyű módján. De önnek van igaza. Nem így kellett volna. Meggondolatlan voltam. Ne haragudj, Thomas – fordult ekkor felém.

„Jézus atyám!" – ordított bennem egy hang. „Mibe keveredtünk? Mi folyik itt egyáltalán? Most mégis mit gondol rólam anyám? És főleg mit gondol erről a szerencsétlen lányról, hogy mimet nyomkodta? Azt sem tudom, anya mire gondolt konkrétan, amikor azt mondta, pontosan tudja, hogy mivel próbálkoztunk!"

– Nem haragszom – mondtam kelletlenül. – Egyébként sem a te ötleted volt. Sajnálom. Én hívtalak be a szobámba. Bocs. Kamasz vagyok, hajtanak a hormonok vagy mi... – Úgy gondoltam, ilyenkor ilyeneket szoktak mondani, bár valójában gőzöm nem volt, hogy miről beszélünk.

Anyám, úgy tűnt, kezdi teljesen megkajálni a sztorit. Egy kicsit megenyhült.

Kat meg is indult kifelé a bejárati ajtó felé. – Tényleg sajnálom, Mrs. Meier! – szólt vissza.

– Téged nem ismerlek – szólt utána anyám –, de Thomas, rajtad viszont megáll az eszem! Mégis hogy képzelted ezt?!

– Nem tudom! Sajnálom! De annyira csinos lány! – Kat ennek hallatán megtorpant az ajtóban, és lassan visszafordult. Kíváncsian fürkészte az arcomat, hogy vajon mennyire vagyok most őszinte. Anyám nem látta, hogy Kat néz engem. Gondolom, azt hitte, hogy már elment.

– Sajnálom, anya – mondtam. – Ő a leggyönyörűbb lány a világon! Teljesen elvarázsolt a szépsége. Mással biztos nem csináltam volna ilyen butaságot. Ne haragudj.

Kat ekkor már mosolygott. Szélesen vigyorgott rám... szinte villogtak a fantasztikusan kék szemei. Majd sarkon fordult, és akkor valóban elment. Hangtalanul. Anyám észre sem vette.

– Ugye, nem mondod el az apjának? – kérdeztem anyámat esdekelve. – Légyszi, ne szólj már neki! Az a fickó olyan agresszív, mint az állat! Még a végén lelőne engem, vagy mit tudom is én, mit csinálna. Lelövetne az alacsonyabb rendűekkel!

– Alacsonyabb rangúakkal, te szerencsétlen! – mosolyodott el most már anyám is. – És egyébként sem tenne olyat. Maximum ordítana egy sort. De rendben van, nem szólok neki. Viszont meg ne lássalak még egyszer ezzel a lánnyal! Ezt komolyan mondom! Az, hogy együtt tanultok egy szobában, egy dolog. De iskola után ezentúl irány haza tanulni, világos?! És egyedül, ha lehet! Felöltözve!! Csendben, hangos nyögések nélkül! – majd kiment, és bevágta maga mögött a hálófülkém ajtaját.

„Na!” – mondtam magamban – „Ez aztán fasza! Megint eltiltottak minket egymástól! Pedig most még veszélyes helyekre sem tévedtünk. Bár... ahogy vesszük. Ezek szerint akkor mindig ez lesz a vége? Mindig eltiltanak minket?”

– És rakj rendet a szobádban! – hallottam anyám hangját odakintről. – Nem tudom, mi mindent műveltetek még odabent, és mióta, de undorító, ahogy kinéz az a szoba! Rakd rendbe! Nyomát se lássam a dulakodásotoknak!

„Jesszus! Mit gondolhat most...” – A pofám majd' leszakadt szégyenemben. Pedig a szobám már reggel óta ilyen rendetlen, csak ő még nem látta. „Semmit sem csináltunk Kattel! Még arra sem volt időnk, hogy megkeressük azt a vacakot! Nem értem, anyám miért jött ma ilyen korán haza. Ha normális időben érkezik, nem kapott volna 'rajta'. Simán megkereshettük volna a gyógyszert, és utána még akár időnk is maradt volna egy csomó mindenre. *Csomó mindenre?*” – Egy pillanatra elkalandoztam, azt hiszem. Beindult a fantáziám. „Á! Tisztára meg vagyok hülyülve! Oké, hogy 'előző életünkben' összebarátkoztunk, de Kat akkor sem állna le egy ilyen csávóval, mint én. Annyi történt volna mindössze, hogy megkeressük a tablettát, lehúzzuk a klotyón, aztán hazamegy. Ennyi. Más nem történt volna. Sajnos."

Ugyanis nem hazudtam anyámnak. Erről az egyről nem. Kat szépsége tényleg elvarázsolt. Már réges-régen. Talán azért is alszom ilyen rosszul itt a bunkerben, mert állandóan csak ő jár az eszemben. Hát, ez van! Kimondom én magamban nyíltan és őszintén. Önmagamnak azért csak nem fogok hazudni. Más meg úgysem tudja meg!

Ötödik fejezet: Lépni kell

Egész délután kerestem azt a szart a szobámban. Sokáig úgy tűnt, hogy soha nem lesz meg, de végül csak megtaláltam! Begurult az íróasztal melletti kis résbe. Csoda, hogy egyáltalán befért oda! És szerencse, hogy oda ment be, mert ott aztán senkinek sem szúrt szemet. Az ember még takarítani sem szokott olyan szűk helyeken. Lehet, hogy évekig nem vette volna észre senki, ha én rá nem szánom az egész délutánt, hogy megtaláljam.

De végül meglett! Kipiszkáltam egy hosszú pálcával, majd leporolás után a kezemben tartva alaposan szemügyre vettem: Kicsit eldeformálódott attól, hogy rajta feküdtem, de egyébként egy darabban volt. Nem olvadt meg.

Nem is kockáztattam hát tovább. Kirohantam vele a WC-re, és lehúztam! Nem tudom, ez-e a létező legjobb mód-e rá, hogy megszabaduljon az ember egy föld alatti bázison egy ilyen bizonyítéktól, de sem nekem, sem korábban Katnek nem volt jobb ötletünk. Szépen lement a klotyón, és eltűnt. Egy gonddal kevesebb! Remélem!

Így azért most kicsit megnyugodtam. Ezek szerint tényleg nem tudják, hogy nem vettem be a gyógyszert, és hogy mindenre maradéktalanul emlékszem az elmúlt hetekből. Van tehát egy lépés előnyöm velük szemben. Azaz kettő is, mert már Katnek is rengeteg mindent elmondtam! Így azért most kicsit nagyobb biztonságban érezhettem magam. Na jó, nem annyira, mint egy csecsemő egy anyaméhben vagy egy katona a golyóállómellényében, de azért némileg nyugodtabb voltam. Inkább úgy mondanám, hogy ha eddig egytől tízig nulla volt a biztonságérzetem, akkor most felment kb. kettőre. Micsoda különbség!

Miután megszabadultam a hárommilliárd „nemzetközi egységnyi" D-vitamintól – ugyanis jó pár csepp belefért volna! –, utána valóban takarítani kezdtem a szobámban, és rendet raktam. Kilógni otthonról már nem nagyon tudtam volna a nap folyamán így, hogy anyám korábban jött haza.

Így miután elkészültem, megfürödtem, és most kivételesen valóban átöltöztem. Még tiszta gatyát is vettem magamra, hogy ne érje szó a ház elejét, ha holnap ne adj' Isten mindenféle nők ugrálnának rám, akik le akarják szaggatni rólam a ruhát, hogy ellenőrizzék az alsógatyám belső peremét. Sosem lehet tudni. Egy ilyen nap után én már semmin sem lepődöm meg. Ez a bunker már nem először okoz nekem meglepetést. Nem árt itt minden eshetőségre felkészülni. Bár engem üldöző nők hadára azért – sajnos – nem volt túl sok esély, és nem valószínű, hogy az elkövetkező néhány évtizedben bárki is a gatyám után akarna nyúlkálni. Hacsak nem leszek kőgazdag vagy nem műttetem át az egész pofám valaki máséra, aki esetleg jól néz ki.

Sokáig fetrengtem az ágyon álmatlanul. Nem tudtam, hogyan tovább. A D-vitamint mindenesetre ma sem vettem be. A mai adagot is lehúztam a WC-n, és erősen reméltem, hogy Kat is ugyanezt tette a kabinjukban.

Végül, azt hiszem, elnyomott az álom, mert már reggel volt, amikor újra az órára néztem.

Most kivételesen nem aludtam el, és anyámnak sem kellett ordítoznia, hogy elkésem. Magamtól keltem fel, felöltöztem, és gondosan rendbe raktam az ágyam.

„A végén még megkomolyodom" – gondoltam magamban. – „Egy nap alatt felnőttem volna? Pedig még csak nem is történt tegnap semmi olyan Kattel. Inkább talán a stressz és a rám nehezedő felelősség miatt kezdtem komolyodni. Őszintén úgy éreztem, hogy változás alatt áll a személyiségem. Sok mindent átértékeltem a tegnapi nap folyamán. Volt, amiről rájöttem, hogy gyerekes hülyeség, de olyan is akadt, amivel kapcsolatban csak tegnap értettem meg, hogy mennyire fontos. Most konkrétan Katre gondolok. Igen, kimondom nyíltan így magamban, hogy fontos nekem. Úgysem hallja rajtam kívül senki."

Anyától elköszönve – aki nem nagyon szólt hozzám egész reggel – elindultam a tanulószoba felé. Lehajtott fejjel mentem, és ma kivételesen még a kabinunk előtt posztoló katonát sem volt kedvem inzultálni.

Kínosan éreztem magam amiatt, hogy anyám mit gondolhat rólunk. Amiatt meg még inkább, hogy eljut-e ez valaha Donovan ezredeshez. Az nemcsak kínos lenne, de ijesztő is. Lehet, hogy nem lőne le, meg minden, de hogy tökön rúgna, az szerintem majdnem biztos. Egy ezredes végül is megtehet ilyeneket, nem? Szerintem igen. Különben minek lenne olyan magas rangja, ha már tökön se rúghat valakit, ha épp ahhoz van kedve? Én biztos nem lennék ezredes, ha még ennyit sem engedne meg az állam.

– Á, szevasz Thomas! – csapott valaki hátulról a vállamra. Úgy megijedtem, hogy azt hittem, megáll a szívem! És akkor állt csak meg igazán, amikor megfordulva megláttam, hogy ki az: Mitch Donovan állt mögöttem vigyorogva. Maga a falra festett ördög személyesen! Ekkor komolyan ledermedt a ketyegőm egy másodpercre. Nem tudom, hogy valóban megállt-e, de hogy kihagyott egy ütést, az teljesen biztos!

Aztán kicsit megnyugodtam, mert láttam, hogy Kat is vele van, és ő is mosolyog, továbbá még életben van. Ezek szerint az apja nem tud a tegnapi esetről?

– Miért vagy olyan falfehér? – kérdezte Mitch. – Csak nem megijesztettelek?

– Ja, n-n-e-m – dadogtam, mint egy idióta. – Biztos, csak a napfényhiánytól vagyok sápadt, vagy ilyesmi.

– Szeded rendesen a D-vitamint, ugye? – vonta össze Mitch játékosan a szemöldökét. De vajon *mennyire* játékosan?

– Persze, szedem! – vágtam rá gyorsan. – Csak ugye lesülni nem nagyon lehet a tablettától.

– Ez bizony így van – mosolygott Kat apja. – Na, én megyek is a dolgomra. Ti meg, srácok, haladjatok csak tovább. Beszélgessetek kicsit. Tanulás közben, gondolom, úgysem lehet. Drágám, akkor majd este találkozunk! – köszönt el a lányától, majd valóban elbaktatott. Hallottam, hogy a távolban máris ordítani kezd valami beosztottjával.

– Akkor ő nem tud róla, ugye? – kérdeztem megkönnyebbülten.

– Miről, te buta? – nevetett Kat. – De hisz tényleg nem csináltunk semmit! Anyukád totál félreértette az egészet!

– Jó, tudom, de akkor is. Ezek szerint nem mondta el neki?

– Nem. És nagyon rendes tőle amúgy. Ki sem néztem volna belőle.

– Ja. Tudom. Egyébként tök jó fej. Bár tegnap ez nem biztos, hogy átjött.

– De, azért átjött. Csaphatott volna annál nagyobb botrányt is.

– Az igaz. Figyelj, Kat – kezdtem bele gyorsan. – Még van pár percünk, mielőtt oda kéne érnünk. Gyorsan használjuk ki az időt! El akarok mondani neked egy csomó mindent. Megpróbálom összefoglalni a lényeget!

– Rendben, hallgatlak – bólintott.

És akkor elmondtam neki egy rakás információt ömlesztve, úgy ahogy jött. Részben összevissza, részben nagyon is összeszedetten. Nem tudom, melyik része hogyan sikeredett, de úgy láttam, nagyjából azért tud követni.

Neki ugye teljesen kimaradt – azaz elveszett – az elmúlt két hét, és mindaz, amire együtt jöttünk rá. Így hát beavattam. Felhúztam a saját szintemre „tudásilag", már ha nekem van olyanom, és jelent ez a szó egyáltalán valamit is.

Elmondtam neki a vakokat, akik nem néznek az ember szemébe. Elmondtam, hogy mit láttunk a többi folyosó végén. Az egyik egy H betűs ajtóba torkollott, a másik helyen pedig egy fekete vonal keresztezte a vöröset, amin odáig haladtunk. Aztán meséltem a forróságról, amit az ajtóhoz közeledve éreztem. Azt is megemlítettem, amit ő maga látott, de már nem emlékezett rá: hogy szemtanúja volt annak, ahogy valaki elesik, aztán kampókkal húzzák vissza a fickót a vonalra, hogy onnan aztán rongybabaként hurcolják el.

Elmondtam az étkezőben látott hibajelenséget is, azaz az oda nem illő fenyőfát, ami később eltűnt. Ebből jöttünk rá, hogy az nem film, amit vetítenek, hanem számítógépes grafika.

Végül azt is elárultam, hogy mire következtettünk ebből: sajnos arra, hogy ha létezne még odakinti világ, akkor sokkal olcsóbb és egyszerűbb lett volna lefilmezni egy ilyen tájat, mint ekkora méretben és felbontásban megrajzolni és megrendereltetni számítógéppel.

Kat megértette a lényeget. Abból is láttam, hogy rendesen lesápadt. Felfogta tehát a mondandóm lényegét: azt, hogy az odafenti világ talán már nem is létezik többé. Erre ugyanis elég jó esély van. De hogy minket miért tartanak itt, miért törlik az agyunkat azokkal a tablettákkal, és hogy mi köze lehet ennek a világvégéhez – ha valóban véget ért odafent az emberi civilizáció –, arról fogalmam sincs.

Kat figyelmesen végighallgatott, és mint ahogy említettem, rendesen elsápadt. Csak ennyit mondott a végén:

– Csodállak.

– Miért?

– Azért, mert kibírtad idáig ezt az egészet ép ésszel, és még nem kezdtél hanyatt-homlok menekülni erről a helyről, hogy hálókkal kapjanak el, mint valami futóbolondot. Van lélekjelenléted, ezt el kell ismernem.

– Hát, kösz. Vagy valami olyasmi.

– Figyelj, én megértem, hogy miért nem léptél még eddig, de nem várhatunk tovább.

– Mire gondolsz? Mégis mit kellett volna lépnem? Tartóztassam le az apádat, mert D-vitaminnak álcázott golyókat zabáltat velünk, hogy mindent elfelejtsünk? Azt sem tudjuk, ki áll e mögött az egész ügy mögött. Ráadásul mit tehetnék én? Vagy akár mi ketten együtt? Csak két gyerek vagyunk, az Isten szerelmére! Számít is a mi véleményünk egy ekkora katonai bázison!

– Márpedig lépni fogunk, Tom! Nem tudom, mióta ismerjük egymást, és azt sem, hogy mennyire, de egy valamit tudnod kell rólam: én nem szarozok – mondta Kat olyan komolysággal, hogy tényleg azonnal el is hittem neki. Most kicsit valahogy az ezredest láttam benne. Örökölhetett tőle ezt-azt. Határozottságot legalábbis biztosan. – Úgyhogy ma bizony lépni fogunk! Még én sem tudom, hogy mit, de ami engem illet, egy perccel sem maradok itt tovább, mint kellene! Tudom, hogy neked is szörnyű. Tudom, hogy téged is agymosásnak tesznek ki, ki tudja, mióta... de gondolj csak bele, *engem viszont* félreállítottak! Azt sem tudom, hol voltam az idő alatt! Lehet, hogy kómában feküdtem valami hibernációs kamrában. Vagy lehet, hogy napokra lealtattak. Lehet, hogy percenként lenullázták az agyam, hogy még a székből se tudjak felkelni! Te akarnál a helyemben így itt maradni? Itt életveszélyben vagyunk, Tom! El kell húznunk a francba!

Tudtam, hogy igaza van. Sajnos nagyon jól tudtam. Azt viszont nem, hogy:

– De mégis hová akarsz menni? Megszökünk, mint két buta, sértődött tinédzser? Csövezünk majd odafent az utcán, hogy hátha felvesz valami pszichopata kamionos, aki mindkettőnket megerőszakol egy félreeső parkolóban? Vagy ha már nem is létezik az odafenti világ, akkor kisétálunk a hamuval borított radioaktív külvilágba, ahol egy perc alatt tele leszünk hólyagokkal és fekélyekkel, majd egymás karjaiba omolva rothadunk el elevenen körülbelül harminc perc leforgása alatt?

– Te aztán tudsz kedvet csinálni az embernek! – grimaszolt Kat.

– Én csak gyakorlatias próbálok lenni, kerülve a gyermeteg álmodozást és a naiv reménykedést.

– Én ezt már inkább paranoiának és depressziónak hívnám, de ahogy gondolod – mosolyodott el halványan. – Oké, értem egyébként, amit mondani akarsz. Nem lehet ajtóstul rontani a házba. Viszont, ha alkalom kínálkozik, akkor lépni fogunk, rendben? Nem gatyázunk!

– Nem gatyázunk! – „Akármint is jelentsen ez jelen esetben" – tettem hozzá magamban, mert fogalmam sem volt, hogy mit akar csinálni.

Ekkor léptünk be együtt a tanulószobába. Joel jó szokásához híven már odabent rohadt. Hogy én mennyire utálom ezt a fickót! Nem tudom, miért, de nagyon irritál.

Leültünk, és belekezdett a mai tananyagba. Pontosan abba, amibe múlt kedden is. Katnek marha nagy szerencséje volt, hogy nem emlékszik a múlt hétre, mert én másodszor hallom ezt a szart, és már elsőre is borzasztóan untam.

Nem igazán kötött le az óra. Nem azért, mert annyira vágom a matekot, hanem mert annyira a megoldáson törtem a fejem. Annak megoldásán, hogy mihez kezdjünk most, és mi legyen az a bizonyos kezdő lépés.

Amikor Joel felváltva matekfeladványokkal bombázott minket, és felelnünk kellett, hogy minek mennyi az eredménye, eszembe jutott egy nagyon fura ötlet. Végül is Kat azt mondta, hogy ha alkalom kínálkozik, akkor lépjünk.

Ez is lehet akár egy ilyen alkalom. Egy aljas terv kezdett kibontakozni zseniális elmémben. Na jó, zseniálisnak nem mondanám, de azért tényleg bontakozott benne valami baromság.

Miközben Joel most épp Katet kérdezgette, én a vakos elméleten agyaltam. Miért nem néz Mr. Brown soha a szemünkbe? És rajta kívül még sokan mások sem. Valami oka kell, hogy legyen! Nem tudom, hogy ami ekkor eszembe jutott, az szándékos, előre megfontolt terv volt-e vagy inkább csak blöff, de tény, hogy érdekes fejleményeket vont maga után.

Joel épp azt kérdezte Kattől:

– Mennyi lesz tehát ennek a másodfokú egyenletnek az eredménye, ami a táblán látható? Ne használj számológépet! Ez nem olyan bonyolult. Fejben is menni fog.

– Ööö... – próbálkozott Kat. De valószínűleg nem pont három darab „ö" betű volt a megfelelő megoldás, ezért Mr. Brown összevonta a szemöldökét.

– Ezt már igazán tudhatná, Miss Donovan! Tegnap vettük ezt a fajta egyenletet!

– Ja! Négy a köbön? – próbálkozott Kat.

– Ezt most kérdi vagy mondja?

– Mondom? – kérdezte továbbra is Kat.

– Akkor sajnos nem jó a válasz. A megoldás mínusz tizennégy! Miss Donovan, maga egyáltalán nem figyel! Ennek így nem lesz jó vége! – Ilyenkor azonnal magázásra váltott a barma, ha szidni kellett minket.

– És maga, Mr. Meier?

– Mi van velem? Most meg se szólaltam! El sem késtem. Mit csináltam már megint? – fortyantam fel.

– Maga készült mára?

– Én mindig készülök mindenre, Joel – szemtelenkedtem szándékosan. – Maga vagyok a megtestesült felkészület.

– Olyan szó nem létezik, Thomas, és már ezerszer megmondtam, hogy ne szemtelenkedj! De most majd adok én neked! Lássuk a következő példát. Ha nem oldod meg azonnal hibátlanul, akkora egyest vágok be, fiam, hogy a szára kivágja a nejlonszatyrodat hazafelé! Nem lesz miben uzsonnát hoznod holnap!

Ez egész jó duma volt, el kellett ismernem. Majdnem el is mosolyodtam rajta. De csak majdnem.

– Halljuk azt a kérdést, tanár úr! – mondtam neki határozottan. – Meglátjuk, tudok-e segíteni magának matematikai ügyeket illetően.

Azért volt egyébként ekkora a pofám, mert én már ezt az egész heti tananyagot végigszenvedtem egyszer. Ha nem is figyeltem mindig és mindenhol, azért sok minden megragadt a dióméretű agyamban.

Az előző kérdésnél is, amit Joel Katnek tett fel, emlékeztem rá, hogy mínusz tizennégy lesz a válasz. Bár, hogy miért és hogyan jön ki ez az eredmény, arról fingom nincs.

Kit érdekel? Végül is nem azt kérdezi, hogy hogyan jön ki, hanem hogy mi az eredmény, nem? Azt pedig elég valószínű, hogy tudni fogom.

Sőt! Már most is tudom: *négy*! Háhá!

Pedig még fel sem tette a kérdést ez a szerencsétlen!

Na, ezért jó időutazónak lenni vagy minek! Azaz legalábbis nem agymosottnak, mert én ugyanis normálisan emlékszem az elmúlt hetekre! Engem már nehéz zavarba hozni ilyen idióta kérdésekkel, amikkel ez próbálkozik itt.

Tegye fel nyugodtan, úgyis *négy* lesz a válasz!

És ahogy egyre nőtt amiatt az önbizalmam, hogy meg fogom tudni felelni a kérdését, elkezdett kibontakozni a gonosz terv az agyamban. Azon gondolkodtam, hogy vajon miért nem néz a szemünkbe? Biztos, hogy nem azért, mert gátlásos lenne, amit anyám mond. Nem ő itt az egyetlen ilyen „mellénk néző" típus. Mindenki gátlásos lenne a bázison? Ugyan már!

Az a fura ötletem támadt, hogy mi van akkor, ha egyszerűen nem lát minket?!

Bár, hogy ez hogyan lenne lehetséges, arról fogalmam sincs, de ha viszont látja azt a rusnya pofámat, akkor miért nem azt nézi, nem? Miért mellé néz?

Ezekkel a vakokkal valami nem stimmel. Egyre inkább valószínűnek tartottam, hogy nem lát vagy legalábbis nem úgy érzékel minket, mint ahogy mi őt. Úgyhogy belevágtam hát a terv megvalósításába. Lássuk, hová vezet! Kat mondta, hogy lépjünk. Hát, én most lépni fogok!

Hatodik fejezet: Az első lépés

Amikor Joel eldarálta a hülye matekfeladványt, aminek nagyon jól tudtam, hogy négy lesz az eredménye – ugyanis múlt héten még annyi volt –, úgy döntöttem, letesztelem a fickót.

– Nos, Mr. Meier? Halljuk a választ! Mennyi tehát a végeredménye az itt látható matematikai feladványnak?

– Itt mutatom! – tartottam fel a kezem. Kat erre meglepetten rám nézett, hogy mit művelek. Szerintem azt hitte, hogy a középső ujjamat tartom fel neki. Végül is az se lett volna rossz ötlet, de nem. Nem szemtelenkedtem. Valóban az eredményt mutattam. Feltartottam a jobb kezem, és a hüvelykujjamat behajlítva a másik négy ujjamat kinyújtva mutattam, hogy négy az eredmény.

– Halljuk az eredményt – ismételte Joel.

– Itt mutatom – ismételtem magam én is. – Miért? – kérdeztem gúnyosan – Talán nem ennyi?

– Ne szórakozz velem, Thomas, nincs időnk játszadozásra! – próbálta Joel terelni a szót.

– Nem játszadozom, tanár úr. Az eredményt mutatom. A *helyes* eredményt. Ne mondja, hogy nem lát el idáig! Még szemüveget sem hord. – Kat ekkor már felváltva kapkodta a fejét köztem és a tanár között. Látta, hogy valami nem stimmel. Valamire bizony rátapintottam! Valamibe most *rohadtul* beletenyereltem!

– Miért nem látja? – kérdezte most ő is a tanártól. – Pedig Tom elég egyértelműen mutatja az eredményt. Miért nem hajlandó elfogadni, ha egyszer helyes? – Bár Kat csak blöffölt. Valószínűleg nem tudta, hogy a jó eredményt mutatom (szerintem ő még nálam is rosszabb matekból). Pedig tényleg a valódi megoldást mutattam.

– Rendben van! – tartotta fel a kezét Joel. – Megadom magam! Tény, hogy nem látok túl jól. Sajnálom, hiú vagyok, és ezért nem hordok szemüveget. Pedig kellene. Már évek óta. Nyertél hát, Tom, haha! – mosolygott Mr. Brown kényszeredetten. Még soha sem mosolygott azelőtt! Nevetni meg aztán végképp nem próbált. És Tomnak se nagyon szólított soha. – Lebuktam, szemüvegre lenne szükségem. Most már megmondhatod az eredményt.

– Mondja a halál! – vágtam oda kíméletlenül. – Ha rossz a szeme, és hiúságból nem hord szemüveget, akkor jöjjön közelebb, és nézze meg itt, hogy hányat mutatok.

– *Mit művelsz?!* – súgta oda nekem Kat kissé ijedt hangon.

– *Lépek. Mert itt az alkalom. Lebuktatom végre ezt a majmot.*

Joel valóban felállt, de nem azért, hogy közelebb jöjjön, és „leolvassa" az eredményt a kezemről. Ott maradt a tanári asztal mögött, és tétován ácsorgott.

– Mr. Meier, ezért fegyelmit fog kapni. Példátlan, hogy mit meg nem enged magának! El fogom tiltatni az itteni tanulási lehetőségtől, és akkor aztán meglátjuk, mit kap majd az édesanyjától!

– Semmit – blöfföltem. – Ugyanis úgysem teheti meg. A jó megoldást mutatom. Nem az én hibám, hogy nem jön ide érte.

– Mit merészel, fiatalember?! Nemcsak magát tiltathatom ki innen, de az anyját is a munkaköréből! Hazaküldethetem magukat úgy, ahogy vannak! Mrs. Meier munka nélkül fog maradni! Ezt akarja? Tudja, hogy mennyire dühös lesz magára, ha a szemtelenkedése miatt állás nélkül marad?!

– Játsszuk le! – blöfföltem továbbra is. – Jöjjön, aminek jönnie kell! – Bár közben már majd' összeszartam magam félelmemben, hogy tényleg megteszi, amikkel fenyegetőzik. – Rúgassa ki nyugodtan anyámat! – blöfföltem neki. – Legalább végre elhúzhatok innen. Én csak örülni fogok neki! Alig várom, hogy mehessek innen a rákba!

Joel belátta, hogy nem tud mivel sakkban tartani. Visszaült a székébe, és elcsendesedett.

Én viszont nem szálltam le róla!

– Ráhibáztam ugye? Maga nem lát! Nemhogy jól nem lát szemüveg nélkül, de lószart se lát! Mondja csak, maga ugye vak?

– Nem vagyok vak – felelte Joel szenvtelen hangon, megtörten.

– Mégsem lát minket! Nem képes úgy érzékelni, mint mi egymást, vagy akár magát, Joel. Mi maga egyáltalán? Szerintem maga nem ember! Jól mondom?

– Ugyan már! Hogy juthat ilyen ostobaság az eszedbe, Thomas? – próbálkozott a tanár egy utolsó szánalmas kis elbátortalanítási kísérlettel. – Ne járasd le magad, drága fiam! Legalább az osztálytársad előtt ne! Még hogy nem vagyok ember! Neked elment az eszed!

– Oké, akkor most odamegyek, és megnyomkodom itt-ott, hogy valódi-e. Rendben? – Már álltam is fel, hogy megtegyem.

– Maradjon a helyén! – emelte fel a hangját Mr. Brown, és ismét magázásra váltott. – Ne merészeljen hozzámérni. Én a tanára vagyok! Mit képzel?

– Ezért nem szokott soha közel jönni, ugye? – kérdeztem. – Ezért állnak a katonák is olyan messze a vonaltól. Ők is ilyenek, mint maga, ugye? Mik maguk? – Felálltam, és megindultam felé.

– Ne jöjjön közelebb!

– Tegyen ellene – mondtam kíméletlenül. – Rúgjon ki. Leszarom.

Odaléptem hozzá, és megböktem az ujjammal a mellkasát.

Nagyon meglepődtem! Ugyanis a fickó valóban ott volt. Ott ült a széken *fizikailag.*

Valami olyasmire számítottam, hogy a pasas csak valamiféle kivetítés... egy hologram, vagy ilyesmi. De tényleg kézzelfoghatóan ott ült előttem az asztalánál. Most egy pillanatra elbizonytalanodtam. Kat is csak bámult rám a székéből, mintha teljesen meghülyültem volna.

– Menjen vissza a helyére, Mr. Meier! Láthatja, hogy élő ember vagyok! Ne bökdössön már!

– Maga akkor sem ember! – Nem tágítottam. Összevissza piszkáltam a fickót. Nyomkodtam, húzgáltam a ruháját. Próbált ellenállni, de nagyon ügyetlenül mozgott. Úgy tűnt, nem „képezték ki" olyasfajta mozdulatokra, hogy valakinek fizikailag ellenálljon.

Még a kezemet sem tudta rendesen elütni vagy lesöpörni magáról. Ekkor már biztos voltam benne, hogy nem ember!

Kat is rájött! Ő is odajött hozzánk.

– Menjenek a helyükre!

De mi egyáltalán nem figyeltünk rá többé. Kat is elkezdte piszkálni, és ő jött rá előbb, hogy mi nem stimmel vele:

– Te, Tom, ennek hideg a bőre! – mondta a lány elképedve. – Ez nem élőlény!

Megragadtam Joel csuklóját, és leszorítottam az asztallapra, hogy mozdulni se tudjon. A tanár másik karját közben Kat mindkét kezével lefogta.

– Nincs pulzusa! – mondtam Katnek. – Basszus, ez tényleg nem él! Mi a szar maga, Joel?

A bőre valóban hideg volt, ha nem is jéghideg, de épp olyan hideg, mint bármilyen élettelen tárgy szobahőmérsékleten. A bőre tapintása sem volt rugalmas és emberi-bőrszerű. Inkább olyan, mint a bársonyosra csiszolt műanyag. Nem fénylik, ezért messziről bőrnek látszik, de megtapintva inkább gumiszerű.

– Ez egy átkozott robot! Tudtam! – csaptam oda Joel keze mellé az asztalra.

– Nem vagyok robot! – védekezett Joel. – Eresszenek el!

– Eleresztünk, ha kitálalsz szépen mindent, amit tudni akarunk! – kezdtem zsarolni. – Vagy ha nem, akkor fogom azt a széket, és fejbe verlek vele. Meglátjuk, mennyit bírnak az áramköreid!

– Kérem, ne tegye, Mr. Meier! – rimánkodott. – Nincsenek áramköreim, de akkor se!

– Akkor ki vele, mi a szar vagy te? Mert hogy nem tanár és nem élőlény az biztos!

– Egyfajta hologram vagyok – bökte ki Joel.

– Mi?! Az nem lehet! Épp a kezedet szorítom. Fizikailag létezel, te hazug gazember! Nem kamuzz nekem itt összevissza!

– Nem hazudok! Egy korszerű hologram vagyok, ami már nemcsak fényből és kivetített képből áll, hanem fizikailag is létezik.

Ez a 3D nyomtatásnak és a régi hologramtechnológiának egy modern ötvözése. 3D nyomtatóval állítanak elő, azaz alkotnak meg egy bizonyos módon.

– Magát egy *gép nyomtatta ki*?! – kérdezte Kat teljesen elzöldülve, undorodó arckifejezéssel.

– Igen. Nagyjából ez a helyzet – mondta Joel legyőzötten. – De kérem, ne mondják el senkinek, hogy lelepleztek!

– Miért? Mi történne akkor?

– Deaktiválnának.

– És? Az miért akkora gáz? Majd kinyomtatnak újra, nem? Elfogyott a papír odalent a raktárban, vagy mi?

– Ez nem így működik. Mi érző, gondolkodó egyedek vagyunk. Van személyiségünk. Ha humorérzékünk nincs is, de vannak érzéseink. Mi sem akarunk meghalni ugyanúgy, ahogy az emberek sem.

– *Meghalni*? Maguk azt úgy élik meg? – néztem elképedve Katre. Ő is kb. ugyanolyan arckifejezéssel nézett vissza rám: miféle lény ez akkor?

– Nem szó szerint halunk meg – felelte Joel –, de igen: véget ér az életciklusunk. Azért mi is veszteségnek éljük meg, és tartunk tőle. Nem akarjuk és nem várjuk, hogy bekövetkezzen.

– Tehát nem szeretné, hogy beköpjük, hogy lebukott – konstatáltam.

– Nem. Kérem, ne tegyék. Megteszek bármit! Ezentúl nem kell tanulniuk sem, ha bejönnek ide. Csak ne árulják el, hogy lebuktattak!

Kattel egymásra néztünk, és kaján vigyor jelent meg az arcomon.

– Engedd el – intettem a fejemmel a lánynak. – A markunkban van az ipse.

Én már el is engedtem, és szépen visszasétáltam a helyemre.

– Igazad volt, Kat! Valóban lépni kell, ha alkalom kínálkozik! Ennyit akkor a matekról! Meg úgy általában a többi tantárgyról is.

A tanítást ezennel berekesztem. Örökre. Itt ezen a szaros bázison többet egy percet sem vagyok hajlandó tanulni, capiche?

– Capiche – felelte nyomtatott hologram-Joel lehajtott fejjel.

– De most akkor hogyan tovább? – kérdezte Kat. Odajött hozzám, de csak megállt mellettem. Ő nem ült vissza a helyére.

– Megmondom én: Most szépen kérdéseket fogunk feltenni a tanár úrnak. Ő pedig válaszolni fog. Most mi leszünk a tanárbácsi és tanárnéni. Mi kérdezünk, ő pedig legjobb tudása szerint válaszolni fog.

– Nem tudok túl sokat, előre szólok! – szabadkozott Joel.

– Még nem is kérdeztem semmit! – röhögtem fel hangosan. – Miről nem tud sokat? Azt se tudja, miről akarom kérdezni!

– El tudom képzelni – mondta Joel haragos szemmel. – A bázisról. A bunkerről, ahogy maga szereti hívni.

– Ja, majd arról is – bólintottam. – De menjünk inkább szépen sorjában. Először is, miért nem néz soha a szemünkbe? Miért nem látja, hogy hányat mutatok a kezemmel?

– Nincsenek valódi szemeim. Nem úgy látok, azaz érzékelek, mint az emberek. Képes vagyok mozgást érzékelni, hangmintát analizálni, hőképet kiértékelni. Ezáltal felismerek embereket, de nem tudok a szemükbe nézni. Azt sem tudom, mikor merre néznek. Csak azt érzékelem, ha felém vannak fordulva.

– És azt sem látja, hogy hányat mutatok most?

– Nem. Csak azt érzékelem, hogy feltartja a kezét.

– Király! Tudtam, hogy egyszer elkapom! De azt nem, hogy egy ilyen olcsó, gagyi kis trükkel – dicsértem magam. Leszívesebben szájon csókoltam volna magam, ha lenne egy klónom, vagy ilyesmi. Tényleg szép munka volt, na! – És hány ilyen magához hasonló, 3D nyomtatóból kiugrott Ken Barbie van még a bázison?

– Nem tudom. Nem állunk kapcsolatban. Nincs közös hálózat, amin kommunikálnánk. Mint mondtam, önálló egyedek vagyunk. Gondolkodó lények saját rendeltetéssel és feladattal.

154

– Na jó, azért ne süketeljen már! A saját szemünkkel láttunk vagy kétszáz olyat, mint maga! Egyikük sem nézett a szemünkbe! A katonák is ilyenek, ugye?

– Igen. – Ezt azért csak kimondta. Valamit legalább végre megtudtunk! Kat is megörült ennek, mert felcsillant a szeme, és rám mosolygott.

– És a bázis főorvosa? – folytattam a faggatózást.

– Nem tudom. Őt nem ismerem. Én nem igényelek orvosi ellátást.

– Jó magának, öregem! Egyszer lehet, hogy én is kinyomtattatom magam, hogy ne legyek többé influenzás – néztem Katre. – Bár valamennyire mosolygott a poénon, de ő túl feszült volt a humorizáláshoz. Joel pedig egyáltalán nem vette a lapot, mint ahogy korábban sem.

– A katonák olyanok, mint én – ismételte.

– Rendben, ez is valami. És Kat apja?

– Mi?! – kiáltotta a lány. – Hülye vagy, Thomas? Mi nem jut eszedbe? Ő egyébként is a szemembe néz! Sőt, megölel! A tapintása sem ilyen műanyag! Ő valódi ember. És humora is van!

– Jó, jó. Csak biztosra akartam menni. Azért az durva lenne, ha az egész bázist egy ilyen izé irányítaná, nem? Ha még az ezredes is az lenne!

– Igen, tényleg – látta be Kat is. – De ő akkor sem ilyen.

– Akkor jó. Egyébként anyám sem. Tegnap is megöleltem, és meleg volt a bőre. Hallottam, ahogy ver a szíve a mellkasában. A szüleink tuti, hogy valódi emberek. Csak kérdés, hogy miért vesznek akkor részt ebben az egészben? Maga mit tud erről, Mr. Fröccsöntött Batman figura?

– Semmit – felelte az bosszúsan. – Mondtam, hogy nem tudok sokat. Engem tanításra hoztak létre, hogy magukat oktassam. Nem vagyok tisztában a bázis összes szabályával, továbbá magukon és a szüleiken kívül még alig találkoztam valakivel!

– Mi?! Az meg hogy lehet? Munka után nem dokkolnak be valami közös töltőállomásra, vagy tudom is én, hová?

– Nem töltődünk. Kivetítések vagyunk, csak nem holografikus módon, hanem fizikailag. Nehéz ezt elmagyarázni. Maguk nem értenék meg.

– És hogyhogy nem ismer itt senkit? Merre kószál tanítás után, maga jómadár? Csak azt ne mondja, hogy haza, mert kiröhögöm!

– Nincs kabinom, de van egy tároló, amibe visszatérek a munkanap végén. Ott várom meg a következő tanítási nap kezdetét.

– Milyen irányban áll vagy fekszik az a tároló?

– Fekszik. Vízszintesen van elhelyezve.

– Akkor te Drakula vagy, bazzeg! – tört ki belőlem a röhögés, és tegeztem le azonnal ezt a nyomorult szerzetet. – Egy kinyomtatott Drakula Barbie vagy! Tanítás után visszafekszel a koporsódba? Ez nagyon durva! Jézus! Hallod ezt, Kat? Ezt azért már én se hittem volna!

– Mit tud a bázisról? – kérdezte most Kat. – Mi a célja? Mi után kutatnak?

– Nem tudom. Semmi ilyesmiről nincs információm. Engem kizárólag tanítási célokra hoztak létre. Igazából azt sem tudom pontosan, hogy hol vagyunk. Azt tudom, hogy a föld alatt, de ezen kívül mást nem.

– Mi van a zsilipszerű fémfalakon túl? Például azon túl, amihez a kék vonal vezet?

– Fogalmam sincs. Nem mehetek el olyan irányokba. Én a szürke szaggatott vonalon közlekedem csak. Ez vezet a tanulószobától a tárolómig.

– Kat, hagyd a fenébe! Ezzel az izével a világon semmire nem megyünk. Szerintem tényleg semmit sem tud – mondtam neki lemondóan.

De Kat nem nyugodott bele:

– Jó, akkor erre feleljen: mire képesek a katonák? Azt már csak tudja, hogy mi mindenre alkalmas a saját fajtája, vagy nem? Képesek egyáltalán lőni? Utánunk tudnának futni vagy fizikailag bántatni minket?

– Attól függ, hogy milyen célból hozták létre őket. Ha csak
őrködnek, akkor valószínűleg még annyira sem képesek, mint én.
Ha viszont másra, esetleg támadásra vagy aktív védelemre, akkor
elképzelhető, hogy hatékonyabbak nálam.

– Nesze semmi, fogd meg jól – legyintettem rá.

– Jó, értjük, amit mond – mondta Kat továbbra is viszonylag
udvarias hangnemben. Ő csak nem adta fel. – Akkor arra feleljen,
hogy mik ezek a felfestett vonalak egyáltalán?

– A megfelelő irányba vezetik a dolgozókat.

– Azt tudjuk, maga marha! – dühödött fel most már a lány is.
– Arra vagyok kíváncsi, hogy miért nem szabad lelépni róluk?
Mitől véd meg a vonal? Mi történik, ha eltávolodunk tőle?

– Nem tudom. Nekem utasításba adták, hogy a szürke
szaggatott vonalon haladjak. Így azon haladok. Nem lépek le róla,
mert azt mondták, ne tegyem.

– Nem azt mondtad, hogy gondolkodó lény vagy? – vágtam
vissza neki.

– De igen.

– Akkor ne mondd már, hogy egyszer sem jutott eszedbe, hogy
mi lenne, ha lelépnél róla!

– De. Egyszer eszembe jutott.

– És mire jutottál a műanyag, G.I. Joe agyaddal?

– Arra, hogy valószínűleg megsemmisülnék.

– És vajon miért, te lángész? Lejárna a szavatosságod, vagy
mi? Csak van valami elméleted vagy ötleted arról, hogy mi történne
veled, nem? Ajánlom, hogy őszintén válaszolj!

– Ha lelépnék a vonalról, a felsőbb erő megbüntetne... de erről
nem mondhatok többet.

– Miféle felsőbb erő? – néztünk össze Kattel.

– Nem beszélhetek róla. Túl veszélyes. Valami van odalent a
bázis alatt. Én nem tudom, mi az. Maguk se kutakodjanak felőle, ha
kedves az életük. Maguknak *van* valódi életük. Vigyázzanak hát rá.
Ne lépjenek le a vonalról.

– Nem fogunk – legyintett most már Kat is. – Joel, megtenné, hogy visszavonul pihenni a tárolójába a nap hátralévő részére?

– De még van négy óra hátra a tanításból! Nem tehetem!

– Vagy visszavonul, vagy eláruljuk, hogy lebukott. Választhat.

– Rendben – állt fel Joel rezignáltan. – De így biztos, hogy nem árulnak el? Mr. Meier, maga gyűlöl engem! Magának komoly oka lenne elárulni. Miért higgyem el, hogy nem fogja megtenni?

– Először is – kezdtem – azt hiszel, amit akarsz. Nem igazán érdekel. Másodszor: ebből is látszik, hogy nem vagy ember, ezért is gyanakodtam rád a kezdetektől fogva. Ugyanis fogalmad sincs, hogy mi valójában milyenek vagyunk. Én nem gyűlöllek. Egyszerűen csak szeretek hülyéskedni, és unom az iskolát, ennyi. Nem akarok én ártani neked. Ha most szépen békén hagysz minket, akkor megígérem, hogy nem árulunk el. Holnap ugyanúgy jöhetsz tanítani. Nem fognak deaktiválni. Énmiattam biztos nem.

– Rendben – bólintott Joel. – Elhiszem. És köszönöm. – Azzal sarkon fordult, és elhagyta a tanulószobát.

– Nem megyünk utána? – kérdeztem Katet.

– Minek?

– Te nem néznéd meg, ahogy befekszik abba az izébe, mint egy vámpír? Miféle lények ezek egyáltalán? Nem durva, hogy létezik ilyesmi? Hol vagyunk? Mi folyik itt? Téged nem sokkol az, ami épp az imént történt?

– Dehogynem! De hidd el, vannak itt ezen a bázison sokkal húzósabb dolgok is, mint egy szintetikus ember, aki tárolóban alszik. Ne pazaroljuk az időnket erre. Szerintem van ennél fontosabb dolgunk. Például az, hogy rájöjjünk, hogyan tudnánk kijutni innen. Továbbá, hogy el lehet-e egyáltalán hagyni ezt a helyet!

– Valamint – egészítettem ki –, hogy ki érdemes-e jutnunk egyáltalán? Ugyanis, ha már nem létezik odakint semmi, akkor sajnos kénytelenek leszünk megbarátkozni ezekkel a mesterséges életformákkal. Nekem sajnos van egy olyan érzésem, hogy sokkal többen vannak, mint Joel gondolja. Még annál is többen, mint mi eredetileg gondoltuk. Mi legyen most? Van ötleted? Üljünk itt tanítás végéig vagy inkább csináljunk valamit?

– Igen, van egy ötletem – mondta Kat. – Azaz kettő is. Ha már Joellel nem megyünk semmire, akkor használjuk azt az időt kutakodásra, ami normális esetben a tanításra ment volna el.

– Jól értelmezem, hogy innentől kezdve te sem vagy hajlandó többé tanulni Mr. Brown óráin?

– Minek tenném? Ha valóban hazamehetünk innen, akkor mit számít pár hét kiesés a tanulásból ide vagy oda? Vannak itt a bunkerben sokkal érdekesebb dolgok is, mint a kétismeretlenes egyenletek. Ha viszont sohasem mehetünk haza, mert nincs hová, akkor számít egyáltalán, hogy tanulunk-e valaha matekot meg történelmet, vagy sem? Akkor úgyis mi vagyunk az utolsó néhány élő ember a Földön! Ki a fenét érdekelnek már az osztályzatok és a bizonyítványok?

– Megegyeztünk. A tanításnak ezennel vége. Pacsit rá – nyújtottam oda a mancsom. Meglepően erősen csapott bele! Azt hittem, csak lányosan megsimogatja, vagy ilyesmi, de e helyett rendesen rávert! Meg is pirosodott egyből a tenyerem. – Aú! – méltatlankodtam.

– Nekem is ugyanúgy fáj – grimaszolt Kat. – Nem akartam ekkorát.

– Jó, mindegy. Majd visszavarratom a kézfejemet az orvosiban – vigyorogtam elgyötört arckifejezéssel. – Azt mondtad egyébként, hogy van két ötleted. Halljuk az elsőt!

– Sétáljunk vissza a kék vonal mentén, és szerintem menjünk át azon a láthatatlan határon! Nézzük meg, mi van odaát! Véleményem szerint a ceruzának semmi baja nem lett, csak leesett valahol. Nézzük meg, hová pottyant!

– És ha azonnal szörnyet halunk?

– Nem azt mesélted, hogy azon a ponton túl, ahol a vörös vonal keresztezi a feketét, minden lépésednél rohamosan nőtt a forróság? Na, oda ezért még egyelőre ne menjünk. Viszont a kék vonalnál semmit sem éreztünk. Ha ott is szép lassan, lépésenként haladunk, csak nem fog hirtelen agyonütni valami. Ha óvatosan haladunk előre, lehet, hogy kiderülne: nincs is ott semmi veszélyes.

– Hát, nekem valahogy nem nagyon akaródzik ezt kipróbálni. És mi lenne a másik ötlet? Az ugye kicsit lájtosabb ennél?

– Lájtosabb? – kérdezett vissza Kat mosolyogva.

– Kevésbé agyhalálos, bélkiforgatós, sugárfertőzős és fejlerobbantós.

– Ja, értem. Egy sima hallgatózás jobban tetszene?

– Lényegesen jobban!

Hetedik fejezet: Likvidálás

– Kit akarsz kihallgatni? – kérdeztem Katet.

– Apámat. Ha minden igaz – nézett a fali órára –, fél óra múlva valami eligazítást fog tartani a konferenciateremben.

– Az szép! Ott már azért elhangozhat egy s más. És mégis hogyan akarsz bejutni oda észrevétlenül? Mindenhol őrök állnak. Még ha nem is tudjuk, mennyire valódiak a katonák, azaz mire képesek, akkor se nagyon kéne csak úgy elmasírozni előttük, és besétálni tiltott zónákba, hogy az összes sziréna megszólaljon.

– Nem a folyosón megyünk oda.

– Hanem?

– A kabinokat szellőzőjáratok kötik össze. Az én hálófülkém plafonján is van szellőzőrács. A konferenciaterem mindössze két szobányira van a mi lakókabinunktól. Ha felmászunk a szellőzőbe, átmehetünk a konferenciaterem fölé, és kihallgathatjuk, miről beszélnek.

– Jézusom! Tudod, hogy én se vagyok normális, de ez... ez kész öngyilkosság! Tisztában vagy vele, hogy mi minden bajunk eshet emiatt?

– Koszosak leszünk? – mosolygott Kat.

– Ja. Vagy áthaladhatunk véletlenül valami fotocellás érzékelő előtt, ami kiold egy riasztót. Lehet, hogy például patkányok ellen is van olyan rendszer, ami egyből, mondjuk, egy lézersugárral elporlasztja a szellőzőben mászkáló kártevőket! Ez egy nagyon modern létesítmény. Ilyenre tényleg nem gondoltál? Mi van, ha telepítettek azokba a járatokba valami életveszélyes fegyvert? Vagy akár csak egy sima riasztórendszert? Már az is épp elég.

– Te láttál ezen a bázison bárhol is egérfogót? Én nem. Te magad mondtad, hogy gyakorlatilag steril az egész létesítmény. Még egy leejtett papírzsebkendőt sem látni semerre. Nem hiszem, hogy felhízott patkányok kódorognának a szellőzőjáratokban. És azt sem, hogy lézerágyúval lődözne rájuk a központi számítógép.

– Bocsesz, én csak lézer*sugarat* mondtam – helyesbítettem tudálékosan.

– Akkor az! Szerintem legrosszabb esetben tényleg csak koszosak leszünk. Akkor majd megfürdünk, és visszajövünk ide tanítás végére. Aztán hazamegyünk, mintha mi sem történt volna. Na?

– Rendben – egyeztem bele. – Bár valamiért úgy érzem, hogy ez életem legrosszabb döntése, de ám legyen! Vagyok akkora hülye, hogy igent mondjak rá.

– Az emberek életük *legjobb* döntéseinél is ugyanígy szokták érezni magukat, hidd el nekem. Ugyanis a nagy döntések mindig kockázatosak. Szerinted, amikor Neil Armstrong először a Holdra lépett, nem fordult meg a fejében, hogy „Biztos, hogy bele akarok én lépni ebbe a fura porba?". Hidd el, Thomas, van, amikor érdemes lépni! Kis mászás lesz számunkra átjutni két helyiséggel arrébb a szellőzőn keresztül, de nagy lépés lesz ez az igazság megismerésének útján!

– Ja. Vagy inkább óriási seggreesés, ha leszakad alattunk az egész szellőzőcső! Azokat nem olyan ócska bádoglemezből vagy miből tákolják össze? Elbírnak azok egyáltalán két embert?

– Majd úgyis kiderül menet közben, nem?

– Nem vagy te már egy kissé ijesztően vakmerő, Kat?

– Nem tudom. Egyszerűen ki akarok jutni innen. Vagy legalább megakadályozni, hogy még egyszer kivonjanak a forgalomból. Ezúttal talán örökre – nézett rám gondterhelt tekintettel. Egyből átéreztem, hogy mire gondol és mit érezhet. Én is kis híján beleőrültem, amikor azt hittem, hogy elveszítettem. Rájöttem, hogy igaza van. Mindenáron meg kell tudnunk, hogy mi folyik itt. És ha lehet, akkor ki is jutni innen.

Odaléptem, és megöleltem egy pillanatra. Nem sokáig, csak éreztetni akartam, hogy együttérzek vele, és hogy sajnálom.

– Igazad van – mondtam ki hangosan is. – Bármit megteszek én is. Legyen akármilyen veszélyes. Nem hagyom, hogy még egyszer el...vigyenek. – Azt akartam mondani, hogy „elv*egyenek* tőlem", de végül nem mertem. Szerintem megérezte, hogy mit akartam mondani, mert egy pillanatra ő is magához szorított.

162

Valami elkezdődött köztünk. Már ezen a napon. Abban a percben. Talán már addig is volt valami, nem tudom. De abban a pillanatban mindketten éreztük, hogy közös a sorsunk, és valamiért összetartozunk. Addig legalábbis biztos, amíg innen ki nem jutunk.

Néhány perccel később:

– Milyen kis mászást is emlegettél az előbb? – kérdeztem Katet. – Már vagy tíz perce vergődünk itt haldokló férgek módjára, és alig haladtunk előre bármennyit is!

– Jó, jó, nem tudtam, hogy ennyire szűk a járat! Ne panaszkodj már annyit! Nincs olyan messze, csak kicsit lassabban megy a dolog, mint sejtettük volna. Örülj, hogy haladunk egyáltalán!

– Valóban haladnánk? Én azt hittem, egy helyben fetrengek, mint egy elmebajos galandféreg.

– Haladunk mi, hidd el nekem – prüszkölte Kat. Nem tudom, hogy a visszafojtott röhögéstől, vagy inkább a portól. Talán egyszerre mindkettőtől.

– Említettem valaha, hogy gyűlölöm a szellőzőket? – kérdeztem.

– Nem hinném. De ezt nem, mondjuk, tíz perccel ezelőtt kellett volna közölnöd, mielőtt bemásztunk egybe?

– Mondasz valamit – értettem egyet.

– Mi bajod egyébként a szellőzőkkel? Nagyon hasznosak. Szellőztetnek, mászni is lehet bennük, meg minden. Tök izgalmas.

– Igen, de olvastam erről egyszer egy könyvet. Talán már említettem is. Bár lehet, hogy csak az előző énednek.

– Nincs előző énem. Csak nem emlékszem a múlt hétre.

– Ja tényleg! Bocs. Szóval arról szólt a könyv, ez a jövőben játszódó horrortörténet, hogy két génkezelt Adolf Hitler-mutáns rovarlényeket zabált fel egy űrhajón. Eleinte együtt, társakként csinálták, majd egymás ellen fordultak, és egymást kezdték tépni és üldözni az űrhajó szellőzőjárataiban. Lehet, hogy így elmesélve viccesnek hangzik, de igazából nagyon durva könyv volt. A frászt hozta rám!

– Minek olvasol ilyen szemetet? – fordult hátra Kat. Ő mászott elöl. Én pedig mögötte vergődtem a szűk csőben, mint egy szélütést kapott ebihal.

– Minek olvasok ilyeneket? Nem tudom. Akkoriban szórakoztatónak találtam. Most már viszont bánom, hogy elolvastam. Minden apró neszre azt hiszem, hogy egy Hitler közeledik valamelyik irányból. Rengeteg járat van erre! Nem hittem volna, hogy ennyi lesz, és ilyen sötét lesz mindegyik!

– Járat valóban sok van, de egyikben sem él Hitler, nekem elhiheted. Azok széttépték egymást ott az űrhajón. Nincs hát mitől tartanod. Meghaltak. Legfeljebb a kicsinyeik lehetnek már csak életben.

– Na megállj! – elkezdtem eszeveszett tempóban mászni utána, hogy megragadjam a lábát. Nem is tudom, mit akartam csinálni vele. Talán csak morogva megrázni, vagy ilyesmi, hogy végre ő is becsináljon a félelemtől. De ő simán otthagyott! Kat vékonyabb volt nálam, és gyorsabban haladt a szellőzőben. Ezek szerint eddig is csak azért vánszorgott, mert nem akart messze maga mögött hagyni.

Végül azért csak hagyta, hogy utolérjem, de addigra már elszállt a harci kedvem. Totál ki voltam merülve. Én alig fértem el a fémcsőben, és állatira szenvedtem, hogy nagy nehezen előre haladjak benne.

– Jól vagy? – kérdezte Kat aggódva. Valószínűleg hallotta, hogy mennyire lihegek.

– Ja. Még nem döglöttem meg. De ha tíz perccel később kérdeznéd ugyanezt, nem biztos, hogy érkezne rá válasz. Tényleg kezd tele lenni a hócipőm ezzel a tetves hellyel! Messze vagyunk még?

– Szerintem mindjárt ott vagyunk. *Már csak pár méter*! – fogta suttogóra.

A kerek cső itt szögletesre váltott, és végre kiszélesedett egy kicsit. Így volt annyi hely, hogy mellé tudjak kúszni. Szörnyen nézhettem ki, mert amikor mellé érve rám nézett, kicsit megijedt. Aztán viszont egyből elmosolyodott. El tudtam képzelni, hogy nézhetek ki. Kb. mintha bedobnál egy hörcsögöt egy porszívó színültig telt porzsákjába, és alaposan összeráznád, aztán kettőt még rá is vernél ököllel. Pont annyira lehetettem most koszos, továbbá annyira tűnhettem hullának. Tényleg ki is voltam dögölve rendesen, ez tény. Nem csodálom, hogy első ránézésre megijedt.

– *Hallasz már valamit?* – kérdeztem suttogóra fogva.

– *Az előbb mintha apám hangját hallottam volna odalentről.*

– *Nem hittem volna, hogy tényleg idetalálsz! Nem semmi irányérzéked van, tudod-e? Pedig hányszor megfordultunk menet közben! Te tudtad, hogy ennyire kanyargós lesz?*

– *Nem. De tényleg elég jó az irányérzékem. Bíztam benne, hogy nem tévedünk el.*

– *És visszafelé is kiviszel minket innen?* – kérdeztem kissé remegő hangon. Nem volt nagyon bizonytalan a hangom, csak kb. annyira, mint amikor egy topmodell megkérdez egy szemüveges, tizenéves hülye gyereket, hogy „Ugye nem baj, ha most lehúzom rólad a nadrágot?”. „Á, nem. Egyáltalán nem probléma!” – mondaná a kis lúzer határozott, magabiztos hangnemben.

Kat valószínűleg hallotta rajtam, hogy a szívroham kerülget, úgyhogy igyekezett megnyugtatni:

– *Ne aggódj. Visszafelé is sikerülni fog. Garantálni nem tudom, de bízom benne, hogy nem tévedünk el.*

Ekkor, mielőtt még megfojtottam volna a vicces kedvű leányzót, valóban hangok kezdtek átszűrődni odalentről:

– Mindenki itt van? Barrington is?

– *Ez apa* – súgta Kat. Bár szükségtelenül tette, mert én is felismertem a hangját.

– Hol van Barrington? Hányadszor is várunk rá most?

– Biztos vagyok benne, hogy hátráltatva van, uram – felelte egy férfihang Donovan ezredesnek. – Talán megint *azokkal* van valami probléma.

– Nem érdekel – felelte dühösen az ezredes. – Én is hátráltatva vagyok. Nekem is ugyanúgy kötik a kezem a szabályok. Számomra is ugyanúgy gondot jelentenek, mégis itt tudok lenni időben. Elegem van az ilyen alakokból. Úgyhogy döntöttem: elkezdjük nélküle. Őt pedig holnapra deaktiválják.

– Mi?! – többen felhörrentek ennek hallatán.

Kattel egymásra néztünk. Ezek szerint valóban vannak még jó páran Joelen kívül azokból a szintetikus emberekből vagy mikből.

– *Ezek szerint apád dönt róla, hogy melyiket deaktiválják?* – súgtam.

– *Végül is ő a bázis főnöke.*

– De ez nem olyan, mintha kivégeztetné?

– Nem tudom. Végül is ezek csak afféle robotok, vagy nem?

– Joel azt mondta, hogy ő élő, önállóan gondolkodó lény.

– Azt azért nem mondta, hogy élne. Csak azt, hogy gondolkodó, érző egyed.

– Akkor miért fogalmazott úgy, hogy nem akar meghalni? Nem csak az halhat meg, aki él is?

– Uram, nem túlzás ez? – hallatszott odalentről. – Barrington az egyik legértékesebb emberünk. Ő figyeli őket már jó ideje.

– Senki sem pótolhatatlan – felelte az ezredes. – Döntésem végleges. Deaktiválják. – A teremben továbbra is zúgolódtak, de egyre csendesebben. Nem mertek ellent mondani Mitch Donovannak.

„Gyakorlatilag épp most mondta ki valakire a halálos ítéletet" – gondoltam elképedve. „Parancsba adta, hogy öljék meg, és még ezt is megteszik a kedvéért. Miféle hely ez? Oké, hogy egy amerikai katonai bázison szigor van, szabályok meg ordítozás, de kivégezni azért csak nem szoktak embereket öt percenként. Nem vagyok egy nagy hadsereg-szakértő, de ennyit azért én is tudok." – Kérdőn néztem Katre, hogy neki mi a véleménye erről, de nem sokat tudtam leolvasni az arcáról. Először is azért nem, mert sötét volt abban a koszos bádogcsőben, csak halvány csíkokban szűrődött be fény odalentről, így nem láttam teljesen az arcát. Másodszor azért nem, mert szerintem ő bízott annyira az apjában, hogy feltételezte: biztos igaza van ebben a kérdésben.

„Ja, persze" – gondoltam. „Mindenkinek igaza van, aki embereket végeztet ki, küld bitófára és vágatja le a kezüket, azért, mert loptak egy almát a piacon. Az is teljesen jogos, ha valakit felnégyelnek, és kitűzik a város kapujára, hogy ott rohadjon szét felszeletelve. Ez mind teljesen jogos. Végül is azok is valakiknek az apukái, akik olyan döntéseket szoktak hozni. Akkor hát csak igazuk van!"

A teremben közben elült a méltatlankodó zúgolódás, és Mitch folytatta:

– Nem Barrington a legnagyobb problémánk. Kár rá több időt fecsérelni. Önök is tudják, hogy nem ezért vagyunk ma itt. *Ők* az igazi probléma. A jelenlétük kezd egyre terhesebb lenni e létesítmény számára.

– *Szerinted kikről beszél?* – kérdezte Kat. – *Miféle „ők"? A szintetikus emberekre gondol, mint Joel?*

– *Nem. Azokból a konferencián is lehetnek egy csomóan. Ha nem így lenne, nem zúgolódtak volna miatta, hogy apád kimondta a halálos ítéletet egy fajtársukra. Ez valami másra utal. Talán egy újabb fajra, akikről még mi sem tudunk.*

– De sok mindenben hasznosnak bizonyultak már, uram. Valamennyire azért alkalmazkodnak hozzánk. Van, amelyik hajlandó tanulni. A női egyed például. Az kezelhetőbb. Ő még akár dolgozó is lehetne.

Amikor az ismeretlen férfi odalent kimondta ezeket a szavakat, valami borzalmas balsejtelem kezdett eluralkodni rajtam. Még nem tudtam volna szavakba önteni, de úgy éreztem, nagyon nagy bajban vagyunk. Talán eddig fel sem fogtuk, hogy mekkorában.

– Nem lesz belőle dolgozó – felelte Donovan. – Képtelenek együttműködni velünk. Nem olyanok, mint mi.

– De akkor miért taníttatja őket, uram?

– Mert vannak bizonyos érzelmi kötelékek. Megszokhatjuk a jelenlétét valakinek, és már elkezdünk bízni benne, hogy talán egyszer majd együttműködőbb lesz, és megéri a belefektetett energiát. A hadsereg viszont nem bizakodik, Doug. A hadsereg dönt, véd, adott esetben támad, és győz. A hadsereg nem könyörög, hanem tüzet nyit. Ezt tanulja meg, százados. Ha így áll hozzá, sok fejfájástól megkímélheti még magát a jövőben. Tehát döntöttem ezzel kapcsolatban is: likvidálják őket is. Nem taníttatom őket tovább. Időpazarlás.

Végül én mondtam ki Katnek azt, amit ekkor már mindketten sejtettünk:

– *Kat, ezek rólunk beszélnek! Meg akarnak ölni! Apád meg akar öletni minket!*

– *Az lehetetlen. Apa nem tenne olyat. Apa szeret engem.*

– *Régen Barringtont is biztos nagyon szerette. Aztán most meg bezúzatja, mint egy megunt autót! Neki csak játékszerek az emberek és ezek a lények itt a bázison. Kat, az apád nem komplett! Agyára ment a hatalom. Képes lenne a saját lányát kivégeztetni!*

Erre Kat sírva fakadt. Nem adott ki hangot, csak potyogtak a könnyei. Csodáltam, hogy képes ennyire türtőztetni magát. Más lány már visítva jajveszékelt volna, ha ilyesmit hall az apjáról. Nem felelt semmit, csak rázta a fejét. Nem akart hinni nekem. De még a saját fülének sem. Pedig ő maga is hallhatta már az előbb a lényeget.

Én ugyanis teljesen biztos voltam benne, hogy erről van szó. Mi másról?

– *Ne viccelj, mégis ki a fenéről beszélnének?* – kérdeztem. – *Azt mondták, taníttatja őket! Hány tanulószoba van a bunkerben?*

Még mindig csak a fejét rázta válasz helyett.

– *Egy!* – válaszoltam meg a saját kérdésem. – *És hányan tanulnak abban az egy tanulószobában?*

Kat nem felelt, csak nézett rám nagy, kék, kisírt szemekkel.

– *Csak mi ketten* – mondtam ki könyörtelenül. Muszáj volt. Valakinek ki kellett mondania az igazságot. Az életünk fog ezentúl múlni rajta. Ha hagyom, hogy Kat az érzelmeire hallgasson, valószínűleg önként fog a hóhérja karjaiba rohanni. Az apja nem normális. Már abban sem vagyok biztos, hogy egyáltalán valóban ő az igazi apja. Lehet, hogy itt semmi sem az, aminek látszik!

A lány kicsit összeszedte magát, és megszólalt:

– *Nem lehet, hogy mirólunk beszélnek! Mit ártottunk mi itt bárkinek is? Csak gyerekek vagyunk!*

– *Az egyedüli gyerekek. Lehet, hogy már terhessé váltunk a számukra. Túl sok velünk a gond. Észreveszünk dolgokat, rájövünk bizonyos titkokra. Joelt is lebuktattuk, vagy nem? Lehet, hogy tudomást szereztek róla. Talán már deaktiválták is azóta. Még úgyis, hogy be sem köptük a szerencsétlent. Szerinted nem lehet, hogy ezért nincsenek rajtunk kívül gyerekek a bázison?*

– *Mármint miért?*

– *Azért, mert a többieket esetleg már mind kivégezték. Eleinte taníttatni próbálták őket, de amikor látták, hogy nem felelnek meg az elvárásaiknak, beleuntak a próbálkozásba, és simán lelődözték őket ezek a pszichopaták! Mit tudom én! Végül is kell, hogy oka legyen annak, hogy csak ketten maradtunk, nem? Te elhitted valaha is, hogy*

sosem volt itt rajtunk kívül más? Ki tudja, mióta vagyunk itt? Lehet,
hogy a memóriatörlés által már évek óta itt tartanak, csak eddig nem
fogtuk fel, hogy mi történik. Lehet, hogy tinédzserek ezreit nevelték
már fel itt félig-meddig, csak aztán kinyírták őket, mielőtt valóban
felnőhettek volna.

– De miért tennék ezt? Kinek jó ez? Tom, szerintem te eltúlzod ezt
az egészet!

– Nem tudom, kinek jó ez. De te magad is láthattad Joelt. Az nem
ember! Egyébként azt sem tudjuk, milyen évet írunk. Tudtommal 2018
van, és csak két hete jöttünk ide anyámmal ideiglenesen New York-ból,
de mivel kiderült, hogy visszatörlik a memóriánkat, így valószínűleg
egyáltalán nem is úgy történt az érkezésünk, és nem akkor. Szerintem
már nem 2018-at írunk. Lehet, hogy a távoli jövőben vagyunk, és
nekünk gőzünk nincs, hogy miféle agyament utópisztikus
társadalomban tartanak minket fogva egyfajta kísérleti patkányokként.
Téged is kivontak már egyszer a forgalomból, vagy nem? Szerinted
arról talán nem tudott az apád?

Katnek újra eleredtek a könnyei.

– Akkor sem hiszem el. Apa sosem bántana engem!

Odalentről hallottuk, hogy az emberek mocorogni kezdenek.
Többen felállhattak a székeikről. Megszólalt valaki, akinek eddig még
nem hallottuk a hangját:

– Egész biztos, hogy ez a parancsa, uram? Ennek beláthatatlan
következményei lehetnek. Nagyon régóta vannak már velünk. Azt sem
tudjuk, mi lesz akkor, ha eltesszük őket az útból!

– Igen, biztos vagyok benne. Ez a végső döntésem. Végezzék ki
őket! Kattel kezdjék.

Amikor az ezredes ezt kimondta, Kat azonnal reagált. Nem sírt,
nem sikoltott, nem panaszkodott. Mászni kezdett. Szélsebesen! Nem
tudtam, hogy merre tart, de én is mentem utána. Akárhová. Még a
pokolba is követtem volna.

Nyolcadik fejezet: Labirintus

Iszonyú régóta másztunk már rendületlenül.

Eleinte feltételeztem, hogy Katnek eszébe jutott valami mentő ötlet egyfajta utolsó mentsvárként.... hogy hová lenne érdemes elmenekülnünk vagy elbújnunk. Azt hittem, azért indult meg olyan nagy iramban.

De már kezdtem kételkedni ebben. Lehet, hogy szegény egyszerűen csak eszét vesztette a fájdalomtól, hogy a saját apja ki akarja végeztetni. Nem csodálnám. Én sem örülnék neki, ha anyám késsel jönne rám.

Óra nélkül vágtam neki ennek a jó kis mászásnak, így fogalmam sem volt, mennyi idő telhetett el, de már nagyon sok csőben, járatban, szűk alagútban és ki tudja, még mi a fenékben másztunk végig. Szerintem Kat sem tudta többé, hogy merre megyünk. Nekem pedig már a legelején sem volt halvány lila gőzöm sem róla.

– Kat! – szóltam utána elgyötörten. – Nem bírom tovább! Nagyon elfáradtam. Muszáj megállnom. Úgysincs értelme! Csak kóválygunk itt összevissza. Úgyis megtalálnak! Nem bujkálhatunk örökké ezekben a rohadt csövekben. Éhen fogunk halni. Még egy átkozott szendvicset sem hoztunk magunkkal! Kat! Állj már meg! Nem bírlak követni. Fejezd be ezt a céltalan mászást.

– Nem céltalan – szólalt meg végre hosszú idő után most először. Megállt, és bevárt engem. – Miért hitted, hogy csak úgy találomra mászom?

– Mert ki vagy borulva apád miatt. Nem is csodálom. Micsoda egy rohadék!

– Ki vagyok borulva, de attól még magamnál vagyok. Tudom, merre haladunk. És nem céltalanul.

– Akkor légy oly jó, és oszd már meg velem is az úti célunkat! Ugyanis eddig vagy ötvenszer elkanyarodtunk minden irányban. Nincs élő ember, aki számon tud tartani ennyi fordulót! Ne mondd már nekem, hogy tudod, merre megyünk, mert nem fogom elhinni!

– Thomas Meier, te először is alábecsülöd az irányérzékemet. Másodszor: most nem csak arra hagyatkozom!

– Hanem?! Hőlátásod is van, vagy mi? Vagy beépített radarod? Csak azt ne mondd nekem, hogy te is egy olyan izé vagy, mint Joel, mert akkor én is sírva fakadok, esküszöm!

– Dehogy, te hülye! A szememre hagyatkozom. Azért olyanja csak lehet egy emberi lénynek, vagy nem?

– Ja? De hát hogyan? Te mit látsz ezekben a hülye csövekben? Csak por van előttünk és sötét elágazások minden irányban. Alig látni valamit. Alulról baromi kevés fény szűrődik be a lemezekre metszett réseken keresztül.

– Te kizárólag előre nézel? – kérdezte Kat mosolyogva. Nem egészen láttam a mosolyt az arcán ott a félhomályban, de hallottam a hangján, hogy szélesebb a szája a kelleténél a kis pimasz fruskának.

– Merre másfelé nézhetnék? Csak látnom kell, hogy miféle vesztőhelyre vezetsz, te lány! Azt sem tudtam, hogy milyen idegállapotban vagy. Csak mentél előttem, mint aki nincs magánál. Alig bírtam lépést tartani veled!

– Jó, igazad van, ne haragudj. Én közben lefelé is nézek folyamatosan a réseken keresztül. Tehát nemcsak az irányérzékemre hagyatkozom, hanem a szememre is. A kék vonalat követem odalent a padlón!

Ekkor lenéztem én is most első alkalommal egy kis nyíláson keresztül, és láttam, hogy igazat beszél. Valóban láttam én is odalent a kék vonalat.

– Miért arra megyünk?

– Ez volt a másik ötletem, emlékszel? Az, hogy nézzük meg, mi van a láthatatlan ajtó vagy fal mögött, ahová eltűnt a ceruza.

– Ja. Emlékszem. Sajnos. És baromira nem tartottam jó ötletnek már akkor sem! Szerintem, amint átlépjük azt a láthatatlan energiavonalat, azonnal meghalunk.

– Van más választásunk, mint hogy megpróbáljuk? Apám épp elrendelte a kivégzésünket. Nincs hová mennünk. Nem tudjuk, van-e kijárat a bázisról. Azt sem tudjuk, létezik-e még a kinti világ. Ha létezik, sem valószínű, hogy kijutnánk ezeken a szellőzőkön keresztül.

Annyira azért már nekem sem jó az irányérzékem, hogy kitaláljak egy ilyen labirintusból kizárólag az ösztöneimre hagyatkozva.

– És mégis mit vársz a kék vonaltól? Hogy hová visz?

– Nem tudom. Bárhová, csak innen el! Nem jobb bármi, mint a biztos halál? Mint a kivégzés?

– Hát... végül is. Rendben. Akkor menjünk. Lépjünk át azon a szaron. Ha nem tesszük meg, valószínűleg öt-tíz perc múlva amúgy is lelőne egy kivégzőosztag. Így legalább van esélyünk rá, hogy elbújjunk valami másik helyen. De szerintem nem fogjuk túlélni, most szólok.

– Én sem garantálhatom, viszont bízom benne, hogy életben maradunk.

– Ha te mondod... Végül is eddig elég jóknak bizonyultak a megérzéseid.

Közben folytattuk a mászást, és ismét magunk mögött tudhattunk pár további szakaszt a szellőzőrendszerből. Most már én is tekingettem lefelé, és valóban a kék vonal felett haladtunk. Annak ellenére, hogy én már kétszer is megtettem ezt az utat – na jó, Kat is, de ő csak az egyikre emlékszik –, innen fentről nem tudtam megítélni, hogy most hol járhatunk. Egész más szögből láttam mindent, mint amikor odalent sétálgattunk.

– Szerinted még mennyire vagyunk messze? – kérdeztem. – Most mondanám, hogy marha jól bírom, hogy férfiasnak tűnjek, de nem fogok hazudni: rohadt fáradt vagyok. Komolyan, majd' meg döglök a kimerültségtől.

– Én is – mondta Kat. Bár én nem láttam rajta a jelét. Ez a lány acélból van. Hozzám képest legalábbis biztosan. – Mindjárt odaérünk. Emlékszem erre a szakaszra. Innen már nincs olyan messze.

– Fantasztikus – mondtam kissé szarkasztikusan. – Lenne akkor egy kérdésem.

– Éspedig?

– Hogy a jó életben fogunk lejutni innen? A hálókabinodban oké, hogy odatoltuk a szellőző alá a szekrényt, és felmásztunk rajta, de hogyan akarsz lejutni?

– Sajnos csak úgy fog menni, ha kilazítjuk egy szellőzőnyílás rácsát, és leugrunk.

– Megvesztél? Akkor a lábunkat törjük! Ott fogunk nyílt töréssel fetrengeni a kék vonalon, hogy aztán eljöjjön értünk a kivégzőosztag vagy a kampós emberek!

– Szerintem nem. Majd szép lassan leengedem magam a perembe kapaszkodva. Te pedig rajtam mászol le. Ha a bokámat fogva engeded el magad az utolsó pillanatban, azáltal már mégiscsak százhetven centivel közelebb leszel a padlóhoz! Ha pedig te már lent leszel, leugrom én is, és megpróbálsz elkapni vagy tompítani valamennyit az esésemen.

– Jézus! Ez kész őrültség! Először is, nem fogsz tudni megtartani! Ha elkezdek lemászni rajtad... ami egyébként sem tudom, hogyan lenne lehetséges, mivel nem létra vagy, hanem egy emberi lény... szóval, ha elkezdek valahogy borzasztó idióta módon lecsúszni rajtad, nem fogod tudni kettőnk súlyát megtartani, és lezuhanunk mind a ketten! Másodszor, még ha ez az első mozzanat sikerülne is, és én lejutok, nem olyan könnyű ám elkapni valakit, mint a rajzfilmekben vagy a kalandfilmekben! A királylány kiesik a palota ablakából, a lovag meg elkapja száz méter zuhanás után, mi? Azért gyorsulás is létezik ám a világon, meg gravitáció! Nem vagyok egy nagy fizikazseni, de ennyit azért még én is tudok. Ha rám esel, kilapítasz majd, mint egy tehénlepényt! Te meg a lábadat töröd a hullámon!

– Tom, te akkora hülye vagy, hogy az már imádnivaló! – kuncogott előttem Kat. Csodáltam, hogy egyáltalán képes még nevetni. Épp egy kivégzőosztag elől menekülünk, és neki nevethetnékje van. Ez a lány vagy sokkos állapotban van, és nincs teljesen magánál, vagy nekem van a világon a legjobb humorérzékem, hogy képes vagyok még egy ilyen helyzetben is megnevettetni valakit.

– Gondolkozz már! – folytatta Kat. – Miféle gyorsulás történik kb. három méter alatt? Az olyankor szokott számítani, ha mondjuk, egy ejtőernyős kilométereket zuhan, és nem nyílik ki valamiért az ernyője. Akkor valóban annyira felgyorsul zuhanás közben, hogy földet éréskor palacsinta lesz belőle. De itt most nagyjából három méter magasból kell csak leugranunk! Ha lemászol rajtam, akkor pedig csak fele olyan magasból!

– Jó, de miért én másszak le *terajtad*? Nem fogsz tudni megtartani kettőnket.

– Elég erős kezem van. Szerintem pár másodpercig menni fog. Egyébként meg fordítva nem menne. Megtartani még csak-csak meg lehet egy nagyobb súlyt, de elkapni?! Én nem tudnálak elkapni odalent, az biztos. Te még talán el fogsz tudni engem. Ezért kizárásos alapon csak így van értelme.

Úgy tűnt, a lány mégiscsak magánál van. Sajnos annyira azért nincs lesokkolva, hogy elszállt volna a józan esze. Azért mondom, hogy „sajnos", mert marhára nem tetszett a terve. Jobb ötletem viszont nekem sem volt. Így hát belementem:

– Oké. Játsszunk akkor artistásat! Hátha úgy összetörjük magunkat, hogy a combcsontunk vége a nyakunkon jön majd ki. Az vicces lesz. Legalább már nem kell lelőniük. Elég lesz végignézniük, ahogy kiszenvedünk a kék vonalon. Vagy mellette két méterrel. Az még szebb lesz. Törött csontokkal, sugárfertőzéstől meghalni kifordult belekkel.

– A sugárfertőzés nem fordítja ki a beleket, te bolond!

– Akkor majd a „felsőbb erő" teszi meg, akiről Joel magyarázott. Aki a bázis alatt él. Mondtam én, hogy van valami lény itt! Már az elején megmondtam!

– Én arra nem emlékszem.

– Igazad van, ne haragudj. Az még a múlt héten volt. Mindegy. Joel akkor is megerősítette, hogy jól gondolom. Szerinte is van itt valami. Ha nem a katonák végeznek ki, és nem törjük el a lábunkat, továbbá nem robbanunk szét attól, hogy pár méterrel a kék vonal mellett érnénk földet, akkor majd a lény, amelyik a bunker alatt él, elkap és kettéharap! Jó kis kilátások ezek.

– Thomas? – kérdezte Kat.

– Igen?

– Mondták már neked, hogy kissé pesszimista vagy? Te valójában egy nagyon okos fiú vagy, és nem is hinnéd, milyen jópofa. De néha az agyamra mész, komolyan mondom!

Épp elnézést akartam kérni tőle, mert tudtam, hogy igaza van, de már nem tudtam kommentálni a dolgot, mert közbevágott:

– Odanézz! Ott a vége!

Tényleg látszott a réseken keresztül a pont, ahol véget ér a kék vonal.

– Te, Kat, mi lenne, ha nem ugranánk le egyáltalán?

– Hogy érted? Éhen akarsz halni idefent? Nem pont te helyezted ezt az előbb kilátásba?

– Nem úgy értem. Mi lenne, ha egyszerűen továbbmásznánk, és idefent lépnénk át azt a bizonyos láthatatlan határt?

– Nem lehet.

– Miért?

– Nem látod? Nem tart odáig a szellőzőjárat. Nemcsak a kék vonal odalent, de a cső is véget ér, amiben most haladunk. Nézd!

Nem nagyon láttam, mert túl sötét volt, de alaposan hunyorítva és kimeresztve a szemem, nagyjából érzékeltem, hogy mire gondol. Tényleg úgy tűnt, hogy hamarosan véget ér az egész a cső. Két választásunk maradt hát: Vagy valóban leugrunk, és esetleg lábunkat törjük, vagy visszafordulunk.

Létezett egy harmadik opció is, miszerint az idők végezetéig bolyongunk ezekben a csövekben férgekként a hasunkon csúszva, az éhségtől megőrülve, egymást marcangolva, de ezt inkább nem számoltam bele. A lábtörés valahogy ennél azért szimpatikusabb volt.

– Melyik lemezt próbáljuk meg kifeszíteni? – kérdeztem.

– Nem tudom. Azok, amelyekbe csak rések vannak vágva, szerintem túl erősek. Egy rácsot viszont talán ki tudnánk rúgni valahogy.

– De az óriási zajt fog kelteni!

– Amúgy is zaj van itt mindenütt. Egyébként meg talán van jobb ötleted? Hoztál esetleg csavarhúzót magaddal, hogy kitekerjük egy rács összes tartócsavarját? Ráadásul belülről?

– Nem, de mi lenne, ha nem rúgnánk, hanem csak kinyomnánk? Ha mindketten nekifeszülünk, négy láb már csak kifejt akkora erőt, hogy kinyomjon egy olyan vacak rácsot, azaz elengedjenek a csavarjai!

– Rendben. Az valóban halkabb lenne. Bár, amikor leesik a rács odalent, az mindenképp zajjal jár majd. Egyébként sem tudom, hogy ebben a szűk csőben helyezkedhetünk-e egyáltalán úgy, hogy mindketten nekifeszítsük a talpunkat.

Pár méterrel arrébb meg is találtuk a megfelelő kijáratot. Vagy legalábbis ezt sem tűnt lehetetlenebb vállalkozásnak kifeszíteni, mint bármelyik másik rácsot. Így hát nekiláttunk.

Egy ideig összevissza forgolódtunk, mint két földigiliszta, aminek lecsapták ásóval azt a végét, ahol a feje van, és most a másik végével próbál gondolkodni, és jutni valamire a nyomorult kis életével.

Itt egy kicsit szélesebb volt a cső, ezért is választottuk ezt a rácsot kijáratnak. Többször sikerült megfordulnunk, de valahogy soha nem a megfelelő irányba vagy szögben. Egyszer sikeresen át is henteredtem Kat egész testén. Nos, az kissé zavarba ejtő volt! Bár nem mondom, hogy rosszul esett, ahogy egy pillanatig feküdtünk egymáson, de azért akkor sem volt kimondottan illendő, ahogy nyögve rátehénkedtem, és az arcába lihegtem, mint egy elhízott medve, amelyik már lusta széttépni az áldozatát, így inkább bűzös leheletével halálra kínozza.

Az én szájszagom sem lehetett túl kellemes. Benyeltem már vagy három kiló port útközben. Katé, mondjuk, nem tűnt zavarónak. Sőt, enyhén mentolos volt a lehelete. Nem tudom, miért. Valahogy ő képtelen gusztustalan lenni. Még koszosan sem az. Én ezért is érzem magam mellette állandóan annak. Hozzá képest még akkor is koszos lennék és büdös, ha egy napon át áztatnám magam egy folyékony mosószerrel teli kádban. Akkor is bűzlenék, csak másképp. Vannak olyan emberek, akiknél a bűz talán már a lélekből fakad. Azt hiszem, én is ilyen vagyok. Bár mások ezt lehet, hogy inkább úgy mondanák gúnyosan, hogy „torz az énképed, fiam, és önértékelési zavaraid vannak." Hát nem tudom. Szerintem a bűz, az bűz, hiába is cifrázzuk.

Szóval véleményem szerint nem volt kellemes a szájszagom, ahogy kutya módjára Kat arcába csaholtam fetrengés közben, de ő nem reagálta le a dolgot. Igazán kedves tőle. Végül aztán felvettünk egy kevésbé kínos és működőképesebb pozíciót, majd hátunkat fura szögben a cső falának vetve, lábainkkal elkezdtük nyomni a rácsot kifelé, azaz valójában lefelé.

Eleinte úgy tűnt, nem akar megmozdulni.

– *Nem fog menni*! – nyögtem, miközben úgy éreztem, mindjárt összecsinálom magam az erőlködéstől.

– Tom! Tudod: pesszimizmus! Nem festjük előre az ördögöt a falra! Akkor tényleg nem fog sikerülni! Én bízom benne, hogy sikerül. Te is így állj hozzá.

És abban a pillanatban, ahogy ezt kimondta, hihetetlen, de a rács megmozdult!

– Ezt hogy a fenébe csináltad? – kérdeztem.

– Például úgy, hogy teljes erőmből nyomom, ahelyett, hogy panaszkodnék! – nevetett Kat, bár inkább nyögdécselésnek hangzott.

Ekkor én is még jobban nekiveselkedtem.

Ismét megmozdult a rács, most már reccsent is egyet valahol, majd pattanó hangot hallottunk.

– Ne engedd leesni! – kiabált rám Kat.

Először azt sem tudtam, miről beszél, majd kapcsoltam, és odakaptam a rácshoz!

Az utolsó pillanatban fogtam meg, mert valóban elengedett, és leesett volna, ha nem kapom el. Jó nagy zajt csapott volna, ha hagyjuk lezuhanni. Így csak egy csavar apró feje hullott alá. Annak a hangját hallottuk az előbb, ahogy pattanva letört. Most a frissen támadt nyíláson keresztül jól láttuk, hogy esik lefelé, lefelé és lefelé... – hú, de magasan vagyunk! – majd végül földet ért, és arrébb pattogott.

Szerencsére nem csapott túl nagy zajt, csak halkan koppant néhányat odalent.

– Biztos, hogy csak három méter magasan vagyunk? – kérdeztem. – Nekem kicsit hosszabbnak tűnt az a zuhanás!

– Hát... bárhogy is, de ha egyszer itt vagyunk, ugorjunk már le egy pohár sörre – viccelődött Kat. Aztán elkomolyodva hozzátette: – Figyelj, Tom, nincs más választásunk. Én sem tudnék már tovább mászni. Elfáradtam. Ott a láthatatlan fal mögött talán van esélyünk a túlélésre. Nem tudom, hol keresnek most minket, de itt még nincs senki. Próbáljuk meg. Ennél jobb ötletem sajnos nincs.

– Nekem se – mondtam szomorúan. Pedig szerintem három méter helyett lehet, hogy akár négy-öt méterre is lehetünk a talajtól. Ilyen magasból szinte biztos, hogy összetörjük magunkat. De akkor sem tudtam jobb megoldással előállni, úgyhogy rábólintottam: – Kezdjük. Lesz, ami lesz!

És ekkor eszembe jutott, hogy lehet, hogy most látjuk egymást utoljára. Talán odalent azonnal nyakunkat törjük, és meghalunk.

Ha a vonal mellé esünk, akkor pedig valami más végez velünk. De lehet, hogy mindjárt ideérnek a katonák, és azonnal tüzet nyitnak ránk.

Így vagy úgy, de elképzelhető, hogy ez életünk utolsó két másodperce.

Így hát Kat útmutatását követve úgy döntöttem, hogy lépek, amikor eljön a megfelelő alkalom. Nemcsak gondolkozom rajta, hanem meg is teszem! Egy hirtelen jött őrült ötlettől vezérelve odahúztam magamhoz a lányt, és megcsókoltam!

Először azt hittem, hogy el fog lökni, és vagy leesek a nyíláson keresztül, vagy csak beverem a fejem a cső hátsó falába. De nem lökött el. Visszacsókolt. Valami őrjítően jó volt! Még sosem csókoltam meg senkit ezelőtt. El sem tudtam képzelni, hogy milyen érzés lesz. Hát... azt hiszem, minden várakozást felülmúlt!

És pont most kell meghalnom?! Az nem lehet! Ha léteznek ilyen dolgok az életben, mint amit ebben a pillanatban élek át, akkor még nem érhet véget az egész. Még meg kell érnem hasonlókat. Remélhetőleg vele: a lánnyal, akibe szerelmes vagyok.

Nem tudom, mennyi ideig tarthatott a csók, de nekem hosszú óráknak tűnt. Teljesen beleszédültem.

Arra tértem végül magamhoz, hogy Kat szemei már távolabb kéklenek tőlem a félhomályban, a szemembe néz, és két tenyere között az arcomat fogja.

– Induljunk – mondta. – És tanulj meg bízni. Nem vagy te olyan rosszképű srác egyébként, nehogy azt hidd! Valójában az első pillanattól kezdve tetszel. Úgyhogy segíts lemászni, és én tartani fogom magam, ameddig tudom. Mássz le rajtam jó gyorsan, mielőtt még elszáll az összes erő a kezeimből.

– Igenis, hölgyem! – mondtam csodálattal. Persze vicceltem is, de részben komolyan is mondtam. Csodáltam őt. Nemcsak a szépségét, de a bátorságát is. Szerintem én nulla vagyok hozzá képest.

Kidugta az egyik lábát a nyíláson, majd a másikat is. Elkezdett hátrafelé csúszva leereszkedni. Ekkor még én is fogtam őt, amennyire csak tudtam, hogy segítsek neki. Majd elérkezett a pillanat, hogy már csak a két kezével tartotta magát, úgy, ahogy azt eredetileg tervezte.

Nem lehetett könnyű dolga. Annak a vacak szellőzőnyílásnak elég keskeny, majdhogynem éles volt a kerete, amiből kiesett a rács. Eléggé vághatta Kat kezét, de nem panaszkodott. Sőt, még engem biztatott:

– Gyerünk! Mássz le rajtam. Sikerülni fog!

Úgyhogy én se tökölődtem tovább! Kiküzdöttem magam a nyíláson, és először a perembe kapaszkodtam, majd egyik kezemmel megragadtam Kat vállát, hogy áthelyezzem rá a súlyomat.

El sem tudtam képzelni, hogy hogyan fog tudni megtartani kettőnket, de próbáltam bízni, ahogy ő is szokott.

Szegénynek jó erősen megmarkoltam a vállát. Tuti, hogy meg fog kékülni, de hát nem lehet csak óvatosan megfogni valamit, ha az ember az egész súlyát azzal az egy kezével tartja meg.

Másik kezemmel kalimpáltam egyet, mert elsőre nem tudtam, hogy hol fogjam meg a testét. Aztán végül elkaptam vele a másik vállát. Így lógtam rajta egy pillanatig.

– Nagyon nehéz vagy – nyögte Kat.

– Tudom – ziháltam. – Még magamat is alig bírom el.

– Nem baj. Egy kicsit még tudom tartani kettőnket – nyögte. – Mássz!

Először nem tudtam, hogyan csináljam. Attól féltem, hogyha elkezdek őt átölelve lefelé araszolni rajta, mint egy fán csimpaszkodó koala, akkor egyszerűen le fogom húzni róla az egész ruháját, vagy legalábbis a nadrágját. Ő majd odafent marad pucéran lógva, én meg a ruháival a kezemben összetöröm magam odalent, mint egy perverz, aki megérdemelte sanyarú sorsát.

De hál' Istennek a farmer elég erős anyag. És nemcsak a dzsekije volt abból, de a nadrágja is. Ha szoknyában lett volna, akkor biztos, hogy pontosan az történik, amit elképzeltem. Így viszont rajta maradt a ruha, és nagy nehezen elkezdhettem lemászni rajta. Nem volt könnyű, de annál azért egy fokkal jobban ment, mint képzeltem. Már kissé lejjebb jártam, és örültem, hogy ezek szerint működik a módszer. Még a végén tényleg lejutunk egy darabban!

Közben, mondjuk, átfutott az agyamon a felismerés, hogy ebben a pillanatban épp Katet átölelve a mellei közé fúrom az arcom, mert annyira kapaszkodok belé, de nem maradt már idő ilyen apróságokon fennakadni. Na meg amúgy sem volt olyan rossz, hogy leálljak panaszkodni miatta. Ő valószínűleg észre sem vette, mert közben majd' szétvágta a kezét az az éles perem.

Már a derekánál jártam... majd még lejjebb eresztve magam a térdeinél. Itt nehezebbé vált a kapaszkodás, ugyanis csak ölelni tudtam, mint egy karcsú fatörzset, kapaszkodni már nem nagyon.

Nem is igazán tudtam megmaradni ezen a ponton, egyszerűen lejjebb csúsztam egész a bokájáig! Először azt hittem, azonnal le is esek, de nem! Az utolsó pillanatban megakadtak a kezeim a cipőiben. Az egyiket azonnal le is rántottam róla sikeresen, és hallottam, amint döndül egyet odalent a rácson.

Eljött a nagy pillanat! Ennél lejjebb már nem mászhattam. Innen muszáj lesz egyszerűen elengednem Katet, és lezuhanni. Akármilyen magasban is vagyok. Eddig még nem mertem lenézni, csak őt néztem. Féltem tőle, hogy ha egyszer lenézek, sosem leszek képes elengedni.

De ekkor mégis lenéztem, és megláttam, mi vár rám:

– Azt a rohadt! – fakadt ki belőlem. – Ez még így is nagyon magas, Kat!

– E... – nyögte.

– Mi van?!

– E...jtőernyős...

És akkor véletlenül elengedtem! El sem akartam, egyszerűen kicsúsztak a lábai a kezeim közül! Máris zuhantam lefelé, pedig még rá sem készültem!

Közben úgy éreztem, lelassul az idő. Valószínűleg azért, mert a pániktól annyira szélsebesen kezdtek peregni a gondolataim, hogy agyműködésemhez képest az idő megszokott folyása már lassúnak tűnt.

Így hát volt még pár pillanat, hogy elgondolkozzam rajta, mit akart Kat mondani. És végül eszembe jutott: Ejtőernyős ugrás!

Ahogy leértem a földre, azonnal oldalra gurultam, hogy ne egy az egyben a lábaimat és ízületeimet érje a becsapódás. Ha az ember leérkezéskor oldalra hengeredik, az nagy mértékben tompítja a testére ható óriási ütközés erejét. Nem vagyok egy nagy ejtőernyős/vadászgéppilóta-szakértő, de ennyit azért még én is tudok. Ennyit még a ponyvahorrorokban is le szoktak írni.

Oldalra hengeredve valóban nem tűnt annyira életveszélyesnek a mutatvány. Jól odavertem mindenemet, de a jelek szerint azért egyben maradtam. Feküdtem ott a fémrácson még egy-két másodpercig levegő után kapkodva, majd gyorsan feltápászkodtam, hogy Kat alá álljak.

„Úristen, hogyan fogom tudni olyan magasból elkapni?" – pánikoltam magamban. „Szét fog lapítani, mint a Tom és Jerry-ben, amikor zongorát dobnak valakinek a fejére!"

Ettől függetlenül kimondtam, amit ki kellett. Lesz, ami lesz, én meg fogom próbálni elkapni. Akkor is, ha akaratlanul agyonüt azzal, hogy rám zuhan:

– Engedd el! – kiabáltam. – Én jól vagyok. Alattad állok. Elkaplak.

„Ja, persze!" – tettem hozzá magamban. „Mondja ezt az egér az elefántnak. Kb. ugyanannyira jók az esélyeim."

Kat nem sokat teketóriázott, eleresztette a peremet, és zuhanni kezdett egyenesen rám.

Azt hiszem, ez a pillanat most még annál is ijesztőbb volt, amikor én estem le az előbb. Most ugyanis lelki szemeim előtt már mindkettőnk életét láttam véget érni...

Nos, az ütközés bizony igen fájdalmas volt. Fel sem fogtam, végül tulajdonképpen hogyan kaptam el. A lényeg, hogy alatta voltam, és amikor rám esett, valahogy megfogtam, és együtt hengeredtünk a földön úgy, ahogy már nekem is sikerült az előbb.

Kilencedik fejezet: Odaát

– Tom! – hallottam egy távoli női hangot. – Hallasz engem? Ébredj!

– Anya? – kérdeztem.

– Tom, ébredj fel! Térj magadhoz!

– Jaj, ne! Megint hétfő van? Tudom, tudom: elkések. De már nem érdekel. Joel úgysem tanít többé. Vegyük úgy, hogy nyári szünet van. Drakula gróf elment nyaralni.

– Tom, miről beszélsz? Térj már magadhoz!

– Anya, hagyj békén! Egyszer az életben hadd aludjam ki magam! Fáradt vagyok. Biztos a D-vitamin hiány, vagy tudom is én, mi az oka.

– Tom, te félrebeszélsz. Szerelmem, szerintem te agyrázkódást kaptál.

– Mi? Minek neveztél?

Megdörzsöltem a szemem, hogy jobban lássam anyám arcát, de még így sem volt teljesen tiszta a kép.

– Anya, minek neveztél? Most hülyéskedsz, vagy mi?

– Tom, Katherine vagyok! Mennünk kell! Bármikor ideérhet a kivégzőosztag! Gyere, kelj már fel!

Nem ugrott be teljes bizonyossággal, hogy ki is ez a lány, de úgy tűnt, ismer engem. Ráadásul meglehetősen jó csaj. Még akkor is, ha tiszta kosz a ruhája. Úgyhogy hallgattam rá. Felkeltem, és felálltam...

Azaz csak próbáltam, mert egyből dőlni kezdtem valamilyen irányba. Nehéz megmondani, hogy merre. Valamerre a padló felé.

– Várj! – mondta a csinos lány. – Foglak! Támaszkodj rám. Nagyon beverhetted a fejed! Sajnálom, hogy úgy rád estem.

– Kat?

– Ezek szerint már megismersz? – mosolygott boldogan a szőke lány.

– Még nem tudom. Egyelőre csak ízlelgetem a nevedet. De eléggé ismerős vagy. Jóban vagyunk? A húgom vagy, vagy ilyesmi?

– A húgod mikor mondana olyat neked, hogy „szerelmem", te szerencsétlen?!

– Ja, tényleg! Bocs. Akkor csak menjünk, amerre mondod. Nekem mindegy. Én ráérek ...gondolom.

– Marhára nem érünk rá, Tom. Egy kivégzőosztagot küldtek a keresésünkre! Meg akarnak ölni!

– Ajjaj. Ráadásul ezen az űrhajón? Tisztára olyan a padló, meg ez a járat, mint valami folyosó egy sci-fi filmben.

– Ez a valóság, Tom, térj már magadhoz, könyörgöm! Szükségem van rád!

– Jó, jó, itt vagyok, na! Nem igazán értem, hogy hol vagyunk, és ki kivel van, de segítek oké? Nyugi! Kicsit most mintha jobb lenne a szédülésem is.

– Jaj, de jó! Tudsz jönni?

– Megpróbálok. Már jól vagyok, ne aggódj! Szóval akkor nem űrhajón vagyunk?

– Jézus! Még hogy jól vagy! Neked a maradék eszed is elment, te dinka! Gyere már!

– Szóval akkor nem űrhajón vagyunk.

– A föld alatt vagyunk a kedvenc bunkeredben.

– Ez a kedvencem? Tényleg elég klassz. Olyan, mint egy sci-fi filmben. És mi ez a kék vonal? Ez vezet a kapitányi hídra?

– Igen, persze. De le ne lépj róla! Akkor Kirk kapitány a Star Trek-ből lelő egy lézerpisztollyal! Ez ugyanis a legnagyobb tiszteletlenség errefelé, az űrben.

– Jó, oké. Értettem. Maradok a vonalon. De ott, előttünk megszakad, tudsz róla? Onnan akkor hová megyünk tovább?

– Azt még én sem tudom, édesem. Átlépünk ott valamin, aztán lesz, ami lesz. Jobban örültem volna, ha közben te is magadnál vagy, de legalább életben vagyunk, már ez is valami.

– Már ez is valami... – ismételtem gépiesen. Valahogy tetszett a hangzása.

– Gyere, fogd meg a kezem – mondta a Kat nevű lány.

– Fogd meg a kezem – ismételtem. Ennek is tetszett a hangzása. Előrenyúltam, hogy megfoghassa. Meg is tette. Kedves lánynak tűnt. Elég puha és tiszta volt a keze a ruhája koszosságához és szakadtságához képest. Szerintem nem lehet csavargó. A húgom lenne? Nem. Már az előbb is mondta, hogy nem az. Azt sértőnek találta vagy mi. Még mindig nem értem, hogy hol vagyok és kicsoda ő, de hallgatok rá, mert látszik rajta, hogy jót akar, és nagyon meg van rémülve. Ezek szerint tényleg bajban vagyunk.

– Tom, készülj fel – mondta a lány a vonal végén állva. Odaléptem mellé én is. – Most átmegyünk valahová. Nem tudom, hová, de ha már nem találkoznánk többé, tudnod kell, hogy szeretlek téged. Ugye tudod?

– Szeretlek téged – ismételtem utána. – Ugye tudod?

– Tudom, drágám – mosolygott a lány. – Gyere. – Előrelépett, és húzott magával engem is.

Nem éreztem, hogy bármin is átléptünk volna, mint ahogy az előbb mondta. De tény, hogy a következő pillanatban már egy egészen más helyen voltunk.

– Ó, te jóságos ég! – fakadt ki a lányból. – Mi ez a hely?!

– Azt mondtad, nem az űrben vagyunk... – mondtam neki frusztráltan. Nem értettem, miért nem mondott igazat. – Pedig az ott egy űrhajó, nem?

– Az? – kérdezte a Kat nevű lány. – Az bizony eléggé annak tűnik. Olyan, mint egy ufó.

– Ja, mint egy valódi sci-fi filmben. A kapitányi hídra tartunk?

– *Tom, halkítsd le magad!* – figyelmeztetett a lány. – *Nem tudom, pontosan hol vagyunk, de lehet, hogy veszélyben van az életünk. Fel tudod ezt fogni?*

– *Azt hiszem, igen* – suttogtam. – *Nem szabad hangosan beszélni.*

– *Pontosan.*

– *Még mindig homályosan látok* – panaszkodtam újdonsült barátnőmnek. – *Mi ez a rengeteg fehér a padlón? Hó?*

– *Nem. Nem tudom, mi ez. Valami műfűhöz hasonló fehér anyag. Sosem láttam ilyet. Olyasmi, mint amit hangszigeteléshez használnak, azt hiszem.*

– *Az tök jó! Azt hittem, havazik, vagy ilyesmi. És mik ezek a fekete vonalak körülöttünk? Nem látok tisztán. Törmelék? Szilánkok? Ugye nem törtem össze semmit? Kat, valami bajt csináltam?*

– *Nem, drágám. Ezek ceruzák. Rengeteg szemceruza.* – Ekkor könnyek kezdtek folyni a lány arcán. Nem láttam tisztán, de azt igen, hogy a szemei alatt mindenhol csillog a bőre. Egyből megsajnáltam szegényt.

– *Mi bajod?* – kérdeztem. – *Nem szereted a szemceruzákat? A lányok szeretik az ilyesmit, nem? Miért nem veszel fel párat? Biztos nem bánják az ufók, ha egyszer így szétdobálták őket.*

– *Nem, köszönöm* – mosolygott a lány könnyes szemmel. – *Tudod, apám nem örülne, ha sminkelni kezdeném magam. Ó, Tom, bárcsak felfognád te is, hogy mi van itt! Fogalmam sincs, mit csináljunk! Most már semmit sem értek! Hogy kerülhet ide ennyi ceruza?! Ezeket mind én dobáltam volna át ide? Ne! Inkább ne válaszolj! Csak hangosan gondolkozom. Hogy lehet itt ennyi?*

– *Mennyi?* – kérdeztem. – *Nekem legalább ötvennek tűnik, de lehet, hogy kettős látásom is van. Valóban jól beüthettem a fejem.*

– *Nem, ezt most kivételesen jól látod. Én is annyira becsülöm. Létezik, hogy már ötvenszer végigcsináltuk ezt az egészet? És mi lett a vége minden alkalommal? Apámék kivégeztettek minket? Lehet, hogy akkor igazából nem is vagyok a lánya? Ki igazából az az ezredes? És ki vagyok én? Kik vagyunk mi? Miért csináltuk végig ennyiszer ezt a két hetet? Egyáltalán mi csináltuk végig? Lehet, hogy nem is ennyiszer törölték a memóriánkat, hanem ezeket a ceruzákat más és más Kat nevű emberek dobálták át ide? Hányadik Tom és Kat lehetünk akkor mi? Lehet, hogy csak másolatok vagyunk? Mi is szintetikus emberek lennénk? Vagy klónok?*

– *Kezdesz megijeszteni* – mondtam ki őszintén. – *Nem igazán értem, hogy miről beszélsz, de nekem ez eléggé baljósan hangzik. Tényleg olyan nagy a gáz, mint amilyennek hangzik?*

– *Sajnos igen. Tom, nem tudom többé, hogy kik vagyunk. Egyszerűen fogalmam sincs. Azt sem, hogy miért akarnak megölni minket, és azt sem, hogy mi ez a hely. Az ott, elöl nekem is egy ufónak tűnik, és azért nem hallottuk leesni a ceruzát, mert ez a műfűszerű fehér bevonat a padlón elnyelte a hangját, amikor leesett. Ennyit tudok.*

– *Már ez is valami* – nyugtattam meg. – *Én még ennyit sem tudok* – vallottam be őszintén. – *Te, Kat, az ott nem egy ufó?*

– De igen, drágám. De ezt már megbeszéltük. Beütötted a fejed, és úgy tűnik, időnként önmagadat ismétled.

– Ennyire azért nem vagyok hülye, Kat. Nem az űrhajóra gondolok. Az a lény, amelyik felénk közelít, nem olyan, mint egy ufó? Tudod, mint a filmekben? Úgy értem, egy űrlény.

– Ó, te jó Isten! Eddig észre sem vettem! Honnan került ez ide? Most mit csináljunk? Lehet, hogy megöl minket? Van vagy két és fél méter magas! Le fogja tépni a fejünket, ha ideér!

– Te, Kat, mondták már neked, hogy kissé pesszimista vagy? Szerintem várjuk meg, míg ideér. Nem tűnik annyira fenyegetőnek. Én bízom benne, hogy nem akar nekünk rosszat – fogtam meg bátorítólag a lány kezét. – Garantálni nem tudom, de bízom benne. Te is így állj hozzá. Akkor biztos nem lesz baj.

– VÉGE A MÁSODIK RÉSZNEK –

GABRIEL WOLF
A búvóhely

(Odalent #3)

Arte Tenebrarum Publishing
www.artetenebrarum.hu

Szinopszis

A búvóhely („Odalent" harmadik rész)

Ebben a harmadik, befejező epizódban végre fény derül az igazságra a következőkkel kapcsolatban:
– Kicsodák Thomas és Kat szülei?
– Valóban él-e valami természetfeletti lény a bunker alatt?
– Kik dolgoznak igazából a bázison?
– Kijutnak-e valaha a fiatalok a föld alatti bunkerből?
...valamint: érdemes-e egyáltalán kijutni onnan?

Ebben a részben olyan kérdésekre kapunk választ, és olyan fordulatokkal találjuk szembe magunkat, ami Thomas és Kat életét örökre megváltoztatja.
És nemcsak az ő életüket, de az egész világot.

Első fejezet: Idegen

– Én akkor is el akarok tűnni innen! – váltott a Kat nevű lány suttogásból hirtelen hangos beszédre. Már teljesen egyértelmű volt, hogy a lény észrevett minket. Én is láttam, hogy felénk közeledik, pedig még mindig szédelegtem, és az egész minket körülvevő világból csak homályos foltokat tudtam kivenni.

– Nem mehetünk vissza! – emlékeztettem. – Te mondtad, hogy veszélyben vagyunk.

– De hát itt is!

– Miért? Igazán lassan közelít. Nem tesz semmilyen fenyegető mozdulatot.

– De, Tom, te tényleg nem látod, hogy hogy néz ki?!

– Hát, most, hogy mondod... nem igazán. – Mivel a teremtmény nagyon lassan közelített, így volt még egy-két másodpercünk udvariatlanul kibeszélni őt a háta mögött, mielőtt fejvesztett menekülésbe kezdtünk volna előle. – Én csak annyit látok belőle, hogy olyasmi, mint egy kopasz, görnyedt hátú ló. Vagy mint egy olyan földikutya... tudod, amelyik két lábra állva nézelődik... csak ennek nincs szőre, és elég nagyok a szemei.

– Ennyit látsz belőle? Tom, akkor neked tényleg komoly fejsérülésed lehet! Ez az izé borzalmas! Egy igazi szörny! Óriási hegyes fogai vannak, és olyan hosszú és vastag fekete karmai, mint az alkarod! A fejedet is le tudná szedni vele!

– Jézus! – ijedtem meg most én is. Hátrálni kezdtem a lány után. Ő már időközben elindult visszafelé.

Ekkor azonban egy hang megállított minket:

– Várjatok! Ne menjetek sehová. Végre itt vagytok! Megkaptátok az üzenetet? Észrevettétek a jelet?

– Ki az? – kérdezte Kat. – Ki beszél?

– Én – jött a válasz valahonnan.

– Hol van? – kérdeztem bizonytalanul és egyre ijedtebben. Az az izé ugyanis egyre közelebb settenkedett hozzánk. – Én sem látom, ki beszél! És amúgy sem látok szinte semmit! Úgyhogy mi akkor mentünk is innen! Na, viszlát!

– Várjatok! Én beszélek hozzátok – emelte fel egyik karmos kezét (vagy inkább lábát?) az idegen.

– Az nem lehet – hitetlenkedett Kat. – A hang nem abból az irányból jön! Ki csinálja ezt? Miért szórakoznak velünk?!

A lény közben olyan közel ért hozzánk, hogy innentől már én is ki tudtam venni külsejének részleteit.

– Aztarohadt! – fakadt ki belőlem. Tényleg nagyon durván nézett ki. El sem tudnám mondani, hogy mennyire. Aki még soha életében nem látott ilyet, az bizony örülhet neki! Én is szívesen elfelejtettem volna. Akár most azonnal. Ez rosszabbnak tűnt, mint bármilyen horrorfilm, mármint ijesztőbb! A lénynek óriási, pupilla nélküli szemei voltak, mint egy valódi ufónak, azaz ufonautának egy filmben, de a teste csak annyira hasonlított azokra az ártalmatlan, béna kis izékre, hogy ez is kopasz és teljesen szőrtelen volt, továbbá szürke színű bőrrel és nyúlánk, csenevész végtagokkal rendelkezett. De ezeket leszámítva egészen máshogy nézett ki! Katnek volt igaza: borzalmasan!

Az idegen szürke bőre sem tűnt olyan simának, mint a filmbeli marslakóknál. Ennek ráncok borították az egész testét, mint egy százéves nyanyának vagy múmiának! A karmai pedig valóban akkorák voltak, hogy simán lekapná velük a fejemet, mint amikor kullancsot szed ki az ember. Csak csavarintana egyet, és kész! Ja, és amit Kat elfelejtett említeni: a hátsó lábai patákban végződtek!

„Ez maga az öreg Ördög!" – mondtam magamban rémülten. És tényleg láttam rá némi esélyt, hogy az. Miért ne lehetne, ha egyszer pont úgy néz ki?!

Már réges-rég rohantam volna valamerre, ha nem kezdett volna el beszélni az előbb. Nem is tudom, egyáltalán miért tartott ez vissza idáig. Mit számít, hogy tud beszélni?! Ki nem szarja le?

– Futás! – mondtam Megnek, vagy hogy is hívják ezt a lányt.

– Várjatok! – intett ismét a lény. Megállt, és most hátrafelé tett egy lépést. – Nem akarok ártani nektek. – Ekkor megtorpantunk. Nem tudtuk eldönteni, mit csináljunk. A lány azt mondta, odaát veszélyben vagyunk. De hát itt ugyanúgy! Mivel azonban a szörny valóban

190

megállt, és nem támadt ránk csattogó agyarakkal, hogy letépje valaminket, így valóban lehetett rá némi esély, hogy értelmes élőlényről van szó. Talán akkor tényleg nem is ellenséges. Bár lehet, hogy csak *alattomos!* Képes beszélni, de lehet, hogy kizárólag arra használja, hogy manipulálja az áldozatait és a halálba dumálja őket! Mint egy groteszk módon értelmes pók, aki rábeszél mindenkit, hogy sétáljon bele a ragacsos hálójába, és próbálja ki, hogy milyen puha és rugalmas: „Ugrálj rajta párat! Meglátod, tök jó lesz! Olyan, mint egy gumiasztal a cirkuszban!" Ja! Aztán azon kapod magad, hogy beleragadtál, és közben a pók pofán szúr téged a hegyes, mérgezett csáprágójával, vagy amijük azoknak a dögöknek van!

– Nincsenek csáprágóim, és nem eszem embert – mondta a lószerű, kopasz testű borzalom.

– Mi?! – hörrentem fel. – De hiszen az előbbit ki sem mondtam hangosan!

– Ez olvas a gondolataidban? – kérdezte Kat.

– Nemcsak az övében olvasok – mondta az idegen. – Mindkettőtökében. De nyugodjatok meg, nem eszem húst. Mi nem vagyunk ragadozók.

– Mi ez a hirtelen többesszám? – rezzent össze a lány. – Hányan rejtőznek még ideát?

– Vagyunk egy páran, de ez nem az, amire gondolsz. Mi nem rejtőzünk. Itt élünk. Már nagyon régóta.

Kat eldöntötte, hogy habár őrjítő, hogy hogy néz ki ez az izé, mégis ad neki egy esélyt. Végül is nem szép dolog az előítélet, a másik pedig, hogy a túloldalon úgyis csak a biztos halál várna rájuk. Itt viszont, ha ez az élőlény igazat mond, akkor legalább egy ideig biztonságban lehetnek. Talán ide még az apja sem mer átjönni. Ha az ezredes tudja, mik tanyáznak a láthatatlan fal túloldalán, akkor biztos nem!

Így hát a lány eldöntötte, hogy egyelőre belemegy a játékba, és szóba áll az idegennel.

Legalábbis szerintem ez járt a fejében. Most megfogta a karomat, és engem is visszahúzott, hogy maradjak, ne rohanjak el.

– Honnan szól hozzánk? – kérdezte Kat. – Miért nem a szájával beszél?

– Nem szoktam. Nem tudok. Nekünk nincsenek hangszálaink. Sőt, nem is a fejünkben van az agyunk, mint nektek. Egész máshogy épül fel a testünk. A beszédközpontunk és az agyunk túl messze van a szánktól ahhoz, hogy evolúciónk során verbális kommunikáció alakuljon ki a mi fajunknál is.

– De hát ez is verbális, nem? Most is beszél!

– Nem szavakkal teszem, hanem gondolatokkal. Telepata vagyok. Ezért hallom a gondolataitokat.

– Meg – szóltam a lányra –, vigyázz, mikre gondolsz! Ne árulj el neki semmit!

– Először is Kat vagyok – felelte. – Hogy érted? Mit ne áruljak el?

– Mit tudom én! Semmit! Azt meg pláne ne, amit tudni akar!

– Túl sok fantáziakönyvet olvasol, fiam – mondta a lény. – Te nem hadifogoly vagy, vagy ilyesmi. Senki sem vallat téged. Bármire gondolhattok, nem fogom felhasználni a fajotok ellen.

„Meglepően értelmesnek tűnik ez a dög" – gondoltam magamban. „Affrancba! Lehet, hogy ezt is hallotta? Ha igen, akkor elnézést, Mr. Ráncfej!"

– Mit tud maga a könyvekről? – kérdeztem. – Fantáziakönyv? Az meg mi?

– Nem így hívjátok őket? Azokat az papírlapokból álló olvasnivalókat, amikben fantáziatörténetek vannak.

– Ja, de. Majdnem. Én főleg horrort olvasok. Legalábbis így rémlik, mert eléggé homályosak az emlékeim. Azt hiszem, sok horrort elolvastam már, és maga sajnos pont beleillik egy olyan „fantáziakönyvbe", hogy őszinte legyek. Mégpedig a legrosszabb fajtába!

– Ego sum, qui sum – felelte a lény nehezen megállapítható szándékkal és hangsúllyal. – Ez azt jelenti a ti földi, latin nyelveteken, hogy „vagyok, aki vagyok". Egyébként ti sem vagytok túl vonzóak az én számomra, annyit hadd mondjak el. Rendkívül sima a bőrötök. Szerintem kissé riasztó ez a dolog. Nem érzem természetesnek.

– Riasztó? – néztünk egymásra. Majdnem elröhögtük magunkat. Még ő mondja?! Úgy tűnik, van ennek az izének valamiféle humorérzéke. Talán.

192

– Igen – bólintott rá. – Tisztában vagyok a humor fogalmával. Bár mi elég ritkán használjuk.

– Ezt is csak gondoltam! Akkor maga tényleg mindent hall! Elnézést akkor az előbbi „dög"-ért.

– Semmi gond. Nem ismerem azt a szót.

– Nem jelent ám olyan rosszat! – magyarázkodtam. – Csak olyasmit, mint az „izé", azaz amiről nem tudjuk pontosan, hogy micsoda. Nem igaz, Jenny? – kérdeztem a húgomat.

– Fiam, le kéne ülnöd – figyelmeztetett az idegen. – Most már látom, hogy valóban súlyos az állapotod. Ezért jöttetek hát ide? Segítségért? Nem a jelzésem miatt érkeztetek?

– Milyen jelről beszél? – kérdezte a lány. – Igen, valóban segítségre lenne szükségünk. Menekülésben vagyunk.

– A fenyőfáról beszélek – mondta az idegen. – A villogó fenyőfáról a kijelzőn.

– Fenyőfa? – értetlenkedett a lány. – Nem tudok semmi ilyesmiről. És te? – kérdezett engem.

– Én semmire sem emlékszem. Nekem sem rémlik.

– Gyertek velem! A fiúnak súlyos az állapota.

– Honnan tudja azt maga? – kérdezte a lány. – Tom csak elesett! Kicsit beütötte a fejét, ennyi.

– Látom, hogy annál sokkal nagyobb a baj! Ti elhagytátok a vonalat?! Miért?

– Nem hagytuk el – sütötte le a szemét szégyenében a szőke hajú lány. – Elestünk. Mondom: menekülőben vagyunk! Ráestem Thomasra, és a súlyom arrébb taszította! Nem direkt csináltam! De aztán azonnal utána ugrottam, és visszahúztam a vonalra. De miért olyan nagy baj ez? Ez a „ne lépj le a vonalról" dolog nemcsak egy kamusztori, mint a félelmetes katonák, amik szintén nem is valódiak, csak műanyag utánzatok, mint a tanárunk?

– A vonal nem játék! – küldte a lény közvetlenül az agyunkba telepatikus szavait egyre sürgetőbb hangnemben. – Nem szabad lelépni róla! A fiúnak agyvérzése van. Nemcsak beütötte a fejét, de a vonal elhagyásának pillanatában elpattant egy ér a fejében. Most is vérzik! Bármelyik pillanatban meghalhat!

– Nem hiszek magának! – vitatkozott vele a lány. – Honnan tudna ilyeneket?

– Nemcsak a gondolataitokba látok bele, de a fejetekbe is. Fizikailag. Látom az érrendszereteket. A fiúnak elpattant egy ér a bal szeme mögött. Vékony átmérőjéhez képest erősen vérzik. Sürgős beavatkozásra van szüksége!

– Lindsey! – mondtam a barátnőmnek. – Azt hiszem, igazat beszél ez a kenguru vagy ki. A bal szememmel tényleg sokkal homályosabban látok, és valahogy az egész bal pofám le van zsibbadva. Nagyon rossz érzés. Lehet, hogy baj van. Nem érzem jól magam.

– Tom, vigyázz! – szólt rám a nővérem.

– Mire? – kérdeztem ijedten. De aztán rájöttem, mire célozhat. Megmozdult körülöttünk a szoba! Valahogy ferdén, nagyon fura szögben meglódult felfelé! – Te jó ég! Felszállunk? – kérdeztem. – Én mondtam, hogy ez egy űrhajó!

Nagyjából láttam homályosan és ferdén, ahogy Lindsey utánam kap. Akkor értettem meg, hogy nem a szoba van mozgásban felfelé, hanem én *lefelé*. Dőlök. Nem tudtam, milyen irányban, de már szinte éreztem, ahogy hamarosan feküdni fogok. Olyan érzés uralkodott el rajtam, mint amikor az ember este leteszi a fejét a párnára épp csak egy pillanattal azelőtt, hogy elaludna. Amikor már nagyon álmos, és egyszerűen csak hagyja, hogy elragadja, és magával rántsa a mélység. A puha, bársonyos sötétség. Akár a szivacs. Vagy mint egy párna. Bár itt nincs párna. Lehet, hogy fájni fog, amikor leérkezem?

Ez volt az utolsó gondolatom...

Aztán minden elsötétült.

Második fejezet: Musz

– Mintha megmozdult volna.

– Biztos, hogy életben van?! – kérdezte egy női hang vádló hangsúllyal. – Mit műveltek vele?

– Megmentettük az életét – mondta valaki vagy valami. Nem tudom, kitől jött a hang. Többen is voltak körülöttem a teremben.

Kezdtek ugyanis kitisztulni a dolgok. Először még csak a hangok, aztán amikor kinyitottam a szemem, a kép is. Bár még mindig erősen homályosan láttam.

Valami kényelmetlen felületen feküdtem, Kat pedig a lábamnál állt. Halálra volt rémülve, ezt azonnal meg tudtam róla állapítani. Az őt körülvevő zombik pedig érdeklődve figyeltek engem.

„Hé!" – eszméltem rá. „Mik?! Zombiik? Mi a szarok ezek?!"

Felugrottam, hogy felvehessem velük a harcot!

...azaz csak próbáltam, de még megmozdulni sem volt erőm. Képzeletben már három méterrel arrébb jártam, és hevesen viaskodtam azokkal a rémségekkel, hogy elragadjam és megmentsem tőlük Katet, de a valóságban csak bágyadtam bambultam magam elé, és épp csak a bal kézfejem középső ujja remegett meg egy pillanatra.

– Musz... – nyögtem.

– Hogy mondod? – kérdezte Kat.

– Muszáj eltűnnünk erről a pokoli helyről! Szörnyek állnak körülötted, te lány! Hogyhogy nem látod őket?! Láthatatlanok lennének? Csak az veszi észre őket, aki emlékszik? Lehet, hogy te a hamis D-vitamin miatt nem érzékeled, hogy körülötted állnak?! Én látom őket! Te nem?! – Ezeket akartam gyorsan elordítani Katnek. Képzeletben már el is daráltam mindezt, de a valóságban megint csak annyira futotta tőlem, hogy: – Musz...

– Igen, drágám – nyugtatott meg Kat. – Én is muszillak. De most inkább pihenj!

– Deee! – mutattam rájuk. – „Ezek a fenevadak körülvettek téged! Menekülj, amíg még teheted! Ne ellenkezz már velem! Az életed forog kockán!" – akartam mondani. De a „de"-n kívül több sajnos nem jött ki.

– De nem! – hurrogott le Kat. – Nincs vita! Ezek itt épp valami agyműtétet hajtottak végre rajtad. Pihenned kell, Thomas. Nagyon megijesztettél, hallod-e! Azt hittem, fel sem ébredsz többé!

– Menekülj! – most végre sikerült kimondanom egy értelmes szót! Na végre!

– Miért menekülnék? – kérdezte Kat.

– Lények! – nyögtem. – Mindenütt! Zombik! Lerohadt fejű, gyűrött hullák!

– Tudok róluk – mosolygott Kat. – Azért *ennyire* nem csúnyák. Én már kezdem megszokni a külsejüket.

– Mi?! – értetlenkedtem.

– Valószínűleg hallucinál – mondta egy hang valahonnan. – Ilyenkor ez indokolt. Idő kell, hogy helyreálljon az agyműködése.

Lehet, hogy igaza volt a hangnak, mert ahogy egy kicsit kitisztult a kép, most valahogy már kevésbé tűntek halottnak és lerohadt fejűnek. Bár, hogy őszinte legyek, annyival azért most sem voltak szebbek!

– Ne félj tőlük – nyugtatott Kat. – Segítettek. Nem is emlékszel rá, amikor átjöttünk hozzájuk? Adammel már találkoztunk.

– Adammel? – kérdeztem. – Én itt nem látok olyat.

– Ő az – mutatott Kat a mellette álló rémségre. – Ő jött elénk, amikor átléptünk az erőtéren.

– Nem néz ki Adamnek, már ne is haragudjon – mondtam annak a ráncos valaminek, majd lehunytam a szemem. Biztos voltam benne, hogy ha egy kicsit pihentetem, akkor újra kinyitva ki fog tisztulni a kép, és végre én is normálisan fogok látni, mint mindenki más. Látni fogom a fehér köpenyes orvosokat.

– Basszus! – fakadtam ki. Ugyanis újra kinyitva a szemem, valóban majdnem teljesen kitisztult a látásom, de azok az izék még mindig ott álltak körülöttünk! Ez így nem oké! Az egyik mintha vakarózott volna az óriási karmaival. A gyűrött bőre ettől borzalmas hullámokat vetett a testén! Mit csinál? Vakarózik vagy épp megnyúzza magát azokkal a konyhakés méretű karmokkal? – Mik ezek a lények?! – kérdeztem Kattól.

196

– Marslakók – mosolygott Kat.

– Valójában nem – mondta „Adam". – De tényleg nem erről a bolygóról származunk.

– Akkor viszont miért van emberi neve? – próbáltam beugratni. Valami itt nagyon nem stimmelt! Még nem tudtam, hogy álmodom-e ezt az egészet vagy valóban megtörténik, de ha ezek az izék léteznek, akkor nem hívhatják egyiküket se Adamnek, az biztos!

– Nincs nevünk – felelte az gondolat útján. – De ha veletek kommunikálunk, emberi neveket használunk, hogy könnyebben eligazodjatok.

– Akkor maguk hogyan szólítják egymást? – kérdezte Kat. Ezek szerint akkor még ő sem tudott róluk túl sokat. A műtétet viszonylag gyorsan lebonyolíthatták, ha még bemutatkozni sem volt idejük.

– A sorszámunkon nevezzük egymást – felelte Adam. – Mindenki kap egyet születésekor. A pontos dátum és az aznap született egyedek száma alapján.

– És akkor magának mi a száma? – kérdeztem. Bár, hogy őszinte legyek, nem biztos, hogy érdekelt egyáltalán ez az egész. Még azt sem tudtam, hogy ébren vagyok-e, vagy ez nem a túlvilág-e esetleg, ha már halott vagyok!

– A nevem 0154545485595747152 – felelte Adam.

– Ezt nem mondja komolyan – mondtam félálomban. Még mindig nehezemre esett a beszéd. Alig fogtam fel, hogy mi történik körülöttem.

– Úgy nézek ki, mint aki viccel? – kérdezte a hosszú számsorból álló nevű illető.

– Hadd ne részletezzem már azt, hogy hogy néz ki – reagáltam le. Ezt a labdát sajnos nem tudtam nem leütni. Még így félholt állapotban sem. – Ha körülírnám a külsejét, biztos, hogy megsértődne rajta.

– Nem vagyunk sértődősek.

– Tényleg ilyen hosszú számokon szólítják egymást? – kérdezett közbe Kat. – De hát ezt meg sem lehet jegyezni! Ne szórakozzanak már velünk! Ez így tényleg szürreális kezd lenni!

– Ja – adtam neki igazat. – Kamuzik. Igazából biztos Zotax-nak hívják vagy Galapagos-nak. Az ufóknak mindig ilyen neveik vannak. Szerintem hülyíteni akar, Kat. Ezek szerint nekik is van humoruk.

– A Galapagos nem egy földi szigetcsoport? – kérdezte „Adam". Úgy döntöttem, egyelőre mégis maradok az Adamnél. Én így fogom hívni. – Én úgy tudom, hogy az egy földi hely – erősködött.

– Mit tudom én! Nem vagyok földrajzdoktor. De annyit azért még én is tudok, hogy hol van a Zotax-sziget! Nekem ne magyarázzon!

– Tom, még mindig félrebeszélsz – figyelmeztetett Kat szomorú arccal. – Biztos, hogy rendbe jön? – kérdezte a ráncos fejű izét.

– Igen. Most már biztos. Így, hogy magához tért, nem fog többé visszaromlani az állapota. A műtét sikeres volt. Megnyugodhattok. Szerencse, hogy olyan gyorsan reagáltál, lányom. Ha te nem rántod azonnal vissza a vonalra, a fiú már rég nem élne.

– Köszönjük! – mondta Kat, és eleredtek a könnyei.

– Ja... – helyeseltem én is. Akkor ezek az izék valóban megmentették volna az életem? Tényleg hálával tartozom hát. Meg is mondom neki! – Köszönöm én is, Zotax-sziget!

– Nincs mit – mondta Adam. – Hamarosan kitisztulnak a gondolataid, fiam. Légy türelemmel. Ne próbáld erőltetni. Inkább engedd el magad.

– Tényleg nem viccelt az előbb? – kérdezte Kat. – Ilyen hosszú számsorokat használnak név helyett? Hogyan képesek megjegyezni? Egyébként meg nem tart túl sokáig minden alkalommal kimondani?

– A mi nyelvünkön egy ilyen sorozatszám csak egyetlen hang, amit gondolat útján küldünk át egymásnak.

– Ja, értem. És a többieket hogy hívják? – nézett Kat végig a díszes társaságon.

– Én David vagyok. Legalábbis ezen a bolygón – mondta az Adam mellett álló lény, aki az előbb vakarózott vagy mit csinált.

– Én pedig Kat – mondta a mögöttük álló.

– Mi? – kérdeztem. – Még mindig hallucinálok?

– Nem, Thomas. Én is hallottam – mondta az én Katem. – Magát tényleg ugyanúgy hívják, mint engem?

– Ezek nem a valódi neveink, már az előbb mondtuk. Találomra választottunk magunknak földi neveket – mondta az ezek szerint talán nőnemű lény. Külsőre egyébként nem látszott annak. Ugyanolyan rusnya volt, akár a többi!

– Elnézést! – mondtam ki hangosan. Közben ugyanis beugrott, hogy ezek *minden egyes* gondolatunkat hallják! A női egyed elnézően bólintott a ráncos, lepusztult fejével. Na basszus! És már megint szidtam! Ezt még meg kell szoknom, hogy nem gondolhatok összevissza akármit, ahogy szoktam. Magamban mindenkit megállás nélkül anyázok. Ezt itt most nem csinálhatom, mert a végén még rossz néven veszik.

– Miért kértél elnézést? – kérdezte Kat. Ő ugyanis csak ennyit hallott az előbbiekből. – Még mindig hallucinálsz?

– Nem. Csak még nem szoktam hozzá ehhez a telepátia izéhez. Már vagy hússzor megsértettem őket, azt hiszem. Tényleg bocs – mondtam a NEM olyan csúnya, tulajdonképpen *egészen szimpatikus* lénynek.

– Semmi baj. Van, aki közületek soha nem képes hozzászokni. Még évtizedek múltán sem. Te viszont már most kezdesz alkalmazkodni. Valóban rendkívül intelligens fiatalember lehetsz, Thomas.

– Hát, mi tagadás! – szipogtam egyet, és büszkén megtöröltem az orrom. – Vannak ötleteim! Nem akarok beképzeltnek tűnni, de azért vannak.

– Látom, már jobban vagy – mosolygott Kat. – Ezt a dumát máskor is hallottam tőled. Hogy érti, hogy „valóban rendkívül intelligens"? – kérdezte Adamtől. Bár én nem voltam biztos benne, hogy az előbbit tényleg Adam mondta rólam. Nehéz dolog ez a telepátia. Nem tudom, mikor melyik szólal meg. Pláne így, hogy egy csomóan állnak körülöttünk, és tök egyformák!

– Tudunk rólatok – mondta valamelyik. Talán a nő. Aki *nem* rusnya! Látják? Igyekszem! Na, erre most bezzeg nem reagáltak... – Tudunk rólatok – ismételte. – Ezért küldtük Tomnak azt a jelet.

– Milyen jelet? – kérdeztem.

– Adam valamilyen fenyőfát említett, amikor ideértünk – magyarázta Kat. – Te tudsz ilyesmiről?

– Persze! – ugrott be azonnal. – A képhiba! Hogyne tudnék róla? Hisz azzal kezdődött az egész!

– Kezd emlékezni – bólogatott Adam. – Valóban javul az állapota.

– Te nem emlékszel a fenyőfára, Kat?! – értetlenkedtem. – De hát te okoztad! Vagy nem? Tudod, amikor hozzányúltál a kijelzőhöz!

– Az nem velem történt – mondta a lány szomorúan. – Vagy ha igen, akkor én nem emlékszem rá. Bár most, hogy mondod, valóban meséltél erről másnap reggel, amikor a tanulószobába menet összefutottál apámmal és velem. Arról a fenyőfáról beszélnek hát? Arról a képhibáról?

– Igen – mondták az idegenek. – Azt mi okoztuk. Így akartunk jelezni Thomasnak. Látjátok, hogy sikerült? – kérdezte Adam a többieket. Azok elégedetten mormogtak valamit válaszképp telepatikus módon, de a saját nyelvükön tették. Mi nem értettük. Kicsit úgy hangzott, mint böfögések sorozata egy teleszuszogott hokimaszkon keresztül.

– Nekem akartak jelezni az ufók egy energiamező túloldaláról? – Próbáltam hangosan gondolkodva összegezni az eddig elhangzottakat. Még mindig nem voltam biztos benne, hogy ez a valóság, és ébren vagyok, úgyhogy gondoltam, nem árt, ha legalább a reális, egyértelmű tényeket átvesszük: – Egy 01051551... akármi nevű ufólény, aki az előbb pár perc alatt agyműtétet hajtott végre rajtam, nekem jelzett az étkezőben egy megrajzolt karácsonyfa csúcsával? És már hallott is rólam név szerint. Igen, egy kicsit sem szürreális ez az egész. Tudta azt is, hogy milyen intelligens vagyok. Bár ez kissé túlzás egyébként, annyit hadd áruljak el. Az előbb csak hülyéskedtem ezzel kapcsolatban. Valójában teljesen hülye vagyok. Még életemben nem álltam kettesnél jobbra egyik tantárgyból sem.

– Thomas, nem az iskolai osztályzatoktól lesz valaki intelligens. Te különleges vagy – mondta a ráncos lajhár. Ja, elnézést! Megint elszóltam magam! Mindegy. Nem gond, mert fel sem vette. Szerencsére, úgy tűnik, valóban nem sértődős fajták. Jobb is. Ilyen külsővel!

– Valóban különleges lennék? – kérdeztem. – Milyen értelemben? Különlegesen hülye vagy különlegesen ronda?

A lény szerintem értette a viccet, de nem aszerint reagált:

– Mindketten egyedülállóak vagytok. Ti vagytok az utolsók.

– Az utolsó kiskorúak itt a bázison?

– Az utolsó *emberek a Földön.*

Harmadik fejezet: Az igazság

– Kat, ez mi nyavalyáról beszél?

– Az igazat mondom – válaszolt helyette Adam. Közben odahúzott valami székhez hasonló tárgyat, hogy Kat is leülhessen. Én még mindig feküdtem. Eddig csak könyöklésig jutottam el egyszer-kétszer, de aztán mindig visszaroskadtam, mert még nagyon gyengének éreztem magam.

– Az nem lehet, hogy mi vagyunk az utolsók! – vitatkoztam vele. – És mi lett a többiekkel? Mi lett Kat apjával? És az anyámmal?! Hol van a többi ember? Ne mondja már, hogy meghaltak! Hisz előlük menekültünk át ide! Mit csináltak velük?

– Semmit – felelte Adam. – Most is ugyanúgy teszik a dolgukat odaát, mint eddig. Mi nem ártottunk nekik. De azok, Thomas, akkor sem emberek. Ti ketten vagytok az utolsók.

– Az nem létezik! – kiabáltam. Bár ettől most erősen nyilallni kezdett a fejem, így muszáj volt kicsit halkabbra fogni: – Anyám valódi ember. Ő nem olyan, mint Joel! Ő nem egy rohadt kinyomtatott izé, ami tartályban lakik! Nem *robot*! Biztos, hogy nem szintetikus, előre beprogramozott gép vagy mi, aminek még humora sincs. Anyámmal viccelődni és nevetni is szoktunk egy csomószor! És ver a szíve! Hallottam, amikor legutóbb megöleltem!

– Újabb széria – mondta Adam sokkolóan tömören, és mégis nagyon kifejezően. Ebben a két szóban minden benne volt. Vagy talán mégsem?

– Újabb gyártmány? – kérdeztem vissza a biztonság kedvéért, hogy ne maradjon semmi félreértés köztünk. – Mi a lószarból „újabb"?

– Szintetikus emberből. Sok éve fejlesztik már őket. Több generációjuk és szériájuk létezik. A Patrisha Meier nevű szintetikus személy az utolsó, legkorszerűbb típus, amiről tudomásunk van. Ő nem az édesanyád, Thomas. Sajnálom.

– Nem hiszek ezeknek a kornyadt fejű E.T.-knek! – közöltem Kattel. És azt is leszartam, hogy megsértődnek-e most ezen. Mégiscsak az anyámat szidták! Robotnak nevezték! Azért álljunk már meg!

– Ezek a mesterséges létformák nem igazán robotok – válaszolta meg Adam ismét a ki nem mondott gondolatomat. – De nem is emberek. A Patrisha Meier nevű egyed szériájának már működő belsőszervei vannak, továbbá érrendszerrel is rendelkezik. Valóban majdnem teljesen olyan, mint egy igazi ember. Ezért hallottad a szívverését, Thomas, ugyanis van neki. De őt akkor sem anya szülte. Nem úgy, mint téged. És téged pedig végképp nem ő szült, abban biztos lehetsz. Nem is hasonlítasz rá. Ez sosem tűnt fel?

„Na, ezzel most megfogott!" – gondoltam, és egy pillanatra belém fagyott a válasz. De aztán mégis kitört: – Na és?! Mi van akkor? Biztos apámra ütöttem! Van az úgy.

– Nem, Thomas – mondta Adam türelmesen –, te kifejezetten hasonlítasz a valódi anyádra. Ismertük őt. Ugye, Kat?

– Mi?! – kérdezte a lány. – Azt én meg honnan tudnám?

– Elnézést – mondta Adam Kat Donovannak –, nem hozzád beszéltem. Figyelj, 5847957894452, azt hiszem, nevet kellene változtatnod. Ez így zavaró lesz, ha te is a Kat neved használod.

És ekkor jutott eszembe erről a lényeg!

– Ő is a Kat nevet használja?!

– Igen. Már az előbb is mondtuk. Hallottunk rólatok. Van, aki csak találomra választott földi nevet. Kat azért választotta ezt, mert bizonyos okokból megtetszett neki Katherine Donovan neve.

– Kat! – szóltam oda neki. – Akkor apád nem téged akar kivégeztetni!

– Mi? Miről beszélsz?

– Nem hallod?! Van itt rajtad kívül még egy Kat! Magukat is tanítják az emberek? – kérdeztem az idegenektől.

– Igen, a szintetikus emberek oktatni próbálnak minket a földi szokásokra a mai napig is. De nagyon nehezen kommunikálunk velük. A valódi emberekkel sokkal könnyebben megértettük egymást.

– Akkor viszont nem mi vagyunk nagy bajban, hanem maguk! – jöttem rá. – Kihallgattuk Katnek az... – azt akartam mondani, hogy az

„apját", de már tudom is én, hogy igazából kicsodája! – Kihallgattuk az ezredest, és elrendelte egy Kat nevű személy likvidálását! Kat, tényleg nem rád gondolt! Azt mondták, hogy „a női egyed"! Az ezredes lányára nem használtak volna ilyen fura kifejezést. Róluk beszéltek hát!

– Meg akarnak ölni minket? – néztek egymásra az idegenek. – Igazából nem lep meg. Ezért jeleztünk neked, Thomas. Tudtuk, hogy a szintetikusokkal nem fogunk boldogulni. Az emberekkel szövetségünk volt, ezekkel viszont nincs. Sejtettük, hogy előbb-utóbb felrúgják a megállapodást. Csak bennetek bízhattunk. Miss Donovant nem tudtuk sehogyan elérni. Ezért próbáltunk legalább neked jelezni a kijelzőn keresztül, valami apró üzenetet küldeni, melynek nyomán elindulhatsz, és esetleg kutatni kezdesz a bázison, előbb-utóbb pedig talán majd hozzánk is eljutsz.

– Miért nem jöttek egyszerűen el *maguk* hozzánk, mondjuk, éjszaka, amikor senki sem látta volna?

– Nem mehetünk ki innen, azaz át oda, arra az oldalra. A föld alatti bázisnak ezt a részét „leföldeltük", hogy úgy mondjam. Ezzel az anyaggal, amit a padlón mindenhol láttok. – Valóban mindenhol be volt borítva a talaj valami nagyon fura dologgal. Úgy nézett ki, mint a műfű, csak hófehér színben.

– Mi ez egyébként? – hajolt le Kat, és megtapogatta a felszínét, megcsipkedett néhány szálat az ujjaival.

– A testünkkel termeljük. Egy speciális miriggyel.

– Vááá... – grimaszolt Kat, és felálltában beletörölte a kezét a nadrágjába. Pedig nem lett nedves a keze. Eléggé szilárdnak tűnt az az izé.

– Tehát ezért nem láttuk magukat soha? Mert sosem mennek át a mi oldalunkra?

– Ennyit tudtunk csak termelni idáig. A mi térfelünket már beborítottuk vele. A ti térfeleteken ezt az emberek, amikor még éltek, csak keskeny sávokban tudták megoldani.

– A vonalak! – vágtam rá.

– Pontosan. Ezért nem léphettek le róluk. Azok a vonalak nem hagyományos festékkel vannak felfestve. Az is egy ahhoz hasonló védőbevonat, amit mi vagyunk képesek termelni. Az övék szintetikus, és abból még annál is kevesebb létezik, mint a mi fehér „füvünkből", ahogy ti mondanátok. Nekik csak csíkokra futotta belőle. Ők nem tudták az egész térfelüket lefÖldelni.

– De minek lefedni padlót? Mi ellen kell a védelem?

– Az erő ellen, odalentről.

– Akkor hát valóban él valami a bázis alatt? – kérdeztem rémülten. Kezdett már minden beugrani. Legalábbis azokból az emlékekből, melyeket azóta szereztem, hogy azon a bizonyos estén nem vettem végül be a D-vitamint. – A tanárunk jól mondta? Lakik valami odalent?

– Nem élőlény – felelte Adam. – Ez egy annál sokkal bonyolultabb dolog. Még mi sem tudjuk teljesen felfogni, hogy micsoda.

– Na, akkor én meg sem fogom próbálni! – könnyebbültem meg. – Ha még az ufók sem értik, akkor én hadd ne kutassam már gyerek létemre. Egy gonddal kevesebb! Ez akkor nem az én bajom.

– Mióta vannak maguk itt? – kérdezte Kat.

– Először is, nyugodtan tegezzetek minket. Nálunk nincsenek rangok, nincsenek különbségek. A hím és a nőstény egyedeink is majdnem teljesen egyformák. Mi egyenrangúak vagyunk minden szempontból.

– Mióta vagytok itt? – kérdeztem most én. – Te jó Isten! Hisz mi még azt sem tudjuk, milyen évet írunk! – gondolkodtam hangosan. Kezdett már a fejem belefájdulni ebbe az egészbe.

– Hallottatok Roswellről? – kérdezte Adam.

– Az ufószerencsétlenségről 1947-ben? – kérdeztem leesett állal. – Az nem lehet! Azok a lények egészen máshogy néztek ki!

– Mendemondák... szóbeszéd... – vonta meg a vállát Adam. (Vagy azt a testrészét, ami leginkább egy vállra hasonlított.)

– Ugye nem azt akarod ezzel mondani... – kezdtem hitetlenkedve. Kat erre kérdőn rám nézett. Neki nem esett le, hogy ez mit jelent. – Úgy érted most is *ott* vagyunk? Ez még mindig az a hely?!

– Pontosan – bólintott Adam.

– Tom, ti miről beszéltek? – értetlenkedett Kat.

– Az 51-es körzetről! – mondtam neki emelt hangon felindultságomban. Szinte már kiabáltam. Ez a felismerés egyszerre

204

volt rémisztő és baromi izgalmas! – Akkor ezek szerint ott vagyunk? A titkos, rejtélyek által övezett, híres 51-es körzetben? – kérdeztem a lényeket.

Többen bólogattak.

– Basszus! Bár... akkor viszont legalább a Földön vagyunk. Látva ezt a helyet – emeltem fel nagy nehezen a fejem, hogy körbenézzek a szürreális berendezésű műtőben vagy micsodában – már azt sem tudtam biztosan, hogy milyen bolygón vagyunk.

– Még mindig a Földön. Már nagyon régóta.

– Mióta? Gondolom, akkor 1947 óta vagytok itt. De az mennyi ideje volt? Milyen évet írunk most?

– Nekünk a földi időszámítás nem igazán fontos. Őszintén szólva nem is tartjuk számon. Ti tudjátok, hol tartunk most az ő idejük szerint? – kérdezte Adam a többieket. Azok megvonták a vállukat. Vagy nem tudták, vagy nem érdekelte őket az egész téma.

– Ne csináljátok már! – veszekedtem velük. – Tudni akarom! Tudnunk kell! Ha nem 2018-at írunk, mint ahogy nekünk mondták a szüleink, akkor mit? Valami fogalmatok azért csak van róla! Mióta vagytok ezen a bolygón?

– Talán úgy háromszáz éve – vonogatta a vállát a David nevű lény.

– 2300 körül járnánk? – kérdezte Kat. Meglepetésemre nem tűnt túl ijedtnek vagy lesokkoltnak. Szerintem nem fogta fel, hogy mit kérdez! Túl természetes volt a hangsúlya. Ennyire nem vehette könnyedén, hogy csupán kettő nap alatt, a legutóbbi memóriatörlése óta, amióta ő, hogy úgy mondjam „eszméleténél van", háromszáz évet ugrottunk előre!

– Kat, ne hülyülj már! Ezt te csak így kérded?! – korholtam. – Ez mindent megváltoztat! Akkor az egész rohadt életünk idáig hazugság volt! Mi igaz akkor egyáltalán? Tényleg mi lennénk hát a két utolsó emberi lény?

Kat szomorúan és kétségbeesetten nézett rám. Ő a jelek szerint még annyira sem értette a helyzetet, mint én.

De már nem volt időm folytatni, és megpróbálni elmagyarázni neki, hogy mi mindenre jöttem rá az elhangzottakból, ugyanis ekkor fegyverropogásra kaptuk fel a fejünket!

Negyedik fejezet: Betolakodók

– Megjött a kivégzőosztag – mondta Adam a fajtársainak. – Valamennyire ijedtnek láttam, de lehet, hogy inkább csak gondterheltnek. Valóban számíthatott már egy ideje nyílt konfrontációra. – Menjetek eléjük! – utasította a többieket. – Védjetek mindent, amink van. Ha kell, támadjatok vissza! Nem hagynak nekünk más választást. Én visszaviszem a két embert az ő oldalukra.

– Micsoda?! – kiáltottam. – Azt nem teheted! Épp onnan menekültünk ide hozzátok. Így akarsz kibújni a velük való konfliktus alól, hogy átadsz nekik minket a békéért cserébe?

– Dehogy! Nem titeket akarnak. Már eredetileg is félreértettétek őket. Téged és a lányt sosem bántanának. Szinte istenként tisztelnek benneteket. Ti jelentitek az egyetlen esélyt arra, hogy a civilizációjuk valamilyen formában újraindulhasson. Előbb halna meg bármelyikük, mint hogy nektek ártson. Náluk tehát teljes biztonságban lesztek. Itt viszont nem, mert itt harcok következnek, és két tűz között találhatjátok magatokat!

Közben a többiek már kisereglettek a műtőből, és elnyargaltak megütközni a betolakodókkal. Úgy láttam, hogy valóban volt valami abban, amikor véletlenül kengurunak neveztem Adamet. Nem is futottak, inkább ugrálva lökték magukat előre, amikor sietniük kellett.

– Gyere! – mondta Adam, és odakapott felém. Először azt hittem, hogy fel akar segíteni, de mire kimondtam volna, hogy „köszönöm, de inkább ne, mert nem igazán szeretem, ha idegen lények érnek hozzám", már talpon is voltam, és rájöttem, hogy egyedül nem is lennék képes megállni a lábamon. Az idegen bámulatos fizikai erővel rendelkezett! Fél kézzel álló testhelyzetbe rántott! Olyan játszi könnyedséggel, mintha egy kislány kedvenc babáját kapná fel a földről. Úgy tartott a jobb kezével, hogy a lábujjhegyeim alig súrolták a fehér műfüvet. – Kövess! – mondta Katnek.

Leszökdelt velem egy lépcsőn. Eddig egy ahhoz hasonló épületben tartózkodtunk, mint amik nálunk is vannak az „emberek világában". Végül is ez ugyanaz a létesítmény volt, csak a másik fele, kissé másképp berendezve. Mivel másfajta lények lakták. Őrület, hogy *mennyire* mások!

Ahogy Adam kenguru módjára ugrált velem, Kat is futott utánunk, és kiabálni kezdett:

– Hová viszed Thomast? Mi nem abból az irányból jöttünk!

– Arra nem mehetünk! – süvítettek Adam gondolatai az agyunkba. Most mintha ő is kiabált volna, csak hangok nélkül. – Az az egyetlen átjáró, ahol a kivégzőosztag átjöhetett ide. Nem foglak titeket a karjaikba vinni, hogy esetleg lövöldözni kezdjenek ránk, és megsérüljetek. Van egy másik átjáró is.

– És ők azt miért nem használják? Nem tudnak róla? – kérdezte Kat futás közben. Nem tudott könnyen lépést tartani az ugráló, engem is cipelő lénnyel, de azért valahogy csak bírta az eszeveszett iramot.

– De, tudnak róla. Az az irány viszont számukra átjárhatatlan. Ott már túl erős az odalentről áradó erő. Emberi lények számára, még ha csak szintetikusak is, ott lehetetlen átjutni.

– És akkor minket hogyan akarsz átkísérni azon a helyen? – kérdeztem a kezei között lengedezve, mint egy kolbász, amit szárítás céljából akasztottak ki.

– Mi képesek vagyunk elviselni – mondta –, ezáltal pedig ti is. Majd meglátjátok!

Átrohant velem néhány folyosón, és Kat is követett minket. Én biztos, hogy eltévedtem volna ezen a helyen. Nagyjából olyan volt, mint a mi oldalunk, viszont itt még színes vonalak sem segítettek a tájékozódásban. Mindent beborított az a fehér izé, amit a mirigyeikből sajtoltak ki, vagy honnan az anyám kínjából.

Nem kellett sokáig várnunk, hogy kiderüljön, miről beszélt. Közeledtünk egy teremhez, ami már messziről is jól látszott. Ugyanis *világított!* Izzásban volt az egész!

– Atyaég! – pánikoltam. – Ugye nem oda akarsz bevinni? Ott mi azonnal meghalunk!

– Ne aggódj! Ha velem vagytok, akkor nem! – vetette oda Adam siettében. Iszonyú gyorsan tudott futni. Pár lépéssel már el is érte a terem bejáratát. Ahogy Kat is utolért minket, az engem cipelő idegen tett egy irtó fura mozdulatot. Olyan volt, mintha varázsolni készülne vagy mi!

– Ez most komoly? – kérdeztem Kattól Adam szabad kezében kolbászként lengedezve. – Most elvarázsol minket?

Katnek nem volt ideje válaszolni, mert valami felderengett körülöttünk, és a látványtól egyből elakadt a szavunk. Az idegen valami védőpajzsot kanyarított elő a semmiből! Az sem tudtam megállapítani, hogy milyen anyagból van. Talán mintha bőrből lett volna, de nem emberiből, hanem az övékből, abból a szürke, ráncos fajtából. Úgy nézett ki, mintha egy óriásdenevér körénk borította volna a szárnyát.

– Mi a fene ez? – kérdeztem, miközben próbáltam a burokból kikukucskálni. Nem nagyon láttam ki. – Ez a szárnyad?

– Nem. Ez olyasmi, mint a földi bogaraknál a kitinpáncél.

– De honnan szedted elő? – kérdezte Kat. – Ezek szerint ő sem látta, mert túl gyors volt a mozdulat.

– Ne akard tudni – viccelődött Adam. Bár az is lehet, hogy komolyan mondta. Náluk nagyon nehéz volt különbséget tenni e kettő között. Főleg azért, mert ugye nem hangosan beszélt hozzánk, hanem csak sugallta az átküldött gondolatokat, akár az ötleteket. Kicsit oly módon, mintha azok valójában a mi gondolataink lennének, és csak úgy spontán jutnának eszünkbe.

Adam most már lassított a tempón, és fenntartva körülöttünk azt a valamit, elkezdett belefelé haladni velünk a terembe. Engem még mindig cipelt. Nem úgy tűnt, hogy fárasztaná a dolog. Rájöttem, hogy tulajdonképpen egész kényelmes így utazni. Olyan volt, mintha egy látványparkban cipelnének végig, hogy szórakoztassanak. Csak ez kissé túl ijesztő és halálos volt ahhoz, hogy önfeledten röhögjek rajta.

Kat szorosan mellettünk lépkedett. Még Adam szárnyán – vagy miién – keresztül is látszott, hogy a teremben milyen ijesztően erős ragyogás vesz körül minket. Olyan volt, mintha minden izzana odabent. Idegen barátunk „szárnyán" átlátszottak a benne futó kékes-fekete erek. Valóban Adam testéhez tartozott tehát az a dolog, és nem kitinpáncél volt, az biztos, ugyanis abban aztán nem futnak erek sehol.

– Minden fajodbeli rendelkezik ilyennel? – kérdeztem. – Vagy ez olyan, mint bizonyos földi állatoknál a taréj? Vágod? Csupán a hímeknek van? Vagy csak a törzs legerősebb hímjének?

– Mindannyian ki kellett, hogy fejlesszük itt a bolygótokon.

– Csak úgy? Időnként testrészeket növesztetek, ha szükség van rá?

– Igen. Ez fajunk egyik jellegzetessége. Alkalmazkodunk. A saját bolygónkon azt a fehér anyagot sem tudtuk még termelni, amin egész idáig gyalogoltunk. Otthon még ilyen *védőernyőnk* sem volt. Mi így hívjuk.

– Mi ellen kell a védelem?

– Az ellen, amit átragyogni látsz még a bőrömön keresztül is. Ez az az erő, ami odalentről árad.

– Radioaktív sugárzás? Vagy hőség, azaz izzás?

– Egyik sem. Nem tudjuk pontosan, micsoda. Egyébként a védőernyőnk az emberek által használt fegyverek ellen is kiválóan véd. Valóban védőpajzs. Ugyanis golyóálló.

– Aztarohadt! Belőletek aztán jó filmet lehetne csinálni! Mármint nem a bőrötökből, vagy ilyesmi! Úgy értem: *veletek* jó mozifilmek készülhetnének!

– Értem, hogy mire gondoltál. Érdekesnek találod ezt a dolgot.

– Igen. Naggyon durva! – röhögtem. Most kezdtem csak magamhoz térni. Nem tudom, hogy mitől, talán az erős fény miatt, de most már majdnem teljesen eszméletemen voltam.

– Örülök, hogy jobban vagy – találta ki Adam ismét a gondolataimat –, mert hamarosan leraklak. Nem mehetek át veletek. Csak átraklak. Onnan viszont már egyedül kell boldogulnotok!

Annyira erősen izzott körülöttünk minden, hogy vibráló, világító körvonalakon kívül semmit sem láttam. Teljesen elvakított az a földöntúli ragyogás. Fel sem tudtam fogni, hogy hogyan képes egy élőlény bőrlebernyege vagy mi a fenéje kibírni ilyen viszontagságokat. Mintha izzó láván gyalogolt volna át velünk! Minden lehetséges irányba forgattam a fejem. Próbáltam felfogni, hogy pontosan mi is van körülöttünk, de nagyon nehéz lett volna megmondani, még akkor is, ha nem vesz körül minket az a burok.

Ekkor tett le Adam. Elérkeztünk a terem falához. Ezek szerint ez sem igazi, mert gondolom, csak nem fog átlökni minket egy téglafalon! (Remélem legalábbis!) Majd biztos átlépünk rajta, és máris a túloldalon leszünk.

– Segíts neki – mondta Adam Katnek. – Nem biztos, hogy egyedül fog tudni járni. – A lány átkarolt, és tartott a hónom alatt, amennyire tudott. Valamennyire már azért meg tudtam állni a lábamon. Láttam rá esélyt, hogy gyalogolni is képes leszek, bár hogy hol vagyunk, és milyen messzire kell elkecmeregnem, azt eddig senki nem közölte. – Thomas, te pedig fogd ezt! – szólt Adam, és a kezembe nyomott valamit.

Hogy ezt is honnan szedte elő? A fickón ruha sincs, és időnként csak úgy előveszi dolgokat. Tele lehet mindenféle erszényekkel, mint a kenguruk. Egy kissé gusztustalannak találom ezt a gondolatot, de inkább nem agyalok rajta tovább, mert tudom, hogy úgyis hallja, és igazán nem szeretném megsérteni.

– Mi ez? – kérdeztem. – Valami szerencsét hozó kristály?

– Ez a Vénusz.

– A mi?! Ez valami zsugorított bolygó, vagy micsoda? Olyan, mint amit az indiánok emberfejekből csináltak régen? Mint azok a gusztustalan zsugorított fejek?

– Dehogy! Ez biztos, hogy nem a bolygó, csak valamiért ugyanúgy hívják. Ez a tárgy lehet, hogy jelenleg a legértékesebb dolog az egész világon. Nagyon vigyázz rá! Mindennek ez lehet a megoldása. Mindössze ez az egy darab létezik belőle.

– De mi ez, és honnan van?

– Senki sem tudja, hogy micsoda. De azt megmondom, hogy honnan származik. Apád adta nekem. Sajnos mi eddig nem jöttünk rá, hogy mire való. Apádnak már nem maradt ideje rá, hogy elmondja. De szerintem ő maga készítette. Ő hitt a velünk való összefogásban és abban, hogy együtt többre lehetünk képesek: hogy egy nap újraindíthatjuk majd a civilizációtokat. Ezen voltunk egészen odáig, amíg még léteztek valódi, élő emberek. Aztán mindegyik meghalt egymás után. Semmit sem tehettünk ellene.

– Mitől haltak meg? És mikor volt ez? Miért nem mondtad eddig, hogy ismerted az apámat?

210

– Már így is rengeteg mindent elmondtam. Erre is sort akartam keríteni, de nem ilyen lóhalálában. Így viszont még annyi időnk sem maradt, mint eredetileg hittem. Nem tudom már sokáig én sem elviselni ezeket a környezeti viszonyokat, úgyhogy titeket mindjárt át kell, hogy rakjalak a túloldalra, én pedig visszamegyek az enyéimhez. De még gyorsan megpróbálok annyit elmondani, amennyi most még eszembe jut...

– Várj! Ezt már az elejétől fogva meg akarom kérdezni: Azt mondtátok, hogy tudtok rólunk. Miért? Kik vagyunk mi? Mi az, hogy mi vagyunk az utolsó emberek? Ez tényleg igaz? És miért hívják nálatok azt a nőstényt szintén Katnek? Úgy érzem, több van emögött, mint amit ott elárultatok.

– Nagyon hosszú folyamat már az, aminek most a végén járunk. Valóban körülbelül háromszáz földi év vagy még több, tehát ezt nem fogom tudni egy-két másodpercben összefoglalni. Ezt a tiéitek is elmondhatják majd odaát. Mármint azt, hogy hogyan maradtatok ti a legutolsók. A másik kérdésedre viszont válaszolhatok: A páromat eleinte Évának hívták. Ezt a nevet választotta magának. Ugyanis lenyűgözőnek találjuk Ádám és Éva történetét a Bibliátokban. Sajnos az a történet valószínűleg nem igaz, vagy legalábbis nem abban a formában, ahogy megírták, de ettől függetlenül nekünk nagyon tetszik. Ezért lettünk Ádám és Éva.

– Annyira azért mégsem tetszhet neki. Később megváltoztatta Katre. Csalódott? Ennyire kiábrándultatok a Földből és keletkezésének történetéből?

– Épp ellenkezőleg. Mi most is mindenről ugyanazon a véleményen vagyunk.

– Akkor miért változtatta meg a nevét?

– Ez valójában nem másik név, hanem a régi új verziója.

– Mi? – kérdezte Kat. – A Katherine mióta jelent Évát? Ti valamit nagyon rosszul tudtok!

– Nem a név jelentésére gondolok, hanem a történetre, ami mögötte van. Ádám és Éva volt a Biblia szerint a Földön az első emberpár. Ti pedig az utolsók vagytok. Ha sikerül újraindítani a civilizációtokat, akkor az utolsókból akár elsőkké is válhattok. Ti lehettek az új világban az első két ember. Az új Ádám és Éva. Kat tehát még mindig ugyanazt a nevet viseli, csak más vonatkozásban. Ő most már nem a régi történetben hisz, hanem *bennetek*. És egyébként a többiek is, mi mindannyian. Ha meg lehet még állítani valahogy ezt a több száz éve pusztító erőt, és esetleg akár visszafordítani, akkor ti ketten talán a szintetikus emberek segítségével még tehettek valamit. Ahogy a Bibliátok mondja, „szaporodjatok, sokasodjatok".

– Mi? – néztünk egymásra Kattel zavarba jötten. Földöntúli egy pillanat volt. Egy idegen bőrszárnya által körülvéve, körülöttünk túlvilági izzástól elvakítva szemléltük egymást, fürkésztük egymás arcvonásait egy pillanatig. De az alatt a pár másodperc alatt is gondolatok ezrei vágtattak át az agyunkon. Például olyanok, hogy valóban egy közelgő új világ első két emberi lénye lennénk? És majd szaporodnunk kell? Ez így kissé ijesztőnek tűnt. Bár nem mondom, hogy utálattal gondoltam erre az eshetőségre, de akkor is.

– És mit csináljak ezzel a Vénusz dologgal? – néztem a kezemben a szintén világító kristályszerű eszközt. Bár lehet, hogy önmagában nem világított, csak az erős fényben csillogott erősen.

– Semmit sem kell csinálnod vele. Csak vigyázz rá. Egyszer talán majd rájön valaki, hogy mire való. Nálad most nagyobb biztonságban lesz. A mi térfelünkön lehet, hogy most egy hetekig tartó háború kezdődött el. Nem kockáztathatjuk, hogy a Vénusznak baja essen. Egyébként is apádtól van. Ezáltal tulajdonképpen a tiéd, téged illet. Na, de most már mennem kell! Erős fájdalmaim vannak. Nem bírom tovább sokáig fenntartani a védőernyőt.

– Köszönünk mindent! – mondta Kat, és suta módon megpróbálta megölelni a lényt. Az ettől mintha zavarba jött volna. Lehet, hogy náluk nem szokás a fizikai érintkezés. – Tehetünk valamit értetek?

– Próbáljátok meg lebeszélni a szintetikusokat erről a háborúról. Ezt azt egyet tehetitek. Ez senkinek sem hoz hasznot. Így csak kipusztulunk mindannyian!

– Úgy lesz!

– Megteszünk minden tőlünk telhetőt! – ígértem Adamnek.

– Krrrrrrrr – sugallta Adam gondolatban. Náluk talán ez valami búcsúféle lehet, ugyanis elkezdett áttolni minket a falon. Halálra rémültem, ugyanis mégiscsak tornyosult előttünk egy fizikailag létező fal! Erről nem volt szó! Hát, ezért nem tudnak itt átjönni az emberek!

Egy pillanatra még láttam is magam körül, ahogy bezár magába a beton, és minden elcsendesedik számomra...

...Aztán már ki is bukkantunk a túloldalon.

Ekkor váratlanul meglöktek minket hátulról!

– Ááá! – ordítottuk egyszerre mind a ketten, mert Adam erős lökésétől gyakorlatilag elrepültünk. Megijedtünk tőle, hogy miért taszított rajtunk ekkorát, de attól is, hogy ezután hol és milyen állapotban fogunk így földet érni? Lehet, hogy rosszul ítéltük meg ezt a lényt? Kár volt Katnek barátságosan megölelni? Lehet, hogy inkább rúgni kellett volna rajta egyet búcsúzóul? Hová lökött egyáltalán át minket? Minden pörgött körülöttünk, és mozgásban volt. Jó pár métert repültünk valamilyen irányba, de olyan hirtelen történt az egész, hogy még nem láttuk, merre.

Ötödik fejezet: A túloldalon

Én négykézláb értem földet, Kat pedig becenevének megfelelően macska módjára a talpára esett. Amikor térdeimre és kezeimre estem, rendesen odavertem mindenemet a kőkemény padlóhoz.

Ismerős volt az érzés és a hely, ahogy és ahová leérkeztem. Majdnem ugyanennyire fájt a magas szellőzőjáratból is ráesni ezekre a rácsokra.

Ugyanis már a mi oldalunkon voltunk! Nem fehér műfű borította a talajt, hanem a régi jó öreg fémrácsok, amiken Kattel korábban olyan sokat kódorogtunk. Viszont most nem kék vonal futott végig a kezeim között, ahogy a rácson tenyereltem, hanem vörös!

Azt hittem, rosszul látok, és még mindig káprázik a szemem az előző teremben uralkodó izzó ragyogástól. De nem, ez tényleg a vörös vonal volt.

– Az életünket mentette meg azzal a lökéssel – mondta Kat, miközben feltámogatott a földről.

– Hogyhogy?

– Nézz csak vissza!

Ahogy felálltam, visszafordultam, és már láttam, mire gondol. A vörös vonalon álltunk, a fekete vonal túloldalán. Adam azon a veszélyes részen repített át minket, ahová annak idején hülye fejjel egyedül beléptem, átlépve a fekete vonalat, és megpróbáltam megközelíteni az ajtót. Ahol minden méterrel egyre forróbb lett a levegő.

– Ez ugyanaz a hely lenne? – kérdeztem Katet. – Csak most a másik oldalról jöttünk ide?

– Én nem tudom biztosan – vonta meg a lány a vállát. – Nem emlékszem rá, de arra igen, hogy meséltél róla. Az alapján szerintem ez lehet az.

– Igen, megismerem. Csak egyetlen ilyen vörös vonal halad keresztül a bázison. Az pedig tudom, hogy ide vezet. Ez tehát a válasz egy másik rejtélyre. Ez van a vörös vonal végén: az izzó, életveszélyes terem, ahová az emberek egyáltalán nem tudnak behatolni. A fekete vonal azt jelöli, hogy meddig lehet veszélytelenül elmenni. Ezért nem tudnak hát a mieink itt átjutni. Meghalnának az izzástól, és ez a fal egyébként sem olyan, mint a kék vonal végén lévő hologram vagy micsoda. Ez itt valami fizikai válaszfal. Lehet, hogy ez az idegenek technológiája. Ezen nem lehet csak úgy átlépni. Adam viszont csinált vele valamit. Kinyitotta volna? Te láttad?

– Nekem úgy tűnt, hogy megolvasztotta egy pillanatra – mondta Kat. – Ők valahogy úgy bánnak az anyagokkal, de még a saját testükkel is, mint a szobrászok az agyaggal.

– Durva, mi? – vigyorogtam. – De akkor ezek szerint mégiscsak a barátunk. – Közben már elindultunk hazafelé a vörös vonalon, és többé-kevésbé Kat által támogatva képes voltam egyedül is menni. Egymás mellett amúgy sem mehettünk a keskeny vonalon, de ahogy a lány mögöttem ment, néha megfogott, ha nagyon dőlni kezdtem valamelyik irányba. – Hallottad, mit mondott? Állítólag golyóálló az az izéje!

– Ja, láttam, hogy az nagyon tetszett neked – mosolygott mögöttem Kat. Nem láttam, hogy valóban olyan arcot vág-e, de hallottam, hogy nagyon vidul rajta, hogy milyen gyerekesen tudok lelkesedni bizonyos dolgok iránt.

– Igen, tetszett. De most ez baj, vagy mi? Szerintem állat! Én is akarok egy olyat!

– Növessz. Hátha egyszer elmondja, hogyan kell. Meg azt is, hogy nekik honnan nő ki az a dolog.

– Szerinted hogy értette, hogy ne akarjuk tudni? A seggéből nő ki, vagy mi? Onnan tolja ki, mint valami párzószervet? Aztán kinyitja, mint egy legyezőt?

– Szerintem ne firtasd. Van, amikor a „ne akard tudni" tényleg csak annyit jelent, hogy neked is jobb, ha nem tudod.

– Hát, én most már mindenképp tudni akarom! Meghülyülök, ha nem tudhatom meg!

– Egyébként engem is érdekelne – nevetett Kat fáradtan. Nem semmi, hogy szegény min ment keresztül ezen a mai napon. Na jó, nekem állítólag agyműtétem is volt, de akkor is!

– Valóban téged is izgat ez a rejtély? Akkor viszont legközelebb kiszedjük belőle! – nyugtattam meg Katet. – Joelt is kivallattam, tudod. Ez a fickó is besétál egyszer még az én utcámba! Ne hidd, hogy nem fog.

– Tudom, hogy vannak ötleteid – simogatta meg a fejem. – Nem akarsz beképzeltnek tűnni, de azért vannak.

– Ennyire sokszor szajkózom ezt a baromságot? – kérdeztem. – Bocs!

– Nekem tetszik – mondta nevetve.

Hosszúnak tűnő gyaloglás után végül hazaértünk. A vörös vonal rövidebb volt, mint a kék, így igazából nem gyaloltunk olyan sokáig. De nem is ez fárasztott el minket annyira. Ma már végigmásztuk egyszer a kék vonal útját is szellőzőjáratokban, nekem egy műtétem is volt, amiről azt sem tudom, pontosan hogyan történt, és milyen utóhatásai lesznek. Kat pedig mindezt végigcsinálta velem, és most még támogatnia is kellett egészen hazáig. Így hát legalább háromszor olyan hosszúnak tűnt most a séta, mint korábban.

Visszaérve a lakóövezetbe meglepődve tapasztaltuk, hogy gyakorlatilag minden a régi. Valamiért mindketten arra számítottunk, hogy emberek – vagy mik – fognak fejvesztve menekülni minden irányba, katonák rohangálnak majd rendezett sorokban, leeresztett sisakrostéllyal, és mindenfelé vészvillogók fénye vakít majd el minket a folyosókon.

De semmi ilyesmi nem volt. Nyugalom honolt a bunkerben ezen az oldalon. Ahogy beértünk a külső, elhagyatottabb folyosókról, itt ismét felpezsdült az élet. Megjelentek előttünk a folyosók szélén álló katonák sorai, akik most is mozdulatlanul őrködtek és vigyáztak a köztük libasorban vonalakon közlekedő dolgozókra. De lehet, hogy nem vigyáztak rájuk, hanem inkább felügyelték őket, és elrettentésül álltak a falak mellett, hogy ha kell, le is lövik azt, aki nem engedelmeskedik. Attól függ, hogy nézzük, de mindenesetre ez itt, a bunkerben egy hétköznapi, normális látképnek számított. Semmi rendellenes nem volt benne. Pániknak, harci készültségnek nyomát sem láttuk.

– *Nem tudnak róla* – súgta oda nekem Kat.

216

– Szerintem sem. Ez egy titkos akció, nem hozták nyilvánosságra. Elképzelhető, hogy a dolgozók még Adamék létezéséről sem tudnak. Arról meg végképp nem számoltak be nekik, hogy elrendelték a kiirtásukat.

– Muszáj segítenünk nekik. Ha Adam valóban igazat mondott, és mi vagyunk az utolsó két ember, és ezek itt a civilizáció újraindítását, megalapozását várják tőlünk, akkor már csak hallgatni fognak ránk, nem? Mondjuk meg nekik, hogy azonnal vonják vissza azt a parancsot, és hívják vissza az embereiket! Menjünk el apámhoz most azonnal!

– Kat, egyvalamit ne feledj: Lehet, hogy fontos szerepünk van ezen a bázison... bár én ezt még mindig kétlem... viszont most még akkor is csak két kamasz vagyunk, semmi több. Talán később nagyon fontos szerepünk lenne ebben vagy abban, de lehet, hogy még nagyon korai lenne bármibe is beleszólnunk. Szerintem nem fognak komolyan venni. Mondok én neked valamit! Ez nem fog tetszeni. Én is ijesztőnek találom az egész témát, de meg fogsz lepődni, hogy mennyire igazam lehet ebben: Mi van akkor, ha *pontosan ezért* törlik az emlékeinket?

– „Ezért”? Miért?

– Mert így akarnak elspájzolni minket későbbre, mint a romlandó kaját! Azért, mert komoly feladatot akarnak majd ránk bízni, de most még túl fiatalok vagyunk ahhoz, hogy megértsük a jelentőségét. Lehet, hogy biztosak akarnak lenni abban, hogy el is élünk odáig, amikor szükségük lesz ránk, és hogy úgy jussunk el abba az életkorba, ahogyan ők akarják. Talán ezért manipulálnak. Szükségük van ránk, ugyanakkor ki is használnak. Nem bántanának, mert bizonyos szempontból tőlünk függenek, de mégis kíméletlenül manipulálnak, és időnként kegyetlenül a megfelelő irányba lökdösnek azért, mert mi személy szerint igazából semmit sem jelentünk nekik! Csak eszközök vagyunk a számukra, és kizárólag annyira van szükségük belőlünk, amit később majd adni tudunk magunkból: a testünkből, a hormonjainkból, a génjeinkből. Lehet, hogy mégiscsak kísérleti patkányok vagyunk itt! Még akkor is, ha a végén nem fognak beinjekciózni valamiféle halálos méreggel, hogy megnézzék, hány óra alatt esik le tőle a bal fülünk. Még ha velünk nem is terveznek ilyeneket, akkor is... van egyáltalán különbség? Nem olyan ez az egész, mintha csak tenyészbikáknak tartanának minket, vagy kísérleti állatnak?

Kat egy darabig nem válaszolt. Már a lakókabinunk bejáratánál álltunk, de még nem mentünk be. Még meg sem beszéltük, hogy ő is hazamenjen-e, vagy inkább bejöjjön hozzánk. A tanítási idő szerintem már biztos, hogy lejárt, de még nem volt éjszaka, mert sok dolgozó járkált mindenfelé. Anyám szerintem lehet, hogy még itthon sincs. Ha Kat bejön velem, valószínűleg balhé lesz, mert ugye eltiltottak minket egymástól. De kit érdekel az már!

– Gyere be – mondtam hát neki.

– Jaj, de jó! Köszönöm!

– Mit köszönsz? – mosolyogtam értetlenül. – Anyám eltiltott minket egymástól. Ha meglátja, hogy itt vagy, veszekedni fog.

– Nem érdekel. Azok után, amiket hallottunk a konferenciateremben, megmondom őszintén, nem szeretnék hazamenni. Félek apámtól. Félek attól az ezredestől. Talán tényleg nem is az apám.

– Akárkik is ezek, és akárkik is vagyunk mi, úgy tűnik, minden azzal vág egybe, amiket Adam mondott. Nem minket keresnek. Az ezredes tényleg nem a te nevedet mondta. A másik Katről beszélt. Minket senki sem üldöz. De hisz láthatod! – mutattam körbe. – Itt minden nyugodt és békés.

– Látom. De akkor sem akarok egyelőre hazamenni hozzá.

– Megértem – nyugtattam meg. – El sem tudom képzelni, milyen lehetett hallanod azt az egészet, és órákig abban a tudatban élni. Tényleg, hány óra telt el egyáltalán? Meddig műtöttek ott engem? Mennyi lehet most az idő?

– Nem tudom. Hamar túl voltál rajta. Csak pár percig tartott az egész. Nem is értettem, és nem is láttam teljesen, hogy mit csináltak veled. Olyan világító kis izéket érintettek a homlokodhoz. Tehát ez nem olyan agyműtét volt, amit az emberek csinálnak. Nem lékelték meg a koponyádat hozzá, vagy ilyesmi. Nagy szerencséd, hogy ők csinálták, és nem a mieink ideát. Akkor aztán hónapokig fémkapcsokkal lenne tele a leborotvált fejbőröd.

Ahogy ezeket kimondta, ijedtemben odakaptam, és végigtapogattam a fejem. Kerestem a kapcsokat. Pedig hülye vagyok, mert épp most mondta, hogy nincsenek! Ez csak valami önkéntelen reakció volt. Valóban nem könnyű felfognia az embernek, hogy agyműtétet hajtottak végre rajta, ha egyszer nincs semmilyen nyoma. Nem voltak hát kapcsok vagy sebek a homlokomon, és máshol sem az egész fejemen. Ez kicsit megnyugtatott, de hogy miért, azt nem tudom. A műtétet ettől függetlenül elvégezték. Kat végül is látta. Lehet tehát, hogy ok nélkül nyugodtam meg. De valahogy az, hogy nincsenek szemmel látható bizonyítékai a dolognak, valamiért mégis jó érzéssel töltött el. Talán az ember már csak ilyen: Amit nem kell feltétlenül látnia, azt lehet, hogy nem is akarja elhinni, és szeret nem tudomást venni róla. Pláne, ha ilyen veszélyes dologról van szó. Én is egy kicsit úgy éreztem, hogy gyógyuló sebek és kötszer nélkül talán meg sem történt az egész, és nincs mitől tartanom. Könnyebb így élni: hülyén és tudatlanul.

Amikor beléptünk a lakókabinba, anyu még valóban nem volt otthon. Bár, hogy miért gondolok rá még mindig szülőanyámként, azt nem tudom. Végül is tényleg még csak nem is hasonlítunk. Adam megmondta, hogy Trish nem az, akinek eddig hittem. Én mindenesetre szívesebben gondoltam rá anyámként. Ha ugyanis száz százalékban Adam útmutatásai szerint folytatnám most tovább az életem, lehet, hogy eleve ide sem jöttem volna. Minek jöttem volna haza egy robothoz vagy mihez, aki számomra vadidegen? Akkor nem lett volna hová mennem, azaz *mennünk*. Így viszont van. Itthon vagyok, és anya hamarosan hazaér. Így mégis könnyebb volt kicsit eligazodni és túlélni ezt az egész őrületet. Egyelőre.

Katet leültettem a konyhában, és csináltam magunknak egy-egy melegszendvicset. Gondoltam, ha anyám arra jön haza, hogy a konyhában beszélgetünk, talán nem csap akkora balhét, és akkor lehet, hogy szót tudunk érteni vele. Végül is egy ártatlan uzsonnázás mégsem olyan látvány, mintha arra toppanna be, hogy pucéran kergetjük egymást ostorral?! Bár nem tudom, a felnőttek ilyeneket csinálnak? Igazából nem vagyok benne biztos. Meglehetősen keveset tudok a szexről és a párkapcsolatokról. Szerintem koromhoz képest gyanúsan keveset. Feltehetően amiatt, hogy a szüleink – nevezzük őket így az egyszerűség kedvéért – nagyon erősen befolyásolják, hogy mit taníttatnak meg nekünk, és mennyit tudhatunk meg a minket körülvevő világról. Mivel az utolsó két ember szaporodásán adott esetben az egész Föld sorsa múlhatna – ha Adam sztorija valóban igaz –, ezért, gondolom, tényleg nem mindegy, hogy az a két személy mikor és hogyan kezd neki az egésznek, milyen háttértudással és felkészültséggel.

Bár ez a gondolat valamiért egyszerre töltött el kíváncsisággal, de ugyanakkor undorral és viszolygással is. Ennyi lenne majd számunkra a szerelem és a családalapítás? Egyfajta génkísérlet? Két utolsó „egyed" előre megtervezett szaporítása, amit kémcsövekben végeznek majd, számítógépek által előrekalkulált eredmények és esélyek alapján? Ez borzalmas! Én nem akarok így élni! Tudom, hogy talán felelőtlenség ilyet mondani, mert egy egész faj sorsa múlhat rajtunk, de akkor is leszarom! És az én boldogságommal mi lesz? Nekem nincs jogom hozzá? És Katnek?

Ilyen és ehhez hasonló gondolatok keringtek az agyamban. Pár percen keresztül nem szóltunk Kattel egymáshoz. Lehet, hogy ő csak túl fáradt volt a beszédhez. Vagy talán ő is ugyanazon gondolkozott. Nem tudom. Adam biztos meg tudná mondani, hogy min járt az esze. De hogy őszinte legyek, nem kérdezném meg, hogy mit látna most a lány fejében. Én nem akarnék gondolatolvasó lenni. Nem akarnék tudni mindenről. Nehéz lehet úgy élniük. Mindenről tudni nagy felelősség és bizony borzasztó teher lehet. Az emberek nem véletlenül hoznak döntéseket arról, hogy milyen stílusban szóljanak egymáshoz, és mikor mondjanak el valamit, és mikor ne. Léteznek kegyes hazugságok is. Én is mondtam már anyámnak, hogy finom a vacsora, amikor egyáltalán nem ízlett. Miért kéne minden egyes gondolatát ismernünk a másiknak? Én biztos nem akarnám. Szegény idegeneket is vagy ezerszer megsértettem odaát. Na jó, ők biztos hozzászoktak már a hülye emberi sértésekhez, mert nem én voltam az első, akivel találkoztak, de akkor is. Nem is értem, hogy bírják ezt, és miért nem veszik magukra?

Talán mert nincs más választásuk.

Most értettem meg, hogy Adam miért mondta azt a latin idézetet, hogy „vagyok, aki vagyok": Ego sum, qui sum. Nem mi választjuk meg, hogy milyennek születünk. Döntéseinkkel befolyásolhatjuk valamennyire az életünket, de sajnos nem mindent. Van, ami elkerülhetetlen. Lehet, hogy az is az, hogy nekem Kat lesz a párom. Ha valóban nincs más élő nő a Földön, akkor kizárásos alapon ő kell, hogy legyen az. Tulajdonképpen állati nagy szerencsém van, hogy épp ő az, hiszen még tetszik is! Mi lenne, ha egy száz kilós, száz centi magas, félszemű nő lenne az utolsó asszony a Földön? Mondjuk, egy ötvenéves szipirtyó? Őt is feleségül kéne vennem? És ha nem akarnám, akkor addig rázatnának a robotok árammal, amíg be nem adom a derekam? Tényleg, miért is olyan fontos nekik ez az egész? Miért akarnak fenntartani egy olyan fajt, azaz újraindítani a civilizációjukat, amihez nekik nincs is igazán közük? Ez végül is nem az ő harcuk, vagy igen? Ők nem valódi emberek. Miért számít nekik, hogy kihalunk-e, vagy sem? Épp nyitottam is a számat, hogy ezt azért mégis megkérdezzem Kattól, amikor anyám benyitott, és belépett a konyhába. Hazajött.

– Thomas! – emelte fel azonnal a hangját, amikor meglátta a mellettem ücsörgő tetőtől talpig koszos, kimerült Katet. – Nem megmondtam, hogy soha többé nem találkozhatsz ezzel a lánnyal tanítási időn kívül?! Hogy merted idehozni? Ráadásul ilyen nyíltan? Mit keres ő itt?!

Hatodik fejezet: Trish

– Anya, ne kezdd! Egyébként se tégy nekem szemrehányást azok után, hogy hazugságban tartottál!

– Mi? Thomas, te miről beszélsz? Mit mondott neked ez a lány? Telebeszélte valamivel a fejedet? Most már itt tartunk, hogy ellenem hergel? Mit képzelsz?! – kérdezte ezt már Kattól. Ő nem felelt erre semmit. Hagyta, hogy lerendezzük egymás között a dolgot.

– Semmit sem képzel – mondtam anyámnak. – Nem ő a hibás. Senki sem hibás. Hacsak ti nem, abban, hogy nem mondtátok el nekünk az igazat!

– *Mi* nem mondtunk igazat? Én és kicsoda?! Mi fenéről beszélsz, fiam?

– Te és az ezredes! Nagyon jól tudod te, hogy miről beszélek! A bolondját járatjátok velünk! Időnként kitörlitek az emlékezetünket, és párosítani akartok bennünket, mint a patkányokat. Erről ennyit! Vége a játéknak! Ne hülyítsük már egymást tovább, mint ami feltétlenül szükséges!

Anyámat, azaz azt a személyt, akit eddig annak hittem, még életében nem láttam ennyire meglepettnek. Egyszerűen megszólalni sem tudott. Szinte ledermedt. Ez engem viszont lesokkolt. Miért van ennyire meglepődve? Egy lebuktatott bűnös nem inkább beletörődött szokott lenni, szomorú és kissé talán megkönnyebbült, hogy nem kell tovább színlelnie? A Trish nevű nő arcán viszont nem igazán ilyen érzelmeket véltem felfedezni.

– Te jó ég! – fordultam Kathez. – Lehet, hogy ő sem tud róla!

– Dehogynem – mondta Kat haragos szemekkel. – Hülyít téged. Én nem hiszek neki.

– Takarodj innen! – mondta Trish Katnek. – Teljesen elvetted a fiam eszét! Összevissza beszél. Megőrjítetted valami marhasággal! Miket hordtál neki össze? A saját anyja ellen hangoltad? Miféle lány vagy te? Miféle ember? Senki sem csinál ilyet!

– Lehet, hogy igazad van – mondta nekem Kat most kissé nyugodtabban. – Vagy nem tud róla, vagy állati jól tolja ezt a szerepet. Szerintem is meggyőző. De én akkor sem hiszek neki teljesen.

– Ülj le, anya, légy szíves!

– Csak akkor, ha ez a lány már eltakarodott innen!

Kat egy pillanatra megmozdult, de végül nem állt fel.

– Kat nem megy sehova – fogtam meg a karját, hogy még véletlenül se tudjon vagy akarjon hazaindulni. – Nem ő itt az ellenség.

– Mivel én vagyok az, ugye?! – kérdezte anyám magából kikelve. – Miket mondott neked egyáltalán? Miért hallgatsz egy idegenre? Ennyire elcsavarta a fejedet valamivel? Mivel? *Szexszel*?

– Nem történt köztünk semmi – mondtam higgadtan. De őszintén szólva egyre inkább nehezemre esett ez a hangnem. Legszívesebben ordítottam volna. És nemcsak néhány perce, de már órák óta! – Tegnap sem történt semmi, csak félreértetted a helyzetet. Kerestünk valamit, ami miatt fenyegetve éreztük magunkat itt a bázison. Úgy gondoltuk, az életünkre törnek, és eddig feltételeztük, hogy ennek te is a része vagy. De most már nem vagyok teljesen biztos benne.

– Fiam, ti teljesen megőrültetek! Még hogy az életetekre törnek! Ez a lány paranoiás! Valahogy belevont a skizofrén téveszméibe. Elhitette veled, hogy az a valóság.

– Anya, ülj le! Muszáj beszélnünk! Tisztáznunk kell. Már túl messzire mentünk ahhoz, hogy úgy éljünk, ahogy eddig. Innen a régi út már úgysem vezet tovább. Vége a dalnak.

– Most már fenyegetsz is? – Trish arcán őszinte félelmet láttam felvillanni, továbbá döbbenetet és csalódást. Csalódott a „saját fiában", már ha ő valóban annak hisz engem. – Mi lesz, ha nem ülök le? – kérdezte. – A barátnőd feláll, és kést fog rám?!

– Anya, ne haragudj! – álltam fel kétségbeesetten. Trish arcán ekkor már könnyek folytak. Szerintem még életében nem érte ekkora sokk. Odaléptem hozzá, és egyszerűen csak át akartam ölelni. Nem tudom, hogy kicsoda ő, és hogy én kije vagyok neki, de rájöttem, hogy nem érdekel. Én akkor is szeretem, és nem akartam ennyire ráhozni a frászt!

– Tom! – szólt rám Kat. Gondolom, figyelmeztetni akart, hogy ne menjek meggondolatlanul a közelébe. A robotnő ugyanis (ha valóban valami olyasmi) a végén még belém vág egy jó nagy memóriatörlő injekciót, hogy visszahülyüljek két héttel korábbra. Igen, tudom, tudom... veszélyes szintetikus emberek, világméretű összeesküvés, kipusztult Föld bolygó, ufók Roswellben, tárolóban alvó Drakula tanár... szarok rá! A saját anyámat akkor is hadd öleljem már meg!

Odaléptem hozzá, és megtettem. Nem ellenkezett. Ő is visszaölelt, és éreztem, hogy remeg az idegességtől. A szívverését is hallottam! Valóban volt tehát neki. Úgy kalapált odabent a mellkasában, hogy majd kiugrott a helyéről. Pár másodpercig csak álltunk úgy, egymást átölelve. Nem történt semmi egyéb. Kat végül nem állt fel, nem akadályozott meg abban, amit tettem. Talán azért, mert ő is ugyanezt csinálta volna a helyemben. Végül is mi emberek vagyunk! Nem pedig érzéketlen gépek. Mi képesek vagyunk szeretni és sajnálni valakit, ha kiborul, és van egy pont, amit már nem akarunk átlépni érzelmileg.

Később rájöttem, hogy rendkívül felelőtlen döntést hoztam akkor. Túl sokat kockáztattam. Valóban volt rá esély, hogy ez a Trish nevű nő – függetlenül attól, hogy valódi ember-e – érzelmileg manipulálni próbál azért, hogy a megfelelő pillanatban lecsapjon, és megpróbáljon felülkerekedni rajtunk, visszanyerni az előnyüket velünk szemben. Valóban volt rá esély. De mennyi? Utólag belegondolva, lehetett az talán nyolcvan százalék is, vagy még több! Kat ezért szólt rám, ezért figyelmeztetett. És igaza volt. Neki mindig igaza van. Bár lehet, hogy én elfogult vagyok vele, de attól még így van.

De ekkor még nem érdekelt, hogy mennyire veszélyes közel engednem magamhoz ezt a személyt érzelmileg és fizikailag egyaránt. Akkor még sokkal egyszerűbben szemléltem a dolgokat. Csupán meg akartam nyugtatni, mert úgy láttam, szenved. Én már csak ilyen vajszívű vagyok. Nekem teljesen mindegy, hogy az élő anyám sír, vagy a kedvenc robotdadám, akkor sem nézem szívesen a szenvedését, és kész! Ez most gáz? Gyenge lennék emiatt, hiperérzékeny és férfiatlan? Szarok rá. Ilyen vagyok, és kész! Ego sum, qui sum. És már latinul is tudok. Erről ennyit.

Frissen örökbefogadott anyámat leültettem velünk szemben egy konyhaszékre, és biztosítottam róla, hogy senki sem fog kést fogni senkire. Valamennyire megnyugodott, de láttam rajta, hogy ő most van körülbelül azon a szinten, mint amikor én először szembesültem azzal, hogy Kat napok óta nem jön iskolába, nekem pedig lehet, hogy nem kéne többé D-vitamint szednem.

– Nem tud róla – mondtam Katnek tárgyilagosan. – Hidd el, hogy nem tud. Ismerem anyámat – Trish előtt szándékosan így beszéltem róla továbbra is, mert így volt a legegyszerűbb –, és tudom, hogy teljesen ki van akadva. Én is ki voltam. Ugyanazt éli most át, amit én a legelején. Amit te magad is tegnap! Ne hibáztasd hát őt. Nem tehet róla.

– Lehet – vonta meg a vállát Kat. – De azért akkor is vigyázz, hogy kinek mit hiszel el itt. Az életünk múlhat rajta, Tom! Elnézést, Mrs. Meier. Ha valóban nem tud erről az egészről, akkor nem akartam megbántatni vagy megijeszteni, de mi borzalmas dolgokat éltünk ma át. El sem tudja képzelni, hogy mi mindent!

– Mi történt? – kérdezte Trish. Most már ő is tudni akarta. Látta, hogy nem vagyok teljesen meghülyülve, és hogy valamin valóban keresztülmentünk, ami miatt így viselkedünk. Így hát több értelme volt meghallgatnia minket, mint számon kérni vagy kiabálni velünk bármiről is.

– Hol is kezdjük? – nézett rám Kat félig mosolyogva a helyzet abszurditásán, félig kétségbeesetten, hogy milyen nehéz lesz mindezt elmagyarázni.

– Kezdjük ezzel – mondtam, és elővettem az eddig pólóm alatt rejtegetett, Vénusznak nevezett tárgyat. Kiraktam magunk elé az asztalra, és most ott világított halvány, narancsszínű derengéssel. – Így talán majd anyukám elhiszi nekünk, hogy nem csak kitaláltuk az egészet, ez ugyanis egy fizikailag létező, kézzelfogható bizonyítéka mindannak, amiken eddig keresztülmentünk. Láttál, anya, valaha ilyesmit? Meg tudod mondani, hogy mi ez?

– Fogalmam sincs – ismerte be Trish őszinte arckifejezéssel. Nekem teljesen annak tűnt. Kat nevében nem tudok nyilatkozni. – Hol szereztétek? Mi a fene ez? Nem veszélyes, hogy csak így magadnál hordod, fiam? Ugye nem azért világít, mert valamiféle sugárzást bocsát ki? Mióta van nálad? Hol találtátok?

– Valaki, aki ma megmentette az életünket, adta nekem. Tehát nem valószínű, hogy veszélyes lenne megérintenem. Másképp is árthatott volna nekünk az illető ezerféleképpen, és mégis megmentett, tehát biztos vagyok benne, hogy nem adott volna a kezembe olyasmit, amitől csomókban hullik majd ki a hajam, és kinyúvadok.

– Ki adta? Az egyik kutató?

– Egy Adam nevű személy.

– Én nem tudok ilyen nevű emberről itt a bázison. Nem ismerek mindenkit személyesen, de láttam már többször is a dolgozók névsorát. Nagyjából fel tudom idézni, hogy kik dolgoznak a létesítményben. Adam nincs köztük. Én nem tudok ilyen nevű emberről.

– Mert Adam nem az.

– Nem mi? Nem itteni dolgozó? Akkor hogyan jutott be? Ugye nem lógtatok ki valahogy titokban? Ugye nem hagytátok el a bázist?

– Dehogy! Nem úgy értettem. Adam nem... – nem voltam benne biztos, hogy jó ötlet-e kimondanom. Vártam pár másodpercet, de mivel Kat nem vágott közbe, így végül csak kimondtam: – Adam nem ember. Ő egy másik bolygóról érkezett lény.

226

Trish ennek hallatán kifejezéstelen arccal bámult rám. Szerintem nem tudta eldönteni, hogy hülyéskedek-e, vagy sem.

– Komolyan mondom – tettem hozzá. – Tudom, hogyan hangzik. Ha valóban nem tudsz erről az egészről, márpedig szerintem nem, akkor tudom, hogy mennyire röhejes ez.

– Valóban az – ismerte el anyám. – Ne haragudj, Thomas, de ez már tényleg sok. Mit akartok egyáltalán elhitetni velem? Mire megy ki ez az egész? Ez valami játék? Valami újfajta kamaszcsíny, amiről még nem hallottam? Aminek a végén majd jót kell nevetni? Fiam, én előre szólok, hogy nem fogok tudni. Nekem ez már réges-rég túlment azon a határon, hogy valaha is mulatni tudjak rajta.

– Tudom – mondtam neki. – Ezért sem próbálnék meg most humorizálni. Ezt a lényt ma a saját szemünkkel láttuk. Beszéltünk vele... egy bizonyos módon – tettem hozzá. – Nemcsak vele, de egy csomó fajtársával is. Tőle kaptam ezt a dolgot. Azt mondta, vigyázzak rá. Egyelőre nálunk nagyobb biztonságban lesz. Náluk most harcok folynak.

– *Harcok*? Ki ellen háborúznak? Mármint, ha ez nem egy könyvből kiragadott fantáziatörténet része, amit itt előadsz. Feltételezve, hogy nem az, ki ellen harcolnak a lényeid?

– Nem az én lényeim – helyesbítettem, hogy azért ennyire ne nézzen már gyereknek vagy dilisnek. – Az itteniek ellen harcolnak, akik rájuk küldtek egy kivégzőosztagot.

– Az *emberek* küldték rájuk?

– Na, igen. És már helyben is volnánk! – mondtam kínos mosollyal. Kat is a haját igazgatta zavarában. Szerintem ő is rendkívül kényelmetlenül érezte magát. Egyikünk sem tudta, hogyan fog Trish reagálni arra, hogy itt senki sem valódi ember. És legvégül arra, hogy *ő sem* az! Úgy döntöttem, ezt az egyet egyelőre nem árulom el neki. Attól totál kiakadna. Akár ember, akár nem. Nekem is elég volt szembesülnöm vele, hogy anyám nem valódi, *neki, magának* akkor milyen érzés lenne? Még az is eszembe jutott, hogy ez a felismerés esetleg kioldhat náluk egy önmegsemmisítő kapcsolót! Egyelőre nem szabad ezt elárulnom neki. Túl kockázatos. Akárki is ő, nekem fontos, és szeretem. Nem akarom elveszíteni.

– Kat... – szólítottam meg. – Lebuktatás... Joel... deaktiváció.
– Próbáltam neki virágnyelven elmagyarázni, hogy mi jutott eszembe, és mitől kezdtem el most tartani. Mármint azt, hogy Joel azt mondta, deaktiválják, ha kiderül, hogy lebukott.

– Ja? – bólintott Kat. Láttam rajta a felismerés jeleit. – Igen, vágom. Akkor az a része egyelőre felejtős. Szerintem inkább ne menjünk bele!

– Miről beszéltek? – kérdezte Trish. – Joelről, azaz Mr. Brownról? Mi van vele?

– Joel Brown nem ember! – tört ki belőlem. – És azt gyanítjuk, hogy sajnos lehet, hogy mások sem azok itt a bázison! – Arra gondoltam ugyanis, hogy ez így nem is olyan rossz megoldás. Végül is nem hazudok neki! Csak picit visszamentünk az időben arra pontra, amikor még mi is csak ennyit tudtunk. Ez olyan nagy gáz? Korábban valóban ez volt számunkra minden, amit tudtunk. Így tulajdonképpen az igazat mondom neki, csak nem a legújabb verzióját, hanem az eggyel előtte lévőt.

– Ki beszélte tele a fejeteket ilyen hülyeségekkel? – kérdezte anyám elmosolyodva. – Az, akitől azt a világító játékot kaptátok? Fiam, áruld már el, hogy ki a fene az az Adam! És mi bajotok Mr. Brownnal? Azt hittem, jó tanár. Most csak ki akartok bújni a kötelező tanítás alól? Erről lenne hát szó? Lógunk a suliból? Azért, mert a tanár állítólag egy gonosz android, aki az életetekre tör? Gyerekek, nem csinálhatjátok ezt! Majdnem a szívrohamot hoztátok rám! Jézusom! – sóhajtott nagyot. – Én már tényleg azt hittem, hogy valami óriási baj van!

– Így nem fog menni – mondtam ki nyíltan anyám előtt Katnek. – Bizonyíték kell. Ez a Vénusz izé nem elég. Azt sem tudjuk, hogyan működik. Önmagában tényleg egy nulla, csak egy világító kristály, semmi több. Hogyan bizonyítsuk be neki? – Kezdtem kétségbeesni. Egyre fáradtabb voltam már a hosszú győzködéstől és magyarázkodástól. És nem úgy tűnt, hogy jól haladnék vele.

228

Szerintem Trish most még annyira sem hitt nekünk, mint akkor, amikor belépett az ajtón, és el akarta zavarni a fiát manipuláló „gonosz kis ribancot". Segélykérően néztem Katre, hogy neki van-e valami ötlete. Volt neki. Ezért is szerettem. Mert rá lehetett számítani!

– Vonal – mondta sokat sejtetően. A jelek szerint csak támpontot próbált adni. Azt akarta, hogy inkább magamtól jöjjek rá. Talán mert ez most az én pillanatom volt „anyámmal". Lehet, hogy neki is meglesz majd a sajátja az „apjával". Nem akarta elvenni az enyémet.

– Mi van a vonalakkal? – kérdeztem. – Induljunk el valamelyiken együtt? Anyám szerintem nem fog velünk jönni. Nem tudom rábeszélni. Ez nem jó ötlet.

Trish közben felváltva nézett minket, de egyelőre nem szólt közbe.

– Nem a kék és a piros – mondta Kat –, hanem a szürke. Szaggatott.

– Az hová visz? – kérdezte Trish. – Arra még sosem akadt dolgom. Ugye ti nem merészkedtetek tiltott területekre? Megmondtam neked, Thomas, hogy ne tegyétek! Még találkoznotok sem lett volna szabad tanításon kívül.

– Még mi sem jártunk arra – nyugtattam meg. – De most elmegyünk!

– Mi? – kérdezte anyám meglepődve, hogy milyen hangnemet merek megütni vele szemben. – Miért tennénk? Nem lehet csak úgy összevissza kódorogni a bázison, te is tudod! Mit akarsz tenni, Tom? És milyen célból?

– Elmegyünk hárman a szürke szaggatott vonal végéig, és megmutatjuk neked a valódi Joel Brownt. Azt mondta nekünk, hogy ő nem ember. Nem vicceltünk az előbb. Bevallotta, hogy egy szintetikus, robotszerű létforma, aki gyakorlatilag egy tartályban él. Nincs otthona, nincs saját lakókabinja! Azért, mert nem is él. Csak egy előre beprogramozott gép vagy mi a fene. – Nem szívesen fogalmaztam így, mert kilencven százalék, hogy Trish is az, de

229

egyelőre könnyebb volt most eszerint továbbhaladni a megkezdett úton. Szerintem anyám ugyanis egyáltalán nem tud róla, hogy ő micsoda! – A tanár azt mondta, ő nem élőlény. Tanítás után visszafekszik a tartályába, és egészen a következő tanítási nap kezdetéig ki sem jön onnan. Ennyiből áll az élete. A szürke vonal egyik végén a tanulószoba van, a másikon ez a tartály! Ez hát a bizonyíték. Menjünk, és nézzük meg! Ha a saját szemeddel látsz majd egy tartályban úszkáló, hibernált izét, ami épp töltőkábelre van kötve, akkor elhiszed majd, hogy a bázison semmi sem az, aminek látszik?

– Nem tudom, mit akartok ezzel elérni. Még nem volt dolgom a szürke vonal mentén semerre, de biztos vagyok benne, hogy semmi olyasmi nincs ott, amit ti gondoltok. Nem tudom, kitől hallottátok mindezt. Ha valóban Mr. Browntól, akkor nem tudom, miért mondott volna bármi ilyet, de szerintem nagyon félreérthettétek. Biztos vagy viccelt, vagy csak rátok akart ijeszteni, mert nem figyeltetek az óráján!

– Ha kamu az egész, akkor mi vesztenivalód van, anya? Sétálunk egyet, és a vonal végén nem lesz semmi, csak mondjuk, egy üres szerszámoskamra. Akkor elnézést fogunk kérni, Kat hazamegy, én beveszem a D-vitamint, és lefekszem. Holnap pedig ígérem, nem késem el az iskolából! Soha többé! Áll az alku? – Bár rohadt sokat kockáztattam ezzel az ajánlattal. Lehet, hogy nem kellett volna. Ugyanis honnan tudhatom, hogy nyomtatott-Joel miben mondott igazat, és miben nem? És ha nem is egy tartályban lakik, hanem egy robotokcsarnokban dokkol valahol a többiekkel együtt, ahol egy óriási központi töltőre vannak rákötve? Lehet, hogy a szürke vonal csak egy takarítószertárhoz vezet! Akkor majd mihez kezdek? Hát, a D-vitamint mindenesetre biztos nem fogom bevenni! Mindegy, a jövőn majd aggódok a jövőben. Most inkább a jelent próbálom megoldani, és pillanatnyilag nincs jobb ötletem, mint ez. Így legalább nyerhetünk Trish személyében egy szövetségest, aki hisz nekünk, és esetleg jutunk vele együtt valamire. Az ő támogatása nélkül csak két hülye, fantáziáló –

esetleg bedrogozott – kamasz vagyunk, akik idegesítik a szüleiket, és hazudoznak a tanárokról, hogy ne kelljen másnap dolgozatot írniuk! Muszáj Trisht meggyőznünk. Ő legalább felnőtt. Még ha nem is igazi ember. Talán jobb is így, hogy ő nem tudott az egészről. Így őszintén mellénk állhat, ha akar. Segíthet nekünk. És szerintem fog is. – Kérlek! – tettem hozzá. – Anya, ez nem vicc! Nem hülyéskedünk. Kérlek, gyere el velünk oda, és nézd meg! Szükségünk van a támogatásodra!

Hát kell ennél több egy anyai szívnek? Egy folyamatos ritmusban verő, teljesen élethűnek tűnő szívnek? Akár szintetikus, akár organikus?

– Rendben! – mondta *anyám*. Ekkor megint úgy éreztem ugyanis, hogy az. Hisz ő maga is így hihette. Ki vagyok én, hogy jogom lenne megfosztani ettől? – Meggyőztél, Tom. Menjünk!

Hetedik fejezet: Joel

Már így is épp eleget gyalogoltunk eddig ezen a keddi napon. Sőt, másztunk járatokban, kúsztunk koszos csövekben, ugráltunk le több méter magasból. Tehát ez az újabb séta már nagyon nem hiányzott egyikőnknek sem. Valószínűleg ezért sem haladtunk most túl gyorsan, de azért rendíthetetlenül mentünk előre, és követtük a szürke szaggatott vonalat.

Én baktattam elöl, Trish mögöttem, Kat pedig leghátul.

– Van valami elképzelésetek arról, hogy milyen hosszú ez a vonal? – kérdezte anyám. Nem tudom, hogy türelmetlenségből-e vagy csak csevegni próbált, de tény, hogy eddig még nem sokat kommunikáltunk ezen a késődélutáni sétán.

– Szerintem nem lehet nagyon messze – töprengtem hangosan. – Joel mindennap kétszer végigjárja. Csak nem tart tíz órán keresztül, hogy beérjen dolgozni. Akkor ő is rendszeresen elkésne. – Most, ahogy ezt kimondtam, értettem meg, hogy miért is idegesíti a tanárt annyira, hogy én minden egyes nap későn érek be. Azért, mert kb. egy percre lakom a tanteremtől, neki viszont legalább húsz percet kell gyalogolnia (ugyanis most ennyi ideje jövünk megállás nélkül), de még az is lehet, hogy ennél jóval többet. Ő mégsem késett el soha. Ez így valóban kissé igazságtalan őrá nézve.

– Nem lesz ennek jó vége – aggodalmaskodott anyám. – Egyre kevesebb erre a dolgozó, és már katonák is alig állnak a falak mentén. Szerintem nem lenne szabad erre jönnünk. Ez valószínűleg tiltott zóna!

– Láttál erről kiírást bárhol is? – kérdeztem.

– Én nem – szólalt meg Kat a hátunk mögül.

– Ez akkor is szabályszegés – tájékoztatott minket anyám. – A dolgozóknak nemcsak tiltott zónákba nem szabad belépni, de a számukra kijelölt, munkakörüknek megfelelő vonalon kell haladniuk. Nekem mint dolgozónak senki sem jelölte ki a szürke vonalat. Nektek, gyerekeknek pedig valójában egyiken sem kéne mászkálnotok. Csak a lakókabin és a tanulószoba között közlekedhetnétek!

– Anya, ha meglátod, ami a vonal végén vár ránk, akkor ez lesz a legkisebb gondod, hidd el nekem! Ez a dolog ugyanis mindent megkérdőjelez. Annyit hadd áruljak el elöljáróban, hogy itt a bázison senki sem az, akinek eddig gondoltuk. És itt most nemcsak a dolgozókra gondolok, de még mi hármunkra is.

– Hogy érted ezt? – kérdezte Trish.

– Készülj fel életed legnagyobb meglepetésére. Mi Kattel már azt hiszem, túl vagyunk rajta. Legalábbis remélem! Őszintén kívánom, hogy az eddigieknél nagyobb titkokkal és traumákkal már ne kelljen szembesülnünk, mert más rég szívrohamot kapott volna attól, amit mi eddig megtudtunk.

– Te aztán tudsz kedvet csinálni az embernek, fiam.

– Én is ezt mondtam neki, Mrs. Meier – fintorgott Kat.

– Jó, jó csak próbállak felkészíteni rá, hogy mi minden folyik itt. Jobb lesz, ha te is megtudod az igazságot. De nem lesz könnyű elfogadnod.

– Már ha létezik egyáltalán az az igazság, amiről fél órája győzködtök engem, fiam. Nem is értem, miért hagytam egyáltalán rábeszélni magam, hogy veletek jöjjek.

– Azért ott! – mutattam előre. – Odanézzetek! – torpantam meg.

Egyszerűen nem hittem a szememnek. A szaggatott vonal egy felfelé vezető fémlépcsőhöz vezetett. Azaz a lépcső alá. Ott pedig egy kis beszögellésben valóban egy fémtartály feküdt a padlón.

– Ezt nem hiszem el! – mondtam őszinte meglepetéssel. Mert habár én javasoltam, hogy jöjjünk ide, mivel jobb ötletem nem nagyon volt arra, hogy bizonyítsuk az állításainkat, mégsem hittem el, hogy tényleg ezzel a dologgal fogjuk itt szembe találni magunkat. Hihetetlen, hogy tényleg rátaláltunk!

– Az nem létezik, hogy abban ott egy emberi lény lakik – mondta anyám. – Az csak valami takarítódoboz vagy tűzvédelmi berendezés szekrénye.

Valóban volt valami abban, amit mond. A tartály tényleg úgy nézett ki, mint valami szükség esetére fenntartott, időnként karbantartott és letörölt, de egyébként ritkán használt régi, koszos tartóláda.

– Nem igazi ember – vitatkoztam anyámmal. Bár lehet, hogy feleslegesen. Valahogy én sem tudtam elképzelni, hogy Joel ebben élne. Még akkor sem, ha tényleg olyan műember, mint amilyennek gondoljuk.

Ekkor értünk oda a tartályhoz. A vonal itt véget ért a padlón, és egy „bekarikázott” részbe torkollott, azaz a szaggatott szürke vonal itt körbevette a doboz körüli területet. A jelek szerint itt kétméteres körzetben szabadon lehetett mozogni a tartály körül.

– Ne nyúljatok hozzá – mondta anyám. – Nem tudom, hogy veszélyes-e, ami benne van, de biztos, hogy nem arra való, hogy gyerekek fogdossák. Még akkor sem, ha csak valami tűzoltóberendezés.

– Akkor ki nyissa ki? – kérdeztem. – Kinyitod te? Valakinek ki kell. Látnunk kell, hogy mi van benne. Ezért jöttünk el idáig.

– Kinyitom én – ajánlkozott Kat. – Így lesz a legjobb. Magát megbüntethetik a szabályszegésért, Mrs. Meier. Tomot talán kevésbé, de én az ezredes lánya vagyok. Ezét talán még nekem van a legtöbb esélyem arra, hogy büntetlenül megússzak egy ilyen kihágást. Legalábbis remélem.

Anyám válaszolni akart valamit, de végül nem tette. Belátta, hogy Katnek igaza van.

A lány lehajolt, és megragadta a tartály fedelén a fogantyút. Nem látszott rajta sehol kulcslyuk, vagy egy annál újabb típusú zár nyitórendszere. Csak egy fogantyú volt rajta, itt-ott bemélyedések, kopások és katonai módszerrel, sablonon keresztül ráfújt, festett sorozatszámok. A hátsó része mintha részben be lett volna tolva vagy be is építve a falba, tehát nem lehetett megállapítani, hogy kábelek például vannak-e belecsatlakoztatva hátulról. Valóban lehetett volna éppen egy egyszerű tartódoboz is, és még ki tudja, mi minden.

– Lassan! – figyelmeztettem Katet, ahogy emelni kezdte felfelé a tartály fedelét. Ugyanis az jutott eszembe, hogy nem tudjuk, Joel hogyan fog reagálni, ha „rányitnak". Lehet, hogy ordítani kezd! Az is lehet, hogy sivítani, mint egy robot, amelyik vészjelzést ad le. Elképzelhető, hogy tök pucéran fekszik odabent, tehát lehet, hogy nem ő lesz az egyetlen, aki riadtan sikoltozni fog majd, amikor meglátjuk egymást. Én legalábbis nem szeretném olyan állapotban látni a tanáromat. De szerintem anyámék sem.

Ám, amikor Kat teljesen felnyitotta a tartályt, és fedelét a falnak döntve elengedte a fogantyút, nagy meglepetés ért bennünket. Szerintem mindannyiunkat!

Anyámat azért, mert igazat mondtunk! A tartály belseje emberformájúra volt kialakítva. A fekhelyet valamilyen sötét színű folyadékkal töltötték fel, akár egy öntőformát egy bábu számára.

Minket pedig azért ért meglepetés, mert Joel nem volt benne! Először azt hittem, azért nem látjuk, mert jelenleg folyékony halmazállapotban van. Gondoltam, ő az a folyadék, ami megtölti az öntőformát. De aztán rájöttem, hogy nem lehet. Ahhoz túl kevés sötét lé lötyögött a fekhely alján, hogy ez legyen ő maga. Nem létezik, hogy annyiból össze tudna állni egy nyolcvan kiló körüli felnőtt ember! Ahhoz ez túl kevés! Inkább úgy tűnt, ebbe a folyadékba szokott belefeküdni, ő maga pedig jelenleg nem tartózkodik „itthon".

– A francba! – Azt akartam mondani, hogy hazudott nekünk. Nincs azért mindig itt, amikor épp nem tanít! És most biztos, hogy úton sincs valamerre a tanterembe, mert csak egy szürke vonalpár van, amin mi most végigjöttünk. Nem találkoztunk össze vele menet közben úgy, hogy szembe jött volna az ellenkező irányba haladó vonalon.

Kat csalódott arccal megfogta a tartály fogantyúját, hogy visszacsukja, de valaki közben észrevehetett minket, mert hirtelen hátulról rákiabált:

– Állj! Ne nyúlj hozzá! Ne piszkáld!

Mindhárman megfordultunk a hangra, és döbbenten szembesültünk vele, hogy Joel az!

De nem ez volt a legmeglepőbb, mivel amúgy is sejtettük már, hogy igazat mondott, és időnként – ha nem is mindig, de – valóban itt szokott regenerálódni. Azon lepődtünk meg és rémültünk tőle halálra, hogy Mr. Brown nem volt egyedül. Kat apja ment közvetlenül mögötte a vonalon. Őket pedig vagy tíz fegyveres katona követte!

Nyolcadik fejezet: Mitch

– Ne mozduljanak! – mondta Donovan ezredes. – Tiltott helyen tartózkodnak! – Intett a katonáinak, hogy vegyenek körbe minket. Még nem tudtuk, milyen célból. – Vigyék el őket! – parancsolta nekik.

A katonák megragadták a karunkat. Ezek szerint ezek is léteznek fizikailag, és sajnos sokkal rátermettebbek, mint Joel Brown, aki még azt sem volt képes megakadályozni, hogy szórakozásból bökdössük egy kicsit.

– Hová visznek minket? – kérdezte anyám kétségbeesetten. – Nem tettünk semmi rosszat! Ki sem volt írva, hogy hol kezdődik a tiltott zóna, és hogy ez már az-e!

– Ne magyarázz, Trish – mondta Mitch. – Elég a mellébeszélésből. Tudjuk, hogy miért vagytok itt. Ugyanolyan jól tudjuk, mint ahogy ti is.

– Most ki fognak végezni?! – kérdeztem az ezredest. Úgy éreztem, jogom van tudni. Ennyit azért elárulhat a rohadék, ha már egyszer minket is félreállíttat, mint Barringtont. Ki is mondtam hát nyíltan: – Velünk is az lesz, mint Barringtonnal? Őt deaktiválták, minket pedig agyonlőnek?

– Dehogyis, Thomas! – mosolyodott el az ezredes. Egy pillanatra elbizonytalanodtam most emiatt. Lehet, hogy félreértettem a helyzetet, és hülyeséget mondtam? – Téged és Katet csak memóriatörlésre visznek. Deaktiválni csak Trisht fogják.

– *Rohadék* – sziszegtem a fogaim között. Nem mertem túl hangosan kimondani. Bár nem hiszem, hogy ennél már nagyobb büntetést kaphatnék, még akkor sem, ha az anyját kezdeném szidni.

– Nem teheted ezt velünk, apa! – szólt rá Kat halálra rémülten. – Nem csinálhatod ezt a végtelenségig! Tudjuk, hogy már ez sem az első eset volt, hogy rájöttünk dolgokra! Legközelebb mindent ki fogunk deríteni! És akkor vége lesz a bázison a rémuralmadnak! Előbb-utóbb kiderítjük az igazságot, és akkor ki is jutunk innen!

– Egyhamar biztos nem, drágám – felelte neki az apja. Meglepő módon viszont kárörvendő vigyor helyett most mintha szomorúságot láttunk volna rajta.

A katonák elkezdtek taszigálni minket maguk előtt.

– Trisht a programozóba vigyék – mondta az ezredes –, a fiút vigyék a kabinjukba, és altassák el. Kattel még ne csináljanak semmit, csak vigyék haza hozzám. Rá most nem a megszokott eljárást fogjuk alkalmazni. Elő kell még készülnünk.

– Ne merd bántatni, te szemét! – tört ki belőlem. Nem bírtam tovább visszafogni magam. Rájöttem, hogy már semmi más nem érdekel, csak Kat biztonsága. Nem érdekelt, hogy velem mit csinálnak. Hogy lealtatnak-e örökre, vagy csak visszatörlik-e az emlékezetem ismét két héttel ezelőttre. Nem bírtam volna elviselni, ha megint elvesztem őt. Nem akartam úgy ébredni, hogy Kat nincs többé a bázison, vagy arra, hogy ismét „beteg”, és nem tud iskolába jönni. – Ne merészeld bántani – ismételtem –, mert kicsinállak! Még nem tudom, hogyan, de megtalálom a módját! Akkor is, ha félhülyére törlitek az agyamat! Előbb-utóbb eljutok magához ezredes, és abban nem lesz köszönet!

– Álljanak meg! – utasította Donovan az embereit. – Mit mondtál, fiam?

„Basszus!” – fagyott meg bennem a vér. „Lehet, hogy túl messzire mentem? Eredetileg csak agymosni akartak, így viszont itt helyben lelövet ez az állat?!”

– Mit mondtál, fiam? – kérdezte ismét. Nem tudtam megállapítani, hogy most szórakozik-e, vagy valóban nem hallotta jól.

238

– Semmit! – mondtam beletörődötten. – De Katet hagyja békén! Lehet, hogy magát nem érdekli, hogy mi történik a saját lányával, de engem igen! Lehet, hogy maga nem szereti, de én igen! Nem engedem, hogy bántódása essen! – hergeltem fel magam ismét egy veszélyes pontra. – Ha kell, a halálból is visszajövök, és valagba rúgom magát! Bosszút fogok állni a lányért, akit szeretek!

– Leállni! – utasította az ezredes ismét az embereit. – *Teljes* leállás! A T56-os programot ezennel megszakítom! Felülíró kód: 02456645-Donovan.

„Mi a fenét csinál ez?" – értetlenkedtem magamban. De nemcsak én, anyám és Kat is ugyanolyan meglepett arckifejezéssel bámulták a történéseket.

A katonák elengedtek minket! Sőt, nemcsak elengedtek, de többen, akik hátrébb álltak és nem értek hozzánk, most valódi hologramokhoz méltó módon egyszerűen *eltűntek*, mint a kámfor!

A folyosón eddig hallható gépzaj is megváltozott. Többfajta zúgás és zakatolás teljesen abbamaradt. Az eddigi rideg, kékes fény is melegebb, zöldes árnyalatúra váltott.

Egy szempillantás alatt rengeteg minden megváltozott körülöttünk. Az egész hely barátságosabbá vált. Nehéz lett volna megmagyarázni, hogy pontosan miért, és mi adja ezt az összhatást, de én így éreztem. Szerintem Katék is, mert mindketten értetlenül meredtek egymásra, majd énrám.

– Nyugodjatok meg – mondta Mitch Donovan. – Nem esik bántódásotok. Egyikőtöknek sem.

– Mi? – kérdezte anyám számon kérő hangon. – Mit művelsz? Szórakozol velünk, Mitch? Mi a fene folyik itt?!

– Mindjárt megtudjátok.

– Miért engedték el a karunkat? Mi történt? – követelőzött Trish.

– A *fiad* – Donovan furán megnyomta ezt a szót, mintha utalni akarna valamire – kimondott egy fontos kulcsszót. Már régóta vártunk erre a pillanatra. Így a program egyelőre leáll. Talán végleg. Remélem.

– Mit mondott ki?

– Menjünk el a konferenciaterembe – mondta válasz helyett az ezredes. – Ott kényelmesebb lesz beszélgetni. Elmondok mindent. Erre a kérdésre is válaszolni fogok. Ismétlem: ne aggódjatok. Leállítottam a programot. Innentől más idők jönnek. Nem esik bántódásotok.

Ezzel sarkon fordult, és ő maga valóban elindult visszafelé. A katonái is azonnal követték. Az a négy legalábbis, akik nemcsak kivetített hologramok voltak.

– Kövessetek! – vetette vissza nekünk Donovan a válla felett. – Most választ kaphattok a kérdéseitekre!

Kattel szó nélkül egymásra néztünk.

„Valóban kövessük?" – kérdezte a tekintetünk. „Vagy inkább futás a szellőzőjáratokba, hogy egy ideig azokban bujkáljunk, aztán megint átmenjünk esetleg Adamék oldalára?"

Kat nemlegesen rázta a fejét. Úgy láttam, ő megbízik az apjában. Szerinte tényleg nem a vesztünkbe invitál bennünket.

Nekem mégis megfordult a fejemben, hogy futni kezdjek. A lépcső, mely alatt Joel üres tartálya volt, hívogatóban állt előttem. Talán, ha elkezdenék futni rajta felfelé, eljutnék egyszer egy szintre, ahol még akár kijárat is lenne erről az átkozott helyről. Mi van, ha mindössze ennyi az egész? Csak találni kell egy kijáratot, és kisétálni rajta?

„Nem, ez nem túl valószínű" – ernyedtem el a gondolatra, és kiszállt tagjaimból a merev készültség, hogy futásnak eredjek. Bólintottam Katnek, hogy „rendben van". Jöjjön akkor, aminek jönnie kell. Jöjjön a fogság! Hiszen már eddig is abban éltünk, ki tudja, mióta!

Követtük hát mindhárman Mitch Donovant és az embereit. Egészen a konferenciateremig.

Ott az ezredes parancsba adta nekik, hogy térjenek vissza a korábbi posztjukra. A tanár is velük ment. Minket pedig Mitch beküldött a terembe, majd utánunk bejött ő is, és becsukta maga mögött az ajtót. Négyen maradtunk hát: A két egyedüli kiskorú a bázison és egyedülálló szüleik.

– Mitch – kezdte anyám –, most már el kell árulnod, hogy mi folyik itt! Igaz, amit a fiam mond a tanárukról? Valóban nem igazi ember? És azok a katonák? Hogyhogy csak úgy eltűntek? Miféle programot állítottál le az előbb? Mi az a T56-os program?

– Trish, nem lesz könnyű feldolgoznod azt, amit most elmondok. A fiatalok igazat mondanak. Joel Brown nem valódi ember. És sajnos nem ő az egyetlen ilyen itt a bázison. Azért sajnos, mert a valódi emberek javarésze már rég nem él. Helyettesítőket kellett a helyükre állítani, hogy még valahogy túlélhesse ez a faj, és egy napon akár újra is építhesse civilizációját majdhogynem a nulláról. Nemcsak ők, de te sem vagy valódi. Sajnálom. Te nem a fiú édesanyja vagy, hanem csak a nevelője. Ezt a szerepet látod el, ezért hoztak létre. Azért érzed, hogy szereted a fiút, mert ez a dolgod, erre programoztak.

Trish nem válaszolt, csak helyet foglalt egy széken, mint akit leforráztak, és innentől jó darabig meredten nézett maga elé. Úgy tűnt, próbálja felfogni az elhangzottakat. Vagy talán el sem hiszi, és azon gondolkodik, mit feleljen majd egyszer... egyszer, ha már végiggondolta, és felfogta a hallottakat.

– Hogy tehetted ezt, apa?! – kérdezte Kat. – Az, hogy mindenkit hazugságban tartasz, egy dolog. De a saját lányoddal hogyan csinálhatod ezt? Mit szólna ehhez anya, hogyha még élne?

– Erre sajnos nem tudok válaszolni – mondta az ezredes. – A helyzet ugyanis sokkal bonyolultabb annál, mint gondolod. Arról van szó, hogy...

De ekkor a szavába vágtam:

– Mi a kulcsszó? Mit mondtam ki, ami miatt végül leállította a programot? Az a viselkedés volt az, hogy fellázadtam maga ellen, és nyíltan maga ellen szegültem?

– Nem. Pont ellenkezőleg.

– Akkor a szeretet? Ez a kulcsszó?

– Igen, de nem általános értelemben. Amiatt állítottam le a programot, mert kimondtad, hogy szereted a lányomat. Erre a fejleményre vártunk egészen idáig.

– Mi?! Ezt nem mondhatja komolyan! Mi ez, valami társkereső szolgálat, egy fiatalokat összehozó vetélkedő, ahol a műsor házigazdája összeboronál embereket? Ezredes, ez egy katonai bázis, az Isten szerelmére! Mi képzel, mit csinál maga itt egyáltalán? A lányának keres férjjelöltet? Hozzuk össze az utolsó női egyedet az utolsó hímmel a Földön?

– Nem jársz nagyon messze a valóságtól, Thomas, de nem erről van szó. Vagy legalábbis nem egészen. Nem ti vagytok az utolsó két ember Kattel.

– Hadd találjam ki akkor! Maga a harmadik! Tehát ön valódi, csak anyám nem az.

– Nem. Én sem vagyok valódi ember. Engem is csak létrehoztak. Arra a célra, hogy vezessem ezt a bázist és ezt a programot. Úgy értettem, hogy nem ti vagytok a két utolsó ember, hogy valójában nem kettő van, hanem csak egy.

– Kat az? – kérdeztem halálra rémülve. – Tehát még *én sem* vagyok igazi ember?

– De – szólt közbe ekkor meglepő módon Kat. – *Te* valódi vagy.

Kilencedik fejezet: Kat

– Te valódi vagy, Thomas Meier – mondta Kat. – Én nem vagyok az.

– Az nem lehet! – kiabáltam rá. – Nem lehet, hogy te sem vagy az! De miért hazudtál? Miért ne mondtál volna még te sem igazat nekem? Hogy tehetted? Miért tagadtad le?

– Nem tagadtam. Sosem kérdezted. És még én magam sem tudtam. Csak menet közben jöttem rá.

– Mikor? Mióta tudod? – faggattam.

– A szellőzőjáratokban jöttem rá. Ott már szinte biztos voltam benne.

– Mi alapján? Hogy annyival könnyebben haladtál bennük előre, mint én?

– Nem feltétlenül. Abból viszont erősen gyanítani kezdtem, hogy rájöttem: látok a sötétben. Ezért igazodtam el annyival könnyebben, mint te. Emlékszel? Amikor mondtam, hogy itt már kénytelenek leszünk leugrani, te azt sem láttad, hogy ott véget ér a járat. Én viszont egyértelműen láttam. Ezek szerint egész máshogy érzékelem az engem körülvevő világot, mint te.

– És jóval erősebb is vagy – mondtam letörten, és a kezembe temettem az arcom. – Mindig is erősebb voltál. Egy valódi kamaszlány nem tudna két embert megtartani egy éles fémlemezbe kapaszkodva. És mellesleg hány kiló lehetett Joel tartályának a fedele?! Ezért ajánlottad fel, hogy te nyitod fel? Én el sem bírtam volna? Mennyi volt a súlya, kb. százötven kiló? Ezt nem hiszem el! Miért csináltátok ezt velem? Mi ez az egész hely? Hová lett a többi ember?!

– Nyugodj meg, Thomas – mondta Kat. – Sajnálom, hogy nem szóltam róla korábban. De azt hiszem, csak azért, mert én sem voltam benne teljesen biztos, és nem is mertem szólni róla. Én sosem hazudtam neked! Pontosan annyit tudok, és mindennel kapcsolatban úgy érzek, ahogy mondtam is. Veled kapcsolatban is. Pontosan ezért féltem attól, hogy mi lesz, ha megtudod az igazat. Azt hittem, örökre elzavarsz majd, és ellöksz magadtól. Igazából most is tartok ettől. De így már muszáj nyíltan beszélnem róla.

– Akkor mi volt ez az előbb, ahogy számon kérted az állítólagos apádat, hogy mit szólna mindehhez anyukád? Kit akartál azzal megtéveszteni?

– Senkit. Nem tudom. Egyszerűen csak válaszokat akarok. Ugyanis az emlékeim szerint akár valódi ember is lehetnék. Mindenre valóban emlékszem azokból, amiket neked elmondtam. Semmilyen jel nem utalt rá eleinte, hogy ne lennék ember. Mondom: menet közben kezdtem csak én is sejteni. Azért kérdeztem az ezredest anyámról, mert kíváncsi vagyok a válaszaira. Bár most már úgy sejtem, hogy nekem sosem volt anyám, és ő sem az apám, mivel nekem nincs is olyanom. Jól mondom? – kérdezte az ezredestől.

– Jól – mondta az. – Te a K.A.T. széria vagy. A legújabb modell, a legutolsó. Az ABC betűi alapján haladunk. A kettővel előtted lévő példány kódszáma K.A.R. volt. Fedőneve szerint „Meg". Utána jött K.A.S. Őt „Lindsey" névre kereszteltük el. Neked, mivel a kódszámod egyben a Katherine rövidítése is, így az egyszerűség kedvéért megmaradtunk annál a névnél.

– Ezért volt több szemceruza a túloldalon – jelentettem ki hangosan. – A többi lány dobta át oda. Ezek szerint akkor mindegyik velem járt azon a helyen? Én mindig ugyanez voltam már akkor is? Csak őbelőle, a „robotlányból" csináltatok mindig újat? Miért?! Mi a fenére volt ez jó?

– Kat nem robot – mondta Donovan. – Ő már majdnem egy az egyben megfelel egy genetikailag továbbfejlesztett, ellenálóbb, erősebb, szebb, hatékonyabb és egészségesebb valódi embernek. Nem teljesen az, mert nem emberi lény szülte, de ezt leszámítva már akár valódi is lehetne. Emberi génekből hozták létre kémcsövekben. Mesterséges intelligencia tervezte, mégis emberi sejtekből áll. Élőlény. Ne úgy tekints rá tehát, mint egy robotra.

– Hány van belőle? – kérdeztem. – Tudni akarom! És hol vannak az elődei?

– Igazából nem volt túl sok elődje. Nem mindegyik példány egy fizikailag új, eltérő, különálló emberi lény. Egy ideje már csak a

244

tudatát és a személyiségét fejlesztjük. A K-val kezdődő széria fizikailag, azaz testileg végig ugyanez a lány volt.

– Miért?

– Mert ő számodra az ideális társ. Az ideális nő. Aki neked a lehető legjobban tetszik. Onnan már csak a személyiségét kellett olyanra fejlesztenünk, hogy az is száz százalékban passzoljon. Ez viszont sokkal nehezebb feladatnak bizonyult. A külsőre ideális társat tíz verzióból sikerült megalkotni. A többi negyvenhat változást viszont már ezen a személyen végeztük, aki most itt ül melletted a teremben. Tehát nem egyenként haladtunk az ABC betűivel. Valójában ötvenhat lány létezett eddig. Kat az ötvenhatodik, ezért volt ez a végső, T56-os elnevezésű program, amit az előbb leállítottam. Ugyanis úgy tűnik, hogy végre sikerült! Nem kell több programot indítanunk! Remélem legalábbis. Most fog mindjárt kiderülni.

– Ha ez egy szándékosan előre megtervezett jövőbeli társkeresés volt az utolsó élő ember számára – találgattam –, amit mellesleg nem hiszek el, mert ez egy baromság! De tegyük fel, hogy igaz... akkor viszont árulja már el, ezredes, hogy miért tiltottak el minket egymástól? Valószínűleg többször is, feltehetően minden egyes alkalommal! Ennyire azért ne nézzen már hülyének! Tudok róla, hogy eltiltottak egymástól.

– A válasz egyszerű. Erre az egyre legalábbis: fordított pszichológia. Minél jobban tiltunk, annál jobban vele akarsz majd lenni. A kamaszok ilyenek. Az *emberek* ilyenek. Legalábbis állítólag. Én nem tudhatom, mert sosem voltam az.

– Ha Kat az utolsó széria, és a legfejlettebb mesterséges emberi lény, akkor hogyhogy Adamék odaát nem tudnak róla, hogy szintetikus? Ők azt mondták, hogy maga és Trish a két legutolsó modell, akik a legkorszerűbbek. Miért nem tudnak Adamék Katről? Hisz ott jártunk náluk, mégsem ismerték fel!

– Kik nem tudnak Kat mesterséges mivoltáról? – kérdezte Donovan. – Ki a fene az az „Adam”?!

Tizedik fejezet: Adam

– Az űrlény odaát a kék vonal túloldalán, ezredes! – emeltem fel a hangom én is. – Hahó! Maga melyik csatornát nézte eddig? Ne mondja már, hogy nem tudja, kiről beszélek! Épp ma küldött rájuk egy kivégzőosztagot!

– Az állatokra? Azoknak nincs nevük! Van köztük egy női egyed, amelyik viszonylag tanulékony, mondjuk, egy régi, Földön még létező házimacskafajtához képest, de őt leszámítva azok csak állatok, fiam! Te nevezted el valamelyiket Adamnek?

– Nem – mondtam megdöbbenve. – Ő nevezte el így saját magát! Ezredes, azok értelmes lények! Maga eddig hogyhogy nem tudott erről?

– Nem vagyunk képesek kommunikálni velük. Ezért is próbáltuk őket tanítani. Elődeink, a valódi emberek még állítólag szót értettek velük valamennyire. De erről sajnos nagyon hiányosak az információink. Rengeteg minden elveszett itt az évek során! Tudod te, hogy mióta tart már ez az egész? – kérdezte.

– Adam azt mondta, hogy háromszáz éve.

– Ó, te jó ég! Akkor valóban intelligens lehet valamennyire, ha van saját időszámításuk!

– Nincs nekik. Azaz nem törődnek az emberekével. De ettől függetlenül elképesztően intelligensek, ezredes! Agyműtétet hajtottak végre rajtam! Az életemet mentették meg. Agyvérzést kaptam, amikor leléptem a vonalról, és ők operáltak meg valamilyen eszközzel.

– Ó, te jó ég! – ismételte Donovan. – Én ezt nem tudtam! Sosem végeztetnék ki értelmes lényeket. Őket sem kivégeztetni akartam, de már nem nagyon maradt más választásom. A készleteink és a bázis energiája rohamosan fogy! A saját létfenntartásunk érdekében, kínomban hoztam ezt a döntést kényszermegoldásként. A bázisnak nincs már annyi energiája, hogy ennyi élőlényt életben tartson. Ezért kellett úgy döntenem, hogy valakikre ráoltom a villanyt. Valakinek mennie kell, mert hamarosan mindannyiunkra ugyanez a sors vár!

– Akkor is azonnal állítsa le! – mondtam neki. – Állítsa le az ellenük tett lépéseket! Mint a bázison és a Földön élő utolsó ember, felszólítom magát, hogy ne támadja azt a fajt! Ez parancs, ezredes! Apám nevében szólítom fel erre, akitől a Vénuszt is kaptam – majd elővettem, és leraktam a fentnevezett tárgyat Donovan elé az asztalra.

– Az meg mi a fene? Sosem hallottam ilyen nevű eszközről.

– Maguknak akkor tényleg nagyon komoly hiányosságaik vannak Adam fajával kapcsolatban. Ez a tárgy lehet ugyanis a megoldás! Még visszafordíthatja azt a folyamatot, ami idáig juttatta az emberiséget és az odakinti világot.

Donovan ekkor teljesen elbizonytalanodott. Látszott rajta, hogy kérdések sora vágtat végig az agyán, a szintetikus memóriájában, vagy ki tudja, mijében. Lehet, hogy most hevesen izzadni is kezdett volna idegességében, ha valódi ember lenne. Így viszont, hogy nem az, nem tudom, képes-e egyáltalán olyat produkálni.

– Rendben – ment bele. – Leállítom azt a folyamatban lévő parancsot is. – Beleszólt a vállán lévő adóvevőbe, és hallottam, hogy valóban kiadja a parancsot. Tehát nem a bolondját járatja velünk! Egész idáig ugyanis őszintén tartottam tőle, hogy ez az egész még mindig csak egy színjáték, és semmi sem volt igaz abból, ami idáig elhangzott ebben a teremben. De most már láttam, hogy komolyan gondolja mindezt! Amikor az előbb parancsba adtam neki, hogy állítsa le Adamék ellen a támadást, csak blöfföltem. Igazából fogalmam sincs, hogy van-e jogom ilyet kérni, mondani vagy pláne megparancsolni. Még most sem tudom. De végül is hallgatott rám! Akkor talán tényleg van. – Visszahívtam őket – magyarázta, miután részben katonai szakkifejezésekkel, részben virágnyelven kiadta a visszahívási parancsot a kivégzőosztagnak.

– Szerintem már túl késő – mondtam lehajtott fejjel. – Lehet, hogy mostanra mindannyiukat kiirtották! Hogyan cseszhették el ezt *ennyire?*

– Nem tudom – szabadkozott az ezredes. – Mi azt hittük, hogy csak állatok, akiket egy másik intelligens faj küldött ide 1947-ben. Úgy gondoltuk, ez valami olyasmi, mint régen, amikor az emberek majmot és kutyát küldtek fel az űrbe tesztalanyként. Az elődeink állítólag tudtak valamennyire kommunikálni azokkal a lényekkel, de mi azt hittük, hogy csak annyira, mint mondjuk, egy értelmesebb gorillával egy állatkertben! Jelbeszéddel például. Ne viccelj, Thomas, végül is maguk alá csinálnak a mai napig is! Honnan a fenéből tudtuk volna, hogy képesek agyműtétet végrehajtani? Valami fehér ízét kakálnak egész nap, és azt kenik ide-oda összemocskolva a saját térfelüket, ahol élnek, esznek és a gyerekeiket is nevelik! Melyik értelmes élőlény csinál már olyat?

– Az nem ürülék! – fogtam a fejem kínomban. – Az valami különleges, erre a célra növesztett mirigyükből származik, ami védelmet nyújt a sugárzás ellen! Valami olyan anyag, amivel maguk itt a vonalakat árnyékolták le! Csak az övék nem szintetikus, hanem organikus!

– Sikerült nekik leárnyékolni az egész térfelüket? Ezért fehér ott minden? Mi meg azt hittük, hogy szar... már elnézést *ürülék* borítja azt az oldalt! Sajnálom – mondta Donovan. – Tényleg nem tudtuk! De egyébként ne aggódj miattuk, Thomas. Még ha órák óta tart is odaát a huzavona velük, nem biztos, hogy az embereim akár egyetleneggyel is végezni tudtak! Őrület, hogy mire képesek azok a dögök! Elnézést: *személyek.* Tudtad, hogy valami golyóálló védőernyőt képesek kinyitni valahonnan a testük belsejéből?

– Tudtam – mosolyogtam. Akkor talán még van remény! Lehet, hogy Adamék még valóban életben vannak! – Tudtam, ugyanis elmondták nekünk. Talán, ha maguk is meghallgatták volna őket, akkor most nem itt tartanánk. Lehet, hogy a világ sem!

– De hát beszélni sem tudnak, az Isten szerelmére! Mégis hogyan tudtunk volna kommunikálni velük? Hogyan közöltek veletek bármit is? Nem mondhatod komolyan, hogy beszéltek hozzátok!

– Nem szavakkal tették – szólt közbe Kat. – Azok a lények telepaták. Csak gondolat útján kommunikálnak.

– Komolyan? Erről nem tudtunk. Mi sosem hallottuk a mondandójukat. Hogy őszinte legyek, nagyon meglep, hogy te viszont hallod őket, Kat. Akkor hát te ilyen szempontból is sokkal közelebb állsz egy valódi emberhez, mint mi. Így már értem, hogy az elődeink hogyan kommunikáltak velük. Ezek szerint ők is úgy csinálták, mint ti.

– Remélem, valóban életben vannak – mondtam vádlóan Donovannak. – Ha kipusztítottak egy ilyen értelmes fajt, lehet, hogy azzal az enyémet is! Az agyamat is képesek voltak rendbe hozni. Lehet, hogy ők arra is tudnának megoldást, hogy mihez kezdjen és hogyan maradjon életben az utolsó ember ezen a világon. Én a barátaimnak tekintem őket. Velem aszerint viselkedtek!

– Mondom: sajnálom – ismételte az ezredes. – De hidd el, fiam, hogy még ha életben is vannak, nincs már sok idejük. Nekik sincs, mint ahogy nekünk sem. A készleteink rohamosan fogynak, és nemcsak az élelmiszer és az energia, de a sugárzás is egyre rosszabb. Nincs sok időnk hátra. Az a terem, ami a vörös vonal végén van... ha jól tudom, most már ti is tudtok róla... korábban nem volt izzásban! Az az erő kezd átszivárogni odalentről. Most még csak azt a helyiséget érinti, de folyamatosan terjed, és nem tudjuk hogyan lehetne megállítani. Előbb-utóbb az egész bázis el fog pusztulni miatta.

– De mi ez az erő? Mit tudnak róla? Adamtől már nem sikerült mindenre választ kapnunk, mert visszahozott minket ide, hogy biztonságban legyünk a maguk kivégzőosztagától.

– Sajnálom, hogy titeket is majdnem veszélybe sodortunk. Az erő odalent? Az egy érdekes kérdés. Valójában senki sem biztos abban, hogy mi az. Annyit tudunk csak, hogy terjed és pusztít. Ez okozta odafent a világvégét. Ugyanis: igen, a külvilágban, a bázis felett vége van a civilizációnak. De ezt már gondolhattátok is abból, hogy te vagy, Thomas, az utolsó élő ember. Sokféle elmélet létezik arra, hogy mi lehet az az erő. Még olyanokat is hallottam... ez a teória állítólag elfogadott volt elődeink között... hogy az erő valójában nem más, mint maga a teremtő Isten.

Tizenegyedik fejezet: Teremtő

– Ez a legnagyobb őrültség, amit ma hallottam – mondtam ki csak úgy őszintén, ami elsőre eszembe jutott. – A sugárzás, ami most a vörös vonal végén lévő teremben ragyog? Az lenne az emberek istene? Honnan veszik ezt? Ki találta ki ezt az agyament marhaságot? Talán csak nem Joel?

– Nem. Ha jól tudom, akkor az elmélet a túloldalon élő barátaidtól származik, azaz Adaméktől – felelte az ezredes meglepő módon.

– Miről beszél? Nem azt mondta, hogy nem képesek kommunikálni velük? Akkor meg honnan tudja, hogy miről mi a véleményük?

– Valóban nem értünk szót velük. Azt sem tudtuk, hogy értelmes lények egyáltalán. Erről a teóriáról mi is csak hallomásból értesültünk. Azt hittük, hogy ez az információ attól a fajtól származik, akik ideküldték az állataikat azon a kísérleti űrhajón. Nem tudtuk, hogy ők maguk valójában az értelmes lények, és hogy az elmélet tőlük származik. A kormány titkosított aktái szerint itt, Roswellben 1947-ben lezuhant egy idegen lényeket szállító űrhajó. Nem baleset volt, hogy ide csapódott be. Amúgy is ide tartottak, csak gondjaik akadtak a leszállással. Mi logikus módon feltételeztük, hogy azért, mert a hajón tartózkodó lények nem elég intelligensek ahhoz, hogy kezeljék a berendezéseket, és az előre beprogramozott röppályánál valahogy hiba csúszott a számításokba. Tehát mi úgy tudtuk, hogy amúgy is ez volt az úti céljuk, és hogy csak a leszállás nem sikerült tökéletesen. Úgyhogy vannak azért információk a birtokunkban az idegen fajról, csak azzal nem voltunk tisztában, hogy ők azok. Azt hittük, a „gazdáikról" van szó. A történet szerint az idegenek azért küldtek ide felderítőhajót, azaz ezek szerint azért jöttek személyesen ide, mert a Teremtőt keresték. Habár az ő fajuk technológiailag fejlettebb, bolygójuk eleve kihalásra volt ítélve. Sokkal hamarabb végbement náluk az evolúció, és végül a pusztulás is, mint itt nálunk. Azért, mert az a bolygó sosem „élt" valójában. A miénk viszont igen. Planétájuk hamar kifogyott a készletekből. Elfogytak a kitermelhető anyagok, a hasznos levegő, amit be tudtak lélegezni... állítólag ez az anyag kompatibilis volt a mi itteni oxigénünkkel... a napjuk kihűlt, a tengereik kiszáradtak és így tovább. Ők maguk, rejtély volt számunkra, hogy hová lettek. Azt hittük, kiküldtek pár felderítőhajót, hogy lakható bolygók után kutassanak, maguk az értelmes lények pedig, azaz az itteniek gazdái pedig szintén valahol az űrben utazva új otthont próbálnak találni maguknak. Ezek szerint ezt is rosszul tudtuk. Mindegy, a lényeg, hogy az emberek régen még kommunikáltak velük. Úgy gondoltuk, onnan származnak ezek az információk, hogy vagy elmutogatták mindezt nagy nehezen az állatok, vagy írásos szövegeket hoztak magukkal valamilyen formában, és azt olvasták el az elődeink. Szerintük tehát a Föld azért maradt ilyen sokáig életben, mert ez az univerzum középpontja. Azaz az egész ősrobbanás-elmélet hibás. Nem egy pontból indult minden, hanem egy bolygóból. Az pedig a Föld, és annak is ez a valódi magja, ami itt, alattunk van. Ez a lényege, az esszenciája. Ez teremtette. Hogy valóban nevezhetjük-e ezáltal Teremtőnek, azt nem tudom, de ha egyszer képes elpusztítani az egész bolygót, akkor talán létrehozni is képes volt.

– De miért akarná elpusztítani a saját maga által teremtett világot?

– Szerintünk nem tudatosan csinálja, tehát nem élőlény. Ez csak egy anyag. Egy felfoghatatlan, életet generálni képes dolog, ami vagy pusztít, vagy teremt. Most épp pusztítófázisban van. Ha már mindent megsemmisített, lehet, hogy újra teremteni kezd, és akkor újraindul az univerzum. Lehet, de biztosak nem lehetünk benne, kivárni pedig, ha lehet, akkor nem szeretnénk. Gondolom, ez némileg érthető. – Erre mindannyian bólintottunk. – Tehát elképzelhető, hogy minden ismétlődik, és ez a valami váltakozó periódusokban hoz létre, és semmisít meg dolgokat, viszont nem szeretnénk erre alapozva, ölbe tett kézzel várni rá, hogy majd minden megint jó legyen, miután már megszűnt létezni körülöttünk a világ. Ezért is kerestek rá megoldást korábban az emberek is. És ezért folytatjuk most mi, az utódaik a munkát, akiket ők erre a célra hoztak létre.

– Mikor vonult le az emberiség erre a helyre? – kérdeztem.

– 2018-ban. Akkor érte el a sugárzás odafent azt a szintet, hogy minden elkezdett végleg kipusztulni. Egy tudósokból és katonákból álló csoport lejött ide, a Scarabeus bázisra, ahol az idegeneket tartották 1947 óta, és ahol titokban foglalkoztak velük... akkor még állítólag kommunikáltak is velük, de mi nem tudtuk, hogy hogyan. Mondom: mi azt hittük, hogy primitív jelbeszéddel tanítgatták őket, mint a majmokat.

– Mikor volt ez? Mennyi idővel ezelőtt? Ezt már kérdeztem korábban is. Adam azt mondta, hogy háromszáz éve. Jól számol? Valóban ilyen régen lett volna?

– Valóban nagyon régen volt, de nem kalkulál megfelelően. Látszik, hogy számukra valóban nem lényeges az emberi időszámítás. Ez pontosan négyházhatvanöt éve volt. Jelenleg 2483-at írunk.

– Uram Isten! – szólalt meg hosszú idő után Trish. – És mi azt hittük, hogy csak pár napja vagyunk itt – nézett rám –, és ezelőtt New York-ban voltunk!

– Az akkor, ha jól sejtem – folytattam az ezredes felé fordulva –, meg sem történt. Ezek csak beültetett emlékek. Én sosem éltem máshol. Itt születtem a bunkerben, ugye? Hány éves vagyok valójában?

– Tizenhat vagy. Apád tízéves korodban halt meg. Addig ő nevelt. De halála után visszaszorítottuk a tudatodban az apáddal kapcsolatos emlékeidet, hogy ne nehezítse meg a helyzetedet.

– Tehát nem törölték?

– Nem. Még visszafejthetők azok az emlékek, csak elég mélyre kell hozzá leásni.

– Akkor fejtsék vissza! – mondtam határozottan. – Emlékeznem kell apámra. Nemcsak érzelmi okokból, de tudnom kell, hogy mire jó ez a Vénusz. Adam azt mondta, ez még mindent visszafordíthat. Az egész bolygó sorsa múlhat ezen!

– Lehet, hogy így van, Thomas, de a bolygó sorsa rajtad is múlik. Te vagy az utolsó ember. Ha veled történik valami, itt minden pusztulásra van ítélve. Ha olyan emlékeket hozunk a felszínre, amelyeket nem kellene, lehet, hogy egy egész civilizáció sírját ássuk meg vele. Nem állhat egy egész civilizáció szintetikus emberekből. Mi értelme lenne? Egy új Földet új emberekkel kell benépesíteni. Valódiakkal. Mi ezt a programot kaptuk, és egyet is értünk vele. Másképp nem lenne logikus, nem lenne etikus.

– Miért? Nem értem, miért ne tudhatnék többet apámról. Hogyan lehetne az annyira káros?

– Fogalmunk sincs. Részben ő maga utasított minket még életében arra, hogy szorítsuk vissza benned a vele kapcsolatos emlékeket. Talán túl fiatal voltál, amikor meghalt, és nem bírtad elviselni az elvesztését. Édesanyádat ugyanis már előtte elvesztetted. Tény, hogy korábban sokkal labilisebb voltál. Talán pont az előbb említett emlékek miatt. Mostanában, ahogy nősz fel és komolyodsz, már kiszámíthatóbb és kezelhetőbb vagy. Korábban, ne tudd meg, fiam, hogy mennyi bajunk volt veled!

– Sajnálom – mondtam. – Miért? Mit műveltem?

– Kezelhetetlennek bizonyultál. Tanulni például egyáltalán nem voltál hajlandó. Kárt tettél a bázis berendezéseiben. Akkoriban kezdtünk el fegyveres katonákat állítani a folyosókra!

– Ellenem?!

– Nem azért, hogy bántsanak, hanem azért, hogy félj tőlük, és hogy ne merj több dolgot megrongálni. Már nem tudtunk máshogy hatni rád, sajnálom.

– Tehát az a rengeteg katona miattam áll a folyosókon? – kérdeztem elképedve.

– Ahogy mondod. Eleinte még senki sem őrködött ott. Később viszont balesetek történtek. Az emberek véletlenül leléptek a vonalakról, és többen meghaltak. Akkor állítottak oda felvigyázókat és őröket. Később helyettük álltak oda a katonák. A fegyvereik nem valódiak egyébként. Senkire sem nyitnának tüzet, csak elrettentésül vannak jelen, mint a madárijesztők.

– És hogyan képesek annyival távolabb állni, mint azok, akiknek a vonalon kell haladni? Ők miért nincsenek veszélyben? – tettem fel az egymillió dolláros kérdést, ami Kattel már mindkettőnket olyan régóta foglalkoztatott.

– Nem egyértelmű még a válasz? – mosolygott Donovan. Igen, az ezredesnek és Trishnek valóban van humora, nem úgy, mint Joelnek. – Tényleg nem jöttetek rá? Hisz épp most láthattátok pár perccel ezelőtt Mr. Brown tartályánál, hogy több is eltűnt a katonák közül. Ebből nem nyilvánvaló a dolog?

– Ja! Hogy csak kivetítések lennének? Egyik sem igazi? De hát volt, amelyik megragadott minket a kezével!

– Nézd, Thomas, négyféle szintetikus ember létezik a bázison. Az első az egyszerű kivetítés. Ilyen a katonák kilencven százaléka. Szinte semmi másra nem képesek, csak fenyegetően állni valahol, vagy akár meg is mozdulni, de fizikailag akkor sem tudnak semmivel érintkezni, vagy tárgyakat megmozdítani. A fegyvereik is csak rajzolva vannak valójában. A második fajta szintetikus ember ezeknek egy továbbfejlesztett változata. Azok olyanok, mint a tanárotok. Ők már többek, mint egy egyszerű hologram. Saját memóriájuk és küldetésük van. Mára nem sokan maradtak ebből a régi, második szériából, mint Joel Brown, de még azért vannak páran: néhány katona, akik a közvetlen beosztottjaim, a bázis főorvosa, a tanárotok és egy pár dolgozó a laborokban.

– És a harmadik típus?

– Belőlük kettő létezik. Ők nem más, mint Trish és én. Minket apád fejlesztett ki több száz évvel azután, hogy az emberek lemenekültek ide. Trisht azért konstruálta, hogy valaki neveljen téged, miután édesanyád meghalt, és hogy szeressen és foglalkozzon veled, amíg apád dolgozik. Azért, hogy legyen, aki vigyáz és felügyel rád. Engem pedig arra hozott létre, hogy kézben tartsam itt a dolgokat. Később rám bízta a T programot, ami most az 56. szintnél tart.

– Tehát maga ismerte apámat?

– Igen, de csak futólag. Állandóan a laborjában dolgozott innen két szinttel feljebb. Megoldásokon munkálkodott. Ezek szerint olyanokon is, mint ez itt – vette Donovan kezébe a Vénuszt. Körbeforgatta az ujjai között, és töprengve nézte. – Élete utolsó éveiben már nem nagyon kommunikált senkivel. Csak instrukciókat adott, mindannyian megírt parancsokat és utasításokat követtünk. Nekem személyesen nem is igazán sikerült megismernem. A többieknek sem. Az alacsonyabb rendű őrök, akik nem rendelkeznek magas intelligenciával, nem tudnak sokat a mai napig sem. Sem a múltról, sem apádról. Én tudhatnék róla, viszont én meg nem ismertem ahhoz eléggé. Ez tehát a kommunikációs szakadék, azaz törésvonal köztünk és Adam nevű barátod népe között. Akkoriban, amikor apád személyében meghalt az utolsó valódi ember, aki még képes lett volna beszélni velük, és értette is őket, őutána nem maradt túl sok értelmes létforma ezen a helyen. A régiek nem voltak eléggé fejlettek ahhoz, hogy apád instrukciókkal láthassa el őket vagy megtaníthassa őket kommunikálni az idegenekkel. Mi meg még olyan fiatalok voltunk Trishsel, hogy minden erőnkkel belerázódni próbáltunk abba a helyzetbe, amibe belecsöppentünk. Igazából azt sem tudtuk, hogy sietnünk kellene azzal, hogy apádtól több információt könyörögjünk vagy erőszakoljunk ki. Nem tudtuk, hogy fogytán van az időnk a betegsége miatt.

– Betegség gyötörte?

– Igen, rossz volt a szíve. A szintetikus főorvos csak halála után derítette ki. Apád élete során senkinek sem beszélt róla. Lehet, hogy azért, mert őbenne volt az utolsó reményünk. Nem akarta, hogy kilátástalannak érezzük a helyzetünket azáltal, hogy egy olyan emberen múlik minden, aki ennyire súlyos beteg. Apád egy igazi hős volt, Thomas.

Tizenkettedik fejezet: Arthur

– Úgy hívták apádat, hogy Arthur. Dr. Arthur Meier. Hat évvel ezelőtt szívrohamban halt meg. Túlhajtotta magát. Nem aludt, nem pihent, túl sok kávét ivott. Sajnos, ha jól tudom, szívbetegségre használt gyógyszer sem volt már akkoriban a bázison. Elfogyott. Újraelőállításra pedig a megfelelő összetevők híján nem volt lehetőségünk.

– Szegény apa – gördült végig egy könnycsepp az arcomon. – És anyám? Vele mi történt?

– Mrs. Meier, az eredeti Patrisha, mert valóban így hívták, kutató volt itt. Ő baleset áldozata lett. Kimerülten igyekezett haza hozzád a munkából, hogy vacsorát készítsen neked. Annyira fáradt volt, hogy nem figyelt. Sietségében megbotlott, és elesett. Lelépett a vonalról. Szegény asszony azonnal agyvérzést kapott, és meghalt. Nem tudtuk, hogy az idegenek képesek ezt gyógyítani, sajnálom! Szerintem még apádék sem voltak vele tisztában! Hiszen, ha tudták volna, biztos, hogy átvitték volna a túloldalra, és őt is megoperáltatták volna. Bár lehet, hogy nem lett volna rá lehetőség. Te még életben voltál, amikor odakerültél hozzájuk. Édesanyád viszont azonnal meghalt. Szerintem ő már menthetetlennek bizonyult. Részvétem a szüleid miatt, fiam.

– Köszönöm. És apám tényleg senkinek nem beszélt a Vénuszról? Hogy mire készítette? Vagy hogy hogyan? De leginkább arról, hogy pontosan milyen módon kell használni?

– Mi még a létezéséről sem tudtunk, fiam. Számunkra nem ismert, hogy mikor adta át az idegeneknek. De biztos nyomós oka volt rá. Én sosem kérdőjelezném meg apád döntését, de ebben az egy dologban lehet, hogy sajnos elszámolta magát. Ugyanis most itt minden olyan rohamosan a végéhez közeledik, hogy lehet, hogy innen már nincs tovább. A világ pusztul, gyakorlatilag vége is van, és nagyjából ennek a bázisnak is. Azzal az izzó teremmel a közelünkben már nagyon kevés időnk lehet hátra. Talán csak hónapok, de lehet, hogy mindössze néhány hét.

– Megmondom akkor, hogy mi lesz – álltam fel határozottan. Trish és Kat meglepetten néztek rám. – Felvesszük a kapcsolatot Adamékkal, megpróbáljuk kideríteni a Vénusz rendeltetését, és használni arra célra, amire apám megalkotta. Most ez élvez prioritást. Visszamegyünk hát én és Kat Adamék oldalára. Úgyis csak mi értünk szót velük. Együtt talán rájövünk valamire. Maguk közben itt folytassák a munkát. Kutassák a végletekig, hogy hogyan lehetne legalább a bázis pusztulását elkerülni.

– Igen, uram – mondta az ezredes.

– Tessék? – kérdeztem mosolyogva. – Most ugye csak viccelt?

– Nem. Én, mint a szintetikus emberek parancsnoka, ezennel átadom elődeink utolsó élő példányának, teremtőink utolsó képviselőjének a vezetést. Ezennel lemondok e bázis irányításának és felügyelésének posztjáról, és átadom önnek, Mr. Meier.

– Ne vicceljen már! Habár ez nagyon megtisztelő... és ha belegondolok, vonzó ajánlat is, de akkor is csak egy gyerek vagyok, aki tapasztalatlan! Szükségem van olyan emberekre, akik ismerik a dörgést. Tudásom és tájékozottságom a bázist illetően nem ér fel sem az önével, sem az embereiével. Például Joelével sem.

– Alkalmazhat minket, uram. Ha szükségét látja.

– Komolyan? – mosolyogtam Katre. „Te elhiszed ezt?" – sugalltam neki csak az arckifejezésemmel. „Hitted volna, hogy valaha idáig jutunk?" – Nem válaszolt, csak elmosolyodott. Büszke volt rám. Épp ezért nem akartam, hogy a belém vetett bizalma és hite kárba vesszen. Be akartam bizonyítani, hogy valóban felnőttebb vagyok annál, mint aminek hittek, vagy annál, amit talán még én is hittem önmagamról. Így hát Kat válasza nélkül is kimondtam: – Igen, alkalmazni szeretném magát és Joelt, valamint Trisht is. Minden olyan magasabb intelligenciával rendelkező szintetikus embert, akik a segítségünkre lehetnek.

– Megtisztel vele, uram – mondta az ezredes.

– És engem? – kérdezte Kat elkeseredetten. – Engem nem? Végleg meggyűlöltél, kiábrándultál belőlem azáltal, hogy csak egy ócska robot vagyok? – Sírásra görbült a szája, és könnyek kezdtek folyni az arcán.

Ő még most is a székében ült. Felálltam, és odaléptem hozzá. Fejét magamhoz vontam, és a mellkasomhoz öleltem. Megpusziltam a homlokát. – Rád van a legnagyobb szükségem, szerelmem! Azt hitted, elfeledkeztem rólad?

Kat felpattant a székről, és örömében a nyakamba ugrott.

– Hát, sikerült! – mosolygott Mitch Donovan. Ezek szerint valóban voltak érzései. Ő egy egész más létforma, mint Joel. Olyan, mint Trish, akinek emberi érzései vannak és valódi humorérzéke. Egy olyan lény, aki már majdnem ember. Büszkeséget láttam csillanni a szemében és őszinte örömet. Szerintem azért, mert úgy értékelte, hogy a „lánya" boldog, és ez tényleg megelégedettséggel töltötte el. Habár neki biztos, hogy nincs, és nem is lesz valódi gyermeke, Katet ezek szerint valamilyen szinten mégiscsak annak tartotta. Talán akármit is gondoltunk eddig Mitchről, mégis ő állhatott legközelebb ahhoz, amit ez a lány apjának tarthatna. – Akkor tényleg szeretitek egymást? – kérdezte.

– Igen – mondtam. – Mindennél jobban szeretem a lányát, ezredes! És most már nem félek kimondani.

– És nem bánod, hogy csak egy vacak kirakatbáb vagyok, egy rozsdás bádogkaszni? – kérdezte Kat elvörösödve szégyenében.

– Kat, te nem vagy semmi olyasmi! – nyugtatta meg fogadott apja. – Te majdnem ugyanannyira vagy ember, mint Thomas. Nem emberi lény szült, de emberi gének, sejtek, alkotóelemek halmaza vagy. Habár a memóriád fejlesztve lett és sajnos részben módosítva, azaz kissé korrigálva a megfelelő irányba, de akkor is majdnem ugyanolyan organikus ember vagy, mint Thomas. És ami a legfontosabb, a szerveid is funkcionálnak. Tehát képes vagy gyereket is szülni neki. Számításaink szerint kilencvenkilenc százalék az esélye, hogy sikerülni fog.

– Hát, én még nem mennék azért ennyire előre – vigyorogtam kínosan Mitchre, ahogy a lánya a nyakamban lógva puszilgatta az arcom. – Engem ez a téma inkább rettegéssel tölt el, mert semmit sem tudok az emberek szaporodásáról, de igen: ha valaha gyereket akarnék, azt biztos, hogy az ön „lányától" szeretném. Sőt, biztos vagyok benne, hogy így lesz. De hát mi volt korábban a baj? Miért indították újra ennyiszer a Thomas programot? Mert, gondolom, a T56 program „Thomas-56"-ot jelent, ugye?

– Igen, így van. Az volt a probléma, hogy Katből sem sikerült olyan lányt alkotnunk, hogy teljes mértékben összeilljetek. De az is, hogy te fiatalabb korodban kezelhetetlenebb voltál, Tom. Nagyon rosszul reagáltál, és nem igazán akartál beleszeretni a „lányomba".

– Azt már tudjuk, hogy sokszor végigjátszották velünk ezt az egész összeismerkedtetést, de milyen célból? Miért nem parancsolták egyszerűen meg, hogy fogadjuk el, hogy mi vagyunk a két utolsó ember, és jobb, ha hozzászokunk ehhez a gondolathoz, mert más lehetőségünk úgysincs?

– Nevetni fogsz, de *pontosan* ezzel kezdtük! Ennek sajnos nagyon rossz vége lett, fiam. Mondom: kiszámíthatatlan voltál, idegileg labilis. Amikor rád erőltettünk egy olyan jövőképet, amit erőszaknak éreztél, mert nem érezted miatta eléggé szabadnak magad, feladtad. Menekülni akartál a valóságtól és az egész élettől: öngyilkosságot kíséreltél meg! Ha Trish nem ment meg, felvágtad volna az ereidet. Azaz részben már meg is tetted, de a bázis orvosa az utolsó pillanatban még összefoltozott, és túlélted. Később már kicsit finomabban közelítettünk a dolgokhoz. Megpróbáltuk nem ennyire rád erőltetni az egyetlen megoldást. Azt próbáltuk elérni nálad... sajnálom, de manipulációval... hogy magadtól kedveld meg a lányomat, és ne nekünk kelljen őt a „nyakadba varrni".

– A nyakamba varrni?! Ne vicceljen már, Mitch, Kat imádnivaló! Miért nem kedveltem meg? Miért tartott ilyen sokáig?!

– Megkedvelted. De sajnos van még egy másik tényező is: Kat részbeni szintetikus mivolta! Ez az, amivel nem tudtál lelkileg megbarátkozni és megbirkózni. Olyanokat mondtál, hogy te nem fogsz egy műemberrel párosodni, és hogy ezt nyugodtan felejtsük el. Aztán ahogy Katet egyre emberibbé tettük külsőre és belsőre egyaránt, akkor már esetenként nagyon sokáig eltartott, hogy ráébredj, miről is van szó. Azaz arra, hogy Kat nem valódi ember. Mármint nem teljesen az.

– Mennyi idő kellet hozzá?

– Egyre több. Egyre többet lógtatok együtt, és mivel mi látszólag minden alkalommal eltiltottunk titeket egymástól, így gyakorlatilag szétszakíthatatlan kötelék alakult ki köztetek.

– És ilyenkor meddig jutottunk? Gondolom, kódorogtunk a bázison. Már akkor is elmentünk kutakodni a vonalak mentén?

– Igen, ahogy mondod.

– Ekkor dobáltuk a szemceruzákat a kék vonal végén az ajtóhoz?

– Pontosan.

– Mitch, árulja már el, hogy honnan a fenéből kerítettek vagy ötven darab szemceruzát, ami jelenleg Adamék térfelén van szétszórva az átjáró túlsó oldalán?

Tizenharmadik fejezet:
A ceruzák rejtélye

– Ja, a ceruzák? – mosolygott Mitch. – Erre egyszerű a válasz: Ezen a bázison régen, még több száz évvel ezelőtt többféle kutatás is folyt egyszerre. Adam nevű idegen barátod fajtársait és elődjeit vizsgálták. Továbbá kutatták és találgatták a közeledő katasztrófa esélyeit és időpontját... de voltak ennél jóval egyszerűbb, hétköznapibb részlegek is. Még akkoriban, mielőtt végleg lemenekültek volna ide a Föld utolsó túlélői. Például kozmetikai szerek kifejlesztésére is voltak itt részlegek. Az egyik teremben a mai napig is van egy tartályban vagy tízezer vadonatúj szemceruza. Valamiért borzasztó sokáig elállnak. Ez talán valami akkoriban kifejlesztett tartós típus lehet. Mindig kivettem egy új ceruzát abból a tartályból, és Kat kabátjába rejtettem. Ez is egy létfontosságú kulcsává vált a köztetek kialakuló köteléknek: mert volt egy közös titkotok és egy tárgy, amihez az kötődik.

– És mi volt aztán a baj? Miért kellett Katen állandóan változtatni? Mi nem felelt meg?

– Az, hogy a végén mindig rájöttél, hogy nem olyan, mint te, azaz nem valódi ember.

– Melyik volt az a pont? Mikor jöttem rá legtöbbször?

– Ezen most meg fogsz lepődni: Az, amikor a szellőzőkben mászkáltatok! Ugyanis az a menekülés is már sokszor megtörtént! Kat ott többnyire rájött, hogy lát a sötétben, te pedig minden alkalommal akkor szembesültél azzal, hogy ki és micsoda ő, amikor előhozakodott az ötlettel, hogy mássz le rajta, és ő képes lesz kettőtöket is megtartani.

– Honnan a fenéből tudtok ti minderről? – fakadt ki Kat.

– Onnan, hogy az egész bázis be van kamerázva, drágám – mondta neki kedvesen az ezredes. – Mégis mit hittél, hogy csak úgy őrizetlenül hagyunk benneteket kódorogni? Minden egyes lépéseteket figyeltük! A szellőzőjáratok végig be vannak drótozva mikrofonokkal és kamerákkal.

– És mikor történt a törés? – kérdeztem. – Mikor jöttem rá leggyakrabban, hogy ő nem az és nem olyan, mint amilyennek gondolom?

– Ott, amikor megtartotta kettőtök teljes súlyát. Rájöttél, hogy nem lehet ember, azaz nem olyan, mint te. Amikor aztán leugrott utánad ő is, vádaskodni kezdtél, és neki támadtál. Kiabáltál vele. Volt, hogy kárt is tettél benne.

– Mi?! – sápadtam el. – Sajnálom, drágám! – öleltem ismét magamhoz Katet.

– Nem olyan súlyosan – mondta Donovan. – Csak ellökted, és elrohantál onnan. Volt, hogy a haját is megtépted, hogy „akkor ezek szerint az is csak paróka, ugye?". Aztán pedig dühödben pusztításba kezdtél. Megrongáltál berendezéseket a bázison. Köztük igen komolyakat is. Még a katonák sem rettentettek többé el a rombolástól.

– Tehát a szellőző és az onnan való leugrás buktatta le Katet. Az ereje. Mert rájöttem, hogy egy valódi kamaszlány nem lenne arra képes.

– Így van.

– És akkor mi a fene történt most, utolsó alkalommal? Most miért szerettem bele mégis? Miért tudom elfogadni, hogy ő az, aki? Hogyhogy már képes vagyok emberszámba venni, és nem robotként gondolni rá?

– Szerintem azért – mondta Donovan –, mert szereted. A szerelem elfogadó. Szereted őt, és elfogadod olyannak amilyen.

– De akkor is, most miért alakultak máshogy a dolgok? Végül miért nem ugyanarra a következtetésre jutottam, mint minden korábbi esetben?

– A baleset miatt. Az ugyanis ezelőtt ötvenöt alkalommal sosem következett be! Az, hogy Kat rád zuhanásával félrelök, és kikerülsz a biztonsági zónából, aztán agyvérzést kapsz miatta, olyan események láncolatát indította el, melyek ezúttal teljesen más eredményhez vezettek. A fejsérülésed miatt egy ideig amnéziád volt. Teljesen elfelejtetted hát, hogy mire gyanakodtál addig Kattel kapcsolatban. Csak azt láttad, hogy gyönyörű, arra emlékeztél nagyjából, hogy számíthatsz rá, és hogy vele akarsz tartani! Ez hozta meg végül az áttörést. A véletlen balesetnek köszönhetően megfeledkeztél a gyanúidról, és csak a szeretet és a kötődés maradt meg. Így vitted végül te sikerre azt egy szerencsés balesetnek köszönhetően, amivel mi már előtte ötvenötször kudarcot vallottunk.

– Tehát maguk azt is látták, Mitch, hogy mikor hol járunk, ugye? Állandóan figyeltek minket.

– Pontosan. Nem engedhettük, hogy bajod essen, Thomas. Figyelnünk kellett. Hidd el, nem szórakozásból tettük.

– És hol figyeltek még?

– Mindenhol. A kabinodban is, amikor Kattel kérdeztétek egymást, hogy vajon ott nem figyelünk-e titeket. Amikor a gyógyszerdrazsét kerestétek. Igen. Ott is követtük az eseményeket.

– Tudtam! A fenébe, tudtam! – csaptam a térdemre. – Hogy én milyen hülye vagyok! Pedig Kat még figyelmeztetett is rá!

– Nem számít. A ti érdeketekben tettük, hogy vigyázzunk rátok, és biztosak lehessünk benne, hogy sikerül végre elfogadnod, hogy Kat a legmegfelelőbb társ, a leginkább hozzád illő személy, aki valaha is létezhetne a világon.

– De hát ki alkotta meg őt?

– Édesapád. Élete utolsó éveiben két utolsó kísérleten dolgozott. Neked, mivel te voltál az egyetlen leszármazottja, és ezáltal az utolsó ember a Földön, egy társat alkotott, aki gyermeket szülhet neked, és vele ismét újranépesíthetitek a bolygót. A másik kísérlete az volt, hogy a jelenre, azaz a pusztulásra, amit az utóbbi évszádokban a Teremtő okoz, megoldást keresett, egy olyan ellen-erőt, ami visszafordíthatja a végzetes láncreakciót.

– És abból mi lett?

– Szerintem talán ez lenne az a bizonyos dolog – mutatta fel a kezében tartott Vénuszt, majd visszatette az asztalra. – Tom, vissza kell menned ezzel Adamhez. Tudd meg, mire való! Vagy jöjjetek rá együtt, mert...

– Bogyó! – vágtam közbe. – Ne haragudjon, de erről tudnom kell! Mi a fene van a gyógyszertároló utolsó fiókjában? Mi az a nagy piros vacak?! Ne mondja nekem, Mitch, hogy D-vitamin! Az a memóriatörlő, ugye?

– Dehogy! Nem létezik olyan memóriatörlő, ami tabletta vagy drazsé formájában van legyártva. Nem, az csak egy egyszerű erős altató. Amikor bevetted, éjszaka átvittünk a laborba, és a megfelelő eszközökkel visszatöröltük pár nappal korábbra az emlékezetedet. És nem az egészet, hanem csak egy részét: azokat az élményeket, melyek a bázissal és Kattel kapcsolatosak.

– Tehát az csak egy altató volt, és ha bevettem, elvittek, és részlegesen törölték az emlékeimet.

– Igen, sajnálom. De csak így volt rá esély, hogy legközelebb tiszta lappal indíthass Katnél, és végre erős kötelék és igazi barátság, sőt szerelem alakulhasson ki köztetek.

– Na de várjunk csak! Mi lett volna, ha már korábban sem veszem be? Akkor bereglettek volna a katonák a hálószobámba, és erőszakkal nyomják belém ugyanazt injekció formájában?!

– Nem, arra azért nem lett volna szükség. Akkor egy sokkal egyszerűbb módot választottunk volna. Egy teljesen erőszakmentes megoldást. Anyádat rávettük volna, hogy beszéljen rá: vedd be mégis.

– Hogyan? Eddig úgy tudtam, hogy Trish is csak annyit tud az egészről, mint én és Kat! Miért akart volna rábeszélni és hogyan?

– Nagyon egyszerű. Trish egy bázison dolgozó kutató. Éjszaka megcsörrentettük volna a kommunikátorát, és egy figyelmeztető üzenetet küldtünk volna neki. Azzal a szöveggel, hogy rohamosan nő a bázison a csontritkulásos esetek száma. Így fokozottan ügyeljen rá, hogy szeded-e a vitamint. Ő aggódó anyaként belopakodott volna éjszaka a szobádba, hogy megnézze, bevetetted-e. Ha nem ébredsz fel rá, valóban lehet, hogy beadta volna injekció formájában azért, hogy védjen a csontritkulás veszélyétől. Ha viszont felébreszt téged, akkor rábeszélt volna, hogy mindenképp vedd be. Trishsel jóban voltatok. Hallgattál volna rá.

– Tehát az csak altató volt. És hová tűnt múlt héten Kat, amikor öt napig nem jött iskolába? Mit műveltek vele?

– Mi? Semmit. Azt mondtam neki, hogy szükségünk van még egy munkaerőre a laborban, aki segít az ottani munkálatokban. Vasárnap estig ott is dolgozott. Utána pedig visszaállítottuk a memóriáját. De nem esett bántódása, és ez a beavatkozás mellesleg nem is ártalmas az emberi szervezetre nézve. Egyikőtökére sem.

– De miért vonták ki öt napra a forgalomból? Mi rosszat tett szerencsétlen?

Tizennegyedik fejezet:
Kat eltűnése

– Kat semmi rosszat nem tett. Egyszerűen csak nem jó irányba haladtak a dolgok. Nem arra tartottatok, hogy egyre jobban összebarátkozzatok és egymásba szeressetek, hanem helyette a kutatásra fordítottátok minden figyelmeteket és időtöket. Egyre messzebbre merészkedtetek. Még az étkező kijelzőjében is kárt tettetek. Nem lett volna szabad Katnek hozzányúlnia! Gondoltuk, ha kivesszük őt egy időre a képből, akkor legalább megelőzhetjük a további károkat. Továbbá... akkor merült fel bennünk, hogy ha napokon át aggódnod kell érte, akkor talán rájössz, hogy nemcsak a nyomozás és a rejtélyek számítanak, de ő maga is. Akkor majd talán ráébredsz, hogy milyen fontos is ő neked.

– De mire mentem volna a felismeréssel, hogy Kat sokat jelent nekem, ha vasárnap amúgy is törölték volna az emlékeimet, és másnap ismét vadidegenként nézek rá?

– Nos, ez egy jó kérdés! – nevetett Mitch. – Egész héten ezen gondolkodtunk mi is. És végül ugyanarra jutottunk, mint végül te magad is: nem vetted be az altatót, és ezáltal nem vittünk el memóriatörlésre. Az az igazság, hogy ha bevetted volna, akkor sem vittünk volna el! Az altató önmagában úgysem csinált volna semmit a memóriáddal. Tulajdonképpen most az egyszer így is úgy is meghagytuk volna az emlékeidet. Tudtuk, hogy nagy kockázatot vállalunk ezzel, mert erős lelki nyomásnak leszel ezáltal kitéve. Viszont sejtettük... *reméltük*, hogy Kat elvesztése okoz majd benned valamit, ami talán még nagyon hasznos lehet. Sok ember csak akkor jön rá, hogy milyen fontos valami a számára, ha már nem az övé. Nem tudok túl sokat az emberekről, de ezt például megfigyeltem velük kapcsolatban. Ezért döntöttünk úgy, hogy ezúttal meghagyjuk az emlékeidet. Mert talán így majd rájössz, hogy mit jelentett neked az a lány, akit egyszer öt napra elvesztettél.

– Hát, bevált. Bár ez kissé kegyetlenség volt önöktől!

– Tudom, és sajnálom. De már ötvenötször vallottunk előtte kudarcot. Muszáj volt változtatnunk, és valami radikálisan új dologgal próbálkozni.

– Egyébként a kijelzőben, Mitch, csak hogy tudja, nem Kat tett kárt.

– Dehogynem! Azokhoz nem szabad hozzáérni! Teljesen sterilek. Még egy ujjlenyomat is komoly kárt okozhat bennük.

– Akkor sem Kat érintése okozta a zavart. Azt a bevillanó fenyőfát valahogy Adamék renderelték vagy küldték oda. Azért, hogy nekem jelezzenek. Előre sejtették ugyanis, hogy maguk kivégzőosztagot fognak küldeni rájuk, és hogy nagyon rossz irányba mennek itt a dolgok. Nekem akartak üzenni vele, mert tudták, hogy ott szoktam ülni szabadidőmben az étkezőben.

– Akkor bizony valóban erősen alábecsültük őket!

– Nem is hinné, ezredes, hogy mennyire! De térjünk rá az egyik legfontosabb kérdésre! Mi történt az emberiséggel? Hogyan halhatott ki idelent több száz ember? Kivégezték őket?

– Ugyan dehogy! Egyszerűen csak meghaltak, Tom. Sok baleset történt, sokan leléptek a vonalakról. Többen pedig depresszióba estek attól, hogy talán életük végéig a föld alatt kell élniük. Ezért sokan öngyilkosok lettek. Akkor építették a kivetítőket a falakra a hamis külvilágról. De nem csak erről van szó. Az első számú oka a létszámcsökkenésnek az volt, hogy az emberek egyszerűen, természetes úton kihaltak. Csak pár száz ember volt itt a bázison. Négyszázhatvan év alatt sokan megöregedtek, meg is betegedtek úgy, hogy idelent sok esetben még gyógyszer sem volt a bajukra. A nehéz munka, az állandó bezártság és a vonalakon történt balesetek miatt sajnos erősen megfogyatkozott az emberek száma. Egyre kevesebb volt az újszülött, és egyre többen haltak meg. Egy bizonyos pont után már többen haltak meg nálunk évente, mint ahányan születtek. Az utolsó felnőtt a te édesapád volt, az utolsó élő gyerek utána pedig te. Tehát ezt tudnod kell, Thomas: mi *egyetlen* embert sem végeztettünk ki. Senkit sem bántottunk. A szintetikusoknál történő deaktiválás is valójában csak annyit tesz: deaktiválják a régi programot, és teljesen újat kapnak, új céllal, új küldetéssel, mert a régire nem voltak teljesen alkalmasak.

– Értem. Lehet, hogy nem éppen ideillő téma, de miért tudunk olyan keveset én és Kat a külvilágról és a szexről?

– Azért, mert a külvilágban sosem éltetek, azok csak betáplált emlékek, hogy New York-ban éltek édesanyáddal. Valójában sosem éltél odakint. Itt születtél. Azért tápláltunk az agyadba olyan emlékeket, mert megfigyeléseink szerint sokkal jobb hatással van az emberi idegrendszerre, ha úgy tudja, hogy van hová visszamennie. Korábban, amikor még végig tudatában voltál annak, hogy itt születtél, csak pusztításra és önmarcangolásra voltál képes. Szeretetet nemhogy adni, de még elfogadni sem akartál. Ezért indult mindig úgy a heted, hogy New York-ból jöttetek. Így volt hová hazavágyni, és lehetett mit várni, hogy a végén majd visszamehettek oda. Sajnálom... de valahogy egészségesen kellett, hogy tartsuk az elmédet és az idegeidet. A szexről azért nem tudtok, mert nem részesültetek ilyen jellegű oktatásban. Azt akartuk, hogy csak a maga idejében hallhassatok erről, amikor már felelősen tudtok dönteni ilyen ügyekben is. Tehát azokat a részleteket direkt hallgattuk el előletek.

– Ha már a szexnél tartunk, anya, fordulj el, légyszi! Ciki erről előtted beszélnem!

– Ugyan, fiam! Felnőtt ember vagyok... vagy valami ahhoz hasonló. Halottam én már olyat!

– Rendben, szóval lehet nekem és Katnek gyerekünk? Valóban benépesíthetjük még az új Földet, ha sikerül visszaszorítaniuk a pusztító sugárzást?

– Igen, Kat egy teljesen funkcionális nő. Képes megtermékenyülni és szaporodni.

– Rendben! – pattantam fel. – Mindent köszönök, ezredes. Kiváló munkát végzett.

– Köszönöm, uram megtiszteltetés, hogy ezt mondja! – hajtott fejet Donovan, akár egy Japán diplomata.

– De most mi visszamegyünk Adamhez – folytattam –, és megpróbáljuk kitalálni, mire való a Vénusz. Kérem, adjon valamilyen adóvetőt nekünk. Ha Adamékkel nem is, de velünk ezáltal képesek lesznek kommunikálni a túloldalon. Önök dolgozzanak ideát a lehetséges megoldáson. Mi pedig, hárman odaát a Vénusz titkát próbáljuk majd megfejteni.

– Hárman? – kérdezte Kat. – Mármint te, én és Adam?

– Adam a negyedik – feleltem neki. – A harmadik személyként Trishre gondoltam. Anya, van kedved velünk tartani? Segíthetnél! Te is kutató vagy, ráadásul nem is akármilyen!

– Hogy mondhat ilyet, Mr. Meier? – csodálkozott Trish. – Én nem az anyja vagyok, csak egy szintetikus dadaszerűség. Abból is csak egy régi, vacak modell. Miben tudnék én magának segíteni?

– A szereteted rengeteg erőt ad nekem, anya – léptem oda hozzá, és szorosan átöleltem. Trish erre sírva fakadt örömében.

– Tényleg így hiszed? – kérdezte szipogva.

– Így *tudom* – feleltem neki, és letöröltem a könnyeket az arcáról. – Szükségem van rád. Szeretlek, anya! Én annak tekintelek, és kész! Nem azért, mert agymostak, hanem azért, mert annak *akarlak* kezelni. Önmagadért szeretlek, olyannak, amilyen vagy. Mindegy, hogy ki alkotott, és mikor!

– Én is szeretlek, drága fiam! – ölelt át szintetikus nevelőnőm. – Veletek megyek bárhová, és segítek mindenben, amiben csak tudok! De várj csak! Hisz én kommunikálni sem fogok tudni azokkal az idegen barátaiddal, Tom! Mitch sem képes rá! Hallhattad. Mi ketten egyformák vagyunk. Ugyanazok a korlátaink.

– Semmi baj, anya. Majd legfeljebb tolmácsolunk köztetek. Induljunk hát – adtam ki az utasítást. – Ezredes? Valami végső parancs, vagy hozzáfűzni való?

– Vigyázzatok magatokra! Csak ennyi. ...És, Tom!

– Igen?

– Az apád most büszke lenne rád! Épp olyan vagy, mint ő. Mintha vele néznék most farkasszemet. Jó újra látni őt... a szemeiden keresztül.

– Pedig állítólag anyámra hasonlítok – mosolyogtam.

– Őrá is – bólintott Donovan. – Vigyázz a lányomra, Tom, rendben? Tudom, hogy Kat nem az, de akkor is. Megtennéd?

– Az életem árán is vigyázni fogok – ígértem meg neki –, és épségben visszahozom magához.

– Az nem szükséges. Nem az a lényeg, hogy velem mi történik, hanem hogy ti ketten kijussatok innen! Ennek kell megtörténnie, ez a cél, Thomas! – mondta nagyon komolyan. – Csak ti számítotok!

– Igenis, uram! – tisztelegtem. Bár nem voltam biztos benne, hogy megfelelően csináltam a mozdulatot, de szerintem egész jóra sikeredett. Ő is szalutált, majd megfordultunk, és elhagytuk hárman a konferenciatermet, majdnem olyan gyorsan, mint ahogy pár perccel ezelőtt bejöttünk ide.

Alig telt el azóta egy kis idő, és mégis mennyi minden megváltozott az alatt, amíg idebent voltunk! Ezekre a percekre még nagyon sokáig emlékeztem utána. Azt hiszem, sosem felejtettem el.

Tizenötödik fejezet: Végnapok

Adamékhez visszaérkezve nagyon megörültünk nekik. Megszerettük ezeket a gyűrött fejű, ráncos gazembereket!

Kat, amikor meglátta Adamet, odarohant hozzá, és megölelte ugyanúgy, mint legutóbb, búcsúzáskor. Az idegen ezúttal nem berzenkedett tőle, most ő is visszaölelte, és látszott, hogy őszintén örül a lánynak.

Trish halálra rémült, amikor meglátta őket, de elég hamar hozzájuk szokott, mert útközben már előre elmondtunk neki mindent ezekről a lényekről, és felkészítettük rá, hogy nagyjából mire számíthat velük kapcsolatban. Továbbá arról is beszámoltunk neki, hogy milyen értelmes és segítőkész valójában ez a faj. Így hát eleve nem állt hozzájuk ellenségesen, úgy, mint mi a legelején.

Újratalálkozásunk miatti örömünket azonban sajnos igen hamar gondjaink és aggályaink fekete viharfellegei árnyékolták be. Ugyanis valóban nagy volt a baj. Az izzó terem egyre rosszabb állapotba került. A sugárzásszerű jelenség bármelyik pillanatban kitörhetett, elkezdhetett átterjedni a termen kívülre is, akkor pedig az egész bázison pusztítani fog!

Szörnyen nehéz, kimerítő és vészjósló korszak vette ekkor kezdetét.

A bázis készletei rohamosan fogytak. Menet közben kiderült az is, hogy mivel működnek a szintetikus emberek, azaz mi hajtja őket: nem más, mint a színtiszta oxigén. Nekik nem kell táplálkozni, mint az embereknek, akkumulátoruk sincs, amit időnként fel kéne tölteniük. Oxigén pedig bőven akadt a bázison. Eddig! Mostanra már ugyanis alig maradt belőle.

Sorra haltak meg, azaz mentek tönkre a szintetikus emberek. Erről az ezredes elmondásaiból, azaz napi jelentéseiből értesültünk az adóvevőn keresztül. A gépek is egyre kevésbé működtek. Egymás után hibásodtak meg a bázis berendezései. A pusztítás valahogy mindenre kihatott.

Aztán végül megérkezett a szomorú hír, hogy Donovan ezredes haldoklik. Szegény Kat teljesen kiborult emiatt. Valóban apjaként szerette. Viszont addigra már túl veszélyessé vált a sugárzás az „emberi" oldalon, és nem mehettünk többé vissza. Gyakorlatilag szép lassan újra kihalt az egész emberiség, csak ezúttal a szintetikusakkal történt meg ugyanaz a borzalmas tragédia.

Adamékkal nap mint nap kutattunk lehetséges megoldások után, a pusztítás megállítására és visszafordítására. Egész idáig sajnos eredménytelenül.

Közben én is rengeteg új tudásra tettem szert. Kiderült, hogy Adamnek igaza volt: valóban jóval intelligensebb vagyok annál, mint korábban iskolásként gondoltam magamról. Csak a lényeg, hogy ne olyan tananyagot próbáljak magamba erőltetni, ami nem érdekel, hanem olyat, amire tudom, hogy óriási szükségem van, mert segíteni tudok vele másokon.

A bázison töltött utolsó időszakban szinte megtáltosodtam tanulás szempontjából, és pár hét leforgása alatt éveket pótoltam be, sőt haladtam még tovább a tananyaggal középfokúról már felsőfokú szintre!

Sokszor én magam is segítettem Adaméknek a kutatásban, sőt addigra már a fura idegen technológiájú műszereiket is némileg megtanultam kezelni.

Ám sajnos, ahogy nőtt a bázison a sugárzás, és lassan továbbterjedve kitört abból a bizonyos teremből, elkezdett minden megmaradt szintetikus élőlény elpusztulni! Az egykori emberi oldalon néhány nap leforgása alatt kivétel nélkül mindenki odalett.

A mi oldalunkon az idegenek is egymás után haltak meg. A végén már csak Adam volt életben, és társa, Éva – aki ismét régi nevét használta, hogy ne keverjük össze K.A.T.-vel, azaz a szerelmemmel.

Trish sem volt túl jól, de még ő bírta közülünk a legjobban.

Már csak ez a maroknyi csapat küzdött a túlélésért, és egyre rosszabbak voltak a kilátásaink. Majd akkor jött el a végső csapás számomra, amikor...

...Kat is megbetegedett!

Ekkor már tudtam, hogy drasztikus megoldásra lesz szükség. Nem fogom ölbe tett kézzel végignézni, hogy ő is odavesszen! Ha kell, meghalok a megfelelő válasz megtalálása közben, de akkor sem hagyom meghalni! Kat élni fog, és kijutunk innen valahogy egy új világba, ahol az egész civilizációt újrakreáljuk mi ketten!

Pánikszerűen elkezdtem kutatni a bázis számítógépes adatbázisában, és valami nagyon fura dolgot találtam. Internet már ugye addigra több mint négyszáz éve nem létezett. De a bázis számítógépes intranete, azaz belső hálózata majdnem annyi információt tartalmazott, mint több száz évvel ezelőtt az eredeti Internet.

Rákerestem hát az adatbázisban, hogy mi a fene is az a Vénusz valójában. Ugyanis egész idáig azt a tárgyat kutattuk és vizsgáltuk, mégsem jutottunk vele semmire.

Adam azt hitte, gép, szerintem viszont egy kristály. Kat szerint – amikor még jól volt, ő is elmondta róla a véleményét – egyfajta kulcs valamihez, csak még nem tudjuk, mit kell vagy lehet vele kinyitni.

Ekkor azonban a bázis belső hálózatán ráakadtam valamire! Jobb ötletem nem lévén magára a bolygóra kerestem rá, azaz csak a nevére, és ez a találat jött ki rá:

„Vénusz

Lucifer latin szóösszetétel a lux, lucis (fény) és fero (hozni) szavakból, jelentése így „fényhozó". Legelőször görög és római költők használták a Vénusz bolygó jelzőjeként. A Vénusz

bolygó héber neve, ben-shachar jelentése „a hajnal fia".
Leggyakoribb értelmezésben Lucifer az ördög, avagy a gonosz
megtestesülése. Más néven: Azazel vagy Sátán."

„Hát ez felettébb érdekes!" – hüledeztem magamban ezen a
meglepő találaton. Nemcsak a megrökönyödéstől, de az
ijedtségtől is!

A Vénusz-készülék, amit apám Adam által eljuttatott
hozzám, nem más, mint az Ördög eszköze?! Egy „ajándék" a
Sátántól?

Mi a jó fene ez akkor? És honnan került apám birtokába ez
a szörnyűség? Alkut kötött volna az Ördöggel? Azért, hogy
sikerüljön visszahoznia, újraindítania az emberek civilizációját?
Cserébe pedig eladta neki a lelkét?! Én ezt nem hiszem! Valami
más oka kellett, hogy legyen. Még ha van is köze a készüléknek
Luciferhez, szerintem biztos, hogy nem olyan értelemben, mint
amiket az eredeti Bibliában írnak a Sátánról.

Kat ekkor már nagyon rossz állapotban volt. Erősen
kételkedtem benne, hogy megéri még egyáltalán a másnap
reggelt. El fogom veszíteni a szerelmemet, az életem értelmét!
Ezt nem hagyhatom!

Végső elkeseredésemben eszembe jutottak Kat szavai:

„*Márpedig lépni fogunk, Tom! Nem tudom, mióta ismerjük
egymást, és azt sem, hogy mennyire, de egy valamit tudnod kell
rólam: én nem szarozok*" – mondta Kat olyan komolysággal,
hogy tényleg azonnal el is hittem neki. „*Úgyhogy ma bizony
lépni fogunk!*"

Majd utána később Adam is mondott valami érdekeset:

„Ego sum, qui sum. Azaz vagyok, aki vagyok".

Ezekből jöttem rá a megoldásra, szerelmem és barátom
szavaiból:

Arra, hogy én is az vagyok, aki vagyok! És én sem szarozok!
Most már biztos, hogy nem, hogy Kat haldoklik. Bizony lépni
fogok, amikor alkalom kínálkozik, az pedig kizárásos alapon

pontosan most jött el, ugyanis, ha ő meghal, több lehetőség soha nem lesz már arra, hogy rendbe hozzuk ezt a világot!

„Ne aggódj" – mondta egyszer Kat. *„Visszafelé is sikerülni fog. Garantálni nem tudom, de bízom benne, hogy nem tévedünk el."*

Én is, Kat! Én is bízom benne, hogy sikerülni fog, amit most kitaláltam! Garantálni nem tudom, de mindent meg fogok tenni azért, hogy rendbe hozzam a dolgokat, és megmentselek. Rajtad kívül pedig mindenki mást is, aki még életben van! Megmentelek benneteket, vagy ha nem, akkor belehalok a próbálkozásba!

Azonnal szóltam Adamnek, hogy adja oda Vénuszt, és vigyen engem az izzó szobába. Szükségünk lesz a védőernyőjére!

Kat már haldoklott. Nem sok lehetett neki hátra. Muszáj volt hát lépni! Most vagy soha!

– Rendben – mondta Adam, miközben odanyújtotta a Vénuszt –, de mégis mi a fenére készülsz, barátom? – Egy ideje már így szólított.

– Most én fogok pusztítani! – kiabáltam. – Kat kedvéért bármin átgázolok, és bárkivel végzek, aki őt bántani meri! Ha kell, megölöm magát a Teremtő Istent is!

Tizenhatodik fejezet:
Isten halála

– Megölöm őt! – kiáltottam ragyogó, lázas tekintettel. Adam nem tudta, hogy betegségtől vagy őrülettől, esetleg fanatikus hit miatt néztem-e rá úgy, de ő bízott bennem. Hitt nekem. Így hát kissé vonakodva, de azért belement:

– Rendben, induljunk hát. – Felkapott, és mivel az ő fajuk sokkal gyorsabb nálunk, így pillanatok alatt máris a vörös teremnél voltunk. – Mégis mit akarsz tenni, és hogyan? – kérdezte, ahogy odaértünk, és letett.

– Meglátod! Adam, imádkozz az istenedhez, vagy akihez ilyenkor szoktál! És lássuk azt a védőernyőt! Vigyél be! Oda, ahol a legjobban izzik!

– Igen, barátom – bólintott, és engedelmeskedett. Óvón körém borította azt a fura ernyőt, és megindultunk befelé a vészjóslóan, vakítóan izzó, a korábbihoz képest azóta már ezerszer veszélyesebbnek tűnő helyre. – Remélem, tudod mit csinálsz, Tom, mert ha nem sikerül a terved, akkor itt halunk meg mindketten!

– Amúgy is meghalnánk mindannyian! – kiabáltam neki az izzó terem recsegő-ropogó, sistergő-pattogó hangzavarában. – Így viszont legalább lesz némi esélyünk a túlélésre! Ha jók a kalkulációim, és hihetek a megérzéseimnek, akkor megússzuk! Nemcsak mi, de mindenki más is azok közül, akik még velünk vannak.

– Akkor hát gyerünk! – sivította Adam telepátiával a tudatomba. – Tedd, amit tenned kell! Ez itt a legjobban izzó és ragyogó terület az egész teremben. Az egész bázison! Az egész Föld bolygón! Csináld hát!

Én pedig nekiveselkedtem.

– Ezt érted teszem, apa – kiáltottam –, érted, Kat, az emberiségért és Adam fajáért! Győzedelmeskedjen hát ezúttal a gonosz! – Erre Adam összerezzent. Megijedt. Azt hitte, hogy eddig félreismert engem, és valami borzalmas dologra készülök, ami még annál is nagyobb bajt fog okozni, mintha a sugárzás és izzás hatására szépen lassan mindketten meghalnánk idelent az összes többi még életben lévő társunkkal együtt. De már nem volt ideje megállítani. Talán nem is mert volna. Cselekedtem!

Fogtam, és egy pillanatra szétnyitottam, és félrelöktem Adam védőburkát, hogy ne takarjon el teljesen.

– Neee! – süvítette. – Így mindketten meghalunk a sugárzástól!

– Egy másodperc alatt talán nem! – kiabáltam vissza neki. – Nekem csak ennyi kell! – És akkor...

...elhajítottam a Vénuszt, azaz másnéven Lucifert.

...az odalentről jövő ragyogás legfényesebb pontjának kellős közepébe! A „Teremtő" anyag közepébe, ami bizonyos elméletek szerint nem más, mint maga az Isten!

Tizenhetedik fejezet: Hétfő

– Tom! – hallottam egy távoli női hangot. – Hallasz engem? Ébredj!

– Anya? – kérdeztem.

– Tom, ébredj fel! Térj magadhoz!

– Jaj, ne! Megint hétfő van? Tudom, tudom: elkések. De már nem érdekel. Joel úgysem tanít többé. Vegyük úgy, hogy nyári szünet van. Drakula gróf elment nyaralni.

– Tom, miről beszélsz? Térj már magadhoz!

– Anya, hagyj békén! Egyszer az életben hadd aludjam ki magam! Fáradt vagyok. Biztos a D-vitamin hiány, vagy tudom is én, mi az oka.

– Tom, te félrebeszélsz. *Fiam*, szerintem te agyrázkódást kaptál.

– Mi? Minek neveztél?

Megdörzsöltem a szemem, hogy jobban lássam anyám arcát, de még így sem volt teljesen tiszta a kép.

– Anya, minek neveztél? Most hülyéskedsz, vagy mi? Ki vagy te? Te vagy az, Trish? Vagy Kat?

– Az anyád vagyok, Thomas Meier, és az is maradok. Gyere, próbálj meg felkelni.

– Késésben vagyok?

– Nem. De jobb lenne, ha felkelnél. Szükség van rád.

– Az iskolában? Ugyan már! Kinek kellenék én ott? Olyan rossz tanuló vagyok. És mindig el is késem.

– Többé biztos nem fogsz – mosolygott anya. – Nézz körül! Látsz te itt bárhol is iskolát?

– Hol a fenében vagyunk? Ez valami új kivetítés? Olyan, mint az ebédlőben a tengerpart?

– Nem. Ez itt a valóság, fiam.

– Kijutottunk a bázisról?! Lejárt a két hét? Hát mégis?! És akkor most végre hazamegyünk? Vissza New York-ba?

– Fiam, magadhoz kell térned. Remélem, nem esett komoly bajod, mert nélküled esküszöm, nem bírnám ki ép ésszel. Gyere, kelj fel! Mennünk kell, és találnunk kell még valakit vagy valamit, ami segítségünkre lehet a túlélésben.

– Minek? – zökkentem nagy nehezen vissza a szomorú valóságba. – Kat úgysem él – eszméltem rá a szörnyű igazságra. – Így semminek nincs többé értelme! Nélküle nem akarok én sem élni!

– Á, tehát tudod te, hogy miről beszélek, és hol vagyunk! De hát nem vesztetted el Katet, drágám! Ő most is itt van velünk!

– Ja, persze! *Lélekben*, mi? Kit érdekel?! Én nem hiszek az ilyen baromságokban! Meghalt, és kész!

– Csak a zavarodottság beszél belőled, fiam, mert beverhetted a fejed, és azt sem tudod, mi valóság, és mi nem. De azért nagyjából legalább emlékszel, hogy mi történt? Tudod, hol vagyunk most?

– Tudom... közben már magamhoz tértem. De nem érdekel, Trish! Meg akarok halni. Kat nélkül nem csinálom tovább ezt az egészet! Ölj meg! Vagy csak engedj meghalni. Menj, és nyugodtan hagyj engem itt. Én úgysem megyek el innen. Vigyázom azt a helyet, ahol a szerelmem élt egykoron. Ahol el lett temetve egy borzalmas, beomlott bunkerben a föld alatt. Őrzöm az én drágám sírját. Álmatlanul bolyongok majd álmodó lelke örök börtöne felett. Ne akarj megpróbálni rávenni, hogy elhagyjam ezt a helyet, mert nem fogom! Itt halok meg én is vele, majd ha megöregszem vagy éhen halok.

– Ó, te drága, hát tényleg ennyire szeretsz? – rohant felém egy alak a tűző napsütésben. Először nem tudtam kivenni, ki lehet az.

– Hé! Állj meg ott, ahol vagy! – hátráltam néhány lépést ijedtemben. – Ki vagy, és mi a fenét akarsz tőlem? Nem tudom, hová rohansz annyira, de nehogy feldönts! Hozzám ne érj, hallod?! Nem vagyok poénos kedvemben!

280

– Szegény sokkos állapotban van – kiabálta Trish a felénk rohanó alaknak, aki ekkor ért oda hozzánk. – Én mondtam Tomnak, hogy nem vesztett el, és velünk vagy, de egyszerűen nem képes felfogni!

– Kat?... Tényleg te vagy? – néztem az ájulás szélén. Annyira lesokkolt a látványa, hogy beleszédültem. Először azt hittem, hogy csak egy szellem. – Ez nem lehetsz te! Kat meghalt odalent a bunkerben!

– Acélból vagyok, nem emlékszel? – mosolygott a lány tündöklő kék szemekkel. Az idefenti szikrázó napsütésben most sokkal jobban kéklett, ragyogott a tekintete, mint odalent valaha is abban a homályos, rideg, mesterséges fényben. – Engem nem lehet csak úgy kivonni a forgalomból! – mondta. – Ahogy megszűnt a sugárzás, azonnal jobban lettem! Mostanra majdnem ugyanolyan jól vagyok, mint azelőtt! Kutya bajom! Gyere már ide, te szerencsétlen! – nevetett.

– Istenem, Kat! – rohantam most már én is felé. Többször megbotlottam közben, egyszer el is estem, de nem érdekelt. Odafutottam, és felkaptam őt. Igaz, utána azonnal el is estünk, mert szédültem, és meg sem bírtam tartani a súlyát ebben az elgyengült állapotomban, de most ez sem számított. Csak feküdtünk a földön egymás mellett, és megkönnyebbülten néztük a kék eget egy pillanatig. Aztán csak nevettünk és nevettünk, és egymást csókoltuk örömünkben.

– De tényleg jól vagy? – kérdeztem kis idő után.

– Tényleg jól! Te mentettél meg, Tom, azzal a végső, elkeseredett próbálkozással. Győztél! Visszafordítottad a folyamatot! A sugárzásnak vége. Teljesen eltűnt! Odalentről is és idefentről is. Ismét van itt fent oxigén is! Sugárzás sehol! Látod ott azokat a pici fűszálakat és a frissen, ma reggel előbújt virágok bimbóit, amik a talajból kezdenek kikukucskálni?! Szerintem tavasz van! Ismét van élet a Földön! Megcsináltad, Tom! Adam mesélte, mit tettél! Hogy az életed kockáztatásával bementél az izzó terembe, és hozzávágtad a Vénuszt a Teremtőnek nevezett anyaghoz.

– Mi lett Adammel? – kérdeztem elkomorodva. – Mi lett a barátommal?

– Sajnos ő nem élte túl. A történtek után eltűnt. És a párja is. Tudtommal csak mi hárman éltük túl. Sajnálom. Egyébként valóban azért csináltad, mert a Vénuszt valami más vonatkozásban Lucifernek hívják? Azért, hogy ha „Istent" szeretettel és tudománnyal nem bírjuk rávenni, hogy abbahagyja az esztelen pusztítást, akkor ráküldöd Lucifert, az Ördögöt, hogy az győzze le?!

– Így van, drágám! Pontosan ez járt az eszemben.

– De hát miféle tudományos elv alapján jöttél rá, hogy ez az őrült ötlet működni fog? Honnan vetted?

– Hogy honnan? Nos, garantálni nem tudtam volna, de bíztam benne, hogy sikerülni fog – nevettem. – Te tanítottál rá.

– Csak ennyi? Mindössze ennyi tudományos alapja volt annak, hogy ez be fog válni?

– Nos, apám tudott valamit. Azazhogy rengeteg mindent! Biztos voltam benne, hogy kidolgozott egy módszert, amivel majd egyszer vissza lehet fordítani a folyamatot. Tudod, mit mondott apád, Donovan ezredes? Azt, hogy amikor még apám élt, az a terem a vörös vonal végén még egyáltalán nem volt izzásban. A teremtő erő még nem tört át a bunker alatti földrétegeken. A terem már csak apám halála *után* vált olyanná. Tehát ő életében nem tudta volna lejuttatni az általa kreált anyagot a megfelelő helyre. De ismered a mondást: „Ha Mohamed nem megy a hegyhez, hát a hegy megy Mohamedhez." Mohamed eljött hozzánk. Terjedésének köszönhetően feljött egészen a legfelső talajrétegekig, és végül áttört alulról a bázis egyik termébe. Így már hozzáférhetővé vált. Apám valószínűleg tudta is, hogy a két anyagnak mindössze elég lesz érintkezniük, de akkor még nem lettek volna képesek lejutni a teremtő anyagig. Ezért bízta rám, ezért küldte el nekem Adammel a Vénuszt, mert kiszámolta, hogy hat év múlva már hozzáférhető lesz az anyag, és össze lehet a kettőt érinteni, azaz vegyíteni, hogy elkezdődjön egy láncreakció.

– És akkor mi a fene volt tulajdonképpen ez a Vénusz? Ezek szerint akkor te végül rájöttél?

– Nem teljesen. Csak sejtéseim vannak. Szerintem apám a laborjában egyfajta antianyagot hozott létre. A teremtő anyag antianyagát, azaz ellentétjét, amivel kioltják egymást. Akár még kis mennyiségben is. Apám megalkotta a Sátánt, ha úgy vesszük. Egy olyan anyagot, ami ha a Teremtővel érintkezik, megsemmisítik, legyőzik egymást. Valószínűleg örökre.

– Tom? – kérdezte Kat ijedten.

– Mi a baj? Miért nézel így?

– Mit tettél, Thomas? Te képes voltál megölni a kedvemért az Istent?

– Én, drágám, a kedvedért Supermant is kettétépném. A csillagokat is lehoznám az égből! De tudod, mit? Menjen inkább Mohamed a hegyhez. Menjünk fel hozzájuk mi! Megígérem neked, hogy felviszlek egyszer a csillag közé! Lesz civilizáció! Sőt űrutazás is! És mi a részesei leszünk mindennek!

– Ne süketelj már! Arra úgysem lehetsz képes! Megsemmisült minden modern földi technológia! Az élet újraindult, de mindent elölről kell kezdenünk. Nem léteznek többé űrhajók.

– Ne becsülj alá – mondtam sokat sejtetően –, ugyanis vannak ötleteim! Nem akarok beképzeltnek tűnni, de azért vannak. Egyébként is, elfelejtetted, hogy még a Teremtőt is kicsináltam? Szerinted csak őt? Ne feledd, hogy a Vénusz is odalett. Tehát az Ördögnek is lőttek. Szerinted ezekhez képest egy kis csillagközi utazás olyan nagy dolog lesz?

– VÉGE –

Epilógus

Már órák óta a felszínen sétáltunk, és azóta kérdezgettem Katet és anyámat, hogy tulajdonképpen mi történt.

– Hát... – kezdte Trish – Amikor hozzávágtad a Vénuszt a teremtő anyaghoz, az egész bunker beleremegett! Elkezdett mindenhol beszakadni a mennyezet. Adam még az utolsó erejével kivonszolt téged onnan, abból a teremből, de aztán ő ott maradt. Szerintem ott is érte utol a vég szerencsétlen barátodat. Kár, hogy én nem ismerhettem. Sosem hallottam, hogy mikor mit mond. De az biztos, hogy egy igazi hős volt. Megmentette az életedet, fiam. Aztán meghalt. Sajnos az ő térfelük omlott be először.

Nálunk, az „emberi" oldalon, habár már senki sem volt életben, még a barátnődnek eszébe jutott egy utolsó mentő ötlet, hogy tud egy a helyet, ahol talán még kijuthatunk.

– Hol? Kat, ugye nem vitted anyámat is a szellőzőjáratokba?! Akkor nagyon mérges leszek, hallod?

– Dehogy! – szabadkozott Kat. – Ne viccelj, hiszen téged is cipelnünk kellett. Hárman már nem fértünk volna be oda. Nem. Elvittünk téged a H betűs ajtóig! Emlékszel? Azt találtuk meg legelsőnek, de annak a rendeltetése számunkra mindvégig titok maradt!

– És végül mi volt ott?

– Nem fogod elhinni! Egy teherlift!

– Mi?! Csak így? És mi végig azon gondolkodtunk, hogy hogyan juthatnánk ki, és nem tudtuk, hogy ennyire pofonegyszerűen ki lehet?

– Na és? Akkor még nem lett volna hová! Idefent akkor még halálos sugárzás pusztított mindenhol. Egy percig sem maradtunk volna életben.

– Ja, az igaz. Tehát egy lift. És miért pont H betű volt az ajtaján?

– Mi sem tudjuk, talán a liftakna, azaz a lefelé vezető cső esetleg tényleg leszálló pálya, azaz hangár lehetett korábban, mint ahogy egyszer te is mondtad. Ki tudja! Most viszont lift közlekedett benne. A lényeg, hogy a segítségével feljutottunk ide. Kár, hogy csak nekünk sikerült.

– Valóban kár – helyeseltem. – De legalább mi életben vagyunk.

– És akkor tanítani ki fogja magukat?! – jött egy hang a távolból.

– Ó, Teremtőm a föld alatt, akit sajnos ma öltem meg! – káromkodtam. – Az ugye ott nem az, akire gondolok?

– Valóban ő lenne? – fürkészte Kat a távolból közeledő alakot.

– Kat, ne már! Tudom, hogy ezerszer jobban látsz, mint én! Nem kell csak azért visszafognod magad, mert én bénább vagyok. Ki vele! Nézd meg rendesen! Ki közeledik felénk?

– Na jó! Joel az! Mr. Brown.

– Ördög és Pokol! – szitkozódtam. – Annyi kedves űrlény és szimpatikus dolgozó közül pont neki kellett megúsznia?! De hát hogy lehetséges ez? Hogyan jutott ki onnan? – kérdeztem most már őt, ahogy odaért hozzánk.

– A tartályom ütésálló – magyarázkodott Mr. Brown –, és a sugárzás ellen is véd. Egy robbanás hatására, amikor valami gyúlékony konténer lángra lobbant a létesítmény beomlásakor, a tartályom kirepült, miközben én épp benne pihentem. Idefent tértem magamhoz. Kimásztam, és egyből megláttam magukat!

– Micsoda szerencse! – mondtam nem kissé szarkasztikusan. – De, Joel, legyen olyan kedves, árulja már el nekem, hogy a jó életbe képes élni idefent? Maga nem csak valami kivetítés volt odalent, mint a katonák a folyosókon? Hogyhogy egyáltalán látjuk magát, és itt sétálgat?

– Én nem első szériás hologram vagyok, Mr. Meier, vagy talán elfelejtette? Én fizikailag létezem. Nem tudok csak úgy eltűnni.

– *Sajnos* – tettem hozzá halkan magamban motyogva. – De mi hajtja magát egyáltalán? Azt mondta, nincsenek áramkörei. Ha nem árammal működik, akkor mivel?

– Oxigénnel, Mr. Meier. Egyszerű oxigénnel, ugyanúgy, mint Trish. És ha jól érzem – sóhajtott mosolyogva egy jó nagyot –, itt aztán van belőle elég! Akár örökké is elélhetek ezen a gyönyörű bolygón!

– Ó, hogy az mennyire jó lesz nekünk, drága Mr. Brown! – örömködött Kat kissé gúnyosan.

– Ne szemtelenkedjenek, Miss Donovan! – vette elő Joel a megszokott stílusát. – Először is, szükségük van tanítóra. Maguk még csak gyerekek, meg kell, hogy szerezzék az alapvető műveltséget!

– Hol? Itt a világvégén? Mármint a világ kezdetén? Itt nincs már semmi más, csak néhány kihajtóban lévő fűmag, egy-két bimbó... később talán még kishalakat is találunk valamilyen élővízben. Azok elég hamar szaporodnak és felnőnek. Minek kellene ehhez ismernünk a másodfokú egyenleteket és az efféle baromságokat?

– Na jó, akkor azokat egyelőre félretesszük. Viszont tudják, mi minden mást taníthatnék önöknek? – nézett mindannyiunkra.

– *Halljuuuk*! – mondtuk mindhárman enerváltan.

– Például kútfúrást, házépítést, fegyverkészítést vadászathoz, folyószabályozást, gátépítést, sőt vízimalom- és szélmalomépítést! Továbbá növénytermesztést, és ha lesz rá lehetőség, akkor akár állattenyésztést is. A segítségemmel nemcsak életben maradhatnak, de akár még valóban várost is építhetnek, civilizációt emelhetnek itt, a semmi közepén, az egykori Roswellben.

Erre mindhárman összenéztünk:

– Hmm... rendben, Joel – mondtam neki. – Megtartjuk magát. Maradhat! Még az is lehet, hogy tényleg hasznunkra lesz. De egy valamit meg kell ígérnie!

– Bármit, Mr. Meier, bármit! Csak hadd tartsak önökkel!

– Rendben. Meg kell ígérnie, hogy ha véget ér a tanítás, akkor nagyon gyorsan visszahúz a tartályába, mint a kinyomtatott vadlibák! Ugye megteszi ezt nekünk, drága Joel?

– Nos, ezzel lehet egy kis gond.

– Mennyire kicsi?

– A tartályom megsemmisült, amikor idefent földet ért. Összezúzódott az egész, és cafatokra esett. Csoda, hogy én egyáltalán ki tudtam mászni belőle egy darabban! De ne aggódjanak miattam! Először is jól vagyok! Nem sérültem meg! Másodszor, idefent valójában nincs is szükségem ám arra a buta, bumfordi tartályra! Odalent csak azért kellett, mert kevés volt az oxigén. Itt fent végre van már elegendő az én számomra is! Élhetek hát magukkal! Sosem kell elválnunk többé! Ugye, de jó lesz? Minden pillanatban önökkel lehetek! Segítek majd házat építeni, és be is költözhetek magukhoz, mint egy jóindulatú nagybácsi. Ígérem, nem leszek a terhükre. És azt is garantálom, hogy a tanítást sem fogom túlzásba vinni! Napi tíz-tizenkét óránál többhöz igazán nem ragaszkodom. Ez végül is egy új világ, új szabályokkal. Ideje hát, hogy végre én is kicsit lazábban fogjam fel a dolgokat.

– Joeeeeel!!!!!!!!

Epilógus 2.

Miután megöltük Joelt, és felnégyeltük... – Á csak viccelek! Nem esett bántódása a hülye baromnak. Valójában tényleg hasznos tudással rendelkezik! – Szóval elindultunk világot látni. Szó szerint. Azért is, mert ez egy új világ, és van mit nézni rajta, és azért is, mert az egész a miénk. Így az ember szívesebben nézelődik, ha tudja, hogy az egész „birtok" az övé.

Rövid séta után, mikor már épp azon kezdtünk tanakodni, hogy mit lehet itt enni, Joel pedig valami csíraszerű izékre mutogatott a földön, hogy szerinte azokban sok a fehérje, a távolban észrevettünk egy alakot. Aztán még egyet.

– Ez nem lehet igaz! – mondta Kat. – Lovak? Egy kipusztult, nemrég feléledt bolygón, ahol csak most indult el az élet?! Maximum ebihalak fickándozhatnak itt-ott! De hogy máris kifejlett lovak legyenek! Hallottatok már ilyet?

– Ezek nem lovak! – mondtam neki. – Nem lehetnek azok! Nézd, milyen görnyedtek! Ezek tevék!

– Tevék?! Roswellben? Ez nem az afrikai sivatag, Tom! Egyébként meg azok sem születnek, és nőnek fel hamarabb, mint a lovak.

– Te, Kat, ezek mintha kissé ráncosak is lennének, neked nem úgy tűnik? Ó, a fenébe, srácok, ezek Adamék! Adam és Éva! Gyertek! – kezdtem el rohanni feléjük.

Amikor odaértem hozzájuk, megöleltem az egyik ráncos bestiát. Nem tudtam, épp melyiket, hisz olyan egyformán ocsmányak és rusnyák szegények! Ja?! Bocsánat! Tudom, hogy ezt hallottátok!

– Semmi baj – mondta Adam. – Egyébként a páromat ölelgeted. Én itt vagyok. – Az ő vállát épp Kat paskolgatta, és örömében körülötte ugrált.

– Jól van a barátnőd? – kérdezte Adam. – Remélem, nem kapott kergekórt vagy napszúrást az idefenti hőségtől.

– Jól van! – vigyorogtam a fura lepukkant, ráncos fejű lajhárra. Ja, bocs! Ezt már megint hallottad!

– Nem baj, Thomas, rád nem tudok haragudni. Már lassan szórakoztatnak is a hülye beszólásaid – üzente Adam, és most mintha valóban elmosolyodott volna kissé. Ezek szerint ilyenre is képesek?

– Hogyan jutottatok ki? – kérdeztem.

– A védőernyő sok mindentől megvéd, barátom. A többiek sajnos valóban odavesztek, de minket az utolsó pillanatban kilökött az a robbanás, ami Drakula barátotok koporsóját is kirepítette. A védőernyőnk megvédett minket repülés közben az óriási légnyomástól, a lángoktól és a repülő szilánkoktól is.

– Úgy örülök nektek! – mondtam még mindig felváltva ölelgetve őket. – És most mihez kezdetek? Hazamentek a bolygótokra?

– Hová? Tom, nekünk nincs többé olyanunk, vagy elfelejtetted? Nincs hová mennünk. Ez a bolygó most már a miénk is. Nem fura? Mindössze egyetlen valódi ember maradt a Földön és két „űrlény", ahogy ti szerettek nevezni minket. Így hát... már ne is haragudj, de nem ijesztő kissé a tudat, hogy kisebbségben maradtál? – nevetett Adam gondolatban. – Így most nem olyan, mintha az ufók lennének a uralkodó faj ezen a bolygón? Sőt, valójában mi vagyunk az elsők: Ádám és Éva. Belegondoltál most ebbe?

– Hát... – nyeltem egy nagyot.

– Nehogy válaszolj – üzente Adam telepatikusan. – Csak hülyéskedek ám! Viszont egy valamivel kapcsolatban komolyan szeretnék beszélni veled.

– Éspedig?

– Időközben, mialatt már készültünk a bázis végleges megsemmisülésére, és egy lehetséges új, megtisztult, működőképes Föld kialakulásának lehetőségét latolgattuk, rájöttünk valamire. Nem biztos, hogy tetszeni fog így elsőre, de kérlek, készülj fel, és próbálj meg nagyon nyitott lenni az újszerű ötletek irányába!

– Viccelsz velem? – nevettem. – Én maga vagyok a megtestesült felkészület! Bár Joel azt mondja, nem létezik ilyen szó, de szerintem kéne, hogy legyen! Szóval halljuk! Bármilyen építő jellegű ötletre vevő vagyok itt a világ kezdetén!

– De örülök, hogy így állsz hozzá, barátom! – örömködött Adam. – Tudtam, hogy számíthatok rád! Rendben! Akkor ki is mondom így egyszerűen és nyíltan: Mit szólnál, ha azt mondanám, rájöttünk hogyan keresztezhetnénk a kettőnk faját? Az embereket és az idegeneket!

– Mi?! Jézus ereje! Mi nem jut eszedbe, te őrült?!

– Azt mondtad, nyitott vagy!

– Na jó, de azért annyira nem, mint egy ólajtó! Álljunk már meg egy szóra! Ember-ufó hibrid? Még mi nem kéne, *barátom*?!

– És ha azt mondanám, hogy azáltal ti is képesekké válnátok alkalmazkodni, és új testrészeket növeszteni? Akár még golyóálló védőernyőt is?! A ti esetetekben kitaláltam valami még érdekesebb nevet neki, annál, hogy „védőernyő"! Mit szólnál mondjuk, ahhoz, hogy „búvóhely"? Egy golyóálló búvóhely, amit csak úgy előránthatsz a semmiből? Sőt, továbbmennék: Meséltem már, hogy mi megfelelő felkészüléssel valójában űrhajó nélkül is képesek lehetünk űrutazásra? Tudunk olyan szárnyat is növeszteni a védőernyővel kombinálva, amelyek segítségével akár a csillagok közé is felrepülhetünk, és akkor más bolygókra is ellátogathatnánk. Ahhoz mit szólnál?

– Hmm... Basszus... Tudod, mit? Benne vagyok! Hadd szóljon! Már most tudom, hogy ez lesz életem talán legrosszabb döntése, de vagyok olyan hülye, hogy igent mondjak rá! Viszont egyvalamit árulj már el, mielőtt ilyen őrültségekbe kezdenénk!

– És pedig?

– Honnan a fenéből nyomjátok ki vagy veszitek elő azt a védőernyőt? Ki vele! Tudni akarom! Honnan jön az elő belőletek?!

Trish és Joel, aki nem értette az idegenek telepatikus nyelvét, mert ők „régebbi modellként" nem tudták fogni az adásukat, csak azt hallották, amiket Thomas mondott a nagydarab, ráncos, teveszerű lénynek. Az idegen válaszait azonban nem hallották.

Trish és a tanár most éppen azt találgatták, hogy vajon Adam mit válaszolhatott Thomas legutóbbi kérdésére.

– Mit felelt? – kérdezte Trish. – Tudod, hogy mi nem halljuk őket. Honnan jön ki belőlük az az izé?

– Én hallottam, hogy mit válaszolt – szólt közbe Kat –, és higgye el, Mrs. Meier, magának is jobb, ha nem tudja – mosolygott sokat sejtetően.

– Tényleg ne akard tudni, anya, hogy honnan és mijéből növesztette azt elő – kontráztam rá én is. – Vannak az univerzumnak olyan titkai, melyek már akkor is csodaszámba mennek, ha nem vájkálunk a nyálkás, ráncos, bélgázos részletekben – mondtam mosolyogva. – Adamet úgy szeretjük, ahogy van. A lényeg, hogy van ő nekünk. „Ego sum, qui sum." Ez mindannyiunkra ugyanúgy vonatkozik.

A szerzőről

Gabriel Wolf (többszörös bestseller) író, zeneszerző, énekes és borítótervező.

Íróként művészetének fő témái a Tükör Mögötti Világ, az időhurkok és a hit. Wolfnak íróként az a szokása, hogy valamilyen módon beleírja magát és feleségét minden írásába. Pozitív és negatív szereplőként egyaránt előfordulnak a történetekben. Arra a kérdésre, hogy mi ennek az oka, azt válaszolta, hogy szerinte sokkal érdekesebb valódi emberekről olvasni, és velük együtt izgulni, mint nem létező személyekkel. Mivel ezekben a történetekben mindkét szereplő más és más külső és belső tulajdonságaikat tekintve is, felmerülhet a kérdés, hogy melyik ezek közül a valódi Gabriel és Nola? Erre a szerző azt válaszolta, hogy konkrétan egyet-egyet kiragadva egyik sem. Az összes írást kellene egyszerre elolvasni, és azokból már valóban összeállhatna, hogy a leírt karakterek mennyire hasonlítanak rájuk.

A Tükörvilágban játszódó történetek mindegyike összefügg valamennyire: majdnem mindegyik írásban említve van egy másik írás Wolftól. Van, amelyikben szereplők találkoznak össze, sőt olyan is van, ahol a két (korábban nem összekapcsolódó) történet együtt fog tovább folytatódni.

Wolfnak több mint 50 írása van. Van, amelyiken jelenleg is dolgozik.

Zenészként általa alapított együttesek: Finnugor (szimfonikus black metal), Ywolf (sötét, gótikus szimfonikus zene), Infra Black (terror EBM) és Aconitum Vulparia (dark ambient).

1977-ben született, és 24 éve zenél.

Több mint 30 stúdió albumot készített ez idő alatt, és 4 külföldi kiadóval van/volt állandó szerződése. Sok országban kaphatók a lemezei a mai napig is.

Gabriel Wolf többnyire Budapesten él feleségével, Nolával. Néha pedig a „Tükör Mögött". Olyankor nem öregszenek…

Kapcsolat

Weboldal
www.artetenebrarum.hu

Facebook
www.facebook.com/GabrielWolf.iro

Twitter
www.twitter.com/GabrielWolf_iro

E-mail
artetenebrarum.konyvkiado@gmail.com

Egyéb kiadványaink

Szemán Zoltán:
A Link (sci-fi regény)
Múlt idő (sci-fi regény)

Anne Grant:
Mira vagyok (thrillersorozat)
1. Mira vagyok... és magányos
2. Mira vagyok... és veszélyes [hamarosan]
3. Mira vagyok... és menyasszony [hamarosan]

David Adamovsky:
A halhatatlanság hullámhosszán (sci-fi sorozat)
1. Tudatküszöb (írta: David Adamovsky)
2. Túl a valóságon (írta: Gabriel Wolf és David Adamovsky) [hamarosan]
3. A hazugok tévedése (írta: Gabriel Wolf) [hamarosan]
1-3. A halhatatlanság hullámhosszán (teljes regény) [hamarosan]

Gabriel Wolf:

(*A szerző bestseller írásai csillaggal vannak jelölve.)

Tükörvilág:

Pszichopata apokalipszis (horrorsorozat)
1. Táncolj a holtakkal *
2. Játék a holtakkal
3. Élet a holtakkal
4. Halál a Holtakkal
1-4. Pszichokalipszis (teljes regény) *

Mit üzen a sír? (horrorsorozat)
1. A sötétség mondja... *
2. A fekete fák gyermekei
3. Suttog a fény
1-3. Mit üzen a sír? (teljes regény) *

Kellünk a sötétségnek (horrorsorozat)
1. A legsötétebb szabadság ura
2. A hajléktalanok felemelkedése
3. Az elmúlás ősi fészke
4. Rothadás a csillagokon túlról
1-4. Kellünk a sötétségnek (teljes regény) *
5. A feledés fátyla (a teljes regény újrakiadása új címmel és borítóval)

Gépisten (science fiction sorozat)
1. Egy robot naplója
1.5 Fajok 2177 (spin-off novella)
2. Egy pszichiáter-szerelő naplója
3. Egy ember és egy isten naplója
1-3. Gépisten (teljes regény)

Hit (science fiction sorozat)

1. Soylentville
2. Isten-klón (Vallás 2.0) [hamarosan] *
3. Jézus-merénylet (A Hazugok Harca) [hamarosan]
1-3. Hit (teljes regény) [hamarosan]

Valami betegesen más (thrillerparódia sorozat)

1. Az éjféli fojtogató!
2. A kibertéri gyilkos
3. A hegyi stoppos
4. A pap
1-4. Valami betegesen más (regény)
5. A merénylő [hamarosan]
6. Aki utoljára nevet [hamarosan]
7. A jégtáncos [hamarosan]
8. A csöves [hamarosan]
9. A szomszéd [hamarosan]
10. A fogorvosok [hamarosan]
1-10. Ossérv (dupla regény) [hamarosan]

Dimenziók Kulcsa (okkult horrornovella)

Egy élet a tükör mögött (dalszövegek és versek)

Tükörvilágtól független történetek:

A napisten háborúja (fantasy/sci-fi sorozat)
1. Idegen Mágia
2. A keselyűk hava
3. A jövő vándora
4. Jeges halál
5. Bolygótörés
1-5. A napisten háborúja (teljes regény)
1-5. A napisten háborúja illusztrált változat (a teljes regény újrakiadása magyar és külföldi grafikusok illusztrációival)

Ahová sose menj (horrorparódia sorozat)
1. A borzalmak szigete *
2. A borzalmak városa [hamarosan]

Odalent (young adult sci-fi sorozat)
1. A bunker
2. A titok
3. A búvóhely
1-3. Odalent (teljes regény)

Humor vagy szerelem (humoros romantikus sorozat)
1. Gyógymód: Szerelem
2. A kezelés [hamarosan]

Álomharcos (fantasy novella)

Gyűjtemények:
Sci-fi 2017
Horror 2017
Humor 2017

Lightning Source UK Ltd.
Milton Keynes UK
UKHW020037280720
367273UK00011B/863